城里城外

凤凰树下随笔集

王旭 著

厦门大学出版社
XIAMEN UNIVERSITY PRESS
国家一级出版社
全国百佳图书出版单位

图书在版编目(CIP)数据

城里城外/王旭著.—厦门:厦门大学出版社,2019.11
(凤凰树下随笔集)
ISBN 978-7-5615-7644-1

Ⅰ.①城⋯　Ⅱ.①王⋯　Ⅲ.①随笔－作品集－中国－当代　Ⅳ.①I267.1

中国版本图书馆 CIP 数据核字(2019)第 230797 号

出 版 人	郑文礼
责任编辑	章木良
装帧设计	李夏凌
技术编辑	朱 楷

出版发行 厦门大学出版社

社　　址	厦门市软件园二期望海路 39 号
邮政编码	361008
总　　机	0592-2181111　0592-2181406(传真)
营销中心	0592-2184458　0592-2181365
网　　址	http://www.xmupress.com
邮　　箱	xmup@xmupress.com
印　　刷	厦门集大印刷厂

开本	720 mm×1 000 mm　1/16
印张	21.75
插页	2
字数	335 千字
印数	1~1 200 册
版次	2019 年 11 月第 1 版
印次	2019 年 11 月第 1 次印刷
定价	76.00 元

本书如有印装质量问题请直接寄承印厂调换

厦门大学出版社
微信二维码

厦门大学出版社
微博二维码

编者的话

　　厦门大学，一所闻名遐迩的高等学府，经过近百年的岁月洗礼，她根深叶茂，茁壮成长。厦大校园背山面海、拥湖抱水，早年由南洋引入的凤凰木遍布校园的各个角落，于是，一级又一级的海内外求知学子满怀憧憬地相聚在凤凰树下；一届又一届的毕业生依依惜别于凤凰树下。"凤凰花开"成了学子们对母校的青春记忆，"凤凰树下"成了厦大人共同的生活空间。

　　建校近百年的厦门大学现已成为学科门类齐全的国家"211"、"985"工程重点大学。厦大人秉承"自强不息，止于至善"的校训，铭记校主陈嘉庚建设一流大学的嘱托，在较少政治喧闹、较多自由思考的相对安静环境中，做着相对纯粹的真学问，培育着一代代莘莘学子。一大批厦大人在不同的学术领域里成果卓著，他们除了发表论文、出版专著，贡献自己高深的科研成果之外，亦时有充满灵性的学术感悟文字、感时悯世的政治评论短札，时有思索道德人生的启示益智言语、情感迸发的直抒胸臆篇什。这些学术随笔其文字之精练,语言之优美,内容之丰富,思想之深刻,不仅体现了厦大学人深厚的学术积淀,而且也是值得传承的丰富文化宝藏和宝贵的出版传播资源。

厦门大学出版社秉承"蕴大学精神,铸学术精品"的出版理念,注重挖掘厦门大学的学术内涵。我们将以"凤凰树下随笔集"的形式,编辑出版厦大学人的学术随笔、学术短札,在凤凰树下营造弥漫学术芬芳的书香氛围,让厦大校园充满求真思辨的探索情怀。年轻学子阅读这些书札,或能获得体悟,受到激励,走向深邃的学术殿堂;社会大众阅读这些书札,或能更加切实地品读我们这所大学的真实内涵,而不至于停留在"厦门大学是个大花园"的粗浅旅游观感层次。

我们更期待"凤凰树下随笔集"走出校园,吸引全球更多的学者走入这片凤凰树下,让读者感受到这些学者除了不断有高精尖的科研成果问世外,还有深沉的文化艺术脉搏在跳动,还有浓郁的人文精神、科学精神在流淌。

厦门大学出版社

序

我至今仍十分庆幸，庆幸在我跨入学术研究殿堂时，师从当时国内美国史研究的权威学者丁则民教授；也庆幸我的学术研究生涯，是从城市史开始的。

那是1982年，我在东北师范大学攻读硕士学位，蒙业师厚爱参与国家社科"七五"规划重点课题《美国通史》第三卷的撰写。全书分11章，其他章节很快就"名花有主"，仅剩下关于城市的章节无人承担。美国在这一时期"由农村搬进城市"，是城市发展的黄金时期，此章节当然不可或缺，而且须重点阐述。但是，当时城市史研究对国人而言还很陌生，白手起家，难度大，令人却步，我是抱着试一试的态度接受这一任务的。然而，当我经过初步摸索和尝试后，却发现，这块尚待开垦的处女地，充满诱惑和挑战：一方面，城市史高度浓缩了美国的历史进程，有相当多的未知领域等待我们去探讨；另一方面，城市史研究贴近我国现实的需要，具有很强的参鉴意义。从此，我对城市史研究产生了深深的迷恋，乐此不疲。

1985年，我发表了第一篇城市史学术论文，随后又有几篇受到《世界历史》《历史研究》《世界经济》的垂青。我利用在美国攻读博士学位时所接受的系统训练和学术积累，对美国城市史展开了全方位的研究：一是从事专题研究撰写学术论文和专著；二是跟踪学术前沿，即时评介美国的新学派和代表人物，翻译有一定影响的专著；三是加强理论修养，包括借鉴相关学科的理论或方法来充实城市史研究，几个方向同时发力，多有斩获。1995年我被遴选为博士生导师，先后指导了 30 余名博士生，他们大多数都选取城市史作为研究方向，其他高校和研究机构也有诸多学者加盟，美国城市史旋即成为国内学界一个熠熠闪光的新增长点，研究成果一度出现井喷局面。

研究的过程每每有新的发现。我注意到，20 世纪初，美国又开始搬家，这次是从城市往外搬，搬到郊区，二战后更是风行一时，美国俨然成为一个郊区化国家。

美国的两次搬家，是必然走势，还是一国独有的个别现象？这个疑问促使我从跨国史的视野出发，把研究范围扩展到欧洲和其他国家，将其相同发展阶段一一比对。结果发现，它们基本遵循同一走势，只是各有其特点或不同的路径与速度。这就涉及城乡关系和城市化转型，大有文章可做。同时，我也以学术交流或旅游的身份多次造访北美、欧洲、亚洲和大洋洲的很多城市，这样，既有案头的文献解读，又有脚踏实地的田野考察，两者相互印证，不断修正自己的认识。

通过对城里城外转换现象的反复思考，我思路逐渐清晰，进而梳理出一个重大理论问题，即如何把握世界城市发展的阶段性和空间结构。从城里向城外的逆向迁移不是物理学意义上的简单位移，而是在移动过程中发生了化学反应，实现了升级换代，两者在新的起点上形成新型地域共同体，一般称大都市区。这是城市发展到一定阶段，城市功能外延、城市化范围扩大的表现。借此，城乡关系有了实质性的良性互动，城市化进入城乡统筹的高级发展阶段。

换句话说，世界城市的发展可以分为前后衔接但又各具特色的两大阶段：第一阶段是传统城市化时期，以城市的集中型发展为主，城市是其主要的空间载体；第二阶段是新型城市化时期，以多中心格局和城乡统筹发展为主，大都市区是其主要的空间载体。

在此过程中,郊区既没有另起炉灶,脱离城市自行发展;城里城外也没有互争雌雄,零和博弈。而是功能置换,错位发展,形成城乡统筹的大都市区,发挥了"1+1>2"的综合性优势。所以,既不能简单地将这种现象归之于"郊区化",也不能机械地冠之以"逆城市化"。

20 世纪初,著名城市规划师埃比尼泽·霍华德(Ebenezer Howard)在提出田园城市的构想时曾这样描述城乡关系:"城市和农村必须结为夫妇,这样一种令人欣喜的结合将会萌生新的希望,焕发新的生机,孕育新的文明。"霍华德说这番话的时候,英美两国已率先启动城市化转型,到 20 世纪中叶,其他经济较发达国家相继跟进,从传统城市化蜕变为新城市化。尽管这种转型及其调适并非一蹴而就,也未必尽善尽美,但其总体走向已成不可逆转之势。

反观我国,改革开放以来,城市化一路凯歌高奏,2011 年城市人口已占全国总人口的半数以上,到了转型的临界点。但城市扩展的主要方式仍是对周边的兼并,在传统城市化的圈子里打转。这种高度集中、求大求快的城市化造成很多结构性问题,最突出的是城市超前发展,郊区严重滞后,以致被揶揄为"欧美的城市,非洲的农村"。如何打破这个魔咒,已是当务之急。把握世界城市化转型的基本规律,有前瞻性地做出政策抉择,应该是基本遵循。

城里城外,出出进进,看似简单却别有深意,蕴含无限的诱惑力。我在解读这个现象的过程中,产生诸多感悟和认知,也获得很多乐趣。如今,利用撰写这本书稿的机会与读者诸君分享,深感欣慰。

当然,这不是严谨的研究专著,而是轻松的学术随笔。所谓轻松,表现在形式上,就是用了城里城外之类土得掉渣的表述,高雅与通俗混搭;表现在内容上,则是城里城外恣意行走,上下求索,左右采获,自己多年求学、治学和访学的体验与收获,也有部分收录。

2019 年 8 月

Contents

目　录

缘起"城市边疆"

求学美利坚

学术交流从我做起

城里城外的变奏

异域城市·别样风采

薪火传承·家国情怀

缘起『城市边疆』

城里城外

跟跄起步学英语

看到上大学后第一次英语测验的成绩,我几乎无地自容:50分,这简直是奇耻大辱!从小学起,我的成绩就名列前茅,顶着学霸的光环,哪里有不及格的记录。不过,在当时的特定条件下,这也并非意外。我们这一届是1966年小学毕业,正赶上"文革",中学没读几天书就下了乡,几乎是从小学直接上大学。再看看周围的同学,上有老三届,下有高中毕业后下乡甚至是应届高中毕业生,墨水都比我们喝得多,比上不足、比下也心虚。所以,刚进大学校门,倒有几分胆怯。英文从 ABC 学起,零点起步。走进课堂,经常是一头雾水,不得要领。至今我还清晰地记得这样一个场景:那是学过音标之后,老师拿一些单词卡片让我们拼读,看着 spade 这个词,我无论如何也连不起来,读不出来。当时我尴尬地站在那里,脸涨得通红。首次考试的超低分数其实是意料之中,但自尊心受到极大的伤害,我甚至觉得对不起认认真真授课的蔡老师。痛定思痛,我下定决心,一定要啃下外语这块硬骨头。

当时学习条件非常简陋,教材很少,最普遍的是"灵格风英语"。学过英文的表弟的笔记,也成了我的"教材"。在吉林应化所读研究生的姐夫把他的留声机借给我,好歹有个帮助。记得有一天,不知程志从哪里搞到一台日本产的盒式录音机拿到宿舍里炫耀,可以反复录,纠正发音,让我们羡慕得不得了。但从录音里听到自己的英语,一口东北腔,生硬极了。而且,当时习惯从汉语思维理解英文,有些简单句式都转不过弯来。比如,I know him quite well,很多同学都翻译成"我知道他很好",我感觉不对,但又说不出所以然。

这样,就迫使我不得不把大部分精力放在英语学习上,知耻而后勇。走路、吃饭都在背单词,一切能利用的时间都挤出来了。不多的几套英语教材都学习一遍,用如饥似渴来形容当时学英文的劲头再贴切不过。到第二年英语分快慢班,不敢报快班,只是心生羡慕。不料"塞翁失马,焉知非福",慢班的金老师,虽然年轻,但发音标准,课堂讲授规范,无形中受益。而快班的万老师,资历虽深,又是教研室主任,但却是俄文改行,发音和语法有很多偏差。他上课最大特点是 Read after me, ten times。他的一些发音如"喔勒夫"(wolf)、"死它术"(study),后来都成了我们的笑谈。最后,毕业考试,同样的考题,我们慢班的成绩都很好,我还得了 100 分,一雪前耻。再后来,到第三学年,英语是选修课,我担任学委,开始走在前面了。在课余,我死啃英文,通读了《我的前半生》英文译本,以及《双城记》《基督山伯爵》等英文小说。虽似懂非懂,但英文思维开始上路,单词见得多了,也对词义有了更多的理解。和于力处朋友以后,她更是经常鼓励我,我们幽会散步时,背《英文900 句》《5000 英文单词速记》,记忆效果超好,我至今想来都暗自称奇。

英文慢慢地派上了用场。大学三年级时,同学们都开始选择专业方向,俨然进入准研究生阶段。我有英文的自信,就定位在世界史方面,世界史里当然是美国史最有吸引力。这一方面是美国作为世界超级大国的地位,其历史有明显的学术价值,另一方面是因为东北师大历史系有闻名遐迩的丁则民教授坐镇。丁教授虽然没有给我们开课,但其学术声望早已如雷贯耳。他早年留学美国华盛顿大学,学术造诣深厚。1979 年组建中国美国史研究会,他是发起人之一,出任副理事长,是研究会初创时期的元老级人物。美国史研究会刚刚问世,丁先生就率先在我校创办美国史研究室,又在 1977级、1988 级学生中组建美国史研究小组,我有幸通过考试成为首批成员。其间我与另一位同学合作翻译美国著名历史学家弗雷德里克・杰克逊・特纳(Frederick Jackson Turner)词条,后来收入美国史研究会的《美国史研究译丛》第一期。看到印成铅字的译文,喜不自禁。1982 年初,丁先生受教育部委托率团出访英国和希腊,出行前,丁先生做了认真准备。他专门撰写《弗雷德里克・杰克逊・特纳的边疆假说与美国对外政策》(Frederick Jackson Turner's Frontier Hypothesis and American Foreign Policy)的英文论文,以与欧洲学术同行交流。他让我帮忙校对打字错误。先生的论文很长,相当于我们现在用的 A3 纸,十几页。我反复校对,只找到几个打字错误。但看着这些整整齐齐如行云流水般的文字,颇有几分神圣的感觉,当时曾憧憬:如果有一天我能写出这样的文章来,该有多好!丁先生去欧洲期间,师母暂回北京,把家里钥匙交给我,委托我代管。那段时间我最大的享受是放肆地浏览先生家里的英文藏书,虽然只是看看标题和目录而已,但纷然杂陈的美国历史似乎活生生地呈现在我的眼前。有意无意之中,美国史研究已成了我学术追求的不二选择。

临毕业前上了研究生考场,英文得了 67.5 分,成绩不算高,但当年考题非常难,据说及格者寥寥,再次证明自己的努力还是有效果的。考取研究生以后,由于当时有关美国历史的中文论著非常少,因此只能啃英文原著,丁先生在这方面指导我们恰恰游刃有余,因此我们的基本功比较扎实,这着实令其他专业的研究生羡慕。后来我到美国读博士时,在读书的速度和理解力方面与美国学生几乎不相上下,完全得益于这些训练。

后来攻读硕士、博士,再后来留校任教,一路下来,专攻美国史,英文更是成了必修课。1986 年,我获得美国南伊利诺大学的助教奖学金,到该校攻读博士学位。置身英文语境里,英文能力经受考验,更是有飞跃性的提高,英文的感觉和英文思维有明显长进。比如,打招呼很少用 How are you,而是 How are you doing,或者 What's up。记得有一门课是研讨班,布置 16 本学术著作,每周读一本,写出书评,并进行讨论。这门课的阅读量很大,但对我提高英文听力也有帮助。我明显感觉到,我们非英语母语的人,大量阅读很重要,看过的词,再听到别人说出来,立刻就会产生联想,明白是什么意思。

读书的同时,我曾做过一年的助研,协助哈里·安蒙(Harry Ammon)教授编写一本书。他是美国第五任总统詹姆斯·门罗(James Monroe)研究的权威学者,曾于 1971 年发表过长达 700 多页的《门罗总统传》,此次他准备编写《门罗总统最新文献解读》。我的工作就是把该书发表以来新发现的各类文献整理一一查找出来,整理分类,并做出摘要,供安蒙教授甄别选择。这些文献除政府公文和新闻媒体的报道外,还有大量个人书信、日记等,有很多是手写体,有的几乎像天书一样,还夹带一些中古英文的写法和词汇,难以辨认,遇到某些纸张泛黄、字迹模糊的就更难了。我每天坐在缩微阅读机前,细细分辨这些缩微胶片里零零散散的文献,是件非常辛苦的事情,但不知不觉中,英文辨识能力有了明显的长进。

现在,我除了自己撰写学术专著外,还翻译了 7 本大部头的学术著作,在商务印书馆、人民出版社、中国社会科学出版社、中国社科文献出版社、清华大学出版社等出版,翻译质量普遍受到好评。我不仅在文字上能流畅准确表述原著的意思,而且还能在背景上深层次理解作者的意图,对有些"话外音"也能体会到,表达出来。我担任中国美国史研究会理事长后,对外联系的事情更多了,基本可以从容应对。ABC、CBS、CNN 等新闻,当然也是每天的必修课。美国大千世界,可以窥其一斑。当然,东北腔还时不时地冒出来,这已是我们这代人不可克服的短板了。包括与我同时出国后来长期在美国高校任教的那些同学,也多多少少地仍受语音的困扰,这个问题只好留待来世再矫正了。

有时我想起来都觉得难以置信,二十多岁才开始学习英文,现在居然可以用英文流利地进行学术交流和日常交往。学英文直接影响了我的人生事业,使我顺其自然地走上学者的道路,更有意义的是,英文不仅是我的"谋生"工具,也为我的人生打开一扇窗。窗外景致绚烂,令人痴迷……

毕业实习的场景

2016 年

恩师丁则民

　　1977年，我顺利通过"文革"后的首次高考，跨入东北师范大学的校门。济济一堂的学子，多为"文革"十年积累的精英，无不踌躇满志，很多同学不满足于按部就班的中外通史"八大块"教学安排，刚刚进入二年级，就开始有意识地专注于某些研究领域，像现在的硕士研究生一样，选择研究方向。当年的东北师大历史系显赫一时，有一批非同凡响的学者，如世界古典文明研究的林志纯、世界中世纪史研究的朱寰、明清史研究的李洵和美国史研究的丁则民。同学们无不期盼得到这些名师的垂青，以投其门下，得到点拨与提携。

　　命运之神很快眷顾到我的头上。1979年，中国美国史研究会在武汉大学成立，出任副理事长的丁则民教授回校之后，立即在历史系组建美国史研究室，发起诸多研究活动，翌年又在1977级、1978级学生中组建美国史研究小组。我自然第一批报名参加，另有现在南京大学-约翰斯·霍普金斯大学中美文化研究中心任教的任东来教授，部分外语系的同学闻讯也来加盟。紧接着，我们近水楼台，在第一时间购买到美国史研究会组织编写的第一部学术论文集。丁先生牵头组织了系列性学术讲座等很多学术活动，印象较深的有正值盛年的田锡国的"重新评价内战后美国南部重建"，年轻教师王群的"1812—1814年第二次英美战争新论"等。我直接参与的则是《美国史译丛》的编写工作。这是丁先生在中国美国史研究会首倡的一项工作，他身体力行，承担创刊号编辑工作，其内容有论文和著述、美国史研究动态、美国历史学家简介、关于南部重建资料介绍等。我与另一位同学合作翻译美国著名历史学家"弗雷德里克·杰克逊·特纳"词条。

　　借翻译的机会，我有了第一次与丁先生单独面谈的机会。当时先生除了解答我翻译中遇到的问题外，还顺手从书架上取下一本美国历史教科书，选一段让我读，并口头翻译大概意思。记得那段的标题是"反叛的滥觞"（Stirring of the Revolt），翻译似乎还算顺利，但因平时口语训练少，读得磕磕巴巴,连不成句,一时满脸是汗。丁先生未予置评,但我直到今天还清楚地记得他当时的目光,有几分审视,也有几分期许。那道目光,深深地刻在我的脑海中,后来在学习和工作中经常浮现,往往会产生莫名的紧张和紧迫的感觉。后来看到印刷成册的《美国史译丛》,感觉沉甸甸的,因为这是我学习美国史的第一个印成铅字的成果,中国美国史研究会的名字在我心中也日益清晰起来。

我不仅参加美国史研究小组,而且还能登堂入室,直接面见丁教授,聆听其教诲,令其他同学羡慕不已。有意无意之中,美国史研究已成了我学术追求的不二选择。

毕业前夕,我毫不犹豫地报考了丁先生为导师的世界地区、国别史专业、研究方向美国史的研究生。临考试前听说报名者居然多达 48 人,似乎也没有感到畏缩。后来,这个专业通过全校录取线的考生很多,丁老师原计划招 2 名,破例扩招为 4 名,其余还有数位优秀考生推荐到其他学校,有 2 位被北京师范大学录取,由河北师范学院的黄德禄作为北师大兼职教授指导。据说当年全国美国史研究方向录取的考生不过十几名。可以说,考取这个专业,学术生命就与美国史研究紧紧连在了一起。

在这种激烈竞争中脱颖而出的这几位果然不可小觑。来自昆明师范学院的游恒[现在美国风险管理协会(The Risk Management Association)任信息中心主任],北京知青,该校历史系 1977 级的高才生,学习成绩一直稳居榜首;哈尔滨师范大学的黄仁伟(现任上海社会科学院副院长、研究员),上海知青,机敏过人,研究生考试总成绩全校第一,其中专业课高达 98 分,当时在判卷现场引起轰动;来自牡丹江师范学院的卞历南[现任美国奥本大学(Auburn University)历史系主任、教授],年轻气盛,刚满 21 岁,可能是全国 1977 级本科生中最年轻的,尽管如此年轻,却已发表了一篇评价门罗宣言的学术论文。有享誉全国的名师指导,又有出类拔萃的同窗为伴,我的学术生涯处在一个高起点上。

丁先生在我们几个人身上,投入了相当多精力和时间。他没有给我们开设美国通史,而是进行专题讲授,分别是美国近代史专题、美国现代史专题。开始时我们有些愕然,以为是先生谦虚,后来发现,这是先生的一贯风格。他一再告诫我们,自己没有搞清楚的问题,不写,也不讲。系统讲通史,时机还不成熟,不如通过分专题重点讲授,可以使问题更加深入、透彻,实际效果更好。入学不久,我们有了一点学术积累和心得,便按捺不住,撰写成文,要拿出去投稿,但都在先生那里被枪毙掉了。先生对我们写的论文,包括后来的学位论文和《美国通史》第三卷,字数都有严格限制,不许超出。这样,势必要求字斟句酌,精益求精,无形中强化了我们的研究能力和严谨的治学态度。这和今天过分追求数量、粗制滥造发论文的情况形成鲜明的对照。在具体讲授时,采用研讨班方式,这是丁先生反复倡导的,当年他在美国读书时就修过几门这样的课。由于当时有关美国历史的中文论著非常少,因此只能啃英文原著,丁先生在这方面指导我们恰恰游刃有余,因此我们的基本功比较扎实,这着实令其他专业研究生羡慕。后来我到美国读博士时,在读书的速度和理解力方面与美国学生几乎不相上下,完全得益于这些训练。

我为丁先生作画

　　为避免"师傅带徒弟"的弊端,丁先生与同在美国留学过的吉林大学经济系刘传炎教授商定,双方学生互选课程。他的3位研究生来东北师大听丁先生的美国历史课,我们去吉林大学听刘教授的美国经济课,互相承认学分,这可能是比较早的校际互选课。同时,他还请本系的王贵正教授讲授一个专题:罗斯福新政。王老师为此曾准备了整整一个学期,可见其重视程度。第二年,先生吸收我们参与编写《美国通史》第三卷即《美国内战与镀金时代》。此外,结合美国教授讲学,每人承担两次口译,全面锻炼我们的英文能力;结合外汇购书,锻炼我们查询资料、熟悉学术史的能力。入学不久,恰逢中国美国史研究会在苏州召开第三届年会,丁先生带黄仁伟和我参加。我平生第一次参加这样的学术会议,非常兴奋,更重要的是,看到了很多仰慕已久的学者专家,格外亲切。

　　在丁先生门下攻读硕士学位和参与撰写《美国内战与镀金时代》,也使我与美国城市史结下了不解之缘。在构思《美国内战与镀金时代》时,丁先生一再强调,这一时期的美国成为一个工业化强国,也是城市发展的黄金时期,如果没有城市的内容,那么这段历史就是不完整的。因此他在章节安排上,专门留一章写城市。应该说,丁先生是非常有眼光的。但是,当时城市史是一个很陌生的研究课题,白手起家,可资参考和借鉴的东西很少,难度可想而知,所以没人愿做这个费力不讨好的工作。其他章节很快就"名花有主",这一章阴差阳错地落到我的头上。然而,当我经过初期摸索和尝试后,却发现这既是一个空白研究领域,也是一块尚待开垦的处女地,有很多有价值的题目可以探讨,充满诱惑力和挑战。结果,这件事对我来说,可谓塞翁失马,成为我学术生涯的一个转折点;在丁先生那里,则是他推动美国史研究战略布局有前瞻性的重要举措。

　　19世纪后期美国城市发展的突出现象是中西部城市借助工业化的推动,后来居上,重要性和典型性都很明显,于是我选定中西部城市撰写硕士学位论文,后来这篇论文受到《世界历史》编辑部的青睐,刊用在1986年第6期。三年后,《历史研究》又发表我的《富有生机的美国城市经理制》一文。这两篇论文,是我在美国城市史研究方面的奠基之作。其间在美国读书,我有意选取和城市史研究有关的课程,如统计学和政治学系的城市政治等,强化了我的研究能力。及至1990年完成我的博士学位论文《美国西部城市与西部开发》时,在美国城市史方面有了更多的想法和尝试,并带动了很多学者关注乃至加盟这个研究领域。令我感动的是,丁先生也在百忙中抽出时间,选取美国城市史的几个选题深入研究,并撰写论文发表。我觉得,他是在以另一种方式鼓励和支持我。到今天,美国城市史研究已成一个"显学",研究成果一度出现井喷局面。北京大学王希教授在采访我时曾提到,在美国史学界,城市史研究在 20 世纪 60 年代方出现兴盛局面,而其后不过 20 年时间,我便步步紧追,并有所斩获,何以至此? 我的答案是:有名师指点。

如果说在治学方面师生相承,我们有幸得到丁先生的真传,那么,在个人利益和国家需要的关系方面,丁先生更为我们做出了表率。他早年负笈美国读书,于 1949 年在华盛顿大学获得历史学硕士学位时,恰好新中国成立,他毅然放弃攻读博士的机会,回国效力。这已是一段佳话。想不到,40年后,我竟面临同样的选择。我在 1984 年底完成研究生学业后,和卞历南一起留校任教,继续陪伴在丁先生左右。两年后我获得美国南伊利诺伊大学的助教奖学金,到该校攻读博士学位。由于有丁先生指导下 3 年学习的基础,我很快适应那里的学习和工作环境,所修课程得到几乎全 A 成绩。学业顺风顺水,又有该校助教奖学金这份"铁饭碗"和妻子陪伴左右,我继续留在那里完成学业,本是情理之中的事。但丁先生最初以为我作为在职教师去该校属于进修,而不是读学位,因此,他一直盼望我在一年或两年内能回到他身边,配合他的工作。丁先生先后给我写过 5 封信,前几封详细介绍研究所(1987 年美国史研究室扩展为美国研究所)的工作,后几封则一再希望我尽早回国。他在信中恳切地告诉我,由于身边没有得力助手,他承担的《美国通史》第三卷一直没有完稿,同时又申请到国家教委的重点项目"美国西部开发史研究",也难以如期展开。这种出于工作需要的误解,可谓"美丽的误会",我完全能够理解,甚至佩服。其实,我虽然人在美国,但心中时时牵挂着东北师大的美国史研究和我的导师,割舍不下。在我出国不久,东北师范大学就获得了世界近现代史博士学位授权,丁先生在美国史研究方向招收博士生。放眼望去,在全国范围内,拥有美国史研究方向博士学位授权的除东北师范大学外,当时只有中国社会科学院、南开大学,另有学校设美国史相关研究方向(如中山大学的中美关系史)。没有这种授权点的学校,即使有一些知名学者坐镇,也难以顺利发展和传承学业。丁先生耗尽毕生心血创建的这个平台,我们作为嫡传弟子有责任和义务维护。考虑再三,我最后放弃在望的博士学位,于 1988 年秋偕妻子回到母校,回到丁先生身边。这个举动,从大处说,是爱国,说得具体些,是师生的情分,是东北师范大学来之不易的美国史研究平台的吸引。当年 11 月 17 日《光明日报》在第 1 版用 1/4 篇幅、以《服从工作需要,一心报效祖国》为题介绍我的回国事迹。我读到这篇报道时,几乎没有想到自己,脑海中浮现的反倒是当年丁先生风尘仆仆、辗转回到新中国为国效力的场景。

屈指算来,从最初加入美国史研究小组开始追随丁先生,到后来在他指导下完成硕士、博士学业,再后来留校辅佐他,直至 1998 年调往厦门大学,前后近 20 年时间。可以说,在丁先生的所有学生中,我与丁先生交往时间最长,是最幸运的。这段经历,正值我学术道路的入门和起步阶段,高起点使我终身受益。而今,先生远离我们而去已十年有余,但我们的思念之情丝毫未减。先生的照片高挂在我们美国史研究所的办公室里,一直在静静地陪伴着我们,也倾听着我们的思念。

2011 年 3 月

叩问"城市边疆"

我至今仍十分庆幸,庆幸在我跨入学术研究殿堂时,师从当时国内美国史研究知名学者之一丁则民教授;也庆幸我的学术研究生涯,是从城市史开始的。那是1982年,我在东北师范大学攻读硕士学位,蒙业师厚爱参与国家社科"七五"规划重点课题《美国通史》第三卷的撰写。当时关于城市的章节尚无人承担,这一部分是此时期美国发展的关键一环,须重点阐述。可是,当时我国研究外国城市史的人寥寥无几,前无借鉴,难度很大,我是抱着试一试的态度接受这一任务的。几年下来,随着对城市史认识的深化,视野的拓展,我惊喜地发现,这是一片尚待耕耘的丰腴土地:一方面,城市史高度浓缩了美国的历史进程,有相当多的未知领域等待我们去探讨;另一方面,城市史研究很贴近我国现实的需要,具有很强的实践意义。从此,我与城市史研究结下了不解之缘,乐此不疲,开始了虽很艰难但却充满乐趣的学术之旅。

丁则民教授治学态度极其严谨,有时近乎苛刻,我们当然不敢有丝毫马虎和懈怠。书稿经反复推敲,历八年寒暑,方交由人民出版社出版。这期间,我除了完成我所承担的部分外,还获得美方奖学金,赴美国攻读博士学位,强化了历史学的基本功,在城市史方面也接受了系统的训练和熏陶。1988年回国后,行装未解,便着手拟订计划,马不停蹄地展开了系列性研究工作。

"边疆"(frontier)一词,一般作为地理概念理解和使用,但自从1893年弗雷德里克·杰克逊·特纳在其名作《边疆在美国历史上的意义》使用以来,它就被赋予了特殊的含义,即它不仅是地理意义上的边缘地带,而且可引申为开疆拓土、征服自然和新的地域的人文精神。特纳的观点一度主宰史坛,人们开始把"移动的边疆"视作理解整个美国历史、解释美国发展独特性的钥匙,起而效仿,相继在思想史、外交史、社会史去开拓并发现了很多新的"边疆",甚至1960年就任美国总统的肯尼迪,也将其雄心勃勃的施政纲领冠之以"新边疆"。至于城市史,因其本身就是新领域,自然也合乎逻辑地成了应开拓的新边疆。

当时在城市研究方面,我国地理学、经济学和社会学等学科已先行一步,而历史学相形滞后。历史学参与城市研究,尽管可以,也应该借鉴其他学科的研究方法和理论乃至研究成果,但绝不能混同于其他学科,而应发挥历史学科自身的研究优势。如何发挥自身研究优势?我觉得,历史学主要关注的是事物纵向发展的内在逻辑及其规律,应侧重概括这些规律的客观表现形式,探讨它们在各个发展阶段的特点及其原因。就城市史研究而言,主要就是探讨城市化发生、发展的规律,再从这一层面展开,进行全方位、深层次的剖析。例如剖析城市性质、规模、分布等方面的变化,城市化和地区发展的关系,城市化和工业化的关系,城市人口由集中到分散的表现形式,城市的空间构成,产业构成等方面。到目前为止,我的绝大部分研究,主要侧重城市与区域经济的关系、美国经济结构变化对城市的影响和市政管理等方面。

美国和中国一样,都是地域辽阔的泱泱大国,都存在区域发展不平衡或不同步的现象。因此,研究美国城市史,绝不能泛泛而谈。把区域视为整体,从这一角度探讨城市发展更易揭示历史真实,更有理论和实践意义。研究区域城市的发展,也可以有不同的角度。可以集中论述某一个区域,也可以比较几个区域。这里的关键问题有二:一是不要孤立地考察区域,如果仅限于对某些区域或某些城市,则等同于地方志或城市志;二是要把区域作为一个整体,分析区域内的空间结构、经济结构、地理条件及其相互影响,分析区域内从核心区到边缘地带的差异与变化。早在 1986 年,我就从区域经济角度对中西部进行了初步考察,撰写《美国中西部城市的崛起及其历史作用》(《世界历史》1986 年第 6 期)等论文,总结工业化和城市化的关系。由于该地区典型性非常突出,并且美国学者曾有很多详尽的论述,所以我的文章与其说是研究,不如说是学习与借鉴的过程。后来,我对美国西部城市的研究,则多了几分独立的思考。

19 世纪后期,美国经济重心在东部,西部还属于边远地区(或经济区划的边缘地区,与中心区相对而言),处于开发阶段。我发现,这一开发伊始,便以城市为先导,城市化作为西部开发的主导力量,带动着整个西部的大规模开发。这与人们所熟悉的先行农业垦殖,而后工业化及城市化的循序渐进的开发模式截然不同,属于一种全新的开发模式。我在对此现象做了层层剖析后得出结论认为,这一现象在边缘地区有其合理性和必然性,符合当地的自然和地理条件;同时,这种以城市为先导的西部开发又是特定历史时期的产物,是以较高的生产力水平为依托的,换句话说,这种开发唯有在工业化时期才能完成。这表明,一个国家,在其经济已有一定程度的发展并存在地区差异的情况下,对边远地区的开发,可以不循常规进行,不必简单地重复传统的开发模式。这一结论,对于边远地区的开发,是有很强的借鉴意义的。这篇题为《美国西部城镇与西部开发》的论文在《历史研究》1992 年第 4 期发表后,引起有关学术同行的关注,被广为转引。我还撰写了《美国西部城市化道路初探》(《世界历史》1991 年第 2 期)、《西部大城市——当代美国经济变化的中心》(《经济地理》1992 年第 4 期)和《美国三大城市与美国现代区域经济》(《美国现代化历史经验》,东方出版社 1994 年版)等文章,对此现象的具体表现形式做了进一步探讨。

另外,我对美国南部城市化和西部典型城市也进行了典型分析。在我已发表的论文中,仅探讨区域城市化的就有 10 余篇。在此基础上,我写出了《美国西海岸大城市研究》(东北师范大学出版社 1994 年版)。这部专著,在某种意义上可看成是我探讨区域城市化规律的阶段性总结。

在研究美国城市史过程中,我较多地运用了比较研究方法。比较研究是一种对彼此有联系的事物加以对照、比较,确定它们的相同点和不同点,并分析产生异同的原因的研究方法,是认识事物发展规律性的重要手段。当然,运用比较研究方法必须把握可比性原则,切忌直接或简单进行类比,这一点在中国与美国的比较中尤为重要。因为美国与中国毕竟有相当大的差异,对这些差异有比较清醒的认识,并在比较研究中给予充分的考虑,无疑是必要的。但城市化却是一条普遍性规律,无论发达国家还是发展中国家,无论是否认识还是是否情愿,都要经历这一阶段,这已经为世界历史进程所证明。从这个意义上讲,中美城市化当然有其可比性。非但如此,美国又是比较研究的理想参照系。这不仅因为美国城市化水平较高,可从其已走过的道路中寻求经验教训,而且,美国城市化还有一个其他国家无法比拟的明显特点,即:其发展进程较少受外来偶然或不确定因素的干扰,如战争、革命、自然灾害等。美国联邦政府在 19 世纪末以前实行自由放任政策，对城市管理不加干预，即使在其后此类干预也较其他国家少而轻。这一切都使得市场经济对城市化的影响直接而强烈，城市化有清晰的脉络可循。城市化的很多发展阶段及其典型特征在美国城市化过程中都有明显的反映，带有类似原型的特征。既然线索清楚，自然便于从中寻求规律性认识。

在比较研究中我着力最多的是我国东北部与美国中西部工业城市的比较。这两个地区同为重工业区，在发展历程方面有其共性发展规律，有很多相似之处，可资比较。在美国，自第二次世界大战以来，随着区域经济结构的变革，中西部步入衰退，被形象地称为冰雪带；无独有偶，我国东北部自 20 世纪 80 年代以来也出现了以工业城市衰退为主要特征的东北现象，不期而遇的两种现象为我们提供了难得的比较研究选题。目前美国中西部城市化已走完由发生、发展、完善到趋缓的全程，即完成一个城市化周期。两相比较，显然可以得出很多规律性认识，进而可以更准确地认识我国东北部城市化的发展道路，把握其未来的大致走向，为制定较符合实际的科学性发展战略提供借鉴和理论依据。我在对此问题进行了一些外围研究后，根据初步认识，写出了《工业城市发展的周期及其阶段性特征：美国中西部与中国东北部比较》（《历史研究》1997 年第 6 期）。该文选取美国中西部与中国东北部城市的相同发展阶段，即城市人口占总人口的比例由 10％到 50％这一城市化快速增长时期进行了比照，证实了已有的假说：地区经济有其发展周期，工业地区更是如此。因此，我国东北部的衰退是不可避免的，只是时间来得早了一点。我国东北部城市存在的问题是：城镇等级结构不合理，小城市数量少、效益低，是城市体系的薄弱环节；首位性城市首位度不够，对城市体现带动作用不明显。既然已形成大城市过多的局面，下一步工作重点就不应是控制这些大城市，而是如何充分地发挥它们的功能和效益。以大城市为依托，在其周围发展小城镇，实行大都市区化，这是美国中西部，也是二战以来美国全国城市化的主要趋势，其中大有可资借鉴之处。目前我申报的课题"美国中西部与中国东北部工业城市发展比较"已列入国家教委"跨世纪人才"基金及国家"九五"社科重点规划项目。待完成这个项目之后，我还将结合东南地区城市化的历史与美国相应区域城市进行比较。

1998 年末在厦门海洋社会经济发展国际学术研讨会上，我提交了厦门与美国旧金山城市布局比较研究,就是在此方面的先期准备。我在研究美国城市史的同时,也积极参与我国学术界的相关讨论。近年来,随着我国城市化进入快速增长时期,城市化道路问题成为人们关注的热点,研究热潮持续不衰,所发表的论文数以百计。这些论文大致可分为主张发展大、中、小城市三大派别。应该说,这是一个极其严肃的论题,因为它关系到如何把握我国发展的战略方向。遗憾的是,迄今的大部分研究,就我国城市化本身议论较多,与国外同类现象的比较很少,间或有些论述,但流于泛泛,个别认识甚至偏颇。例如,20 世纪 70 年代发达国家大城市发展停滞,以及所谓的城市病凸显,导致西方一些学者得出大城市已经衰落的结论,提出所谓逆城市化。这些认识也深深地影响了我国学术界,进而成为我国主张发展小城市、限制大城市的主要依据。微征史实,便可发现这是一个误导:这在西方国家其实只是过渡性的临时现象,而非城市发展的必然趋势。有鉴于此,我觉得有责任和必要在澄清美国 20 世纪 70 年代城市发展情况的基础上,进一步对大城市在美国城市发展历史上的地位进行深入探讨。我相继撰写《美国阳光带城市的崛起述评》(《世界经济》1990 年第 12 期)、《大都市区化:当代美国城市发展的主导趋势》(《美国研究》1998 年第 2 期)等文,寻绎了美国大城市从初创至今的发展轨迹,引证大量数据说明,在美国城市化过程中,大城市一直呈优先发展局面。尤其是在 20 世纪,大城市在完成竖向发展后,进入横向发展阶段,形成大都市区和大城市连绵区甚至大城市带。这种大都市区化,是人口在一个更广范围内或更高层次上的集中(而非传统意义上的集中)。大都市区范围内的所有城市都普遍得到发展,而远离大都市区的小城市,则发展迟滞甚至下降。这种现象,不仅限于美国,在西欧和亚洲的日本等发达国家均已普遍出现,是一种带有规律性的现象。此种现象给我们的启示是:发展大都市区,不等于排除中小城市的发展,关键是在哪里发展。遍地开花发展小城镇的说法显然有悖于城市化的普遍规律,农村城镇化也绝不能等同或可以代替城市化。

探讨市政体制与市政管理的发展也是我很关注的一个方面。美国的城市政府,无论在机构设置还是在市政管理方面,均带有很强的企业化色彩或企业化思想。我撰写了《富有生机的美国城市经理制》(《历史研究》1989 年第 3 期),对三大市政体制之一的城市经理制进行了剖析,并写出系列性论文。

由于城市史研究在我国处于起步阶段,亟须借鉴相关学科及国外的最新或权威研究成果。有鉴于此,我在从事研究的同时,也做了大量介绍性工作。例如,我翻译了宏观区域学说的创立者施坚雅(G. William Skinner)的代表作《中国封建社会晚期城市研究——施坚雅模式》(吉林教育出版社1991年版)。施坚雅的名字对我国学者而言并不陌生,但这部论著立论艰深、引证广博,融多学科为一体,原文不易阅读,因此译为中文颇受欢迎。为便于学术界更准确把握其理论和学术体系的精华,我还撰文《施坚雅宏观区域学说述论》(《史学理论研究》1992年第2期)加以介绍。另外,我翻译了美国城市史研究会主席、美国西部城市史研究代表人物卡尔·艾博特(Carl Abbott)教授的《大都市边疆——当代美国西部城市》(商务印书馆1998年版),并撰文《卡尔·艾博特及其大都市边疆》介绍之(《世界历史》1996年第5期)。

研究城市史,探索城市发展规律,是件难度很大的工作,在我国城市史研究初创时期更是如此。到目前为止,我对城市研究可以说是刚刚入门而已。值得欣慰的是,我的这些尝试已得到我国学术同行的广泛关注和认可。如《美国西海岸大城市研究》一书出版不久,就相继有4位知名学者撰写书评加以介绍,同时还引发了一场有关美国经济重心是否西移的争论,推动了我国对相关课题的研究。我所指导的研究生也对城市史产生浓厚兴趣,已有10余人选取城市史的相关问题做学位论文,形成一个可观的研究群体。我的研究,也得到一些相关学科的认可,有很多论文发表在《经济地理》《世界经济》等刊物上。1996年,我受中国美国史研究会的委托,在长春主持筹办了中美城市化比较研究的国际学术讨论会,并在会后主编论文集《城市社会的变迁:中美城市化及其比较》(中国社会科学出版社1998年版)。同时受国家教委的委托,主持同类选题的高级研讨班。还在国内首创了中美学者定期举办国际电话学术讨论会的形式,多次就城市史研究的热点问题与美国学者进行探讨。我于20世纪80年代末加入了美国从事城市史研究的最权威学术团体美国城市史研究会,通过各种渠道加强与美国同行的交往,曾先后应邀赴美国、奥地利、澳大利亚等国家和中国香港等地区讲学、从事专题研究或参加学术讨论会。

　　时代发展到今天,与国外学术界同行交流乃至实现学术对话已提上日程,而不能仅限于自行摸索,走向世界是我们这一代学者不可推卸的历史责任。我觉得肩上的担子很重,前面的路很长,我不能有丝毫懈怠。

原载《东南学术》1999 年第 3 期

治学·著述·做人

细心的读者也许会发现,《美国通史》第三卷篇幅有限,但各章节的分布却非常均衡,每一章都在 3.2 万字左右,全书共 11 章 35 万字。这当然不是巧合。主编丁则民教授从布置任务伊始就申明,全书必须限定在 33 万字左右,不可轻易突破。我们开始时对此不以为然,抱着写写看的态度,但后来在落笔时,发现很多内容和资料难以割舍,结果篇幅不断膨胀,各章均有超出,加在一起,总量就增了不少。前两稿呈交到先生手中,均受到严厉"制裁"。尽管如此,最后到 1988 年黄仁伟和我帮丁先生统稿时,交上来的稿件仍有很多埋伏,远远超出原定篇幅限制。但其中几位执笔人已毕业离长,丁先生授权我们大刀阔斧进行裁减。结果,每章 3 万字的上限,确实让我们伤了一番脑筋,在考虑内容和总体结构完整性的同时,还要逐一核对字数。我们后来发现,这是业师的一贯风格。我们在写硕士学位论文时,篇幅就被限定在 2 万~3 万字之间,到撰写博士学位论文时,仍有字数限制。所以丁先生指导的博士学位论文篇幅都不大,与其他动辄数十万言的学位论文相比,大多都显得"单薄"。我们也发现,这种要求是与先生严谨的治学传统相一致的。诚然,在某种意义上,篇幅限定过于死板,某些问题确实无法展开和深入,有其负面影响,但这无形中要求作者精挑细选资料,反复斟酌观点,行文力求简洁,由此而强化了学术功力。吝啬篇幅的背后,实际上是对质量的高层次追求。

参与撰写第三卷时,是在 1982 年,我们刚刚开始跟随丁先生攻读硕士学位不久。其他专业研究生得知这个消息均羡慕不已,认为这是名利双收的事情,开始时我们当然也是受宠若惊,后来才体会到这是一份名副其实的苦差事。我们 4 个丁先生的开门弟子,分别结合硕士学位论文选题选定一章。丁先生布置和督促我们参阅了大量相关论著,做了很多先期准备工作,却迟迟不让我们动笔。我们在此期间所写的其他稿件,到他的手中,几乎都被"封杀",当然也不能奢望投到刊物上去发表。记得丁先生给我们讲过这样的事例:没到过美国的人,能写一部关于美国的书;到美国去过一个月的,能写一篇关于美国的文章;到美国去一年以上,就什么都写不出来了。其实不是不能写,而是不敢写。对美国了解得越深,就越发现自己的肤浅,轻易不敢落笔。当时只是觉得这是导师在严格要求我们罢了,今天想来仍觉这番话寓意深长。其他各章执笔者尽管在其领域已有所建树,但也须再就相关重点和难点发表数篇论文后才可动笔。在正式动笔之前,先生选择了准备比较充分的第一、第二和第五章做试写。这三份试写稿,不仅寄送外地专家审读,还专门召开试写稿讨论会,请当时在美国史研究中崭露头角的冯承柏教授和黄安年教授到长春与课题组成员详细研讨,当时回长春探亲的南开博士生任东来也被邀请参加,第一章作者汪仪则从上海专程赶来。其他各章,正式的改动程序是两到三稿,但对具体内容和问题的讨论,却已无法计数,至于新观点和新概念的阐发就更为慎重了。如黄仁伟提出19世纪美国西部农业资本主义发展符合列宁"美国式道路"的论断,但在南部却是典型的"普鲁士道路",这是对经典论述的重大修正。对此,丁先生除了与黄仁伟多次讨论外,还向很多相关学者征求意见,其求真务实的态度给我们留下了深刻的印象。甚至对"城市化"之类概念是否可在历史学著述中使用,先生也是斟酌再三。正因如此,这本书从写作到出版历时8个寒暑。我从读硕士学位开始参与,到毕业留校工作,再到美国攻读博士学位回来,书稿仍在"进行时"。这种"十年磨一剑"的学术追求,在当今粗制滥造成风的情况下,确实难能可贵。

正是这种严谨的治学精神,也使我们的学术态度得到净化,进而形成了好的学风。凡出道于丁先生门下的学生,均严谨自律,不仅做学问如此,为人处事也如此。之所以先生的很多弟子今天能够成为国内美国研究的中坚力量,与这种做学问、做人的严谨态度是密不可分的。以这部著作的撰写为契机,东北师范大学也形成一个研究群体和稳固的"学术根据地",在研究选题上形成了自身的特色:19世纪后期美国史、美国城市史、美国移民史、美国西部史。在这几方面,都有很有分量的论著面世。研究领域的拓展,与培养人才相结合,使学术薪火得以传承,严谨学风得以弘扬。可以说,围绕第三卷的撰写所产生的联动效应已远远超过了这部论著本身。

原载《史学月刊》2003年第9期,此次标题略有改动

那里是大雁落脚的地方

王旭要去厦门大学！这个爆炸性新闻,把 1998 年 8 月里的东北师大校园搅得沸沸扬扬。

很多人的第一反应是:难以理解。我当时是历史系(后来的历史文化学院)主任和美国研究所所长,头上光环不少:40 岁破格晋升教授,2 年后遴选为博导;首批入选教育部"跨世纪人才"计划(全校文科仅有 2 人,全国高校文科仅 40 余人);有留美经历,又是全国最年轻的富布莱特高级访问学者,对外学术联系独当一面;中国美国史研究会副理事长,刚刚主持了国际学术研讨会和高级研讨班;1993 年开始享受国务院政府特殊津贴;事业发展顺风顺水,连校园的报刊栏里都张贴着他和美国前总统里根的大幅照片。校领导寄予厚望,生活待遇也不错,刚刚分到几乎是全校最好的住房。而且,作为东北师大的支柱学科,历史系实力雄厚,是全国的世界史研究重镇,设有专门的美国史研究方向博士授权点。总之,我没有理由离开东北师大。于是有人猜测我可能更看好南方的气候与环境,或许厦大给了什么特殊的待遇,诱惑太大,还有人说我从此退出江湖到厦门养老去了。

当然,环境和气候是我考虑的因素,至于待遇,当时厦大与东北师大相比差别并不大,但这不是我最看重的。重要的是,从发展眼光看,"东北现象"已持续多年,发展乏力,一直没有好转的迹象,这自然影响到高校的发展,美国史研究也受到波及。同样重要的是,我专攻美国史和城市史,改革开放以来南方沿海城市化凯歌高奏,伴生太多新的挑战和新的选题,有着巨大的施展空间。厦门作为经济特区,跻身城市化第一方阵,前景看好。深圳发展势头当然更猛,但可惜那里没有实力雄厚的高校,短板明显,而拥有厦门大学的厦门市,显然更胜一筹。北京和上海的几所著名高校听闻我要离开东北师大的消息,也向我伸出橄榄枝,但我从多年的城市史研究经历中,已经预见到特大城市日益发酵的种种弊端,未予考虑。后来北京的雾霾,验证了我的顾虑。

到了厦门,在校系领导的关照下,我很快安顿下来,全身心地投入新的教学科研工作之中。我首先对厦门展开了全方位的实地考察,亦即田野调查,获得感性认识和大量第一手资料。正巧历史系杨国桢教授发起一个海洋史国际学术研讨会,在他的鼓励下我提交论文并做了大会发言,题目为《港口城市布局与区域经济——厦门与旧金山比较》(后收入《迈向 21 世纪海洋新时代——厦门海洋社会经济文化发展国际学术研讨会论文选》)。在这篇论文里,我把旧金山与厦门进行了比较,在此基础上,提出大都市区是各类城市特别是海湾型城市发展的必然结果,厦门应该主动联合泉州和漳州,构建厦漳泉大都市区。应该说,当时我提出这个见解是开创性和超前的,是建立在对世界城市化发展一般规律的判断上,有理论依据和严谨的论证,后来经过很长时间,学界和政界才跟了上来,开始注意到区域一体化,成为热门讨论的话题。

此后,厦门市的每一步发展和每一个规划举措,我都十分关注,并在《厦门日报》《厦门晚报》《海峡导报》等媒体发表专论或采访报道。我还承担省社科基金项目"20 世纪世界城市化的一般趋势和厦门的战略选择",对厦门的未来走向进行系列论证。后来,在厦门制定"十二五"发展规划时,厦门大学组织相关学者做了一个厦大版的"十二五"发展规划,我撰写了第二章"世界城市化转型的主要特征及其借鉴"。在我参加的国内外学术会议上,我也经常提出厦门战略发展的议题和我的主张,以获得学界的检验和认可。我撰写的有关厦门的英文论文,发表在《世界史研究》(*World History Studies*),更把这个论题推向外部世界。

由于我曾担任东北师大历史系主任,此刻又加盟厦大历史系,自然便于和双方沟通。在我的建议和双方时任领导的努力下,两系展开了本科生交流,获得了两校师生的高度肯定。这在全国重点高校中是创新性的,引起教育部的高度重视,进而作为成功经验加以推广。

在学科建设和课程体系建设方面,我也付出了较多的努力。在我调入之前,厦大历史系的世界史几乎是瘫痪状态,一些基础课都开不出来,我甚至不得不亲自出面给本科生开设古典文明基础课。与此同时,我也在组建学术梯队上下功夫,在巩固原有的东南亚史的同时,扩充美国史研究力量,并很快形成合理的梯队,世界上古史和中古史也有了基本的配置。这些教师基础很好,有一定研究实力,后来很多人获得了国家社科基金项目的资助。另外,博士生培养也活跃了我们的学科建设和队伍建设,增添了活力。2011年,国务院学科目录调整,世界历史成为一级学科,我校获批为世界史一级学科的首批博士点,不久展开的全国重点学科评估,又名列全国重点高校第九位,从此厦门大学的历史学迈进一个新阶段。

我们的努力,得到中国美国史研究会(国家一级学会)的肯定,2002年该研究会秘书处移师厦门大学,开启了"厦门时代",前后14年,为研究会历史做出了独特的贡献。在此期间,我从副理事长升任理事长,为研究会承担了更大的责任,也为研究会工作付出了更多的努力。

对外联系方面,我在东北师大期间曾做过很多努力,人脉很广,慢慢地也尝试在厦大打开新局面。我到厦大不久,就向学校提出申请成立美国研究中心。学校经反复考虑,觉得校内相关研究力量的整合条件还不太成熟,建议先成立美国历史研究所。1999年6月美国历史研究所成立,之后我们迅速展开对外联络,组织一系列学术活动,其中,2002年与美国耶鲁大学联合举办的高级研讨班就是一个标志性的进展。如上所述,同年,中国美国史研究会秘书处移师厦门,主要是以这个研究所为平台依托。到2012年中国美国史研究会与美国历史家协会建立正式交流关系,更将中美学术界在美国史研究方面的交流推向一个新的高度。

在个人的学术研究方面,也有了一些可喜的收获。我先后3次获得国家社科基金资助承担年度规划项目和青年项目。2016年,我又作为首席专家承担国家社科基金重大招标项目"20世纪世界城市化转型研究",在申报书里的"在相关研究领域的学术积累和学术贡献、同行评价和社会影响"栏目我进行了总结,不妨拷贝在这里:

> 本人自20世纪80年代初撰写硕士学位论文和《美国通史》第三卷,就与美国城市史结下了不解之缘,重点在美国区域经济、城市化和市政管理,研究范围和方法不仅限于历史,对其他相关学科也有涉猎和研究。至今已形成比较可观的学术积累,并对历史学和相关学科产生一定影响。
>
> 1. 在美国城市史方面进行了开拓性研究,并带动国内相关研究水平的整体提升("中国的美国城市史研究第一人",南京大学任东来语;

"在我国的外国城市史研究方面,无论是独立撰写还是翻译的成果,都和一个人有关——厦门大学王旭",当当网评论)。本人指导并获博士学位的博士生共29人,分布在国内10余所高校和部分专门研究机构,他们和其他高校教师一道,在美国城市史或城市化研究方面有所斩获。其中有10余人出版与城市史相关的个人专著和承担国家社科基金项目。除了厦门大学外,城市史研究还成为很多高校的优选研究领域,近年来有令人欣喜的进步,形成一个为数可观的研究群体。这样,国内的美国城市史研究在进入21世纪后呈现井喷局面,至今热潮未减。据不完全统计,有关美国城市史的直接相关博士学位论文30余篇,通过CSSCI检索的学术论文400余篇,专著10余部。

2. 紧跟学术前沿和我国城市化的实际需要,积极展开多方位研究,发表系列性研究成果。除了撰写学术论文和专著以及承担重要项目外,本人还牵头组织一些学术活动和集体合作项目。其中值得一提的是1996年本人在长春主持的"中美城市化比较国际学术讨论会",来自美国、加拿大、德国、瑞士等国家和中国香港等地区的70余名学者参与。这次会议首次通过互联网发布信息并与国内外学术团体和个人联系,在当时轰动一时。会后主编《城市社会的变迁:中美城市化及其比较》(中国社会科学出版社1998年)。

另一个值得一提的是本人主持的三套学术丛书:

其一是"城市美国"丛书,由清华大学出版社出版,分别为《美国城市发展模式:从城市化到大都市区化》《美国城市经纬》《美国高技术城市》。

其二是"新城市化"系列专著,由厦门大学出版社出版,目前已出《美国新城市化时期的地方政府:区域统筹与地方自治的博弈》《公众的声音:美国新城市化嬗变中的市民社会与城市公共空间》《纽约大都市区规划百年:新城市化时期的探讨与创新》《美国市民与禁酒》《美国黑人城市史》等5部。

其三是主持翻译"洛杉矶学派"代表人物乔尔·科特金(Joel Kotkin)的三部代表作,在中国社科文献出版社出版,分别为:《全球城市史》(*The City：A Global History*)、《全球族:经济全球化大潮中的种族、宗教和民族认同》(*Tribes：How Race，Religion and Identity Determine Success in the New Global Economy*)、《新地理：数字经济如何重塑美国地貌》(*The New Geography：How the Digital Revolution Is Shaping the American Landscape*)。另一部学术名著、肯尼思·杰克逊(Kenneth Jackson)的《马唐草边疆：美国郊区化》(*Crabgrass Frontier：The Suburbanization of the United States*)也将于年内由商务印书馆出版。

　　另外，20世纪90年代本人翻译施坚雅的《中国封建社会晚期城市研究——施坚雅模式》(吉林教育出版社1990年版)和卡尔·艾博特的《大都市边疆——当代美国西部城市》(商务印书馆1998年版)以及其后翻译的郝吉思(Graham Hodges)的《出租车！：纽约出租车司机社会史》(商务印书馆2007年版)和《黄柳霜：从洗衣工女儿到好莱坞传奇》(香港大学出版社2012年初版，北京联合出版公司2016年版)，格温德琳·赖特(Gwendolyn Wright)的《筑梦：美国住房建设的社会史》(商务印书馆2016年版)等，都引起较大反响，译著《全球城市史》(包括修订版)在网络上的书评达数百篇，并一再重印。

　　3. 为国家和地方社会经济发展提供有益的参照。本人曾多次参加福建省季谈会和省市有关城市化发展的会议，并在《厦门日报》等地方媒体发表文章，呼吁从大都市区角度解决区域性问题，为厦漳泉协调发展提供理论支撑。2013年受邀承担国家发展和改革委员会的研究项目"美国产业转型与区域增长格局变迁及启示"，为国务院制定"十三五"发展规划提供参照。

　　4. 首倡"新城市化"理论，推动理论创新和跨学科研究。本人多次参加城市化相关学科的学术研讨会或论坛讲座等，在走出历史学传统研究领域方面进行了探索。多次通过各种场合呼吁加强对城市化转型及大都市区的研究，所提出的"新城市化"理论、防止城市化过热、大城市空间结构优化、积极发展小城镇和县域经济等观点受到广泛关注。在此，值得专门提及的是，本人的研究引起了神州数码公司的注意，受聘为该公司特邀顾问，并参与国务院八部委联合推动的"智慧城市"创建工作。2014年在有上百位市长参加的"云时代的智慧城市"论坛做主题演讲。进行主题演讲的都是 IT 界顶尖级人物，包括显赫一时的华远集团董事长任志强，我作为唯一的高校人文学科学者，被媒体誉为互联网企业会议的首创，一度传为佳话。

时光如梭，转眼近 20 年过去了。每当秋风乍起，大雁南飞，我站在校园里，都会心生无限感慨：大雁南来北往，自由自在，而且可以成群结队，不落空寂，实在是令人羡慕不已。

2014 年 11 月在"云时代的智慧城市"论坛做主题演讲

2017 年 12 月

不辱使命，做一个合格的厦大人

——在 2000 级新生开学典礼上的发言

首先，请允许我代表厦大全体教师向到会的新同学表示衷心的祝贺，祝贺你们通过自己的勤奋学习，以优异成绩，跨入厦门大学这座神圣的学术殿堂。同时也向你们表示热烈的欢迎，欢迎你们这些充满朝气和青春活力的新生力量加入厦大人的行列。

厦门大学是一个培养高级人才的摇篮。正如朱崇实副校长所说，在它近 80 年值得骄傲的历史中，相继有众多蜚声中外的专家学者曾在这里执教或就读，其中包括今天的中国科学院和中国工程院的 30 余位院士。这是一个最有说服力的例证。站在这个操场上，我们仍可以清晰地感受到厦大历史的律动：伫立在我们身后的陈嘉庚先生，正满怀希望地注视着我们这些后来者；左侧的鲁迅先生，作为厦大历史上的一员，是我们历代厦大师生当之无愧的楷模；不远处即将竣工的嘉庚楼群，将在一个更高的起点上把我们载入 21 世纪。"自强不息，止于至善"，这个座右铭给厦大历史注入了强劲的活力。我们作为厦大薪火的传人，在引为自豪的同时，也有责任为厦大增砖添瓦。

那么，怎样才能不辱使命，做一个合格的厦大人，是我们常常思考的问题和不断为之努力的目标。从今天起，也是你们要思考的问题。作为一所研究型综合性大学，厦大在全国高校中定位很高，对你们的要求和希望也很高。每一届新生入学，学校往往反复叮咛的是，要有远大理想和抱负；要打下扎实的专业基本功；要耐得住寂寞，坐得住冷板凳。应该说，这些忠告永远都不会过时。对于你们这一届考分居全国高校前列的优秀生，更是如此。四年的大学生活是奠定专业基础时期，在英文中有很贴切的称谓，并有一些可引申的含义：一年级称 Freshman，新人，可塑性强，但有朝气，生机勃勃；二年级称 Sophomore，引申为"自以为样样都懂但实际上幼稚浅薄的人"；三年级称 Junior，有了一点进步，但还属于资历较浅、不可炫耀的时候；四年级称 Senior，最高阶段。这是一步步走向成熟的循序渐进的过程。希望你们踏踏实实地走好每一步，最后交出令人满意的答卷。

把学生培养成才是我们做教师的天职和最大的乐趣。我们愿做你们四年学习生活的坚强后盾。与厦大的辉煌历史一样，我校有一支非常优秀、值得信赖的教师队伍。这支队伍在自然科学和人文、社会科学领域的辛勤耕耘和建树，使厦大有了浓重的学术积淀。作为教师，我们愿毫无保留地与你们分享我们在科研中每一个新的发现，分享我们的知识与经验，分享我们的幸福和喜悦。我们时刻谨记这句名言："没有不合格的学生，只有不合格的教师。"我们也愿成为你们的朋友，在今后的四年里，共同学习，教学相长，为南方之强谱写新的篇章。

原载《厦门大学报》2000 年 9 月 6 日

把本科生送上校际交流的快车

我国高校之间有少量的交流项目,但多半与本科生无缘,我到厦门大学之后,开创了一个先例。

本科生交流这个想法,是我调到厦门大学不久萌生的。1998年,我举家搬到厦门,厦门从此成为我的第二故乡。站在厦门以厦门人身份看南方,与到此一游的观光客就有非常微妙的差异了,不再仅仅局限于南方潮热北方干冷、南人细腻北人粗犷这样概念化的认识。日常生活中总会感受到种种差异,在校园里,在大街上,人们的衣着打扮和言谈举止,乃至思维方式都有太多差异。由此想到,我们这样一个地域大国和人口大国,非常需要不同地域和不同人群之间的交流与互动、了解与升华。这样,我自然而然地就想到了母校东北师大,如果能和厦门大学开展本科生交流,将会是怎样一种结果呢?

首先,厦门大学是一所研究型综合性大学,历史系基础雄厚,尤其是中国史方面,以傅衣凌为代表的华南学派独树一帜;东北师范大学作为师范教育的重镇,在世界史方面积淀雄厚,20世纪50年代时就与苏联专家合办了几个世界史的研讨班,为全国输送了很多高层次人才。两个学校综合性和师范性各有侧重,有很强的互补性。而且,两个学校历史系都首批入选教育部的基础学科人才培养和保护基地,带有改革试验田的性质,可以灵活地制定和优化培养体制。所以,我想,不妨尝试进行两个学校的本科生交流,也许能够有意想不到的作用。同样重要的是,这种交流条件比较成熟,具有可行性:其一,双方领导都有此共识,我曾在东北师大任历史系主任,便于从中安排协调和联络沟通;其二,开销不大。本科生虽然经费有限,但这种交流只有路费的负担,双方确定相同的男女比例,住在对方的床铺,在住的方面等于没有增加开销。当然,也有的老师提出,是不是太远了?我们说,恰恰是远,才有意义,越远,差别越大,越应该加强了解,通过交流优势互补是一个很好的渠道。系领导听了我想法,非常赞同,很快就与东北师大方面达成了一致的意向,1999 年 6 月两系签订了联合培养历史学文科基地学生协议书。

历史系学生们知道了这个消息,非常兴奋,有很多同学到我家里,询问具体情况。看得出来,他们对此事很好奇。而且,来的都是南方学生,越往南越积极,特别是云南、广西、海南来的同学。有的学生问我,东北的冬天下雪是什么样子的?东北人洗浴都在大澡堂吗?听说有时喝小米粥,那不是鸟食吗?我告诉他们,这些都等你们自己去亲身体验吧。

交流项目开始实施,一开始进展并不顺利。厦门大学方面很快就有 5 人报名,而东北师大方面却反应不积极,最后只有 4 人报名。他们的担忧有两个:一是基地班学生有很大比例保送研究生资格,如果交流期间成绩不理想,就会影响本硕连读资格;二是厦门的生活成本略高,对部分家庭有压力,特别是来自农村的学生。还有一个没有放到台面上的担忧:台湾海峡一旦有了战事怎么办?

但是,随着第一轮交流的结束,这些担忧都得到了化解。交流期间,厦大去的学生选修了"伪满洲国史""前工业文明研究""世界当代史""计算机网络基础"等课;东北师大来的学生选修了"中国海关史""中国近代社会经济史""华侨史"等课,成绩都不错。交流的学生反映,东北师大历史系的教学比较重视扎实的基础知识,讲课风格比较细腻;而厦大历史系的教学比较重视拓宽学生的知识面,培养学生的问题意识,鼓励课堂讨论。这和我们当初预料的一样,体现了师范类大学和综合性大学在教学方法和风格上的区别。正是在这种差别中,学生们学习到了更多的知识和方法,同时也培养了自己多元化思维的习惯。厦大学生还有一点最大的收获是,东北师大的多媒体教学方面有很多新的尝试,大大提高了教学质量。这一点其实是我早有预料的。因为我在东北师大任系主任时,大力推动多媒体教学,还在教师中组织了计算机小组,进行多媒体教学的示范与推广。而调到厦大后,明显感受到这方面的欠缺,通过学生交流,厦大历史系领导开始注意到这个问题,并拟定具体措施改善之。还有一个意料之外的收获:交流是从 1999 年秋季开始的,当时,长春的天气逐渐转凉进而转冷,人体有自动调节功能,吃的多些,厦大去的学生自然也不例外。同时因为多在室内,没有了厦门炎炎的日光照射,女同学变得微胖、皮肤白嫩,交流结束回厦门时,令很多人惊讶不已。

　　不久，教育部了解到我们的这一举措，专程来我校调研。我们的总结是：这一活动有利于发挥联合双方的优势，有利于拓宽学生的知识面，开阔学生的眼界，培养学生的多元思维，同时也有利于推进基地建设的健康发展。教育部有关部门领导对此给予高度肯定，并倡导其他有基地的高校也尝试类似的交流。

　　此后，又有了第二轮、第三轮的交流，交流人数也增加了。

2003 年 8 月

南方之强，洋洋学海发其藏

——关于在人文学院设立世界史系的建议

校领导及有关部门：

我院拟申请成立世界史系，具体说明如下，请审定。

一、背景

1.世界史升格为一级学科，"智库"建设蓄势待发

为适应改革开放进一步发展，广泛深入地了解与联络世界，在世界事务中发挥更积极作用，近年来中央政府对世界历史研究越来越重视，中共中央政治局也曾安排多次关于世界历史的学习。国务院于今年3月正式颁布《学位授予和人才培养学科目录（2011）》，世界史升格为一级学科，具体体现了这一战略走向。这种调整，为我校历史学门类的发展带来了难得的机遇，也提出很多新的挑战。如何应对这一重大调整，继续保持乃至提升我校历史学在全国重点高校中的领先地位，是我院学科建设近期工作的重中之重。

在世界历史受到中央高度关注的大背景下，由全国政协提案并经中央政治局委员批复，教育部社科司拟在全国设立50个以世界史为主，并整合相关学科研究力量组成的"智库"，目前在等待财政部的审议，如果通过，预计下半年进入实质性操作阶段。这将是一个新的重大举措，与21世纪初教育部在全国设立的百家人文社会科学重点研究基地类似。对此，我们也要提前做好准备。

2.各重点高校纷纷组建世界史系，重新洗牌局势日益明朗

从全国高校世界史研究的分布看，目前，已设有世界史系或专业的有10余所高校，其中北京大学设立世界史研究院，其阵容齐整，聚集全国一流世界史学者；武汉大学设立高级研究院，世界史试验班和MBA、EMBA等

是该研究院的重点项目,实施特区政策;南开大学的世界史系拥有传统优势,从本科到硕博士研究生培养都有可圈可点之处;东北师范大学世界史系是该校学科建设与学术研究的重中之重,有 10 余名正教授,拥有国家级重点学科和教育部重点研究基地;首都师范大学世界史系是该校的嫡系学科,教学手段和方法与国外高校类似。

这次世界史升格为一级学科后,又有一些学校酝酿组建世界史系,并已有实质性举措。例如中国人民大学世界史系已筹建多年,最近即将挂牌。3月中旬,教育部社科委历史学部在天津召开会议,专门讨论世界史作为一级学科如何建设和重点高校如何协调配合等问题,在会上有多家重点高校(甚至某些地方院校)表示要尽快创办世界史系或世界史专业。随之而来的肯定是各类资源,尤其是人才竞争的白热化阶段。换个角度看,历史学一分为三后,各校的实力对比就不再泛泛限定在历史学了,而是从一级学科的角度进行比较。这种在博士点重新评定的大背景之下的比较,显得格外引人关注。不难看出,各重点高校重新洗牌的局面已经日益明朗。

根据目前的初步了解,世界史的二级学科拟设定为 5 个,分别为:世界上古、中古史;世界近现代史;世界地区、国别史;世界史学史与史学理论;专门史(如经济史、社会史、城市史等)。世界史升格为一级学科后,很快就会重新评定博士授权点。根据以往的经验,凡在一级学科获批博士学位授予权的单位,起码要在两个二级学科拥有博士授权的能力。我们要按这个标准谋划我们世界史的战略布局。

二、成立世界史系的必要性和可能性

1.加强世界史学科建设,是一个非常重要而紧迫的任务

第一,是学科建设的需要。作为一个基础学科,世界史学科的一个突出特点是涵盖面广,对相关学科支撑能力强。它的研究与教学内容,几乎涵盖了世界上所有国家从古至今的历史。人类历史变化的万古风云、各个文明进步的点点滴滴,都在其中。作为全国重点高校,厦门大学必须拥有强大的世界史学科为支撑,不可偏废。

第二,是提升我校人文、社会科学总体实力的需要。世界史研究和教学

的优化,也可以实现与其他相关学科的优势组合、互助发展,如世界经济、世界政治、国际关系、法学、教育学以及人文学科的相关学科与研究领域,增强我校人文、社会科学研究的总体实力。

第三,是提升我校在全国重点高校学术地位的需要。学科目录调整后,全国重点高校历史学的力量分布会有重新洗牌的过程。重新洗牌体现在两个层次上:一是历史学门类。我校考古学、中国史、世界史三个新的一级学科在巩固现有地位的基础上,适当强化,可大大提升在全国重点高校的地位(清华、人大、北师大、浙大、东北师大、华东师大等重点高校或没有考古学,或世界史力量偏弱,因此历史学综合实力的排名会下降,我校可相应提升,保持前十的地位)。二是按世界史一级学科排名,目前看我校尚可占据比较靠前的位置。

当然,我们的一个不利条件是:既没有像全国其他重点高校那样,把历史系升格为历史学院(除北大外,其他重点高校均改为院),也未把历史学分解成几个系,扩展发展空间,这样在全国重点高校的排名肯定会受到影响。

组建世界史系,不仅可以改变这些不利局面,而且,还可以为发挥现有研究优势提供新的平台。与此同时,组建世界史系,也为世界史冲击国家级重点学科创造好的条件。当然,以我们在美国史研究方面的现有实力和影响,如果在组建世界史系的同时再与我校其他相关研究进行整合,组建美国研究院,则更可助推整体研究实力的提升。

2.我校世界史学科建设的现有基础和发展前景

在很长时间里,我校的历史学研究以中国史(尤其是明清社会经济史)为主,世界史研究只是配角。20世纪八九十年代一些老教师退休后,我校世界史研究与教学一度出现青黄不接局面。但自1998年从东北师范大学调入王旭教授(当时该校的历史系主任)后,经过10余年的整合发展,局面有了根本性改变,在全国重点高校中已占有一席之地,研究特色和优势都非常明显。其一,美国史研究在国内居领先水平。最有标志性的是中国美国史研究会秘书处于2002年移师我校,据此,我校取代南开成为全国美国史研究的重镇。现任理事长为我院王旭教授,秘书长是我院韩宇副教授。该研究会是我国地区、国别史研究方面最大的全国性学术团体,就影响力而言,在全国所有世界历史方面的10余个国家一级研究会中首屈一指。其二,东南亚史是传统优势研究领域,也是我校的特色研究,陈衍德教授和曾玲教授专攻这一领域,做了大量工作,与我校东南亚研究院的相关研究相得益彰。其三,城市史研究成为我校世界史研究的新增长点和新亮点,在全国已占据遥遥领先的位置,王旭教授被誉为"我国的世界城市史研究第一人"。他所培植的研究团队也形成了整体优势,已发表系列性科研成果(系列论著、译著和论文),推动全国城市史研究呈现"井喷式"发展的态势。其四,世界史研究的国际交往也日益频繁,毕业于美国康奈尔大学的盛嘉教授在此方面贡献良多。人文学院委托他主持的"人文国际"学术讲座已成为我院的学术品牌,目前已举办78场,有望冲击我校系列学术讲座的纪录。同时,人文学院委托他主编的《人文国际》专刊,也已出版数期,影响日益扩大。美国驻华大使馆文化处看重我校美国史研究的实力和影响,选定我校创办全国第二家美国信息资料中心(American Corner)。世界史实力的强化也得到了学校和有关部门的大力支持,先后入选校级创新团队和福建省重点学科。目前世界史教师共11人,其中教授4人,副教授4人,讲师3人。总人数虽然不多,但按人均计算,世界史的很多指标都可排在我校文科前列(国家项目、研究成果和获奖等)。

在教学方面,世界史是历史学中分量最重的一个分支,因此承担教学工作量大,开设课程门类和数量多,所有人都是满负荷运转。其中,2010年李莉讲师获得我校第五届青年教师教学技能大赛特等奖(文理科各一个特等奖),一度传为美谈。在培养研究生方面,近10年来,世界史专业招生火爆,每年都有多余的合格考生被其他专业录取,提升了历史系相关专业考生的层次,世界史也成为本系优秀毕业生推荐攻读硕士学位的首选。毕业生就业走向也非常好,社会需求面很广。博士生培养集中在美国史、城市史、东南亚史、华人华侨史方面,已毕业并获得博士学位的有25人,在读博士生18人(其中包括海外博士生)。这些博士生毕业后多半到高校或研究部门从事研究教学工作,也有少数到政府机构从事与专业有关联的工作,大部分成为所在单位的研究骨干或中坚力量。

如果重新评定世界历史的一级学科博士授权点,我们在世界地区、国别史(美国史和东南亚史)和专门史(城市史)两个二级学科上有明显优

势,可保博士点无虞。但是,如果按照一级学科的高标准要求,还有一定距离。我们目前的师资力量,按人均比较,可圈可点,但从总量和世界史研究布局看,有明显欠缺。除了上述的优势领域外,在其他研究领域,如世界古典文明、中世纪史等只能应付教学需要;在世界地区、国别史方面还有很多无法扩展;在国家急需的非洲史和拉美史以及周边国家史研究方面更没有精力投入。这些都迫切需要充实,应该在筹建世界史系的过程中加以解决。

三、初步构想

1.在人文学院分别设立世界史系、中国史系和考古学系,各系均建设完整的从本科生到硕士、博士研究生的教学科研体系,但在教学方面,尤其是基础课部分即中国通史和世界通史可互相交叉。目前可依据现有条件开设基本课程和特色课程,但要尽快完善教学体系。

2.世界史研究师资队伍应配备整齐,总人数应在20人左右。此事宜早做安排,因为学科目录调整后,全国博士点会重新评定。根据以往的经验,调入的教师需在申报博士点的学校全职工作半年以上才可被认定为该校正式教师。

同时,要充分发挥现有教师的作用,处理好引进人才和留住人才的关系。目前因为没有教授岗位,在职的4位副教授,均已任现职6年以上,有的已过10年,仍无法申报正高职称。这种局面迫切需要改变。

3.调整与优化科学研究方向,有三个原则:第一,在主流研究领域配置齐全,此为基础;第二,特色发展,形成优势,充分考虑与我校相关专业和研究部门配合、交叉;第三,研究领域配置与优化绝不能仅限于本科生课程设置的需求,要有长远考虑。

在主流研究领域,巩固目前美国历史研究的优势;同时,充实欧洲史、亚洲史(以周边国家研究为主,如日本史、印度史)研究力量。在特色研究领域,可考虑补充拉美史、非洲史研究力量,个别的国别史研究要视具体情况发展,如拉美国别史等。

4.做好先期准备,整合优化美国史和城市史研究力量,力争在教育部社科司拟设立的"智库"申报中有所斩获。

人文学院

2011 年 4 月 27 日

说明：报告由我起草，标题是这次编写本书时加的。

求学美利坚

城里城外

初到美国的第一印象：大！

曾在报纸和小说里无数次读到美国，我又是专攻美国历史的，对美国多少是有些了解的，但 1986 年我初次到美国圣路易斯，出了机场，放眼望去，周围的一切忽然都放大了。美国人长的人高马大，自不必说，但树木也高大，飞机场、停车场，哪里都大，候机楼之间还要坐火车。恍惚之间，一个"大"字，定格在脑海。

同学来接我，开的是八个汽缸的大车，像大船一样，开到路上，似乎把整个路面都铺满了。里面空间很大，当然舒适得很。再看街上跑的车，个头都不小，多半都是六个或八个汽缸的。据说美国车讲究舒适，至于是否费油，似乎不太在意。这几年还流行一种 Station Wagon（旅行车），车身更长，后座和后箱是通的，里面可以睡人，也可拉货。从机场到我就读的南伊利诺伊大学，路上要两个多小时。一路上，经常看到成排的大卡车，如一条巨龙，排山倒海般呼啸而过，气势非凡。如果双车道对面开过来，气浪会把我们的车顶得忽悠一下。在这些庞然大物旁边，我们的车反倒显得袖珍了。路边的别墅，都是独门独户，动辄几百平方米，前有绿地后有花园，又没有围墙束缚，大得任性。

到了同学家里，把准备好的西瓜拿出来解渴，又是惊奇不已。一个西瓜，我们五六个人，只吃了三分之一。看看冰箱，大到能装进一个人。里面的各种蔬菜水果都是巨型的，芹菜、黄瓜、茄子、大樱桃，都比国内大了不止一圈。切片面包也大，一尺多长，而且价格相当便宜，只要 29 美分。牛奶多半是一加仑装的塑料桶，价格和矿泉水一样。烤箱、洗衣机、烘干机，不用说，也大，连电视机都是落地式的。院子里跳来跳去的松鼠，体型硕大。据说，连这里的蟑螂都大。说起大，有同学调侃说，去麦当劳吃汉堡，千万不要点巨无霸，你的嘴没那么大。

美国的"大"，有些是自然界的恩赐，有些则是人为奋斗的成果，抑或是两者的结合。我在书本上看到的乃至我在撰写论文时提到的很多现象，现在都有了切身的感受，或是得到了印证。比如，我们在梳理美国农业资本主义发展时发现，美国是典型的大字号农业。农民绝大部分是农场主，少量农业工人，企业化经营，发展得很完善。虽然是家庭农场，但规模都很大，产量高，占全国总人口2％的农业人口，其产品不仅提供巨大国内市场消费绰绰有余，还大量出口，是世界最大的粮食出口国。美国国土面积与我国相当，但有80％是可耕地。由于有大片土地有待开发，因此机械化起步早，发展快。很说明问题的是，早在19世纪后期西部开发时，就已出现世界最早的康拜因，当时动力机的发展速度赶不上工作机，于是出现几十匹马拉一台康拜因的奇特景象。因为土地资源丰厚，因此可以实行轮耕制，我后来在中西部读书时，经常看到大片大片的土地休耕，任其荒芜，留待来年再种。再往西行，这样的景观就更司空见惯了。

19世纪末美国加州农场使用康拜因收割庄稼，但动力机尚未出现，因此要用很多马匹，形成特有的景观

美国的工业化也催生大企业，之后形成的八大垄断财团，托拉斯一时独步天下，最具典型的是汽车制造业。福特汽车公司发明了流水线作业，效率

成几何级数提高,成本降低,以致 20 世纪二三十年代,美国就实现了几家一辆汽车,成为汽车轮子上的国家。甚至美国的餐饮业也是大字当头,这个大的表现就是连锁,麦当劳、肯德基是突出代表。

商品零售业本来是小店铺专业门店的天下,可是 20 世纪五六十年代兴起的购物中心,风卷残云般把零售业囊括到一个模式里。购物中心之大用包罗万象形容毫不夸张。在那里,从新生儿的摇篮到入殓的棺材,应有尽有,无所不包。在里面可以逛一天,有太多人都有过在购物中心迷路的经历。停车场也与之匹配:超大,几千个停车位! 不过,停车的时候一定要记住所在位置,否则出来时会找不到。

文化娱乐也是大字当头。各类球赛的赛场都很可观。美国盛行橄榄球比赛,凡有比赛,肯定是人山人海,壮观极了。南伊大的球队后来获得中西部高校冠军,整个校园都沸腾了。我国的篮球比赛,看台上只是坐几百名观众而已,而美国的 NBA 球赛,赛场看台动辄有几万名观众。

我和南伊大的同学们还去看过露天电影。那是在一个空旷的地面上,四周毫无遮拦,绝对是超大的影院。我们开车进去,买了票以后,选择一个面向电影幕墙(一面涂成白色的高墙,三四层楼那么高)的停车位,把车载收音机的频道调到与放映台一致的位置,就可以坐在车里,一边嚼着爆米花,一边享受巨无霸一般的电影了。偶尔抬头看看,满天繁星,梦幻一般,无限惬意,似乎进入了“天作帐篷地为毡”的那种博大意境。电影散场后,数百辆车鱼贯开出,消失在夜幕中。那种露天电影现在已经绝迹了,但那段记忆却是美好的。

当然,美国在国际舞台上的“大”,却有些不受人待见,这是无法用几句话就说得清楚的。

如今,在全球化的驱动和中国崛起的情况下,美国“大”的尺度似乎没有我当年看到的那样夸张了,但它曾经的“大”和今天在某些领域仍然很“大”,却是不能否认的,也是值得思考的。

2000 年 1 月

我的"老爷车"

美国是个"车轮上的国家",这一点在美国生活过的人都印象颇深。作为男性,骨子里就喜欢开车的刺激。在中国这是可望而不可即的,但在美国却有办法实现梦想。在美国读书过了大半年,我手里有了1000多美元,心里痒痒的,开始到处看车。想买可靠的车,又不想多花钱,选择范围当然有限。看了一些,都不放心,一次偶然路过一个车行,看到一辆别克车,格外心动。

这辆车,是别克系列的超豪华版,8个汽缸,全自动,无级变速,液压方向盘,自动巡航,车体宽大,防震性能好,车体海棠红,烤漆很新,看上去非常气派。这辆车还有一个优点:车体大,车身厚重,抗冲击,人身安全保险系数高。不足之处一是年限略长,1973年出厂,已有13年车龄了;二是已开了十几万英里,里程略高;三是费油。综合衡量,有利有弊。但是,售价仅1200美元,还是很有诱惑力的。之所以售价不高,是因为这辆车出厂那年正赶上中东石油危机,美国油价飞涨,而且有愈演愈烈的可能,这对美国百姓心理冲击很大。自那时起,大家纷纷换成小耗油量的4缸车开,6个缸或8个缸的渐渐退出市场,很多人陆续把这种车卖了。但是,对我来说,买车只是周末或假期出去游玩,平时开得少,所以,费油多少不是主要因素。决心一定,我们去和老板砍价,最后以1050美元拿下。支票开出,立马可以把车开走。

有了车,室友杨国梁带着我学开车,开了几个半天,我觉得大致差不多了,就去考驾照。伊利诺伊州考驾照手续并不复杂,手续费20美元,考3次;如果没有考过,再交10美元,还可以考3次。先是笔试,这对我这个全A学生来说不成问题。之后约定时间路考,所谓路考就是上路开一段,看实际能力,并没有多么复杂。半个多小时后,我一路顺利地开回到考场停车处。不料路上有块石头,我下车去搬,却忘记拉手刹,车顺坡滑了下去,我急忙跳上车,拉上手刹。紧急情况处理我还是蛮快捷的。考官略皱皱眉,思忖一下,看着我,一字一顿地说:You did pass。

再去买保险,选了一家专门面向南伊大学生的地方保险公司。这个公司保价低,服务好,在留学生中口碑很好。根据我的情况,他们几乎给了我最好的优惠。其一,我自报有十几年开车经验,他们就相信了;其二,我已成家,还有小孩,不会乱开车;其三,我在南伊大研究生院的平均成绩高,是好学生。既然是好学生,开车也不会有大的闪失。我觉得,保险公司真是政策灵活,有针对性。随后,又去加入美国汽车协会,即 AAA(American Automobile Association),每月交少量会费,就可得到很多服务和优惠。例如免费获得各州交通图,或万一车坏在路上,还可享受免费拖车服务。

开上这台车,感觉超爽。发动机马力强劲,自动变速流畅,防震和防噪效果都出奇地好,坐在车里,像乘火车的感觉。车里面空间宽敞极了,后排座位可以横躺一个人。开着豪华车上路,风光无限,中国留学生看了都羡慕不已。在高速公路上,车开到一定速度后,就用自动巡航锁定,这下都不用脚踩油门了。路上车又少,也不用把另一只脚放在刹车上,于是,我得意地宣布,这回可以盘腿开车了。

这辆车,每天在校园里转,没有发现任何问题,也曾跑过几次稍远些的地方,都很顺利。但几个月后,开始接二连三地出现状况。

1987 年 7 月,"七七事变"50 周年国际学术讨论会在纽约市立大学举办,我和陈兼去参加,好朋友夏春生和党育红夫妇也搭车前往。既然去东部,就要顺路玩玩,我们计划先去华盛顿走走,之后再去纽约。一路上几个人情绪高亢,歌声不断。900 多英里,开了十几个小时,中间除了吃饭,几乎没有休息(我现在想想都佩服我自己的耐力)。快到华盛顿时,忽然车头冒出大片雾气,看不清道路了。停车打开前盖一看,是从水箱的位置冒出来的,趴在地上一看,水箱里的冷却液在不断往地下滴。没办法,只好到下一个加油站买些冷却液往里灌。就这样,勉强对付到了华盛顿,找了一家修车店,店老板看了一眼就下了诊断,水箱漏了,要换新的。我的车大,水箱也大,一个水箱就要 400 多美元,这几乎相当于我这台车一半的价钱了,真是难以下决心。但这不是在家里,没有其他办法,只好听其摆布。事后,我才知道,如果水箱漏了,可以买一管 stop leaking,像现在宾馆里使用的一次性牙膏一样,挤到水箱里,这个膏体会自动堵在漏的地方,几美元就可解决问题。但是,修车店图省事,直接换新的,可以挣一笔服务费和工本费。换水箱大约用了几个小时,已5点多钟,快下班了。修车工是个黑人,他急匆匆地把车简单擦了擦,就把钥匙交给我们了。

岂料开车上路十多分钟,车头又冒出浓雾了,打开一看,是制冷系统的管道出了裂缝,冒出来的冷却液喷到滚烫的发动机上。陈兼和我当机立断,在路边找到紧急电话,叫了拖车公司,把车拖回到修车店。店老板一看,心里很清楚,新水箱,压力变了,原有的旧管道承受不了新系统的压力,爆了。这是他们应该预料到的,换了水箱之后要试驾一段看看才行,现在出现这个问题是他们的责任,管道要全面换掉,拖车费也要他们掏腰包了。那个黑人小工,也知道是他的失误,吓得战战兢兢,赶快来干活。

纽约开会回来,一路也还顺利。不料,走到大约一半的路程,车头又冒气了。车上车下看了半天,最后判定应该是水泵的问题,漏液体的大致位置是那里,这还是制冷系更换的后遗症。这次我们就不去修车店花冤枉钱了,而是到前面小镇上买几个大塑料桶,装满水,不断往水箱里灌,因为漏的量不大。不过,是用水代替冷却液,我担心跑得快了发动机过热,于是就放慢速度开。开着开着,警笛声大作,有警车追了上来。我们分析是刚才跟在我们后面的大卡车车队,嫌我们开得慢,打了小报告。交警过来,程序性地让我出示驾照,听我说明原因,他有些似信非信,可能怀疑我喝酒了,于是他让我沿着路边白线径直走,看我走得还算稳,又问一些问题,确认我没有大的违规,就给我开了一个 warning ticket(警告单)。放行之后,我慢慢悠悠地开回了卡本代尔(Carbondale)。回到家,我去汽车零件店找到这个型号的新水泵,需要100多美元。于是我实施下一个计划,分头给一些废料场打电话,询问是否有翻新的出卖。最后找到一家,只需15美元。我买来后自己动手换,虽拆卸到组装折腾很长时间,但很有成就感!

人常说,有再一再二,没有再三再四,这辆老爷车似乎不吃这一套,也似乎有意考验我的智商和耐力。我一次开车去200多英里外的圣路易斯,回来的路上,忽然车后哪哪作响,像打机关枪一样。下来一看,车胎爆了,但只是外面揭开一层皮,里层有钢网保护,整个轮胎还可以。我用随身带的军工刀,把撕开的那一尺多长的部分切掉。想想不放心,干脆把备胎换上。到了前面一个小镇,找到修车店,店老板看了看,问我每次打气打了多少气压。

我说，两个左右。因为我看别人打气，一般都是两个气压，我的车大，所以打到两个后，还要再加点，或者看看轮胎是否鼓起来了，再用脚踹踹，像自行车打气一样。店老板说，看车门呀。果然，车门侧面有一个说明，我的这台车打气应该是 1.7 个大气压。这是不是太少了？店老板告诉我，我的车是软胎，气打的不多，防震效果好，舒适，看上去轮胎似乎有点瘪，但只要达到规定的气压就没有问题。我的车出厂时间很早，买车的时候已没有了说明手册，所以有些细节我是不知道的。但车门上标有一些保养数据，是很多车的标配，我是应该知道的。我一脸尴尬，心里在说，无师自通的道理并非普遍适用，不能再要小聪明了。但轮胎坏了一个，其他几个也因经常过量打气受了内伤，需要尽快换掉。轮胎当然不能换旧的，但我可以等，等到轮胎店做促销活动，以可接受的价格买新胎，换了下来。

后来，还有很多小毛病骚扰，在这里也无法一一交代了。其中比较大的一次，是我突然发现里程表不动了，这个问题说大不大，说小也不小。想想看，车虽然照样开，但不知里程也不知速度，这不是等同于"失控"吗？这次我又自己动手，打开前盖，顺藤摸瓜，从纵横交错的构件里找到那根通向里程表盘的机关。那是一条由多股细钢丝绞在一起的钢条，韧性极强。它在插入里程表盘的地方原本是方形的，现在已磨秃了，我削了几个小木片塞进去，加了点胶水，试一试还可以。当然是应付，不是长久之计，但在没有找到同型号的部件前还能对付一阵。

此外，换机油和刹车油以及空气滤清器，换刹车片，都是自己动手，我快成了专业修车工了。每到周末，在草地上修车，几个同学过来参谋，切磋修车技术，成了乐此不疲的功课。

我的这台车，买下来是 1000 多刀，现在换来换去，花的钱几乎可以再买一辆了。美国造的老爷车，中看不中用！据说，日本车对零部件的寿命都有精确的计算，一台车，到了该报废的时候，所有零部件也都用得差不多了。但美国车似乎就很少考虑这些，舒适豪华就行。有时车都开不动了，车身还好好的，或者还有几个值钱的部件好好的，留之无用，弃之可惜。

话虽如此说，但这部老爷车，也是立了大功的。它扩大了我的活动半径，多次载我们远行。妻子来美后，我开车带她去东部游玩，经过匹兹堡，顺路去看业师丁则民教授的侄子、在匹兹堡大学读博士的丁克诠。他见到我，大呼不可思议。先是惊叹,我一个人开十几个小时,未见疲态(我妻子有些晕车,一直躺在后座睡觉,只是我一个人开车)。再看看车,又是惊叹,坐在车里向外看,车头占据了大部分视线,庞大的车体几乎把整个路面都铺满了,这车怎么开呢? 想想也是,我开车的起步阶段,就与这个庞然大物为伴,无形中练就了车技,后来再开其他车,都感觉像开玩具车一样,轻松极了。

　　直到今天,我还是深深地留恋这部让我又爱又恨的"老爷车"。

我和我的"老爷车"

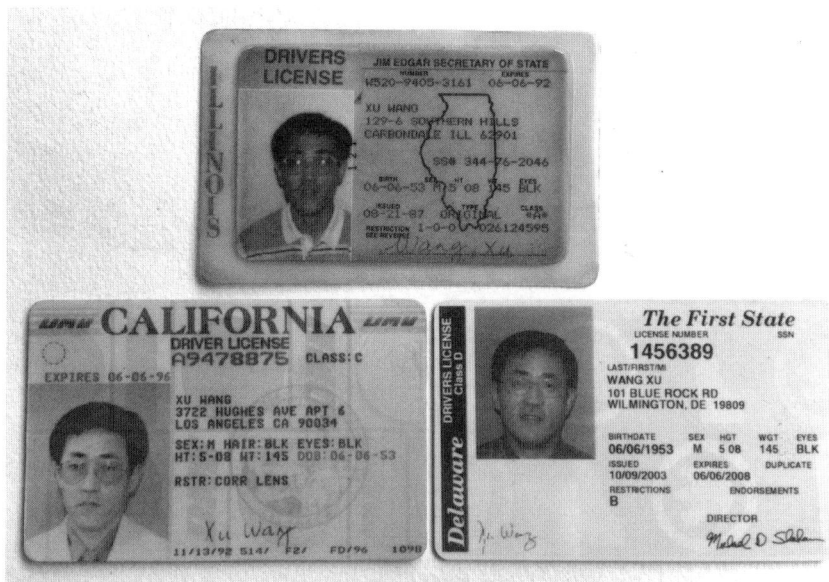

我在长期生活过的州都有驾照,分别是伊利诺伊州、加利福尼亚州和特拉华州

附:买车经验谈

穷学生只能买二手车,而且都是1000美元,甚至低于这个价格。在这个价格层次上,要想买到可以开并开得住的车,是不容易的事。一般都希望卖主是第一任车主(first owner),容易摸清车的底细,如果车主是美国白人,多半会如实相告。一般而言,要注意的问题大致有以下五个方面:

第一,里程(mileage)和年限。跑过10万英里以上即表已转了一圈(里程表都是6位数)的车都靠不住,这个里程后出问题的概率高,但若要价不高,或者保养得好,还是可以考虑的。车的年限也很重要,出厂10年以上的车,即使里程低,也会因衰老出现很多问题。

第二,厂家和型号(model)。美国车外形坚固,舒适,但耗油;日本车经济实惠,但不坚固,一旦出车祸人容易受伤。各种车型价位不同。

第三,车况保养(maintenance)。有无车库,有无保养记录或修车记录,是否总在城里转、不跑高速,都会影响车的状况。

第四,是否出过车祸。一般情况下,卖主是不会告诉你的,要靠自己观察。

第五,重要部件如离合器、排气管、车刹、轮胎和电池等的新旧程度。水路、电路、油路是否通畅,空调好不好用。打开前盖,看有无漏油,发动机是否干净,空气滤清器干净与否。再趴在地上,从车下面看看有无异常。

之后再试开一下,开车过程中,注意是否平稳、减震如何、刹车如何、转向的平滑程度,不把方向盘时车是否直行。这些几乎都是专业人士应该懂的,我们因为经常讨论,也都熟悉了。在考虑上述问题时,还可查一下 blue-book(蓝皮书,美国二手市场设备价格手册),上面都有非常详细的价格估算,可以参考。

1990 年 1 月

我的留学生活

——美国来信摘录

Dear Li,

你好！那日分手后，一路顺利地到了北京。到京之后，忙着购买机票和办理免税卡之类事情，没时间和你细聊。我的手续很好办，只是宋若志爱人郭忠秀的机票不顺利。她托买机票的人把人民币购买国际机票的证明弄丢了，后来在长春补了一份过来才买到票。现在所有杂事都办完了，一切就绪，下午睡一觉，休息好，免得明天晕机。

4日晚上，我给家里打长途电话，正巧爸爸启程来京。他第二天就到了，捎来了在吉林时拍的彩照，还有请人写的几幅字画。彩照我留了4张，一个是全家合照，一个是咱们小家合照，一个是心宇和媛媛，再一张是心宇拽着衣服露小鸟的。这几张照片都很有趣，我一有时间就拿出来看看。爸爸也把于静的邮集拿来一本，说是于静很不情愿，是妈妈做了半天工作才给的。家里对我真是太支持了。再有，多亏爸爸来，给我解决了很大问题。事情是这样的：我去集训部办手续，正碰上集训部主任给几个熟人批外汇，因我在场，也只好给我批了50美元。这正是我求之不得的，但要人民币180多元兑换，我带的钱不够，爸爸给了我150元。外汇到手后，想让爸爸捎回去，但商量一下，觉得家里留外汇一时半会也用不上，即使将来需要，我也可往回寄，我带着，回国时还可多买点东西。那么你最好拿出150元人民币还给家里，爸爸妈妈也不宽裕。爸爸这次回去，把皮箱和毛毯也顺便带回去了，我去的那个学校天气热，用不上。

这几天照你的吩咐买了一些东西，如茶叶、长裤、短裤和菜刀等，都置办妥了，看看箱子里还有空间，又买了几条肥皂塞满了。我到京后买的这个大兜子很好，是尼龙的，能装很多东西，相当结实。

出国的人，都要注销户口，集训部已给东北师大发函了，可能学校还要通知家里，自己去办理。其实，注销与否都无所谓，只是我的这份粮食（包括细粮和油）不买也就是了。还有，这次来京路费及其他费用，我已将单据全部寄给师资科李老师了，因为怕别人代办说不清楚，我在其中附了一封信，说明情况，估计还要补上人民币 7 元 3 角。

一离开家，就想你和小心宇。每天一闲下来，家里的事就像过电影一样一幕一幕出现在眼前。当然，完全不想是不现实的，但思虑过多也是不必要的。所以，从现在开始，我就有意识地把握自己不去多想。我在感情上还是能够把握的，唯独担心你。希望你在这方面更要注意。话我不多说，怕你难受，反倒勾起情思。不过，话又说回来了，我觉得你还是很刚强的，送行时未掉一滴眼泪，当时对我真是莫大的安慰。我有这样一个懂事理的妻子，真是荣幸之至。

临行前很忙，未来得及向魏处长辞行，请向他说明。看心宇的范婶后来病好了吧，我到美国后写信时都给他们捎上几句话。

咱们这个家的担子都落在你一个人肩上了，分量不轻，望你尽可能地注意身体，别累坏了。

Kiss you，

Your Xu

1986-8-7

Dear Li，

你好！自我走后，小心宇表现得怎样？闹人不？肚子还胀不胀？过几天就该入托体检了吧？一切均在念中。

我在上海机场寄回一张明信片，谅已收到。那天在北京机场登机时，因集训部的车去得晚了些，着急赶路，未来得及和爸爸多说几句话。后来一切还是很顺利的。我和化学系的吴争、宋若志爱人郭忠秀一个航班，飞行路线是北京—上海—旧金山—圣路易斯。从上海到旧金山，由上午 11 点到后半夜 2 点共 15 个小时。之后转机，在旧金山时间的下午 1 点 30 分飞往圣路易斯，晚 7 点到。在南伊大的同学去了 10 多个人接我们，开了 3 辆车，我坐的是地理系张永维（我曾和你提到过，我们是一届研究生，他英文很好）的车。驱车 2 个多小时到卡本代尔，就住进他们事先帮我租好的房间，即和物理系的杨国梁及他爱人朱星淑住在一起。这是一套两居室的房子，共用一个卫生间和厨房，厨房和客厅是连在一起的，虽然不是很大，但布局合理，感觉很好。两个卧房各 15 平方米、12 平方米。室内很干净,有衣橱、地毯、席梦思床、写字台、空调。厨房也很干净,有 4 个煤气灶、一个大冰箱,灶台下是个大烤箱,做饭方便。至于洗衣服,小区里有几个洗涤中心,自助的,投币50 美分洗一次。洗衣机很大,我觉得一个人用有些奢侈,动手洗洗就可以了,暂时用不上。杨国梁两口子非常好,他们事先帮我准备了一套家具(他来的时间较长,有的留学生走后,就把用过的炊具留给了他)。

吃过饭,简单洗了个澡,到后半夜 1 点 30 分才睡,不知不觉一觉睡到上午 11 点,接着又是吃杨国梁他们做好的饭。随后他们开车带我去购物,去了几家百货和副食店,买了约能吃 1 周的食品,清单如下:奶油、面包、牛奶、鸡肉、牛肉、鸡蛋、咖啡、土豆、茄子、西红柿、橘子,以及酱油醋调料等,还买了 25 斤一袋的大米。我离开家的时候,苞米还没下来,你觉得很遗憾,但这里常年都有新鲜的苞米。各种蔬菜水果非常丰富,商品琳琅满目,看得眼花缭乱,不会取舍。而且都干干净净,食品都有包装,蔬菜也用塑料袋包好。商店里的人服务态度也非常好,碰到美国人,也都客气地打招呼。再加上这里有很多同学,因此一点也没有感到寂寞。

简单和这里的同学们聊了一下,他们都觉得读学位是个苦差事,特别是第一个学期,是最困难的。但大家都乐此不疲,非常珍惜这来之不易的机会。当然,他们多半把妻子或丈夫接了来,心情比较安定。来的家属,有的打工,有的自费读预科,争取读正式的学位,当然也希望能有奖学金。外语系张禹的妻子李莉雅,目前已争取到助教奖学金,下学期就正式读博士学位了,大家都羡慕得不得了。当然,李莉雅已有国内的硕士学位,基础好。其他几个争取读学位的,具体情况还不清楚,待有时间我会去详细了解一下。

来这里的同学,有一半购置了汽车,自行车几乎人人都有。我也想买一辆,将来走时再卖掉,一般有七八十美元就可买辆不错的自行车。这里非常需要有交通工具,学校面积非常之大,是一个大学城,我的感觉似乎有半个长春大,步行是不可能的。

杨国梁他们还要带我出去走走,顺便寄信,只得暂写到此。

再谈,Kiss you,

Yours Xu
1986-8-9

Dear Li,

你好!来美一个多礼拜了,周边环境初步熟悉了,生活方面也都安顿好了。只是这里夏天潮热,比不得东北凉爽,可能过了一个夏天就会适应了。不过,到处都是空调,包括校车里空调开得很冷,所以,暑热也不是大问题。

我这几天在做开学的准备,总是有些担心。如果像丁老师想的那样,明确地与这个学校说是要来进修,而不读学位,是完全不可能的。一是学校是按博士生录取我的,与进修访学是两个系统;二是移民局有规定,学生每学期至少要修两门考试课,否则将失去学生身份,资助也没法得到了。当然,读学位是很苦的,尤其是文科,可以说相当难,我读的又恰恰是美国历史。

由此想到伴读的事,来伴读也有难唱的曲。宋若志爱人这次来,两口子团聚,高兴了几天,现在开始想孩子,什么都没心思干,别人越劝越伤心。其实,如果把孩子带来,就要有一个人陪伴,其他的就干不成了,经济上增加很多压力,是两难的事。也有的从伴读转成读书,但这条路很难,南伊大要求转读书要交 9000 美元押金。而且,读书压力很大。有几个从伴读转自费读书,但英语上了几期还是过不了关。当然,更多的是去打工。这里是小地方,中国餐馆只有那么几个台湾人开的,老板给的工钱很低,1 小时 1 美元,远远低于美国政府规定的最低工资标准。这事再考虑考虑吧。

你总是担心我不会安排生活,照顾不好自己。其实,咱们结婚后,慢慢地我就有依赖性了,不在你眼前,我照样可以安排得很好。这儿的同学都说我生活能力强,你没想到吧。基本上生活规律是这样的:早 7 点起床,洗漱之后,早饭两杯牛奶加咖啡、两块面包;午饭是大米或面食、青菜和肉类。你说怪不怪,这里的牛奶我都是喝凉的,从冰箱拿出来就喝,不仅肚子不痛,反而很爽,可能是牛奶消毒搞得好。这里的鸡肉、猪肉相当便宜,和一般蔬菜价格相当。我正好愿意吃肉,也不怕发福。晚饭大约 6 点吃,内容与午饭相似,晚 11 点左右睡觉,睡前冲一个澡。每周一次 go shopping(购物)。杨国梁开车去几家超市,买来的食物都放在冰箱里,足够一周的。美国的冰箱都出奇地大,几乎能钻进去个人,我们可以放心地买菜,不愁没地方保鲜。至于体育锻炼,还是有些懒,不愿早起活动,不过上学校是骑车去,路很远,无形中锻炼了。

还忘了告诉你,我买了辆自行车。前天周六,我们去逛 yard sale(庭院拍卖)时买的。美国人有个习惯,在周末时收拾家务,有时会把不需要的或旧的家具、衣物等物品摆在家门口卖。价格很低,因为他们只是为了把这些东西处理出去,而不是赚钱。这就是 yard sale,也有的摆在车库前,称garage sale(车库拍卖)。你想想,是过日子用的东西,肯定什么都有,甚至还有工艺品乃至古董。美国人舒适惯了,不善于修理旧货。我买的这辆自行车,稍有点小毛病,便被主人弃之不用,放在仓库里生锈,拿出来卖的时候,满是灰尘和锈斑。不过,只标价 5 美元,我也没有讲价就买下了。回家后,邻居张禹帮我简单收拾一下,再上上下下擦了一遍,嘿,足有八成新!别的同学看了都说我运气好。这两天去学校我都骑着它,方便多了。当然你不必担心骑车是否安全,这里不同于大城市,人少,路上舒适。

我的身体适应性很强。家里有个秤,可随时看看体重,我现在是 135磅,每磅约合 0.454 公斤,你算算看有多少斤。

小心宇上托儿所的事定下来没有?体检结果正常吧?天气凉了,可把纱窗摘下来换成原来的窗扇。如有必要,走廊的两道门都要关好。

对了,这里是有一些台湾学生,但都是正常往来,还没有听说出现过台湾特务,所以也不必紧张。其实,绝大部分台湾学生都是蛮纯真的,见面打招呼时甚至有些腼腆。他们听我们夫妻之间称爱人,直呼肉麻,我反讥他们称老公老母更荒唐,玷污了人类在动物界傲视群雄的高贵身份。后来很多人索性就称呼丈夫为"我家 Sir",听着怪怪的。当然,他们与我们交往也有戒心,有时聊得多了,他们会说:"好了好了,可千万不要让政府看到。"说的是哪个政府,彼此心知肚明。

Kiss you,

Yours Xu
1986-8-18

又及:这里房租每月 120 美元,因为是学校为研究生提供的,是相当便宜的,食品 100 美元,再交些电费等杂费,每月能净剩 300 美元。

Dear Li,

你好！终于收到你的来信了，我非常高兴，看了一遍又一遍。这些天我一直在盼着你的信，别的事情没有心思做。一是想你，二是惦记心宇。心宇头一次有这样重的病，你一定是急坏了吧。现在上幼儿园了，开始可能有些不适应，应注意点才是。如果晚间有急事，可请市中心救护站出车，据说那里的车是免费的。电话号码我记不得了，你再查一查。你也注意身体，凡事不必太着急上火。

今后可定期写信，大约两周一次，形成规律后，不至于经常担心，你说对吧？我想，你在未收到我的信的时候，一定是心焦得很。

我是 9 月 3 日接到你这封 8 月 27 日来信的，信走了一周，还很快。本来不想写回信了，因为这里历史系退休教授安蒙要去东北师大讲学，我已录了一个磁带让他捎去，但他要在 9 月 12 日动身，太迟了。我这里先写封信，较详细情况你以后听听磁带就清楚了。

我在 20 日左右曾写过一封信，估计你也收到了。开学后，的确比较紧张。因为我是研究助教（Research Assistant，简称 RA），不必考口语，而且我的托福成绩也是蛮合格的。这学期我修 3 门课。一门是从杰斐逊到杰克逊时期的美国史，不要学分，不必参加考试，选修；另一门是 20 世纪美国史；再一门是 seminar（研讨班），中国现代史。后两门都要考试。中国现代史的研讨班，是华人教授吴天威上，他要求我们写一篇研究性质的论文，题目自选。尽管中国人上中国史的课，但我也很担心。因为中国史我知之甚少，且要写成英文，还要一定篇幅，这就比较难了。现代史上可写的题目很多，但我没有专门研究，而且又缺少材料。想来想去，又到图书馆翻了一遍，觉得"文化大革命"材料相对多一些，当然都是英文的，汉语的仅有几本。因此初步打算写这方面的内容。考虑了两个题目：一是关于"文革"的起源，重点分析社会基础和思想意识，而不是上层斗争；二是对红卫兵做一评价，分析他们在"文革"中的行为和思想基础，以及"文革"对他们的影响。选择这类题目我们有优势，即我们是过来人，有切身体验，当然，要把握分寸，防止偏激。你在中国现代史方面经验多些，能不能给些指教哇。

吴教授最近忙得很，他在筹备西安事变 50 周年国际学术讨论会，10 月 3—5 日在俄宾纳-香槟（距离这里约 100 公里）开。大陆来 4 个学者，一是杨虎城的长子杨拯民,由全国政协工作的米赫都陪伴,另一个是上海社会科学院历史所的章念慈,是章太炎的孙子,再一个是辽宁大学的陈崇桥,最后一位是我校政治系郑德荣。会议由南伊大和伊利诺伊大学及北美20世纪中国研究会合办,吴天威是主要发起人和主办人之一。我也能去参加,届时帮吴天威做些事情。现在我们就已在帮助翻译几个中国学者的发言稿。

这次去东北师大讲学的安蒙教授,人非常好,我去过他家几次。我会托他捎个磁带,同时给郑德荣和小卞带封信。最近小卞去咱家,可告诉他,我已收到他的来信,因无大事未及时回信,好在他也会从丁老师那里知道我的一些情况的。

急着把信发出去,写得很草。

Kiss you,

Yours Xu

1986-9-5

Dear Li,

你好!9月5日写给你的信,这会儿应该已收到了吧。

今天收到你的第二封来信,我很宽慰,小心宇上幼儿园表现还算不错。不过,你一天三顿都在食堂吃,能合胃口吗?晚饭吃过,再赶末班车回家,是不是太紧张了?

我是打算早一点给丁老师写信的,但这里的安蒙教授在外度假,直到8月20日才回来,我要见了他的面,把丁老师的意见和他讲一讲,包括早些把讲稿寄过去等。这些事情落实了,才给丁老师回的信,估计现在他已收到我的信了。有关讲学的事和讲稿我在信里说得很详细。

你来信提到怎样学习中国现代史和合搞点研究的想法,我很赞成。这里中国现代史的资料相当多,只是多半是英文资料。不过我可以很容易翻译出来的。现在的问题是,你对哪些问题感兴趣,有没有具体选题,下次来信可谈谈。当然,我也会注意的,有价值的资料大概也能看得出来。你再提些想法,目的性更明确就容易办了。

我的运气不错,与杨国梁和朱星淑合租在一起。他们都比我小,朱星淑更小,师大同学都把她看成小妹妹。杨国梁是东北师大到南伊大第一人,

1984 年就来了。他经常给我提供学习和生活上的帮助,也很有思想,平常言语不多,但谈论起国家大事和人生哲理,滔滔不绝。他动手能力特别强,尤其是电器类物件,是个物理学好材料,在南伊大读书的师大同学都很佩服他。小朱人也非常好,特别直爽、热情,待我像自家兄长一样,和他们相处,我感觉很舒服。他俩都不太会做饭,也没这方面兴趣,经常对付。不过,杨国梁会烙酥饼,看样子原来在家里做过。隔壁的张禹两口子,和我也无话不谈,每天都过来打招呼。所以在这里有家的感觉。

你还记得我花 5 美元买的车吧,前几天,它和我一起上了报纸。当时我中午放学骑车回家,路过一个铁路天桥。天下着毛毛雨,我一手打伞,一手握车把。忽然看到前面有个人给我拍照,就停下来,他自我介绍说是报社摄影记者,在抓拍照片,可能用于某些报道。他也很客气地给我留了联系方式,答应我如果发表就告诉我。果然,第二天,当地最大的报纸《南伊利诺伊人》(*Southern Illinoisan*)的地方新闻版面的中央就有了这张照片,下面的文字很有意思:"南伊大的博士生王旭今天有备而来,他周三上午骑车穿过铁路天桥去上课,下午可能还需要这把雨伞,因为有 80％降雨可能性。周五降雨结束,预计周末天气温和。"你看看,他们把报纸办得多么灵活,多有人情味! 系里很多教授看到这份报纸,都给了我一份。这个记者随后也给我寄来一张原照。后来我想想,之所以这个记者注意到我,主要是因为美国学生骑车是不会同时打伞的。

另外,我收到第一笔奖学金后,就存入了银行,是这里较有信誉的 First National Bank(第一国民银行)。而且还开了两个账户:一个是储蓄账户(saving account),另一个是支票账户(checking account)。钱大部分存在储蓄账户上,生利息,少量在支票账户上,便于使用。一应开销,都可使用支票支付,每月煤气、电、水费等以及个人之间转账等都是开张支票就可以了。商店买东西,如果是大额的,也尽量使用支票。所以,这里携带现金特别是大额现金的时候很少。开支票的时候非常爽,要知道,这是个人支票,在国内是没有的,也是不敢想象的。

Kiss you,

Yours Xu

1986-9-8

我在当地报纸《南伊利诺伊人》上的照片

Dear Li,

你好！十一回吉林没有？收到我的信和相片了吗？家里都好吧？

郑德荣校长来，捎来的材料和信都收到了。10月3—5日我随吴天威去香槟参加纪念西安事变50周年国际学术讨论会，很开眼界，也认识了一些久闻大名的教授。这次会议，台湾来2位学者、2名记者，大陆来4位学者、2名记者，其他都是英、法、美的学者，美国学者占绝大多数。会议争论热烈，美国学者看重细节，而台湾学者则对西安事变的意义和中共的作用不以为然。会上交流意见虽多,但很难达成一致的看法。在会上,见到了鼎鼎有名的唐德刚教授(纽约市立大学)、俄亥俄州怀特大学的袁清教授(去过东北师大,和薛虹老师很熟)、威斯康星大学的包德威教授(和丁老师很熟,明年2月或8月要去东北师大讲学并搞东北城市史的专题研究)。这些人的联络方式我都记下来了,将来会有很多接触机会。另外,一位亚利桑那州的教授听说我从事城市史研究,很高兴,他鼓励我去他们学校继续读博士,因为他们那里有一个城市史研究中心,并答应帮我联系资助。我当然是满口答应,留个后路。

国庆节晚上,很想家,没有去学校看书,在自己屋子里看小说,也看不下去,后来干脆到厅里看电视,多么希望这个时候你来个电话呀,听听你的声音和小心宇的声音。2日第一轮考试一考完,就匆匆坐车去香槟开会了。因十一不是周日,大家都很忙。开完会回南伊大,正赶上大陆学生国庆聚会,去了80多人,南伊大校领导也到场致辞,郑德荣代表东北师大讲了话。之后放了3部电影,分别是《改革中的广州》《黑蜻蜓》《快乐的乐队》。今天,东北师大来的十几位同学又聚到一起,为郑德荣和周敬思副校长接风洗尘。周校长是来考察的,要住3个月。家(东北师大)里来人,大家都非常高兴,还放了春晚的录像。我也拼命喝酒唱歌,麻醉自己,以免静下来想家。

忘记告诉你,这次历史系共接收2名中国学生,除了我,另一个是华东师范大学的陈兼。同时还有一位访问学者,这两个人都颇有些来头。访问学者段牧云,是中国社会科学院美国研究所的,黄绍湘指导的第一位硕士,年近40岁。她的父母都是留美的,双双毕业于密苏里大学新闻学专业。父亲是中国外文局局长段连城,母亲是新世界出版社副总编、《美国万花筒》的作者王作民。段牧云出生在美国,1949年在她不到一岁时父母抱着她回了中国。她这次来,有意去找寻出生证明,以便申请美国公民身份。

陈兼同样十分了得。他是华东师大1977级本科生,提前考取硕士研究生,是王斯德教授的高足,毕业不久就在《历史研究》上发过大作,而且还获得一个级别很高的奖项,这在当时是开创纪录的。陈兼是典型的上海人,精明过人,类似黄仁伟,反应机敏灵活,知识面也非常广。他长我一岁,未婚,有个女友在天津,比他小10岁。我们没有深谈此事,他一再说是半个女友。陈兼是追求完美的人,相当用功,每天在办公室看书到后半夜才回宿舍,他的能力显然胜我一筹。我们都选了 20 世纪初美国史这门课,在课堂上,他非常活跃,经常是教授说上句,他接下句,有时甚至能订正教授的错误。有这样一个同学陪伴,我感到很欣慰,当然也有压力,不敢懈怠。

一直没有收到丁老师的信,不知是何原因。我的第一封信大约是在 8 月十几日写的,之后又托安蒙捎过一封信,现在,我给你写信的同时,也给丁老师写一封。

Kiss you,

Yours Xu

1986-10-6

Dear Li,

你好! 10 天前给你写了一封信,寄到你单位的地址,想必已经收到。我想,今后无论怎样忙,必定每周写一封信,免得你惦念。以后寄信,都是发往你单位地址吗?

今天是第二轮考试。刚刚从考场上下来,我就给你写这封信。我身体一直很好,学习有些吃力,但慢慢就习惯了。生活学习在这里,确实能真切地感受美国。11 月 4 日是美国的中期选举,改选全部众议院议员和 1/3 参议院议员。电视、报纸几乎都是这方面的消息。我还去参加了几次民主党竞选大会。这次信封上贴的邮票,是历届美国总统,共 40 张,每次用 2 张,你把它保留好,20 封信后,就是一套完整的带邮戳的纪念邮票了。另外,再来电话选下午的时间,那时我这里是夜里,一般是 11 点后电话费便宜。这次你打的 collect call(对方付费电话),账单显示是 21 美元,很不划算,我们慢慢就有经验了。

研讨班论文选题的事,我想既要选一个没有风险的题目,又要注意有无借鉴意义,还要看吴教授能否通过。他也表示过,希望我选一个中美关系史题目,而不是纯中国史的,这样有助于我们继续研究美国史。陈兼打算写 1937—1939 年间中美关系的题目,因为他已发表了 1 篇相关论文,再稍下些功夫就可交差。我又和陈兼商量了一下,他对中美关系史方面很关注,对这类题目熟。他建议我写门户开放,这是中美关系史上的重要问题,也不敏感。国内虽有一些研究,但深度有限。至于门户开放政策的性质,是美国出于自身利益考虑,而又掣肘众列强在华势力而提出的一项外交政策,这是基本出发点。吴教授知道我的这一选题,连声叫好。

头一轮考试的成绩是 A,很出乎我的意料。教授在试卷上的评语是:第二道大的论述题很有见地,good job(做得好)! 说明我对这段时期的美国历史基础还是不错的,所以这次考试很从容地就完成了。

今天也收到丁老师的信了。他的信写得很详细,把学校的事一件一件讲给我听。他明年开始招博士生,小卞和黄仁伟都要考。另外,汪仪已到美国,一边打工一边学英语,一个学期过后考托福,如果成绩合格再联系学校读书,也是够折腾的了,汪仪年岁不小了,这条路会走得很难。他到芝加哥后,曾给我打过电话。

都 11 月了,这里天气还很暖和,不用穿毛衣。

还没有听说台湾特务的事,不必紧张。

Kiss you,

Yours Xu

1986-10-15

Dear Li,

你好! 收到你 10 月 20 日来信后,再不见来信,我很着急。我曾于 29 日和这个月 9 日分别去过两封信,也不知收到没有。

昨天,安蒙回来(他从师大走后,又去辽宁大学讲学,再去外地旅游,最后经日本回国),捎来你在家录的磁带。听到你和小心宇的声音,我真是高兴极了。晚上接着听,夜里睡不着,又坐起来听。小心宇出息了不少,话说的多了,能上厕所自己站着尿尿了,肚子也不胀了,还能帮妈妈干活。我听着听着,眼泪都流出来了。我再把临走时带来的磁带听一听,比较一下,心宇说话大有长进。不过,只是你们母子二人在家,我还是有点不放心。安全一定要注意。冬天到了,你一定要买个平底鞋,一来防崴脚,二来防滑。凡事多加小心。

这几天,碰巧有几家请我和陈兼吃饭,吴天威、墨菲(Murphy),还有另一个历史系的教授。他们的饭菜形成了鲜明的对照。吴教授的太太是无锡人,做得一手好菜,而且他们非常好客,满桌子的美味,堪比五星级饭店。墨菲和奥戴(Oday)教授的手艺则实在不敢恭维。墨菲两个儿子都在外地上大学,家里只有他和女朋友。他的女朋友不会烹饪,是墨菲下厨,只有两三个菜,主菜是把各类蔬菜和豆类混在一起熬的黏糊糊的汤,墨菲自嘲为"墨菲粥"。奥戴教授家里热闹一些,一大家人,但饭菜不太合我们的胃口。

说到吃,我联想到前段时间我头痛没去上课,几个美国同学知道后专门到南山小区(Southern Hills)来看我的事。其中有个女同学杰奎琳·穆尔(Jacqueline Moore)带了一大包吃的,说要给我做一顿好吃的。看着她很认真的样子,我自然充满了期待。她把大米下了锅,刚开不一会,锅里的米好像还有点硬呢,她就开始把一个个罐头打开,猪肉的、牛肉的、鱼肉的,统统倒入锅里,拿着叉子开始搅拌,一边搅一边得意地说肯定好吃。我简直哭笑不得,味道究竟怎么样,你是猜得出来的。看来美国人到中国,夸中国的菜好吃,是发自内心的。不过,这里的几家中餐馆,迎合美国人的口味,已经Americanized(美国化),不是正宗的中国菜。

最近,由陈冲饰演二号人物的电影《大班》在美国各地首映,难得有中国大陆演员在好莱坞饰演主要角色,中国留学生们都想去看看。可美国物价高,一张电影票要2.5美元(相当于人民币10元,1美元合人民币3.71元),咬咬牙去了影院。电影描写鸦片战争前后一个英国商人在广州和香港的一些经历,陈冲扮一女仆,被朝廷作为礼物送给这个商人。商人视她为玩物,高兴就睡,不高兴就打,可她还死死缠着他,千方百计博得他的欢心,最后两人死在一次台风中。电影情节支离破碎,包括陈冲在内的中国人都极其丑陋、寒酸。陈冲的角色看上去唯唯诺诺,压抑得很,完全没有当年《小花》中的那种风采,这当然是电影情节的需要,但让人大倒胃口,很后悔花了冤枉钱。

美国每4年一次总统选举称为大选,每2年一次国会议员选举,称为中期选举。今年恰好是中期选举,在11月4日。这些天我充分利用各种机会去观察了解这些情况。可惜卡本代尔是个小地方,看不到什么大场面,只是有些现象还是觉得蛮新奇的。比如,走在路上,经常有人塞给你宣传品,希望你支持某党候选人。美国人一般对政治似乎并不关心,有的时候,竞选者在露天舞台上发表演讲,台下稀稀拉拉几个听众。某一党要召集个会,总要摆上些好吃的来吸引人们参加。这样的会我去过几次,看到与会者也就是凑到一起,聊聊天,至于演讲者讲些什么他们并不在意,吃饱了,也就走了。

就写到这吧,希望你在家多保重,睡好吃好。尤其是睡要强调一下,因你一想事就睡不着,这我是知道的。

Kiss you,

Yours Xu

1986-11-17

Dear Li,

你好!刚刚收到你的来信。我最近的两封信,都是寄往南湖家里的,你说没收到,看来以后还是寄到你单位地址保险一些。只是其中一封夹了两张照片,丢了怪可惜的。

临近 12 月,有些忙。19 日就该放假了,考试都集中在放假前一周。吴教授课的论文我已写完,这几天在打字,下周在课上讲一讲,讨论一下就交差了。论文的观点是较稳妥的,不会有任何问题。20 世纪初美国史那门课,已有 2 次考试,成绩都是 A。期末再有一次。这次涉及美国外交方面,我略生疏一些,因此要多下些功夫。11 月 22—29 日是感恩节假期(感恩节在 11 月最后一个周四,即 27 日),趁着放假,我正好可以集中时间打论文。美国人对感恩节很重视,是仅次于圣诞节的大节日。感恩节主要是家人聚在一起吃火鸡。教会也会举办大型活动,招待外国学生。昨天系里教授给了我一张票,我准备去看看。

昨天,墨菲教授开车带我和陈兼去这里附近的几个公园转了转。所谓公园,多是风景区,以自然景观为主。有一个公园里有很多天然洞穴,据说美国内战期间很多"铜头蛇"(拥护南部的当地人)就藏在这里,伺机出来搞骚扰,破坏北方的军事行动。洞里还有当时人刻在墙上的字,有点历史价值。另一个公园里,成群的大雁和野鸭在水里戏耍,见人也不怕。你要是喂它们食物,全都跑过来,嘎嘎的叫个不停。这些水禽,夏天去加拿大,冬天迁到这里。政府有专门的动物保护条例,不得随意捕猎或骚扰这些小动物,如果触犯,惩罚是很厉害的。当然,美国人也很文明,在公路边经常可以见到野鹿和野兔,随意跑动,无人打扰。在另一个公园的峭壁旁,有一伙爬山俱乐部的成员在攀岩。这些峭壁 20 多米高,呈 90 度角,看着都头晕。可是有的人居然不戴保险索,赤手攀爬。这是我头一次在现场看到这样的情景,汗毛倒竖,替他们捏一把汗。

周校长还在这里,大约月末回国。昨天师大来电话,告知校领导变动情况:郝水校长辞职不干了,常务副校长黄启昌替补为校长。改选之后,郑德荣也下来了,新的副校长是周敬思、邵德风、詹子庆。黄启昌当校长对我们有利,他是我校和南伊大校际关系的创始人,肯定还会继续支持这个项目。

Kiss you,

Yours Xu

1986-11-24

又及:将来有照片,把底片寄来即可,这里冲洗照片很便宜,而且质量还好。

Dear Li,

你好! 谢天谢地,总算盼到了你 28 日的来信。上周六和周日晚上几次拿起电话(需要请接线员帮助才能接通,但价格比自己直拨多一倍),如果今天还未收到你的来信我就打电话了。11 月 12 日和 10 月 20 日的来信我都收到了,不知这期间你还写没写信。我看你还是每周固定一个时间写信,免得惦念。

这里是 12 月 19 日放假,我在 15 日还有一门考试,这两天正忙着复习。寒假正好一个月时间,我想在那时联系其他学校,同时着手收集城市史方面的资料。另外,12 月 27—30 日是美国历史协会年会,在芝加哥,我和陈兼准备去看看。

上次会议上认识的那位亚利桑那州立大学的教授,对我印象不错,一再鼓励我去他们学校。他在城市史方面虽不是大家,但在美国西南部城市史研究中影响还不小,我会继续和他保持联系。

昨天收到我母亲一封信,说到心宇咳嗽得很厉害。把她的信和你的信对比,我发现你报喜不报忧。小心宇咳嗽,又赶上今冬奇寒,不易好,暂时放在陈姨家照看还是对的。干脆让心宇在那待到四五月天气暖和时再说,这期间用药调理一下。

我住的这个地方,是学校的公寓,很安全。东北师大来的 10 多个同学都住在这里。大家互相帮助,并不觉得有何不适。大家对我评价相当高,说我人好,与谁都处得来。另外,我这个人思想已定型,感情专一,时时刻刻不忘我可爱的妻子和小心宇,绝对不会被美国这个大千世界搞得眼花缭乱。这一点你可绝对放心,我无须发誓,行动是最好的证明。千万不要听信某些电影里耸人听闻的描写或人们的传说而胡思乱想。我只有一个心思,如何使我们的未来事业和生活更好一些。

随信寄去的照片,是这里中国留学生国庆集会时照的,我身旁那位是陈兼。

Kiss you,

Yours Xu

1986-12-8

Dear Li,

你好! 1 月 22 日来信收到了,知道你和二丹、小宫一路回吉林,我很放心。怎么样,家里过年都好吧。小心宇肯定特别高兴,过年放鞭炮,他和媛媛、杨识是不是各自都有新故事了?

你来信讲,没有大事就不必打电话了,话是这样说,但我知道你内心还是盼望我能打电话,听到亲人的声音该是多大的慰藉呀,我又何尝不是这样呢。可是,28 日晚上(国内大年初一)我整整打了一宿电话也没有打通。因为不能打直拨,需要请话务员中转。不巧的是,那天晚上往中国区的线路分外忙,总是挂不上。而且,吉林市没有直拨号,接线员对于怎样打这样的电话也搞不清楚,电话又忙,有些不耐烦,我只好耐心等待,直到第二天早上还是不成功。眼看着其他同学有的家里来了电话,有的自己要通了电话(因是直拨),我在这里急得要命,简直要哭出来,没有办法,只好用写信来弥补。

这里气候很好,整个冬天都不用穿毛裤。平时外面套个羽绒服,进房间就脱下来,方便得很。我带来的羽绒服和旅游鞋太有用了,可惜衣服带的太多,那套西服除了国庆节聚会外再就没有穿过,平时穿便装就足够了。

看到你负责处里的工作,情绪也很好,我非常高兴。我觉得这样才能更好地施展你的才干。如果你到别的处当处长,可能容易适应,但在本处提上来,和处里原有的同志之间的关系变了,必然要做出相应的调整。所以在这段时间更要注意群众关系,把握好分寸,相信你能处理好,只不过我再啰唆一下就是了。

上周末,杨国梁开车带我们去圣路易斯玩了一次。圣路易斯是中西部仅次于芝加哥的一个大城市,距这里不太远,相当于从长春到吉林。主要是去参观了几个博物馆和动植物园。上次在芝加哥开会也顺便去参观了几个博物馆,对美国的博物馆有个初步印象。美国的博物馆都建设得相当漂亮,比国内的大得多,设备也先进,很多场景都有身临其境的感觉。有实物,有电视片,有幻灯,还有各种可与观众互动的模拟设备。有一处印第安人部落生活的,是一个印第安人当讲解员,特别有说服力,我们和他在一个印第安人的窝棚前合了影。

说起博物馆,对我震撼最大的是芝加哥的艺术博物馆,那里有从古至今的代表性艺术品,连我国古代的陶器、青铜器皿鼎都有,还有齐白石和张大千等书画界泰斗的真迹。也有当代印象派、抽象派的作品,但对这些我们几乎看不懂。有个抽象派作品就像一块黑布一样挂在墙上。总之,各个流派和门派的作品五花八门都可欣赏到。芝加哥的自然博物馆从天上的陨石到地下的矿藏,从远古的恐龙化石到现代各种人类发明,甚至古埃及的木乃伊都应有尽有。地球的变迁、日月星辰的分布演化都像电影一样,一幕幕,极其逼真。芝加哥的科学与工业博物馆也堪称一绝。那个馆非常大,一下午的时间,我们只是走马观花地看了两层楼的展品,三楼未来得及看。汽车、飞机、火车、电影等发明都用各种方式展示出来。有些抽象的如物理、化学和天文方面的原理和现象也有各自的演示方法,既有情趣,又启发思维。一个展厅里有台机器,投进 2 个 Quarter(1 Quarter 为 25 美分),不到一分钟,机器的另一端就"出炉"一个笔筒大小的林肯塑像。刚出来时,还是烫手的,放凉后就很结实了。因为芝加哥是美国首屈一指的工业大都会,因此这样的博物馆实至名归。

圣路易斯的植物园,热带、寒带、地中海的植物都有,圣路易斯的动物园也是应有尽有。在很多场馆都会看到学校的老师领着学生们参观,或是父母带着孩子。在这些博物馆和动植物园的见识要比书本上学的知识不知鲜活多少倍。触景生情,我想要是你和小心宇一起游览参观该有多好。虽然这不太现实,但有的同学建议,国内北京的动植物园和博物馆也不错,所以我想等心宇大一些懂事时,我们一定要去北京等地的博物馆看看,开阔眼界。根据我们的经济条件,这些还是能办得到的。我算计过了,等我将来回去,几大件购置齐了,就没有大的开销了,可把钱花在孩子的智力开发上和我们的旅游上。美中不足的是时间抽不出来。不过也许我有出差机会,可以公私兼顾。

Kiss you,

Yours Xu

1987-2-6

又及:我给你写的信,丢失了没有,把邮票核对一下即清楚了。这套总统邮票共 36 枚现已寄出 28 枚(包括这封信),并且每个总统都是衔接的。

这个花了 50 美分制作的林肯塑像我后来一直保留着

Dear Li,

你好！2 月 3 日来信收到了，看到你描绘回家过年的情景很高兴。

我在这里，尽管学习很忙，又时常想家，但毕竟是只身一人，来去方便，可以从容地安排学习和生活。上课，读书，写文章。每到周末去买一次菜，都是杨国梁开车。周末寂寞时，经常是东北师大来的同学聚在一起，或是聊天，或是打牌玩麻将。也不知是怎么学的，中国留学生都会打麻将了，而且玩法还很复杂。我打得马马虎虎，扑克牌更经常玩，输了要受罚，常见的是钻桌子。打牌实际上是消磨时间。

东北师大来的同学，还有 4 个爱人在国内。除了我以外，还有物理系的张雪松、化学系的刘在有、数学系的张波。我们常凑到一起，有共同语言。这里的肉类最便宜，所以肉吃得多些，身子渐渐发胖，体重已经 130 斤了，气色也一直很好。每个月伙食费开销 60～80 美元，吃得很好。来之后，一直没有感冒过，胃肠也很好，只是有过一阵头疼，估计是紧张和想家，现在已好多了。

今天是周日，外面淅淅沥沥地下着小雨，所以我也没有去学校。这里气候四季分明，现在气温零上 10 摄氏度左右，来回上学校骑自行车只穿毛衣也不冷，至于毛裤压根没穿过。我想如果长春也是这样的天气该多好啊。

南山小区绿树掩映、花木繁茂，这个季节草长莺飞，住处周围到处盛开白玉兰，格外迷人。这里的公寓住房是两层，外楼梯兼阳台，贯通全楼，站在阳台上，很方便地与邻居们打招呼聊天，很有生活气息，很亲切的感觉。我和杨国梁夫妇合租一起，过从甚密自不必言，旁边就是外文系张禹和李莉雅一家。张禹是很有生活情趣的人，他很注重保养，饮食清淡，观念超前。每次过来时看到我在吃肉，都会劝我："不要命啦，还吃肉？"我吃得正香，就回了一句："我是冒着生命危险在吃肉。"

随信寄去一张照片，看看是不是真的胖了。

Kiss you,

Yours Xu

1987-2-15

Dear Li,

你好！2月9日来信收到了。读过之后我很受感动，难得你一片真情，不但承担着家里的重担，还要百般关照我，帮我解除思想上的负担，支持我的学习。我再一次强烈地感受到，有这样一个好妻子做伴，是我莫大的幸福。你放心，等我回去时，不仅学有所成，而且体质也大有长进，当然，也希望你的身体好上加好，小心宇更加活泼可爱。

这个学期很紧张，3门考试课，外加外事办的工作，较繁重。外事办的英文是国际项目与服务办公室（International Programs and Services），我是在其国际项目分部做助理，每天就是跑跑腿，接接电话。每次拿起电话第一句就是："这里是国际项目与服务办公室，有事请讲。"（International Programs and Services，can I help you?）一开始很慢很拗口，说得久了就很溜了，语速飞快。这份工作需要坐班，按时上下班，每天4小时，每周20小时，还是很耗时间和精力的。不过，来了一个学期，各方面情况已经熟悉了，心里有底，时间做一下合理分配，也就不太紧张。一门研讨班，是研究性的研讨班（research seminar），我打算写一篇城市改革的论文，不必考试。另两门已经过了头一轮考试，成绩还没出来，估计不会太差。我更多的精力放在城市史论文，其他两门都是挣学分的，过关即可。美国的考试，没法押题。考题都很灵活，如果确实学会了，还是容易答的，对我来说，主要是英文表达吃力一些，但至少能说清楚。城市史资料没来得及收集，只有推到暑假再搞。

暑假是5月中旬到8月下旬，时间是足够的，但暑假里一般没有资助，等于坐吃山空。外办主任多恩（Dorn）很好，暑期继续给我资助，但只是四分之一时间（quarter time），相当于现在的一半钱。我现在是每月680美元，一天的工资相当于国内一个月。每个月除生活费及杂费外，还能剩一半。国内派出的高级访问学者每月400美元左右，与他们相比，我们几乎成了富人。他们当然羡慕我们这些有奖学金的，收入高，又是铁饭碗。来此留学的绝大多数中国学生，都是纯自费，每天忙着打工挣钱，除了维持生计，还要交学费和各类杂费，活得很不轻松。

所谓打工，无非是在餐馆帮厨或是跑堂，否则就是送外卖，或者是做清洁工，也有的女学生去做家政服务。挣钱不轻松，吃和住当然舍不得，都很节俭。有很多人合租本来应一人或一户住的住房,有的甚至共用一个床铺,分前半夜和后半夜。还有很多人住在半地下的 basement(地下室)里,因美国大多数住房都有地下室,多是半地下的,有的用来堆放杂物,有的用来做活动室,既然有人租,他们也乐得赚取额外的收入。据说有个学校的中国留学生索性连房子都不租,就睡在图书馆。美国大学图书馆一般都是 24 小时开放,还有空调。至于吃的都是廉价食品,美国鸡肉和鸡蛋便宜,成了很多人的最爱。有位高访学者,没有带锅来也舍不得买,就一直用国内带出来的大茶缸煮菜,鸡腿略长,于是他就先煮上半段,再煮下半段。大家都调侃这是"洋插队"。

关于下一学期的资助,系里推荐我去申请全校的奖学金,这笔钱与我目前的工资差不多,但不用做助教,可全部时间用于读书,这是一种荣誉。陈兼已得了一次,现在系里又推荐了我,不知学校能否批准,因为这笔钱在全校范围竞争名额有限。我想,如果我得到这笔钱,又联系了别的学校,不近情理,所以,这就彻底打消了联系其他学校的想法。这笔奖学金在 3 月 20 日左右有最终消息。

我在想,如果将来有钱,一定要买个冰箱。在这里我深有体会,有个冰箱,方便极了,一周买一次菜即可。尤其是夏天,食物容易变质,有冰箱就不必担心了。我本打算托人把免税证和钱捎回去,让于彦在北京免税店买,但一直没有合适的人回去,托美国教授也说不清楚。干脆你在家用人民币买一台吧,尽管贵些也值得,国产的质量也不错。冰箱质量的关键是噪声一定要小,要买大些的,好像 150 升左右,价格在 800~1000 元之间。要早下手,天气热了买的人就多了。

Kiss you,

Yours Xu

1987-2-22

Dear Li,

有个好消息。去年中美签订了一项协议,凡在中美双方留美的学生,彼此都不交所得税。这事对中国自费公派的学生非常有利。因为所谓的自费公派,与我一样,由美国方面提供助教奖学金,中国政府垫付路费。我们的身份也相当于这里的临时教师，只是每周工作 20 小时，工资也是全日制教师的一半，即每月 680 美元。从理论上讲，这是在美国挣得的个人收入，是应该交税的。我的所得税是 60 美元，净得只是 620 美元。现在根据这个新的协议，我一分钱税也不必交了。这个协议我们是最近才知道的，之后提出申请免税，从 2 月份开始。至于 1 月份扣的税，还要通过别的程序追回。另外，根据美国税收法，凡个人所得一年不足 2500 美元，均可免税。我是去年 8 月来的，挣了 3 个月助教费，这样去年收入肯定不足 2500 美元，可追回已上缴的税。现在手续已办完，过几天钱便可退回了。我这事是赶巧了，如果我在去年年初来，那么全年收入肯定超过 2500 美元了，因而务必交税。你看，即使去年没有中美协议，我也不必交税，这事有多好。

那么你可能要问，既然我是去年 8 月来的，收入肯定不够 2500 美元，为什么还交了税，现在再追回，岂不多此一举。问题在于，这个 2500 美元的标准，是美国财政部门在年终统计之后得出的一个平均数字，之后再按此标准在全国范围内退税。美国有些事情，规定烦琐，办起来相当复杂，即使很多美国人也搞不清楚。这方面我的感触太深了，因为我在南伊大的外事部门工作一段时间，听到过太多这类事情。

美国的税收体制完善，纳税系统也非常周密。美国公民和外来长期居民都有社会保险号码，相当于我们的身份证号码。他们的所有收入不论什么方式、在何处获得的收入，都要填写 W-2 表，表中有社会保险号码，这样就不会漏掉每一笔收入，自然很难逃税。我们日常到商店买东西，在交款收据单上也标得明明白白，一般是 1％联邦税、8％州税。这也就很容易理解为什么美国人的税收意识和纳税人的权利意识那么强了。

田老师来美进修的事，经过一番协商，又可以了。小卞最近已经结婚，我祝贺他。

Kiss you，

Yours Xu
1987-3-9

Dear Li，

你好！按时收到你 3 月 9 日的来信。信中的照片照得很好。不过你说国内胶卷很贵,国产胶卷也要十三四元,这确实很贵。美国科达胶卷一般是3美元,遇到降价时甚至只有2美元(相当于人民币8元),所以,再有人回去我一定多捎回几卷。

昨天芝加哥领事馆教育组来人,向我们介绍国内形势和留学生政策,同时带来了春节晚会的录像,我从头到尾一直看到完。来美半年了,难得有机会看到国内的节目,看过之后,兴奋得好长时间睡不着觉。这些精湛、富有浓厚民族气息的表演,把我带回了家乡,唤起我无限的遐想。忆起去年春节、前年春节,再想明年春节、后年春节,太想和家人一起美美地享受这节日的愉快了。

现在天气已经很暖和,树木开始泛青,地上小草冒出无数嫩芽,仔细看看,有些小根蒜长得很肥。几个同学顺手挖了很多,尝了很好吃。我们几个"光棍"(爱人不在这里的几个人)索性用这些做馅包起了饺子。味道和韭菜差不多,挺好吃。后来我再用这些野菜蘸面酱吃,也不错。在美国,菜的品种与国内有些不同。我们喜欢的豆腐和韭菜干脆见不到。上次去芝加哥,到中国城里转了转,买了点酸菜,但是用芥菜做的,味道不正。这时候特别想家里的酸菜汆白肉,也想到你做的春饼,直流口水。

几天前,南伊大举办国际学生节。因为南伊大有将近30％是外国学生,慢慢地就形成了这样一个国际学生节。每到此时,各国学生都使出浑身解数,尽情表演。有很多人特地穿上本民族服装,上台秀一番。还有各国的工艺品展览、图片展览,当然歌舞更是必不可少。所有活动都在一个大厅里,中间是舞台,各国国旗横悬在上方,五颜六色煞是好看。节目表演的一个明显特点,东方人如中国人、日本人、朝鲜人、马来人、印尼人等表演多比较稳重,而拉美人、非洲人都毫无拘束,撕破嗓子地唱,跳来跳去,把舞台踩得咚咚响,旁若无人,没有一点怯场,看来东西方的民族性格还是有很大差异的。平时在课堂上,也有明显反映。欧美学生,一有问题张口就问,有时甚至打断教授的话,显得很不"礼貌"。有些问题很浅显,应该自己思考一下就可得出答案,但欧美学生生性爱讲话,不愿把问题憋在心里,而东方来的学生,尤其是中国学生一般很少提问题,即使提问,也是思考再三,而且彬彬有礼。

在《人民日报》(海外版)上看到第六届全国冬运会在吉林市召开的消

息,向爸爸祝贺,他做出了独特的不可替代的贡献。

Kiss you,

Yours Xu

1987-3-16

Dear Li,

你好! 上周五接到你 12 月 19 日来信和 22 日寄来的贺年片,今天又收到你 12 月 29 日来信,几天内连续收到你的来信,格外兴奋。底片我当天就送去冲洗了,不巧的是圣诞节和新年刚过,洗照片的忙,需要 10 天左右才能取相片,只好再等等。

今天也收到研究生院寄来的考试成绩,我修的两门课成绩都是 A,也是一大快事。美国学生得 A 也不容易,何况我们刚来的外国学生。联系其他学校的事,想来想去,我还是放弃了。其一,这次去芝加哥,听到很多中国学生遭劫的事,有的还因此丧了命,大城市生活会有很多不测,不如 Carbondale 这个小地方安稳。其二,到其他学校,人地生疏,一切都要从头来,很折腾人。南伊大待我不薄,一直给我助教奖学金,教授们也很看重我,并且还有东北师大的 10 多个同学,可相互帮助,不至于孤独。其三,联系其他学校,手续很烦琐,还要 25 美元报名费,以及 3 名教授的推荐信。我若请这里的教授写,是得罪人,万一联系不成,以后的日子就不好过了。

从芝加哥回来后,我已着手收集城市史资料,估计假期能搞完。我在书店也买了很多旧书,其中有些还是相当有价值的。在参加今天芝加哥会议前,我们曾给美国历史协会申请资助,回复称资助申请太多,我们刚来几个月,资历不够,明年暑假在华盛顿开年会,可能会给我们资助,届时欢迎我们申报。另外,吴天威拟发起纪念“七七事变”50 周年国际学术研讨会,也免不了要我们帮忙,这两件事情也是我不想转学的动因。我们的研究能力在提高,在南伊大通过其他渠道获取资料,同样也可以写出像样的文章,在城市史方面有所斩获。这样一想,转学的事就不考虑了。

吴天威教授表面看上去很有威严,但待人真挚。他生在东北,至今仍有明显的东北口音。他和太太经常请我和陈兼去他家做客,每次做客,都会享受他太太的美食,大快朵颐。几天前,他还买了一本《韦氏词典》给我,令我受宠若惊。吴太太说,我们俩是吴教授接触的第一批来自大陆的青年学者,因此很用心。西安事变50周年会和明年要办的"七七事变"的会,都是国际水准的高级别学术活动,我和陈兼能够参与,实在是幸运得很。参加此类会的,都是学界在此领域的名人,所以是很开眼界的。后来我们参加的美国历史协会年会,就完全是另一种风格了。这种年会较为庞杂,有上千人参加,分会场也多,看上去有些忙乱,类似学者们的碰头会和招聘会。我们参加一次,知道是怎么回事也就够了。另外,吴教授最近还在收集日本侵华暴行的资料,他认为我国对这个问题太不重视了,更多的是适应外交需要,风头一过,学术研究就无人问津了。其实,应该拿出非常充分且有说服力的证据,言之有理有据,使日本御用学者无法翻案,令后人永远记住这段历史悲剧。

这学期听吴教授的中国古代史课,也很有启发。吴天威教授很注重中国的传统文化。他虽讲授古代史,但经常与现代乃至当代进行比较。讲到宗教思想对孙中山的影响(因为孙中山是基督徒),以往学界都忽视了这一点。共产党革命与太平天国革命之间的内在联系,讲到中国根本不存在四大家族这一现象。其实蒋介石和二宋都不富有,是陈伯达最先发明这一术语,后人就不加分析地套用了。事实上,陈立夫退职后,在台湾开杂货铺为生,较穷困。吴教授还写过一篇中印人口比较的文章,我觉得很有新意。他所提出的观点当然并不全妥当,但至少看问题的角度和掌握的资料值得我们重视。他发的文章,也给了我一份拷贝。

Kiss you,

Yours Xu
1987-3-23

Dear Li,

你好!你来信中讲带心宇回家看灯展还看了放烟火,心宇看得很高兴。

威斯康星大学的包德威(David Buck)教授,我参加西安事变国际会议时跟他见过一面,以前也读过他的文章。他人很好,容易接近,热爱中国。他懂汉语,写的文章很重视原始文献,与人友善,他好像计划在我校待半年。记得丁老师曾和我说过他想从事东北城市化研究,那么长春城市史应该是他计划的一部分了。不知他想写书还是文章,用英文还是中文。不管怎样你还是参加的好。因为你对档案情况熟悉,就某一个问题搞点材料还是容易的。薛老师的建议很好,要通过学校,成为一个官方项目,各方面的事情就容易处理得多,而且,经费上也能得到保证。包德威那边不知有无经费来源。他们学校曾是一个城市化研究中心,有一个《城市化今昔》(*Urbanism : Past and Present*)的刊物,侧重从经济学和社会学角度研究城市化,包德威曾是该刊编辑,但缺少经费停办了。在美国,办刊物也是不容易的。另外,想在刊物上发文章也有很大难度。我原来曾奢望发英文论文,但到这里一看,根本不可能。博士论文都很难发表,何况我们中国人写的文章。我看这事你还是多听听薛老师的,他很有头脑,事情想得周全。

长春居然在3月还下了大雪,看来天气是有些反常。春天天气不好预测,要注意。这里天气也犯病。前几天非常好,人们都穿衬衣,有的美国学生还换上了短衣短裤。可是昨天夜里陡然降温,零下十来度,有些树刚开花又被冻住了,我上学时穿上了羽绒服。春天的天气多变,哪里都是如此。

Kiss you,

Yours Xu

1987-3-30

Dear Li,

你好!今晨收到你的来信和照片,用国产胶卷照的也不错。看心宇的神态,几乎像个大孩子了,我在想,当我再见到他时,会是什么情景,他可能不认识我了吧。想到这,有几分酸楚。

你什么时候来,要好好想一下。来得早,住很长时间,不必要;来得晚,天气冷了,不便出行。中国学生的妻子来这里的,有两种情况:一种是读书,另一种是去打工。这两种对你来说都不合适。读书是令人头痛的事,英文不好简直是活受罪。打工的活,一是不易找,二是要相当长时间才能熟悉环境,要听老板的,低三下四。你来美主要是长长见识开阔眼界,而不是来挣钱的。你来后,我们尽可能多地出去走走,同时,也找些文献给你看看,如有必要再翻译一下。我担心你时间长了会感觉无聊。你根据情况再考虑一下,1年,半年,3个月?

临近期末,忙得不可开交。这学期 3 门课,分别是美国现代史(1929 年以来)、中国古代史、美国史讨论班。第一门课 3 次考试,3 篇书评;第二门课 2 次考试,另写一篇论文;第三门课是研究性质的讨论班,要写出一篇有一定质量和篇幅的论文。这些论文和书评等都要在月末前全部完成,否则就没有时间准备期末考试了。

我现在已经不用打字机,改用电脑了。在这里,随处都有计算机。商店里卖货、车站售票、图书馆借书登记、校财务室都是用计算机工作。很多美国教授和学生都自购一台个人计算机。与我和陈兼同在一个办公室的博士生 Bradley Skelcher 买了一台个人便携式电脑,天天背着这台电脑出出进进的,神气得很。计算机程序多、功能多,可存储大量信息。在国内时,对计算机敬而远之,有神秘感,进计算机房都要换拖鞋。临走时在计算机系学的 BASIC 语言,根本派不上用场。其实这东西是会者不难,难者不会。现在我越来越多地使用它,有些触类旁通。到图书馆,有一排排的书目卡片箱,那是供不懂计算机的人用传统办法查找图书的。如果会用计算机,敲几下键盘,就可找出要找的图书,而且,可以有多种检索办法,本校没有的图书,还可远程登录到外校图书馆看看有没有,再办理馆际互借。在图书馆馆员帮助下,几天就可收到该书。打论文也是计算机,我因为有打字机的基础,因此可以盲打,打得飞快。

学校有计算机中心,有几十台电脑,日夜不停地工作。计算机会自动帮你排列文字,包括行距、间距,打完之后,塞进一个字典软盘(只有巴掌大小,2 毫米厚),它会帮你识别错别字。打好的文章,可以存在一个软盘里,一个软盘可以存上百篇文章,十分便于携带和保存。如果要打印,发个指令,在计算机中心的共享打印机就可打印出来,学生是免费的。当然,这都是用的英文,汉字还有相当大的困难,听说我们目前在研究,已开发了几种软件,但还不到普及的程度。我觉得,计算机在图书馆和档案馆之类的地方大有用武之地。一个档案馆,有一台这样的计算机就够了。不过这可能是 10 年以后的事情。而且,有些程序也是不易掌握的。不过,也有很多美国学生压根就不会,有的是望而生畏,有的是懒惰,居然有的美国同学还一脸懵懂地问我是怎样学会的,你说可笑不?

5 月 15 日放假,曙光就在前面,尽快把眼前的日子熬过去,管它什么成绩,考过就是胜利。

　　Kiss you,

Yours Xu

1987-4-28

Dear Li,

　　你好!几天前接到你 5 月 21 日来信,看到你和心宇在江沿桥头的照片,很高兴。心宇似乎又长大不少,很懂事的样子,招人喜爱。

　　本来这封信要把出国手续表格一块寄回去,但手续还差一点,周四才能办妥。信一般走 10 天左右,估计你在 20 日左右就能收到那封信了。如果未收到,你可打电话来,我再申请一份寄去。

　　另外,入境时,一般不开箱检查,松得很,偶尔有警犬嗅一嗅。只听说不准带有种子的食物如苹果之类,还未听说不许带蘑菇的,用塑料袋包严就好了。

　　陈兼这个人,功名心太重,成天只知读书,对饮食向来马马虎虎,唯恐耽误时间。为图省事,有时只吃两顿饭,或有时带两片面包,一边吃一边看书,甚至上厕所也要带上一份报纸看。他这样,固然在学业上有长进,但却拖垮了身体。这几天一直往医院跑,还没最后确诊。初步印象是胃溃疡,看来吃了大亏。我不断地劝他注意身体,他总是当成耳旁风(其实我也是在你的不断劝导下才会有规律地生活的),这回才听进去了。美国同学也经常半开玩笑半认真地劝他:"陈兼,多吃点,多吃点!"(Jian Chen, get some weight, get some weight!)他不注意饮食,还有一个原因,就是他与一位上海人合租一套房子。那位上海人吝啬得很,两人处得不好,陈兼也不愿回去,做饭也懒得动手了。现在,陈兼又找了一个房子,情况好了一些。

　　说起和陈兼合租房子的那位上海人,吝啬得出奇。他爱人也在美国的西弗吉尼亚读书,离这里不远,可他连电话都不装,两人全靠写信联络。他们的房间,无论天气多热,绝不开空调;无论多冷,也不开暖气。平时连床单都舍不得用,他太太假期里来看他,也不另找房子,就挤在一张床上,陈兼的床与他们的床之间隔一块布。你想想,为了省钱,我们过的是什么样的日子,国内都难得见到。东北师大来的同学,大部分住在南山小区,是学校专给研究生的公寓。这里的房子设计得很好,宽敞,设备齐全,周围环境也好。而有些人为省钱,住到私人出租的房子,有的房子非常简陋,比国内房子还次,他们把钱看得太重了。

Kiss you,小心宇生日快乐,替我吻他。

Yours Xu

1987-6-2

又及:大兴安岭火灾的消息令人震惊,这里的留学生联谊会发起了募捐,我捐了 50 美元,据说芝加哥领事馆还要给我们发感谢信。

Dear Li,

你好!我和陈兼刚刚从纽约回来。我们是去参加"七七事变"50 周年国际学术讨论会,7 月 6—7 日由北美 20 世纪中华史学会与纽约市立大学联合主办,在纽约市立大学举行。这个会议比西安事变 50 周年国际学术讨论会规模还大,大陆和台湾都去了很多人,媒体也来了不少。会上探讨的问题很多,我几句话说不完,但有件事情却让人难以释怀。有一个日本兵,侵华战争时是个军曹。这个人递交了一份论文,题目是《日本军队在中国的罪行——与从东洋鬼子到人回复的自己心路过程》。他看上去与普通日本人没有什么不同,见到人就很恭敬地鞠躬致意,想不到他竟然在战争期间杀了 106 个中国人,满手都是中国人的鲜血,是不折不扣的刽子手,其罪行令人发指。他的论文详细叙述了他参军后如何接受军国主义教育,一步步走向变态,残酷地杀中国老百姓,包括妇女和儿童。当然,这也说明解放军对他的改造和影响,进而认识日本军国主义的本质,表示要彻底认罪,现身说法,防止日本军国主义复活。这份报告是用中文写的,很长。我读了几遍,从不理解到理解,再从理解到不理解,非常矛盾。我特地留了一份,将来你看看,怎样看待这样的事情。

还是纽约好!在这里的中国城,有很多中国来的食品。我买了瓶装豆浆喝,那感觉,和家里的一样。我们在南伊大,要想吃到中国食品,需要开车七八个小时,一路北上到芝加哥才有卖。所以我们轮换去那里 go shopping,每隔两周左右去一辆车,把各家要的都捎回来,但那里远没有纽约这样丰富,比较近的圣路易斯就更少了。

一直没有告诉你,我几个月前买了一辆汽车,很漂亮,是辆美国造的名牌车,车很大,很坚固,安全系数高。只用了1050美元,很划算的。现在美国人都改成开小车了,多选择日本车,因为这种大车太费油。但我们留学生并不是天天开车上下班,只是周末出去买菜或偶尔出去玩玩,所以用油还是在可掌控范围的,不必过虑。等你来时,就可以开车去接你了,好期待吧?

Kiss you,

Yours Xu

1987-7-10

Dear Li,

你好!今天已是周三了,还没有收到你的来信,可能是你回吉林寄信慢的缘故。算上这一封,我已往吉林发了3封信,你核对一下。我担心有人图国外邮票好,索性将信一块拿了去。

临近国庆节了,这里的中国学生都在忙着各自的功课,顾不上过节的事。不过,前几天领事馆寄来250美元资助中国学生过节,倒使大家对过节有了兴致。大家商量着租一个美国教堂,包些饺子,请些美国朋友,饭后再举行一个舞会。在美国,很多活动都在教堂举行,那里空间大设施好。来这里以后,中国学生会举办过几次舞会,我不会跳,看热闹。

美国新闻媒体和民众对中国的兴趣在增加,最近美国NBC电视台派记者考察中国,专门采编了一组节目,题为《变化中的中国》(Changing China),共8个专题,每天播一集,全方位反映当今中国的风貌,上至中央领导人,下到普通百姓。有繁华的大上海,也有遍地牛羊的内蒙古草原;有中国现代科技发展,也有传统中华医学、武术、气功、戏曲和文学等。既有传统中国的一面,又反映改革开放的巨大变化,令人很开眼界,我几乎一次不落地看了下来。

听说东北师大又有3个人要来,是南伊大政治学系申请的校际合作项目,共6万美元,3年时间,包括资助东北师大成立国际关系研究所。南伊大将陆续派相关教授去我校讲学,我校也派人来美短期访问,这次3个人就是此类交流的第一批。其中,政治系、外语系和历史系各1人,11月份就来。历史系可能是于群,如果是他,你不妨买点蘑菇木耳之类托他捎来,美国买不到这些,在中国城里买也很贵。如果他们来美日期往后拖,就不必了,你在 1 月份就来了,差不了几天。

这一学期的几门课,也很紧张。有一门是美国历史的新观点(The New Viewpoints of American History),每周要读一本书,并写出书评,进行讨论,期末还要写出论文。读书量相当大,就是读这么多中文书也不易应付,何况是英文。另一门课是老南部的历史(The History of the Old South),是墨菲开的。他的要求也很严,共 6 篇书评、2 次考试,此外还要写论文。我把这些课程的要求和理科的同学们一讲,吓得他们直伸舌头。在这里读理工科相对容易一些,语言上的障碍少些,多半是实验或运算,上课时也多半用的是术语或公式。文科则大不一样,读书就够紧张的了,上课时,教授海阔天空胡扯一气,根本没有标题,有时黑板上一个字也没有,一堂课下来,笔记都没法记。而且,有的美国教授看问题的角度及其观点不易把握,要有一个理解的过程,这不光是问题本身,还有一个琢磨讲课者心理的问题。

这个学期我给安蒙教授做 RA。安蒙教授是美国第五任总统门罗的传记作者,这部传记 700 多页,洋洋洒洒,在美国学术界很有影响,换句话说,安蒙教授是门罗研究的最具权威性的学者。该书自 1971 年出版以后,又陆续发现很多有价值的新资料,因此出版社计划再出一部最新资料集注。我的工作就是在图书馆尽可能全面系统地查询所有相关资料,所有书信往来、日记和当时相关记载,梳理这些文献并做简要说明,安蒙教授在此基础上编撰一部完整的最新文献详解。这些文献,除部分原始形式外,有很多已做成缩微胶片。每天我要用几个小时的时间在缩微胶片阅读机前,进行辨认和梳理,做成详细的笔记。识读这些文献是个苦差事,难度也相当大,特别是那些书信,有的写得七扭八歪,有的像天书一样,还有的因时间久远保存不善字迹不清。不过,这也极大地提高了我对英文手写体的辨别能力,也是桩好事。

小卞的事,安蒙教授在积极想办法,来南伊大应该是不成问题的。而历史系已有 2 个中国学生,再来一个,研究生院那一关难过,美国学生也会有意见。因全系博士硕士共 13 人,如果中国学生占 3 个博士名额,比重显得大了些。

好了，要上课了，就写到这儿吧，希望这封信在你离开吉林前能收到。

Kiss you，

Yours Xu

1987-9-30

Acknowledgments

In the preparation of this bibliography I owe a great debt to Mr. Wang Xu who acted as my research assistant. He was responsible for locating and annotating all articles, books and dissertations relevant to Monroe which appeared after 1968, when I concluded my research for the biography of Monroe published in 1971. Indeed he extended his investigations further, locating obscure items published at an earlier date. The completeness of the entries owes much to his unstinting labor. I also owe a particular debt to Mr. David Meschutt, Curator of Art at the U. S. Military Academy at West Point, for permitting me to use his compilation of known portraits of Monroe, some of which can no longer be located and are only known from contemporary references.

Prior to 1968 I examined manuscript collections in university and historical society libraries. In compiling data concerning Monroe items acquired since that date I received generous help from the librarians and curators of these libraries. I especially wish to express my gratitude to the staff members of the following libraries and historical societies: The Pennsylvania Historical Society; the New-York Historical Society; the Virginia Historical Society; the New York Public Library; the Alderman Library of the University of Virginia; the Duke University Library; the Manuscript Division of the Library of Congress; Princeton University Library; the James Monroe Memorial Library and Museum (Fredericksburg, Virginia); Massachusetts Historical Society; Virginia State Library; the Filson Club Library (Louisville, Ky.); Chicago Historical Society; Maryland Historical Society; New York State Library; Cornell University Library; Houghton Library, Harvard University. The detailed responses which I received to my enquiries have made it possible for me to present a complete coverage of items held by major repositories of Monroe letters and collections relevant to Monroe.

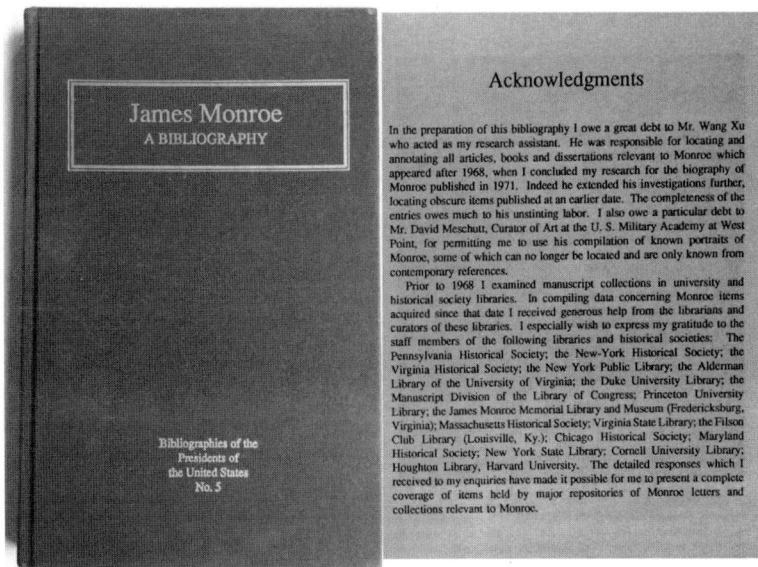

《门罗总统最新文献》中安蒙的谢词，第一个提到的就是我

美国的研究生培养体制及其方法

——我在美国的亲身经历

美国有一套较成型有效的研究生培养体制和培养方法。我于 1986—1988 年在美国南伊利诺伊大学历史系攻读博士学位,通过两年系统而严格的训练,对此深有体会,觉得那里的一些做法很值得我们借鉴或参考。

研究生与导师双向选择,益处很多

美国硕士研究生学习期限无统一规定,但一般可在 2 年左右完成。在硕士生入学的头半年或一年内,暂不选导师,研究方向也不确定,只上基础课。系里设一位由教授兼任的研究生顾问,根据每个研究生的具体情况,为课程的选择、学习期限乃至选定导师等事宜提供参考意见。在修基础课期间,硕士生对选何种专业及研究方向既符合本人兴趣又能发挥自身特长不断加以权衡,同时对教授的情况也进行初步的观察与了解,便于较实际地选择指导教师。教授在这段时间内也可初步熟悉学生,为选择较好的学生做准备。

这样做的好处有:其一,学生选择导师和专业更有目的性,不至于因一时选择失误,影响以后的学习。学生选课、选择导师都有一定的自主权,对教授的教学与科研工作无形中也起到了一种促进作用。其二,在研究生尚未选择导师之前,教授得以部分解脱,不必为研究生的初期阶段学习而事必躬亲,可集中时间和精力从事教学与科研。其三,教授开课面向本系乃至外系所有研究生,而不是单单他所指导的几个学生,因而提高了课程的利用率,较充分地发挥了教授的作用。与此同时,学生受教于各个教授,并不仅仅师从某一教授,学生参差不齐的现象减少了,整体水准有所提高。学生选定导师后,一般也还要修基础课,直到修满 24 个学分和完成有关领域的课程为止。这样选择对双方都有益处。据我观察,一位教授往往同时指导几名研究生,还要开课,却不显忙乱,主要是因为这种事半功倍的体制做了保证。

至于博士生,也要经过一年半到两年左右的基础课学习,掌握两门外语,并通过对所修课程的全面性考试成为博士资格候选人,方可选定导师,并自己物色论文答辩委员会成员。和硕士生相比,他们因博士学位论文撰写时间较长,且往往与导师的研究课题相一致,因此与导师的关系稍显密切。

重视基础训练,提高实际能力

美国的研究生,尤其是硕士生,仍强调加强基本功训练,扩大知识面,以打下扎实的专业基础。研究生的必修课,根据难易程度和侧重点不同而划分为400号和500号两个系列(600号以上多为博士生论文的学分课程)。其中400号以上的课多半是与本科生高年级合上的,但研究生不仅需要参加课程规定的各项考试和撰写书评,还要额外写一篇学期论文。有时这种课可能与研究生本科时上的课重复,但对研究生来说要求高,属更高层次,所以被认为很有必要。因此基础打得好,功底扎实。500号以上的课,是专为研究生开设的。此级别的课注重研究能力和方法的培养。按规定,硕士生要修30个学分,在这30个学分中,400号以上和500号以上的课程各占一半。而且,这些课程须分属两个不同的专业。欲满足这几方面的要求,每个硕士生实际上修的学分往往高于30个。通过这些基础课的训练,研究生受到多种治学方法的熏陶,拓宽了视野,提高了鉴别能力,打下了坚实的专业基础。博士生的基础课也是30个学分,但所修课程必须分属5个专业领域,其中有一个领域必须是外系相关专业,这就意味着基础打得比硕士生还要宽。

当然,修一定数量的以打基础为主旨的400号以上的课,并不意味着迫使学生死记硬背、围着考试转。由于各门课的考题形式多样,凭压题侥幸获得好分数几乎是不可能的。我收集了历史系大量400号以上课的考题,均未见划一的模式。即使是围绕教科书出考题,形式也相当灵活。而且,考试并不是卡学生的一种方法,而是力求反映学生的实际水平。如有的课一个学期共有 4 次考试,到期末,教授可删去每个学生最差的一次成绩之后再累积每个学期的总成绩。这就能如实反映学生的真实水平,而不至于因临场紧张或其他偶然意外情况而影响本课总成绩。所以,我觉得这种考试方法,如果使用得当,基本上能够反映学生的真实水平。当然,关键是考试命题要务实。如果仍用老套公式化的考法,学生掌握了各种对付考试的方法,成了考试的"行家",那样的考试便无多大积极意义了。

课程压力大,迫使学生全力以赴

在美国,虽然每个学生都有机会进大学,但并非都能完成学业,种类繁多的严格考试常迫使很多学生中途辍学,研究生也是如此。美国研究生没有入学考试,主要根据本科的平时成绩及教授的推荐,在此基础上录用优秀生。和入学一关比较起来,学校更重视入学后的不断淘汰,把它当成保证学生质量的关键一环。虽然美国各大学实行的体制各异,但这一原则却是普遍奉行的。

淘汰制的最主要办法恐怕就是严格的课程要求和考试。一个学生每学期至少要选 3 门课,其中既有 400 号以上的,也有 500 号以上的,合起来起码要通过七八次考试和撰写大量书评和论文。记得有一个学期我选 3 门课,第一门是 3 次考试和 1 篇学期论文;第二门是围绕 9 本书的 3 次考试和 1 篇期末论文;第三门是研讨课(Seminar),要求读 16 本书,平均每周 1 本,并写出书评。除正常课程外,研究生多半要做兼职助教,每周工作量为 20 小时,平均每天 4 小时。不做兼职助教的,也要打工挣钱交学费和维持生活。这些加在一起,其负担之重是令人难以想象的。系里教授告诉我,该校的原则就是以压力来保证质量,读不下去或成绩低于规定者,自然被淘汰了。

到美国不久,我便体验到了这种压力的滋味。一轮又一轮的考试令人应接不暇,学生都像跑百米一样,不敢有丝毫懈怠。除考试外,整天泡在总也读不完的书海之中,撰写一篇又一篇的书评和论文,简直是疲于奔命。初到美国的中国学生,无论是文科还是理工科,都感觉到压力太大,每每叫苦不迭。但经过一段时间,也就习惯了。无形之中惰性减少,节奏加快,学会合理利用时间讲效率的好习惯,功课的安排也变得有条不紊了。紧张地度过一个学期之后,反倒觉得很充实,有收获。所以,我很欣赏这种大压力、频繁考试的方法。对比起来,那种企望学术自觉学习、不施加压力的做法,使学生平时松散,所有事情都推到期末,结果期末考试成了一次赌注,为应付考试而考试,效果并不好。当前我国学生风气不正,适当加些压力,考试更显得必要了。

研讨课形式值得推广

在南伊利诺伊大学文学院中,凡 500 号以上的课,均采用研讨课形式。它不是不定期的学术会,而是正规的课程。每学期各系都开设 5 门左右的研讨课,面向全系乃至外系的研究生,不只局限于该课程教授指导的学生。按规定,研究生每学期至少要修一门研讨课。

研讨课为 4 学时,每周集中一次上完,由在某些学术领域较有造诣的教授主持。学生限制在 10 名以内,人数过多不便课堂讨论。这种课具体形式大致有三种:第一种是读书性研讨课(reading seminar),即由教授布置学习讨论某些问题的专著或论文,旨在使学生了解最新学术动态、扩大视野。学生在课下分头读书,并写出读书报告或书评,每周集中讨论。由于有比较集中的共同题目,学生们便于展开讨论。有时也指定某人重点发言,其他人参与讨论。教授在课上主要起引导及主持的作用。选了这门课,当然要用心去读所布置的著作和文章,如果没有看透,讨论时自然露出马脚,所以不得有半点疏忽。第二种是研究性研讨课(research seminar),着重提高学生的研究能力。该课多半要求写一篇较正式的学术论文,题目可由自己选,但要征得任课教授的同意。每次上课时,学生都要分阶段详细汇报各自论文的进展情况,教授则给予督促和具体指导。这类研讨课与前一种一样,工作量相当大。我修过这样一门课,任课教授要求很严,甚至近乎苛刻。他要求论文必须采用第一手资料,篇幅为打字稿 50 页,参考书 30 本以上,脚注必须在 60 个以上,都要分列清楚。初稿交他审阅后,需再认真修改,之后才能正式交给他。论文还要在课上宣读,接受大家的质疑。第三种研讨课是综合性的,前半期主要是阅读,后半期撰写论文或书评,两种能力并重。

采用研讨课形式,活跃了学生的思想,提高了他们的研究能力和论辩能力,并易于暴露学生们自身的某些不足,是针对研究生特点的有效方法,对文科生尤为适宜,很值得推广。南伊利诺伊大学文学院把研究生课程都定为这种形式,是有其道理的。

以上几个方面是互为关联的,系统性很强。例如,只有实行指导教师与研究生的双向选择,教授们才有可能集中精力开设研究生的基础课,只有这样发挥集体的培养力量,研究生的基础才能打得牢,整体水平才能得到提高。反过来,如欲打下扎实的专业基础,就不能像师傅带徒弟似的只跟定一个导师。我国目前有些学校正在尝试对研究生培养体制进行改革,但据我所知,有些做法只是简单模仿,不系统。如有的实行以专业招生,导师与研究生可互相选择,但研究生不是在学科专业中选择导师,只是在某具体研究方向上选择导师,往往该研究方向只有一位导师,因此研究生也就谈不上什么选择了,结果这一改革往往流于形式。所以,根据我个人的体验,研究生培养工作的改革,应该是全方位的,而非枝节性的;是系统的,而非零散的。要做到这一点,当然需要我们从中国的具体国情出发,有选择地借鉴其他国家的经验,使研究生培养体制逐步走上正轨化、科学化的轨道。

原载《比较教育研究》1993 年第 2 期

我的事迹上了《光明日报》

服从工作需要，一心报效祖国

最近，在东北师范大学校园里，人们传颂着曾在美国攻读博士学位的青年教师王旭响应导师召唤，毅然放弃"洋博士"学位，回国参加教学科研工作并转为中国"土博士"学位的动人事迹。

王旭 1977 年考入东北师大历史系本科学习。1981 年，他以优异成绩获学士学位、考取丁则民教授的硕士研究生，1984 年获硕士学位并留系做助教。他工作踏实，协助丁则民教授完成了国家"六五"社会科学重点研究项目之一——《美国通史》第三卷的编写工作。因工作需要，1986 年 7 月，学校决定送他去美国南伊利诺伊大学进修两年美国史。

在美国，他坚持边学习边做助教工作，抓紧点滴时间刻苦钻研业务。由于他的勤奋好学及出色的工作，赢得了美国教授的信任与器重，不久，该系学术委员会召开会议一致通过允许他攻读博士学位，并给予优厚的助教奖学金。截至回国前，他已修完博士课程 30 门以及部分选修课，获得 33 个学分，全 A 成绩，再用 2 年左右时间撰写博士学位论文便可获得美国南伊利诺伊大学的博士学位。

正在这时，他接到了母校丁教授的来信，希望他在近期回国、协助丁教授完成国家"七五"重点科研项目之一——"美国西进运动史"的研究工作。此时中断学业，不免遗憾，所以母校历史系主任唐承运教授曾给王旭去信表示：允许他在继续留美攻读博士学位和按期回国之间选择。面对这一情况，王旭没有犹豫，经与正在美国探望他的妻子共同商量，毅然决定放弃在美国继续攻读"洋博士"，服从工作需要，回国承担工作任务。面对王旭的选择，美国教授们震惊了，他们一再挽留，最后只得尊重本人的意见。为此，南伊大历史系专门开会研究，决定保留王旭的博士生资格，允许他在 4 年内任何时间回美国继续完成博士学位。回国前,王旭在紧张的学习与考试之余,抓紧一切时间,为即将承担的国内新科研课题收集资料。今年8月中旬,他从大洋彼岸风尘仆仆地回到了母校。

目前,王旭不仅承担了研究生部分选修课任务,下学期还将为本科生开设"美国近代史"课程,而且协助丁教授进行紧张的"美国西进运动史"的研究工作。同时,经学校研究决定并经上级部门批准,他被破格录取为丁教授的博士研究生。他将在美国南伊大已取得的学分的基础上,经过两年多的学习,取得历史学博士学位。(杨丽)

原载《光明日报》1988年11月17日第1版

说明:标题是这次撰稿时后加的。

学术交流从我做起

城里城外

用互联网办成的国际学术研讨会

1993 年,电脑还是 286 向 386 缓慢升级的时代,用的都是 DOS 系统,没有现在几乎成标配的 Windows。电脑屏幕是黑色的,一个字母一个字母往电脑里敲。电子邮件系统后来有 Navigator 浏览器,可以互动,界面看着也舒服些。国际互联网刚刚起步,只是一些科研人员在尝试,电脑行业的专业人士还没有跟上。我从美国同学那里知道了此网的妙处:其一,随时联系、没有额外收费,不收国际电话费,如果约好,可以即时对话;其二,可以在网上群发消息,所有联网的人都可看到,已经有很多国际学术会议如此办理,远远优于传统的通信手段。这时,我正在准备筹办"中美城市化比较国际学术讨论会",立即想到利用这个方法。首先,我在网上发布会议通知,设立一个邮箱地址。通知发出没有几天,居然有很多学者来电子邮件问询。后来,联网技术改善,交流更快捷了。1995 年 6 月,我先是在中科院系统设立个人电子邮件地址 Shinz@BEPC2.ihep.ac.cn,几个月后,我发现吉林大学的电子邮件系统升级速度很快,而且毗邻我校便于沟通,于是改用该校的系统,账户地址是 wangxu@mail.jlu.edu.cn。

这次会议首次通过互联网发布信息并与国内外学术团体和个人联系,应该说在当时是超前的。

康涅狄格大学的布鲁斯·斯特夫(Bruce Stave)教授获知这个会议的消息后,立即通过邮件群发的方式给美国城市史研究会的所有会员发出一封信,介绍我们的会议。他在信中说明,美国城市史研究会曾与北京社科院合作筹办一场国际学术研讨会,因经费原因停办,但现在东北师范大学和中国美国史研究会主办一场类似的国际学术研讨会,可以关注一下,他还非常详细地说明了联络方式。后来确实有几位美国城市史研究会的会员通过这个渠道和我联络并来参加。我也非常感谢威斯康星大学 David Buck 教授(中文名包德威),他及时告诉我在美国学界已有 H-net 这样一个大型联络网,而且在不断扩展,他建议在 H-urban 和 H-Asia 上发消息。我照此办理,果然,立即就有更多的学者与我联系。当时欲参加会议的有很多,包括我们比较熟悉的权威学者如宾夕法尼亚大学的迈克尔·卡茨(Michael Katz)、约翰·霍普金斯大学的罗威廉(William T. Rowe)、华盛顿大学的约翰·芬德利(John Findley)、加州大学洛杉矶分校(UCLA)的埃里克·蒙坎南(Eric Monkkonen)、胡佛研究所的马若孟(Ramon H. Myers)、波特兰州立大学的卡尔·艾博特等人。可惜很多人后来由于经费和其他种种原因未能如愿,如蒙坎南因患前列腺癌做手术,芬德利同时在组织另一个会。

当时举办学术活动经费有限,争取资助是一大难题。我先后给美国驻沈阳总领事馆、美国新闻总署文化处、美中学术交流委员会、洛克菲勒基金会、福特基金会、亚洲基金会乃至《城市史》(*Urban History*)杂志去信,探讨资助的可能。如今我翻阅当时的信件,除了与拟参会的学者之间的通信外,大量信件都是联系资助的,厚厚的一叠。我还专门给美国驻沈阳总领事馆前文化领事温迪·莱尔(Wendy Lyle)写求助信,因为她在任文化领事期间,我们有过很多合作,个人关系也很好。在此前,我们美国研究所在她的联络下,曾与美国弗吉尼亚大学米勒研究中心建立学术交流关系,并联合申请美国新闻总署的校际交流项目,但美国新闻总署回复称刚刚将中国从入选国家名单(list of the eligible countries)撤除,该交流无疾而终。这是一个信号,提示我们,争取美方资助的难度大大增加了。

当然,中国美国史研究会、东北师范大学提供了部分资助。这次会议之后我们还主办了国家教委"中美城市化比较"高级研讨班和"中华美国学会"理事工作会议,几个会议的经费放在一起,再加上国内外学者缴纳的会务费(外国学者每人 100 美元注册费),基本达到了收支平衡。

同时,为了争取长春市政府的支持,我把美国最畅销的旅游指南 FODOR 上对长春的描述原文不动地拷贝到申请报告上:"长春是一个除了作为交通中转站之外没有任何理由值得逗留的地方。"这当然是个天大的误解,但这也说明,我们迫切需要通过各种渠道纠正这些偏颇的认识。召开国际学术会议,不仅可从城市化发展规律角度为长春发展的战略取向提出参考性建议,而且还可借机宣传介绍长春,塑造新的国际形象。通过这些学者,无疑可以收到事半功倍的效果,因与会的多为国外知名学者,其影响力相当可观。

下面是会议筹备的几个阶段性安排：

1.1993 年 8 月经中国美国史研究会反复论证后开始筹备；

2.1993 年 12 月 3 日通过电子邮件发出第一次征稿通知（first call for papers），同时给特定人物单独写信，在通信中附带介绍主办地长春和主办单位东北师范大学美国史研究情况；

3.1994 年 3 月在《联系：国际背景下的美国历史与文化》（Connection： American History and Culture in An International Perspective）（No.1），4 月在《中国留美历史学人杂志》（Journal of the Chinese Historians in the United States）（No.26）刊发会议消息；

4.1995 年 5 月 15 日发出第二次征稿通知（second call for papers），要求拟与会者在 1995 年 11 月 30 日前提交简历和一页纸的论文提要；

5.1996 年 3 月发出正式邀请信。

与会学者集体照

1996 年 8 月 5—9 日，来自美国、加拿大、德国、瑞士、丹麦等国家以及中国香港、内地的高校和研究部门的 70 余名学者参与的"中美城市化比较国际学术讨论会"成功举办，来自多国的学者济济一堂，在夏日的春城探讨城市化问题，令人欣慰而兴奋。开幕式吸引了众多媒体，长春市市长宋春华专程来参加，他曾任城乡建设部副部长，其致辞有很浓厚的学术色彩。会议学术报告与论文宣读进行了一天半，有些问题是首次提出，有些则进行了比较充分的讨论,其中不乏真知灼见,在此不一一评述。会后出版的论文集《城市社会的变迁:中美城市化及其比较》(中国社会科学出版社 1998 年版),把与会学者们的研究精华长久保留下来。

9 日晚闭幕式后,很多人特别是外国学者觉得余兴未尽,提出要选个好地方玩个通宵。正巧斯大林大街(后改为人民大街)上的"名门饭店"刚刚建成不久,翌日试营业,当晚给我们开了绿灯,安排在临街一侧的二层挑高大厅里。我们把桌子接成长长的一排,几十个人开怀畅饮,尽情谈笑,后来索性放开喉咙唱各国各地歌曲,兴之所至,还唱起了《大刀向鬼子们的头上砍去》。最后是王希主动买单,那是王希留给我的一个深刻印象。

当时开会购买火车卧铺票是一大难题,也是很多会议组织者望而却步的。我们设法通过"关系"特批一节长春至北京 T60 次列车的硬卧车厢,安排北京及北京以南的学者会后返程。几十位学者同乘一个专列,兴高采烈地延续着会议的议题和友谊。与会代表如此开心愉快地返程,让我们极其欣慰。

这次会议的成功举办,我要感谢两个人:一是恩师丁则民教授,此次他放手让我主持,全权负责,而且他还以与会者身份,专门撰写英文论文《西雅图精神》在会上宣读;另一个是我的师弟梁茂信副教授,他协助我主管所有会务,迎来送往,协调联络,极其繁杂,每天虽然累得筋疲力尽,但会务组织得井井有条,他口音纯正的英文也为东道主增色不少。当然,还要感谢留美华人学者王希、洪朝晖和卢汉超,他们不仅提交了高质量的学术论文,而且主动承担语言和学术上的沟通工作,像润滑剂一样,使会议流畅进行且充满活力,功不可没。

会后,很多学者给予高度评价,不吝溢美之词。王希说:"这是一次非常出色、精心组织的学术会议,你和你的同事们干得漂亮,祝贺你们!"香港大学城市研究中心的程恺礼(Kerrie MacPherson)来信说:"我认为会议非常成功,而且与会学者从各种不同视角探讨城市史问题,令我印象深刻;应该在一两年内,在你和你的同事们建立的这个会议基础上再举办一次类似的学术研讨会,这是顺理成章的。我觉得,比较研究是城市研究和城市史研究的核心所在,对于你在这次学术聚会上所发起的事业上进行投资是值得的。"翌年,她在香港大学组织了类似的国际学术讨论会,邀请我去参加。

这次会议,在我国的城市史研究和美国史研究的历史上,留下浓墨重彩的一笔。对我个人来说,则是我从事城市史研究以来最值得纪念的日子。国际学术研讨会后,我们又马不停蹄地举办了中华美国学会理事会会议、中国美国史研究会第八届年会,以及"中美城市化比较"高级研讨班。短短的十几天的时间里,4次重大学术活动,如此高密度连续性地主办学术活动,互联网功不可没。

1998 年

第一次中美越洋电话学术讨论会

1992 年 5 月 23 日,在美国驻沈阳总领事馆文化处的支持下,东北师大美国研究所的学者及部分博士研究生与美国新墨西哥大学杰拉尔德·纳什教授(Gerald Nash,20 世纪西部史研究的三大权威学者之一)、俄克拉荷马大学杰罗姆·斯蒂芬教授(Jerrome O. Steffen)通过国际长途电话进行了一个小时的有关当代美国西部的专题讨论。

这种讨论会事先经过周密的筹备。首先由我们拟定讨论的主题,并提出在该选题有一定研究的美方学者名单,之后美国驻沈阳总领事馆文化处进行联络,最后确定 2～3 位美国学者,在一个商定的时间里接通电话,进行讨论。美方学者在自己的家里,与我方学者同时在线,我方电话连接扩音器和麦克风,在一个大会议室里,所有人都可参与,效果堪比一般的学术研讨会,但更加经济、有效、务实。

从 1992 年到 1995 年,我们与美国学者共举行了 5 次电话学术会议,大大加强了我们对所讨论问题的认识深度。与会者也不同程度受益,初步尝试是成功的,在我国学术界带有一定的开创性。下面是第一次讨论会的大致情况。

主持人:尊敬的纳什教授和斯蒂芬教授,早上好! 我是东北师大美国研究所所长王旭,有这样一个机会向你们请教美国西部史问题,我们感到很荣幸。这里让我先简单介绍一下美国研究所。我们美国研究所是专门从事研究和培养博士、硕士研究生的机构,研究主要集中在美国西部史、美国史学史、美国城市史、美国族裔和移民史、19 世纪后期美国史,先后承担了国家和教育部多项研究课题。今天我们集中讨论西部史特别是西部城市史问题。你们知道,当代美国西部经济已发生令人瞩目的变迁,是所谓"阳光带"现象的主体;而西部经济的变化,又集中反映在城市化进程上。正确认识这三者之间的关系,有助于我们了解美国区域经济结构变化的基本走向及其影响。你们是这方面的权威学者,非常希望听到你们的独到见解和相关信息。你们可以想象我们在这边房间里的几十名教授和学生此刻有多么激动和兴奋,我们相信这会是一次成功的学术讨论会。

接下去发言提问的是我们研究所的几位年轻教师和博士研究生。谢谢!

问:杰克·奥古斯特(Jack L. August)教授在《美国西部史研究的第三次浪潮》一文中提出,近30年来,西部史研究形成第三次浪潮,出现一个明确的学派,提出很多重要观点。您是否同意他的这种提法?近年来20世纪西部史究竟有哪些新的方法与观点?特纳的理论是否还能为西部史学者所接受?如果是的话,表现在哪些方面?

纳什:我并不完全赞同奥古斯特的观点。奥古斯特文章的初稿是10年前做我的学生时拟定的,自那时以来,西部史的研究又产生了相当大的变化。西部史研究不仅仅有三次浪潮,应该说已有五次浪潮或新趋向了。第一个,西部城市史研究发展较快,成果可观,并出现一批出色的青年学者,如卡尔·艾博特、布雷福德·卢金海姆(Bradford Luckingham)、约翰·辛莱(John Sinley)等。他们对20世纪西部尤其是西部城市进行了系统的研究,提出了一整套观点,这无疑是一个新的趋势。自奥古斯特文章发表以来的第二个新的趋势是注重对西部环境史的研究,考察在西部特定环境下各种不同文化之间的相互作用。这一派代表人物有理查德·怀特(Richard White)、唐纳德·沃斯特(Donald Worster)、戴维·克罗宁(David Cronin)。他们突出强调环境在促成20世纪西部崛起过程中的重要作用。在这一点上,他们并未完全拘泥于特纳的学说。因为特纳兼顾环境与文化的作用,而他们关注的焦点是环境的作用。第三个趋势是侧重研究20世纪的西部,我属于这一学派。因为特纳关注的仅是20世纪以前的西部,所以这一学派对特纳学派做了一定的修正。第四个学派称"新西部史学派",他们对美国在北美大陆上的扩张持否定态度。该学派代表人物帕特里夏·利默里克(Patricia N. Limcrick)在其著述中把这种扩张称为"征服的遗产",这就与特纳学派的乐观态度恰恰相反,特纳学派一向把征服西部视为美国人的巨大成就。第五个学派近10年来发展很快,该学派重申40年前亨利·史密斯

(Henry Nash Smith)阐发的西部是神话的观点。理查德·埃图兰(Richard Ethlan)、保罗·哈顿(Paul Hutton)等一些著名学者依据这种观点，撰写了大量很有启发性的著述。这就促使人们对特纳学派再度提出质疑。它表明特纳的理论流于简单化，且仅适用1900年以前的美国西部。这一学派的出现，使特纳学派受到重创，但我们不能因此得出特纳学派已全然消失的结论。

斯蒂芬：1929—1933年大危机后，特纳学派开始招致人们的普遍抨击。因为人们发现，特纳完全回避了工业化过程中所产生的冲突问题。历史局限性是其致命弱点。进入20世纪后，皮货贸易、探险不再是西部的主要问题，移民已经减少，淘金热已消退，铁路铺设也已告一段落，一切均已成为过去，特纳所强调的西部环境已发生变化，不再是重要因素了。到1955年，厄尔·波默罗伊(Earl S. Pomeroy)提出西部史是东部史的继续，是"遗产文化"，如西部各州宪法在相当大程度上效仿发展较早的东部州。这种观点成为史学界新的研究取向。纳什所提及的五个学派的研究重点就不在特纳反复申明的西部独特性上。这里，我还想补充两点。一是大边疆观点。沃尔特·韦布(Walter P. Webb)认为，应把西部史置于更广阔的背景之中，即1500—1900年的400年间，整个美国都是西欧的边疆。特纳所揭示的西部与东部之间的差异也必须看成是北美与西欧的差异。另一个需强调的观点是，应当用比较方法从多学科角度研究西部史。例如，有关西部与东部的关系问题，一般有继承性还是独特性的分歧。对此问题的答案有微观与宏观两种。从微观角度看，即把问题限定在特定的时间与空间范围内，那么可以发现西部有很独特的趋势；如果从宏观角度看，西部在很多方面都反映出与东部相同的特点，如创业者的模式、城市化和其他很多方面。最后还应说明的是，特纳的理论在人类学和地理学等学科仍有一定影响。

问：西部对联邦政府的军事国防开支有相当大的依赖性，联邦政府的巨额军事国防开支促成了西部长达数十年的繁荣，那么，联邦政府近来削减国防开支的做法对西部经济将会产生多大的影响？

纳什：这个问题我很感兴趣，因为我正在撰写一部有关此问题的专著。不过，美国联邦政府的国防开支并未削减，两个月前国会已放弃了这方面的努力。因为目前经济萧条已使西部经济受挫,如果此时削减军事开支,肯定导致失业量增加,进一步恶化经济形势。估计最近几年内联邦政府的国防开支仍会维持目前的水平。事实上,西部的发展并不只是近 40 年的事情,它已持续了 150 多年,并且一直与联邦政府的投资主要是军事开支有关。19 世纪五六十年代,联邦政府就在西部边疆上设立了很多军事要塞和粮草供应点。当然,1940 年以来此类设施大量增加。目前联邦政府正在努力把西部经济与军事开支分离开来。但这是一个很棘手的问题,这些军事设施如果在一两年内撤离,那么就极有可能使西部经济陷入严重危机,所以这将会是持续几十年的过程。我们寄希望于技术变革,由此推动军事设施向和平目的的转化,促进整个西部经济的转型。例如,新墨西哥州洛斯阿拉莫斯国家试验室是试制第一颗原子弹的地方,去年,该试验室已从生产核弹头的基地改建为具有高度自动化的电器生产中心。此类转产工作在今后几十年内将会大量进行。但毫无疑问,西部经济与联邦政府的国防开支关系极为密切,尚须几十年时间才能将两者分开。

斯蒂芬:应该明确,我们指的西部是密西西比河以西的地区。这一地区的经济特点是具有殖民地经济的色彩。这一定义的内容是:对外部资本的依赖。这是一个延续至今的现象。19 世纪时,外部资本来自铁路公司、土地公司、畜牧业公司、金融集团等。纳什教授,您在大作中曾指出,二战后这种状况确实有转变,通过大萧条期间政府的干预,西部成为联邦政府的殖民地,提供自然资源。这样,是否可以说,西部经济的主导变成联邦政府,但西部对外来资本仍有依赖?

纳什:并非完全如此。从 19 世纪到 20 世纪中叶,西部确实非常像依赖外来资本的殖民地。正如你所提到的,西部是个年轻的地区,直至 1846 年仍有大量闲置的土地。那么在现在这个迅速发展的时期,可能如 19 世纪的英国一样,西部开始形成了自身的工业、金融中心,其标志是崛起为全美第二大银行的设在旧金山的美洲银行。这意味着西部可为本地区提供资本,发展本地经济。对比而言,100 年前,西部完全依赖东部华尔街。所以,西部已逐渐成熟起来,创办了地方产业,尤其是服务业,能够自筹资本进行生产。19 世纪铺设铁路时,铁路公司是从联邦政府那里得到巨额津贴的,所以,联邦政府一直在西部投放巨资,甚至采用赤字开支。20 世纪前半期,联邦政府在西部开展了一些私人资本不愿从事的铁路铺设、水利建设,如水库水坝、开垦荒地等耗资较大的项目,其中也包括国防投资。总之,西部总是依靠联邦投资而发展起来的。在此过程中,西部人口逐年增加,市场规模扩大,促成西部自身工业的兴盛,摆脱对东部的依赖。这种现象在 1940 年前是不存在的。

问:20 世纪七八十年代以来,"阳光带"与"冰雪带"之间的地区冲突成为学术界关注的焦点之一,有的文章甚至断言这种冲突会导致"各州间第二次战争"。这当然有些言过其实,但却揭示出,地区主义是个值得探讨的课题。我的问题是:导致地区性冲突的主要问题有哪些?

纳什:这种"阳光带"与"冰雪带"之间冲突的提法在 20 世纪七八十年代确实引起了很多新闻记者、作家的注意。卡尔·艾博特曾写过一部非常好的书探讨这一问题。自那时以后,"阳光带"和"冰雪带"的提法便不大流行了,因为"阳光带"的定义过于宽泛,无法包括很多截然不同的地区。例如,得克萨斯、佐治亚、路易斯安那等南部州都被列为"阳光带",这些州与同属"阳光带"的西部不同,与发展较快、艾博特视为"阳光带"的太平洋沿岸也不尽相同。对于这种开发较早的北部、中西部与新兴地区即西南部、南部、太平洋沿岸之间存在冲突的观点,艾博特觉得不妥,他在最近的著述中已表明,"阳光带"概念价值不大。我也觉得,促成"阳光带"现象的经济因素已发生变化,这一概念已不再适用。被列为"冰雪带"的中西部的密歇根、伊利诺伊、印第安纳等虽以煤炭、钢铁、机器制造等传统工业为主,但自 1985 年以来日见复兴,而西南部的亚利桑那、新墨西哥、得克萨斯却进入萧条。所以,事实上,1985 年后,"冰雪带"的经济状况比"阳光带"中依赖能源和石油的地区好得多,至今依然如此。与各自的早期相比,得克萨斯完全进入萧条,在某种程度上波及科罗拉多州,亚利桑那和新墨西哥经济也呈停滞状态。"阳光带"和"冰雪带"只是特定时期的概念,已不复适用。20 世纪 70 年代时"阳光带"兴盛,"冰雪带"消沉,而 1985 年至今又出现了相反的趋势。"冰雪带"步入繁荣,组建新兴产业,开发高科技产业;"阳光带"则处在石油、能源问题的困扰之中,一些城市如丹佛,办公楼竟闲置一半,无人租用。得克萨斯州也是如此,20 世纪 70 年代至 80 年代初奥斯汀市投放巨资兴建了一批摩天大楼,有的如今已空荡荡。所以,20世纪80年代中期情况发生变化,历史学者、社会学者和从事城市研究的学者已不再用"阳光带"作为理解这一区域的概念了。

斯蒂芬:纳什教授,关于各州间冲突这个问题,我们是否应注意生产能源的州与消费能源的州的区别及其矛盾,而不仅以"阳光带"和"冰雪带"为限?如路易斯安那、得克萨斯、俄克拉荷马和怀俄明等生产能源州的利益显然与消费能源的工业化、城市化地区不同,它们之间有冲突。同样,水源也是冲突的内容之一。

纳什:当然,在美国这样偌大的国家中,各地区情况迥异,各州之间必然有矛盾冲突。在能源问题方面,可能天然气比石油问题反映得更为突出。所有的天然气都产于西南部,而绝大部分都在东北部或太平洋沿岸大城市中消费。因此,东北部与太平洋沿岸各州在国会的议员都试图尽量降低天然气消费价格,而得克萨斯、新墨西哥和堪萨斯的天然气生产厂家则想尽量提高价格。最后,他们之间通过全国能源动力委员会达成妥协,签订条约。由于有这样的地区性妥协,所以各州间的"战争"并未失控。

问:纳什教授,您多次提到,西部自二战以来,很快改变了东部模式追随者的角色,而是成为新兴趋势的先行者;但是,卡尔·艾博特教授认为,直至20世纪80年代中期,"阳光带"城市依然效仿纽约和芝加哥的模式。那么,这两种结论在哪些方面有基本的区别?哪一个结论更接近于历史真实?

纳什:我非常愿意回答这个问题,因为我在上周刚刚读完艾博特教授又一部专著的原稿,该书与你的问题有关。我觉得,当我们谈到西部的独特性以及斯蒂芬教授和厄尔·波默罗伊教授1955年时所强调的东西部间的连续性时,涉及的是特定历史时期。19世纪时西部还很年轻,它曾竭力效仿东部,很自然地,前往西部的人也都试图移植东部的生活方式。但是,在几代人的拓展过程中,他们使西部逐渐有别于东部,所以这仅是时间的问题。最初,西部在相当大程度上模拟东部,到19世纪末,尤其是20世纪,逐渐形成一种独特的文化。换句话说,西部是效仿者还是先行者,要视不同时期而定。到20世纪40年代,西部已成为先行者。现在,我们再来谈谈艾博特的专著。这部专著主要论及20世纪西部城市发展的历史(一卷本尚未出版)。

在此书中,艾博特改变了他的西部城市效仿纽约和芝加哥的观点,他强调并指出,与东部城市相比,西部城市有其不同性或独立性,特别是自20世纪40年代以来,西部城市已成为全国的变化中心。让我简要地介绍一下他所归纳的造成西部独特性的五个特点:第一,西部是"汽车城市",即城市的地域范围是由汽车所决定的,与早期城市不同。纽约、费城、波士顿等城市建于17、18世纪,在某种程度上带有时代特征。但这些城市的郊区却是汽车时代的产物,艾博特认为正是在这一点上体现了西部城市的影响。第二,西部城市是郊区化的先驱。郊区一般指环绕内城的外围地带。郊区化首先出现在20世纪的西部,而东部直到20世纪中叶才开始出现这种发展模式。现在,1990年,绝大多数东部城市都开始再现西部城市化的趋势,即人口分散化,而非集中化、集中在市中心区。第三,这点很重要,即西部城市呈横向扩展,东部城市则纵向发展,遍布摩天大楼。摩天大楼本是美国的一大发明。但是因为西部城市中土地多,价格便宜,且容易获得,因此促成横向扩展。自20世纪中叶以来,横向扩展也成为东部城市的常见特征,这就是西部城市的独特性及西部城市对其他地区影响的另一佐证。第四,与东部相比,西部的独特性还在于独户住宅模式。大多数西部城市都是独户住宅,而不是像纽约、费城、波士顿那样的公寓式建筑和多户住宅楼。20世纪后半期,很多美国人都希望拥有一套独户住宅,这成为实现美国梦的标志之一,尤其是美国青年所憧憬的。这一点在21世纪恐怕不易实现了。至于在东部,自19世纪以来,大多数居民都住在多户住宅楼中,因为当时大多数城市都很拥挤。第五,即西部城市的最后一个特点是,强调户外娱乐活动,而不只是发展商业。这也反映了西部生活的风格,即注重户外生活、户外娱乐、户外活动。这种现象的部分原因在于西部大部分地区气候宜人,便于户外活动,而东部气候较差。不过,随着空调等调节温度的设备出现,东部城市在20世纪50年代后也开始注重娱乐设施。

总之,就你这个非常好的问题而言,我和艾博特教授实际上并无分歧,即西部和西部城市是先行者,但并不总是先行者,只是20世纪40年代后,其他地区如南部、东北部、中西部移植了西部的很多做法,西部城市方可称为先行者。这些特点上面已经提及,即:(1)郊区化;(2)注重独户住宅;(3)对汽车依赖性较大——这是一大失误,但毕竟已成事实,作为史学工作者,只好承认这一既定事实；(4)城市的横向蔓延——由此不幸地产生很多社会问题，如家庭的分裂、工作与住处的分离、人们每天要驾车 1～2 小时上下班，这种生活方式令人头痛；(5)强调娱乐活动，这在"富裕时代"似乎很重要，但是否真正富裕还有疑问。

问：把南部和西部相比较，哪一个地区未来发展潜力更大，或更具有相对优势？

纳什：这个问题不好回答，因为这两个地区不同之处很多。早在西部开发之前，南部就已有相当程度的发展了，到内战时已有上百年开发的历史。但直至 20 世纪五六十年代，南部才赶上北部的发展水平。而西部是个全新的地区，新开发的，在某种程度上机会更多，因为它比南部传统束缚少。密西西比河以西只是 1848 年才开始开发的，至今不过 140 年，所以还有相当大的经济发展潜力，有大量闲置的土地，可供人口增长的广阔空间，比南部的潜力显然要大得多。美国南部已有近 400 年历史，西部的历史不过是南部的 1/3。所以，在未来的 21 世纪里，西部的机会可能比南部要大得多。

斯蒂芬：西部有广袤的土地，但同时还要有人、干事情、买东西、开发资源、筹集资本。也应注意，西部降雨量小，不足以维系大批人口的需求，如果我们仍像开发中西部和东部时那样滥用资源，坚持让大量人口涌入并定居在这一地区，那么就有可能造成环境生态方面的灾难性后果。当然，不管怎样，西部还是拥有南部所不具备的潜力。

纳什：我同意你的看法。我们采用科技手段已经部分地解决了这些问题。但美国人在 19 世纪时大手大脚的做法显然不适合于资源日趋紧张的 21 世纪。这也表明，一个更成熟的社会的发展进程不可能像过去那样迅速，那样一蹴而就。

1996 年

那年，我见到了里根

　　罗纳德·里根（Ronald Reagan），美国第 40 任总统，在任期间功绩卓著。1984 年竞选连任，在美国 50 个州中的 49 个州赢得了压倒性胜利，1989 年离任时的民意支持率高达 63%，是自富兰克林·罗斯福（Franklin Roosevelt）1945 年去世以来的最高纪录。里根还对中国进行了国事访问，是中美建交后首位在任时来华访问的美国总统。里根辞世后，美国政府在华盛顿国家大教堂为其举行了隆重的国葬，送行的民众超过 10 万人。在多次票选最伟大的美国总统中，里根都名列前茅。我们研究美国历史的学者，当然对他格外关注。

　　很荣幸的是，我亲眼见过里根，作为一个普普通通的中国学者能够获此殊荣，全拜富布莱特项目所赐。

　　富布莱特项目是美国政府规模最大也是最高级别的对外学术交流项目。该项目以发起人美国参议员富布莱特命名，旨在通过教育和文化交流促进国家间的相互了解，从 1946 年创始到现在，全世界有 100 多个国家和地区参与该项目。1979 年起中国政府加盟，是中美两国政府间最高层次的交换项目，现在中国学术界（主要是人文学科和社会科学）的很多领军人物都是当年的富布莱特学者。

　　1992 年，我通过层层筛选，获得富布莱特项目资助，作为高级访问学者（Fulbright Senior Research Fellow），到 UCLA 做专题研究，题目是"1940—1990 年美国西部大都市区的崛起"（The Emergence of Metropolitan American West，1940—1990）。当年全国共有 16 名学者入选（另有 2 个是交流研究生），历史学仅 2 人。

　　UCLA 当然也很重视富氏项目，埃里克·蒙坎南教授作为我的东道主，做了周到的安排。9 月里开学第一次历史系教师大会，特邀我参加。在做了简单自我介绍后，我特别说明自己的研究领域和本次研究课题的情况，希望与相关学者建立联系。系办公室为我在图书馆里专门申请了一个单间,我可以把我要用的书随意堆在单间里,不必办理任何借阅手续。蒙坎南教授是美国社会史研究会会长,威望很高,他曾多次和我探讨我的富氏研究课题,我还旁听了他的一门美国城市社会史的本科课程。

加州地域面积大,南北距离也很长,因此,富氏项目专门设立南加州办公室,负责人是安妮·斯科特(Annie Scott)。这个人精明强干,而且非常热心。我刚到洛杉矶,她就请我和另一位刚来的波兰富氏学者吃饭,记得吃饭时我们聊得最多的是克林顿能否当选问题。她做了很多安排,帮助我们建立一些学术联系,会见部分政府要员,走访一些企业和研究部门,包括与兰德公司的研究人员座谈。在兰德公司,我结识了高级研究员詹姆斯·斯坦伯格(James Steinberg),他赠送给我他的新著《城市化美国:洛杉矶与全国的政策抉择》。

因为我此次富氏项目是美国西部大都市区,西海岸是重头戏。在洛杉矶期间,我到周边进行过多次考察,对南加州有了比较多的切身体验。为了对太平洋沿岸的北半部也有实地体验和获取第一手资料,我申请转到西雅图的华盛顿大学,该校历史系设有"太平洋沿岸西北部研究中心",我与该中心主任约翰·芬德利有过一面之交。获得他的支持并经富氏项目管理办公室的同意后,我于1993年春季学期转到华盛顿大学。

刚到西雅图不久,就传来好消息,安妮设法为我们联系见里根的事有了眉目。此事她已奔走很久,在我未离开洛杉矶之前就已知道,只是里根日程紧张,不便安排,现在成功了,我们当然要去参加。3月3日,我一个人开车,一路南下,行程900多英里,回到洛杉矶。第二天,我早早地赶到洛杉矶的里根办公室,还特地买了刚刚出版的《里根自传:一个美国人的生活》(Ronald Reagan: An American Life),奢望获得里根的亲笔签名,但工作人员告诉我今天没有签字的安排。

此时,南加州来自世界不同国度的富氏学者26人和安妮·斯科特,聚集在里根办公室的接待大厅,大家都兴奋异常。大约10点,里根在工作人员引导下,风度翩翩地走了进来。不知是什么级别的官员说了开场白,之后请里根讲话。里根红光满面,走到大厅中央,简单追溯了富布莱特项目的来龙去脉和意义,鼓励我们圆满地完成既定的研究目标。特有的里根风格,低沉而有磁性的嗓音很有感染力,气场超强。随后,我们分别走过去和他握手,专业摄影师为我们每一个人照相,定格了这个宝贵的瞬间。当然,26 名富氏学者,都是过去握个手而已,没有时间多谈,但握手的那一刻,我明显感觉到一丝丝的暖流传递过来。里根任总统期间,我正在美国读博士,在电视里媒体上几乎天天都看到他,对他格外敬重。当时绝没有想到,有朝一日我能以富氏高级访问学者身份亲眼看到他。

1993 年 3 月 4 日我受到美国前总统里根的接见

1993 年 7 月富氏项目结束回国后,我顺利地完成了书稿《美国西海岸大城市研究》,并于 1994 年由东北师范大学出版社出版。在很大程度上,这是富氏项目的结晶。在该书的勒口上,我放上了与里根的这张合照。而且,还放大一张,挂在我的书房里,可以经常重温这个幸福而激动的时刻。

由于我第一次成功地完成富氏项目,并且在后来的研究工作中业绩突出,2003 年我在厦门大学再次申请富氏项目,获得成功。两次获聘富布莱特高级研究学者,在中国开创了先例。因为富氏项目一般不予同一学者两次机会,除非特殊情况,但要相隔 10 年;另一个条件是不得超过 50 岁。能同时满足这两个条件的几乎是凤毛麟角,特别是我们那个年代。1992 年我入选富氏项目时 39 岁,全国最年轻。当时在学术圈,能够获得富氏资格的,一般都在四五十岁,所以这些人不可能有第二次机会。但是,在满足这两个条件的基础上,还要有新的科研成果,通过层层筛选、过五关斩六将才能到美国大使馆面试这一步。所以,即使第二次申请时没到 50 岁,也不一定能顺利过关,我是幸运的。今天,富氏项目入选名额翻了一番,而且年轻学者大量脱颖而出,符合这个条件的人选多了,所以这个记录已先后被几人打破了。

两次富氏项目的经历,与有荣焉,但我更看重第一次,因为,我见到了里根。

2004 年 3 月

把耶鲁课堂搬到厦大

耶鲁大学是美国历史最悠久的著名高等学府之一。该校声誉卓著，英才辈出，美国历史上的许多总统、国会议员和政府要员都出自该校。1988年以来的3位美国总统——布什父子和克林顿均毕业于耶鲁。耶鲁大学与中国有着特殊的渊源，它是19世纪末以来美国接受和培养中国留学生最早和最多的大学之一，并一直积极从事中美文化的交流活动，我国第一个留美学生容闳就是在耶鲁大学完成学业的。

"耶鲁—中国学会"（Yale-China Association，一般称雅礼协会）是耶鲁负责与中国交流的专门组织，在促进耶鲁大学与中国文化教育交流上发挥了重大的作用，在美国大学中也是最早专门推动学校同中国联合合作的机构，自1901年建立以来，在促进美中文化教育交流上发挥了重大的作用。今年是耶鲁大学建校300周年，也是雅礼协会成立100周年。

雅礼协会自1995年以来，每年都在耶鲁大学举办暑期研讨班，招收中国学生，严格按照耶鲁大学的教学模式进行培养。后来，到中国来办研讨班，但一直是在香港。之后移师内地，2001年6月在东北师大举办，研讨美国宪法的变迁、民族和文化冲突、亚裔的美国化等问题。地点虽不在耶鲁，但与耶鲁模式完全相同，等于是将耶鲁课堂搬到中国。我系韩宇教授曾于1997年赴耶鲁参加过暑期研讨班，他了解到该协会继续在内地办的消息，告诉我，我立即与其负责人丹尼尔·戈尔德（Daniel Gold）联系，并很快获得他的认可，决定来厦门与我校人文学院美国史研究所联合举办"厦门大学—耶鲁大学美国问题研讨班"。

2002年3月16—22日，研讨班如期举行。3月16日上午的开幕式上，副校长孙世刚教授发表了热情洋溢的欢迎词。他说，此次研讨班的举行为我们提供了一个极好的机会，对加深双方的相互了解，推动两校的长期交流与合作，将起到积极的作用。外文学院英美文学专业博士生导师杨仁敬教授也致辞对耶鲁大学代表团表示欢迎。丹尼尔·戈尔德先生及其他成员分别做了简短而精彩的谈话。

在为期 7 天的时间里,耶鲁大学的杰斯·韦弗(Jace Weaver)教授、乔纳森·哈洛维(Jonathan Holloway)教授和桑达·伦(Sanda Lwin)教授分别主持了关于"美国宪法的变迁""美国黑人民权运动""美国亚裔文学"等三个主题的研讨班,每班 10 人。参加者除我校美国史研究所的博、硕士研究生外,还有来自华东师范大学、暨南大学、香港大学、华中科技大学等高校的年轻教师。在研讨班开始前一个月,研讨班秘书就把所有阅读材料都寄了过来,拟参加的同学都做了比较充分的准备。这样,在具体授课时,就可以有的放矢地提出问题进行讨论。当然,这么大的阅读量,有的学生感觉吃不消。但是看到其他同学都在认真准备,而且课上要进行讨论,如果没有读完或读透,讨论时就很尴尬了,因此也都格外下功夫。

Yale—China Institute in American Studies
Xiamen Univ.,   March 16-22, 2002

研讨班全体师生合影

耶鲁大学的三位教授还分别做了题为"战争时期的美国宪法""1980 年以来种族关系修辞和美国的总统政治""亚裔美国人的宪政"等学术演讲,受到热烈欢迎,每次听众都在 150 人以上。

　　这是我们美国史研究所自 1999 年成立以来的一次比较大的学术交流活动。此次活动还得到了外文学院的大力配合,该院英美文学专业近 10 名年轻教师和博士研究生参加了美国亚裔文学研讨班,成为学科交叉与合作的一个可喜开端。

　　值得一提的是,耶鲁的几位教授,在授课之余,还向我们介绍了如何在谷歌(Google)上搜寻资料的方法。这是我们首次接触谷歌,受益匪浅。

　　足不出户,就接受了耶鲁模式的学习,应该说,这是一个可喜的尝试。

2002 年 6 月

博士生导师出国研修项目总结报告

我于 1997 年 10 月 23—26 日赴美国西雅图参加由美国城市与区域规划史研究会发起的美国城市规划史第七次年会,并于会后在国家教委博士生导师出国研修项目的资助下,在华盛顿大学从事专题研究一个月,11 月 27 日按期回国。此次学术活动收获很大,现总结如下:

此次专题研究与所参加的学术会议论题大体一致,因此我先谈一谈会议情况。会议是美国规划史研究会和美国城市史研究会共同发起的,这两个研究会是美国学术界关于城市和区域研究的最权威机构,在国际学术界有很大影响,国际会员很多,我是唯一的中国会员。今年为该会第七届年会,与会者除美国学者外,还有近三分之一来自其他国家和地区。由于参加人均为同行专家学者,研究课题和兴趣十分接近,论题深入,并非泛泛而谈,这是此次会议不同于一般大型国际学术会议的主要之点。

此次会议的另一明显特点是多学科性质。与会者中约一半从事历史专业,其他则来自地理学、经济学、社会学、人口统计学、环境科学等学科。对同类论题,部分人从不同角度或用不同方法进行探讨,部分人直接使用交叉方法。在研究方式上,均大量使用多媒体或幻灯,声像资料充足,直观性强,易于说明问题。因此,参加此类学术会,在研究方面和选题乃至演讲方式上都得到很多启迪,确实开阔眼界。

当然,和大多数国际学术讨论会一样,会议安排得十分紧凑。三天时间,从上午九点开始,直至晚间九点,全部是大会发言和讨论,甚至有两次午饭时间还安排了主旨演讲(在饭后而不是饭前)。此外,与会者来源很广,因此是了解国外此领域最新动态、交流学术研究成果、建立学术联系的最好机会。借这次会议,我得以见到一些已有联系通信而未能晤面的学者,同时结交一些新的学术同行,更加便利了今后的学术交流。我在大会上宣读的论文《工业城市发展的周期及其阶段性特征——美国中西部与中国东北部比较》也有很好的反响,已有两家刊物有意刊用。

会后,根据预订计划,我到位于西雅图的华盛顿大学美国太平洋西北部研究中心开始从事专题研究。该中心主任约翰·芬德利教授在美国太平洋沿岸大城市研究方面造诣很深,具有一定权威性。我们相识已久,关系融洽,因此得以很快展开研究工作。此次的主要研究工作是完成本人独立承担的国家教委资助优秀年轻教师基金项目"美国西海岸与中国沿海地区城市化比较"中后期工作。

经过努力,基本按原订计划完成:其一,不仅就该项目核实了具体数据,尤其是在国内难以核对的有关数据,同时也收集了大量最新统计数据,包括1996年最新统计数据以及散见于报纸杂志上的相关报道和评论。这样,使我拟就的书稿的立论更具科学性和前瞻性。其二,对西雅图的几大支柱产业都进行了较深层次的考察,使这一典型研究更加具体化,必将丰富拙著的内容,增强说服力。其三,在芬德利教授的协助下,我还利用3天时间在西雅图港务局做调研,不仅查阅了该港进出口的大量原始数据,而且还与港务人员座谈,了解西雅图对远东贸易的历史与近况。其四,我和华盛顿大学下设的城市规划与区域研究中心以及亚太经合组织研究中心的部分研究人员就一些研究题目进行多次讨论,包括拙著的基本结构和部分内容,他们提出很多好的修改意见。我们还探讨了进行合作研究的可能,已初步拟定的研究选题,准备向美方有关基金会联合申请项目基金,选题拟定为"历史传统与当代城市规划:东西方比较"。这一选题可发挥各方的优势,需协同合作方可完成。研究成果也可存入光盘,供研究人员和学习城市规划的学生使用。应芬德利教授的邀请,我还在该中心和历史系分别就工业城市的发展周期问题和中国区域城市化特点等问题讲学,听众很感兴趣,讨论热烈。

此次在华盛顿大学的计划外收获是,向芬德利教授学到了很多电脑国际联网技巧和使用SPSS进行数据分析的方法,自觉受益匪浅,不虚此行。

另一"计划外"收获是完成一篇论文,题为《大都市区化——本世纪美国城市发展的主导趋势》。其实,这篇论文在国内时就已完成初稿,但有些观点把握不大,且需补充最新数据,因此到美国方最后完成。此文是有针对性的:我国学术界有一批学者,受乡镇企业的一度兴盛局面所鼓舞,积极主张大力在我国发展中小城市,限制大城市。然而,他们没有认识到或是忽略了这样一个事实,即大城市在很多发达国家的城市化过程中都发挥着举足轻重的作用,发挥作用的途径是城市与郊区的同步发展,空间结构上的表现即大都市区。这一现象在美国最具有典型性,及时总结美国城市化历史发展规律,有助于准确把握大都市在城市化进程中的历史地位,为我国城市化道路的抉择提供有价值的参照,以便有根据地把握城市化的未来走向,避免受上述观点误导。这篇文章已被《美国研究》刊用,发表在 1997 年第 4 期。

之后,我又应皮尔森教授邀请,到南伊利诺伊大学爱德华兹维尔校区(Southern Illinois University-Edwardsville,SIU-E)讲学。

当然,此次也见到或通过电话与 10 余年前共赴美国留学的部分同学(其中多数人已在美国高校或科研机构获终身教职)叙旧论今,畅谈各自治学体验,亦为一大快事。

最后,我发自内心地感谢国家教委设立此项目,为我们充分利用出国开会的机会从事专题研究和学术交流提供了极大方便,可谓明智而务实之举。

自 1986 年迈出国门以来,我已用过 8 本护照

1998 年 2 月 13 日

美国暑期研讨班侧记

1991 年 6 月 24 日至 8 月 16 日我参加了在加利福尼亚大学尔湾校区举办的暑期研讨班。会议期间到波士顿参加中国留美历史学会的年会，同时，还抽出时间拜访了住在洛杉矶东部、《美国市政史：1920—1945 年间大都市区的崛起》（*A History of American City Government：The Emergence of the Metropolis，1920—1945*）作者查尔斯·阿德里安（Charles R. Adrian）教授。会后，乘火车北上戴维斯和波特兰，分别拜见施坚雅、卡尔·艾博特两位仰慕已久的教授。日程紧张，收获很大。下面主要谈谈研讨班的事。

研讨班是由美国全国人文学科基金会（National Endowment for the Humanities，NEH）发起，本年度共 16 个，分别为美国研究的某个方面，关于美国历史的仅一个，即我参加的"美国南部奴隶制与自由"（Slavery and Freedom in the American South）。研讨班参加者主要是美国高校副教授层次的学者和少量外国学者。我们这个研讨班共 14 人，12 个美国学者、2 个外国学者，即我和另一位来自孟加拉国的学者。

很幸运，我获得美国全国人文学科基金会的资助，参加这样的学术活动。此行待遇很高，乘坐美国联合航空公司飞机，从北京经东京到洛杉矶，第一段主办方给我订的居然是一等舱，让我受宠若惊，反倒不舒服。一路上颇受款待，连手提箱和西装都是空姐代为照看，餐饮有几道菜任选。东京转机后，是二等舱，感觉自由一些。

与会的美方学者，年龄多在四五十岁，由美国各高校筛选而来，多有一定造诣并有研究潜力，在学术界已有一定影响。这些美国学者中，有三个黑人、两个混血、两个女教授，他们对某些问题往往有独特的见解。

研讨班主要是阅读和讨论最新学术成果，书单是 14 本，在 8 周时间内完成，大约每周讨论 2 本，非常紧张。同时，每个人还自选一个研究题目，最后做 2 小时的中心发言。我体会这样安排有两个目的：一是通过大量阅读，了解最新研究动态，并通过讨论推动整体研究；二是提供一段时间从事专题研究，与会者个人受益。在尔湾校区,每位与会者都有一个办公室,配有电话、电脑、激光打印机、电动打字机,每个楼层还有一台复印机,自动记账。

读书、讨论、研究,我还要借机收集个人科研课题的资料,相当紧张,但收获很大。尤其是与美国学者交流,既有正式场合,又有非正式交流,学到很多东西,也能看出不同层次与背景学者的态度。

对美国种族关系及黑奴制的研究在美国一直是重点,学派林立著述甚丰,著作以数千册计,研究是全方位的,所布置的 14 本书只是带有典型意义或最新研究成果。总的看来,近年来对黑奴制及种族关系的研究总的特点为:其一,选题较细较深入,并且严格依据第一手材料。在地理区域上,集中在某社区、某植物园;在时间上,有的探讨仅几天的事情,如 1865 年亚特兰大种族冲突,前后共 2 天时间;在选题内容上,只是某一侧面,如佐治亚的第一家黑人报纸。其二,选题较新,并且从多学科角度如应用社会学、心理学、人口统计学、人类学等进行选题。例如著名的赫伯特·古特曼(Herbert Gutman)就是以奴隶家庭为基本单位,分析南部种植园内社会分工、阶级差异、社会结构和黑白通婚,直至文化传统和聚居倾向等。心理学和社会学对黑白同居、通婚及其对南部社会的影响方面独树一帜,在混血儿的社会地位研究方面也可圈可点。其三,一批黑人学者在兴起。总的数量不清楚,但据与会的黑人教授称已有相当数量的黑人教授在从事种族关系史研究。出于捍卫本族群利益,有的学者不满地说,很多人认为美国黑人降低了白人社会的素质,这是不公正的。另外,妇女史学者也明显增多。参加讨论班的就有 2 名,她们谈及女性的频率非常高,而且不满于这次研讨班仅有 2 名女性。1990 年创刊的《性别与历史》杂志畅销全国。

当然,研讨班对黑人史上的很多重大问题都有新见解,可概述于下:

第一,对布克·华盛顿(Booker Washington)的评价,美国学术界曾有几次反复。早期多抨击,认为是投降路线,20 世纪 50 年代初基本肯定,认为是解决黑人问题的出路之一,有积极作用。到 20 世纪 50 年代末再否定,如今又展开较为平和的研究,一分为二。例如,他主张用教育提高黑人自身社会经济地位,是有道理的,但主张完全放弃黑人文化,同化到白人社会,则为多数黑人所不能接受;而且,仅仅试图用教育拯救黑人,不易行得通。因为有很多社会障碍,历史上积怨太深,很多黑人自甘暴弃,还有社会上、心理上的无形歧视。最近白人中又产生一种反向歧视理论，认为政府过多袒护黑人，白人成了弱势群体。有的白人教授坦率地说，集体上（collectively）同情黑人，个人上（individually）厌恶黑人，实际是抽象肯定，具体否定。另外，布克·华盛顿本人高高在上，与下层黑人群体渐行渐远，与白人却打成一片，成为白宫的座上客，是黑人中产阶级的代言人。他的理论和行为自然不易为黑人群众所接受。我国曾有学者提出黑白分校的想法是很幼稚的。因为美国社会已多方融合，无法回避。最近洛杉矶的种族骚乱表明，种族关系在美国短时期内还难以有较大突破。

第二，黑奴制问题。南方奴隶制是美国史研究中最重大问题之一，奴隶制不仅与南北战争直接相关，奴隶制史学更长期是南方史学的主体。长期以来，美国史学界认为奴隶制是一个垂死的制度，在南北战争之际已经趋于消亡。在这个问题上，最重要的就是乌尔里克·菲尔普斯（Ulrich B. Phillips）的"传统解释"，主导了 20 世纪上半叶的奴隶制史学。菲尔普斯认为奴隶制极大地限制了南方工业化的发展，奴隶制束缚了劳动力，束缚了本可以成为工业资本的奴隶资本，而战前奴价相对于棉价的增长，使得奴隶制经济趋于崩溃。查尔斯·拉姆斯德尔（Charles W. Ramsdell）认为奴隶制的衰亡更多的是一个资源问题，随着奴隶制从旧南方扩展到新南方，适宜奴隶制的土地已经消耗殆尽。这就使得棉花经济也就是奴隶制经济会到达一个极限，然后走下坡路。但是，在逻辑上，如果奴隶制已经濒于崩溃，让其自行消亡不就可以了吗，那么南北战争还有必要吗？后来有学者就奴隶制是否有利可图做出了新的解释，但更具有震撼力的是以《苦难的时代》（Time on the Cross）而闻名的罗伯特·福格尔（Robert Fogel）。他对传统看法提出 10 条修正，其中心点是：奴隶制是合理的、人道的、有效的体制。具体来说，南部种植园农业比北部家庭农场效率高 35%，奴隶制与工业化、城市化并行不悖，没有矛盾；奴隶拥有自己的家庭，奴隶的物质生活比北部工人优越，奴隶主对奴隶的剥削仅为其收入的 10%；南部的人均收入在 1840—1860 年间快于美国其他地区。他罗列大量史料支撑其观点。当然，学界普遍关注，在反复讨论后发现其存在几个明显的短板：其一，选择材料有限，只是一两个对他们有利的种植园。其二，比较有问题，只计算食物的热量，不计算质量，卫生状况和劳动强度等更没有论及。他对计量史学方法驾轻就熟，当然不失为一大亮点,但很多学者认为他是在玩文字游戏,用计算机输入的是垃圾,出来的还是垃圾。结果,他不得不承认,此书有些许瑕疵,但毕竟促进了对黑人历史的研究。历史学家应长期坚持历史正义,而福格尔则更倾向于用价值中立的手段去研究历史。他与斯坦利·恩格尔曼(Stanley Engerman)合著的这部著作发表于 1974 年,不久即获得历史学最高荣誉奖项班克罗夫特奖,1994 年再获诺贝尔经济学奖。

但时隔 20 年后,他再次抛出一个重磅炸弹:《既无认可又无协议:美国奴隶制的兴衰》(*Without Consent or Contract:The Rise and Fall of American Slavery*)。在这本大部头著作里,他明白无误地宣称,《苦难的时代》的基本结论没有错,只是具体论据和统计方法有欠缺,并且,该书只是把奴隶制作为一种政治和经济体制做的研究,现在应该进一步聚焦意识形态和政治斗争,并且完善计量方法。其主要观点有:其一,关于奴隶劳动强度,又有新的统计。他们在春夏秋三季的平均劳动时间每周 58 个小时。比较而言,19 世纪前半期英国纺纱厂里工人的劳动强度为 72 小时,北部商业化农场主在 20 世纪前 1/4 时间里都是 60 小时,显然,黑奴的劳动强度并不高。其二,黑人奴隶的行业分工很多,甚至比他们在《苦难的时代》里发现的还要多。其三,如果把美国黑奴制与西印度群岛的黑奴制进行比较,就会发现美国黑人奴隶制是更有弹性、更发达的一种资本主义形式。在这种体制里,劳动力可以更有效地被使用,奴隶的价格也合理地反映了奴隶的劳动生产能力。他再次肯定南部劳动生产率高于北部。当然,他也承认黑人奴隶尽管工时不长,但劳动强度大。其四,南部富有者比北部多。南部工业化和城市化滞后并不是因为黑人奴隶被束缚在土地上,而是因为南部大宗产品的需要。实际上,北部尽管工业化快,但使用大量女工。其五,南部黑人成年男子的预期寿命并不低于南部白人,甚至比当时的欧洲工人都高。有鉴于此,福格尔得出一个颇具颠覆性的结论:解放黑奴的举动主要是政治需要,而非道义需要。

此书一出,与《苦难的时代》一样,再次引起轩然大波,批评意见如潮水一般,这是可以预料的。但该书在统计和推理方法上极其严谨,几乎无可挑剔,有的人甚至认为,这部著作是历史研究方法上的革命。但与会的美国学者在讨论这本书时几乎都对此不以为然,认为福格尔为黑奴制辩护,这是不可接受的,无论他的论证有多么严谨,这是一部可恶的书(awful book)。当时,由于洛杉矶刚刚发生1990年种族骚乱,人们对美国难以化解的种族关系还是心有余悸,种族问题研究又被推向学术研究的前沿,所以,我预计围绕这部新著,很快就会有大批量的研究出来。

第三,马丁·路德·金(Martin Luther King)的宗教思想及其地位。马丁·路德·金的宗教思想在其民权思想中居中心地位。而且,这种思想能够适应黑人民权运动的需要而发展,是联系黑人的有力武器。马丁·路德·金的非暴力行动并非照搬甘地,而是结合美国具体实践而有所发展。在研讨班上,很多学者谈到马丁·路德·金就兴奋不已,似乎他有一种震撼人心的力量。

这次会议还有一个插曲。我刚到尔湾,第二天上午就发生了地震,虽然仅有3.2级,但震源浅,感觉很明显。家人在电视里看到报道,急得不得了,几经周折,打通了国际长途电话,知道我一切都好,放心了。

1991年8月

福格尔虽然百般为奴隶制辩护,但其结发妻子却是个黑人

补记:2001年厦门大学主办国际学术研讨会,福格尔教授应邀前来,他和他的黑人妻子出现在会场时,我着实吃了一惊。

初访香港大学

　　1997 年,我获得香港大学美国研究中心(American Studies Center)主任罗伯特·普利希拉(Robert Precilla)邀请,赴港从事 3 个月专题研究。该中心成立于 1995 年,在此以前,香港中文大学已有港美研究中心(Hong Kong-American Center)。两家从此形成竞争关系,都希望与内地建立交流关系。这是本人被聘为兼职教授后第一次去该中心。该中心成立后,短时间内就和内地很多高校有了来往和交流关系,多为南部学校,北方主要是清华、北大和人大。他们每年都派学生到这些学校搞实地考察,如对国有企业和流动人口的调查等。其他交流项目也很多。

　　我到该校后,利用与教务长晤面的机会详细介绍了我校情况,估计给他们留下了深刻的印象。香港中文大学和香港大学风格不同,分别实行美制和英制。从美国来的教授最初不大习惯。港大的医学院很好,文科方面中文系不错,中国历史设在该系。我去的时候正赶上中文系庆祝建系 70 周年,同时举办国际学术讨论会,规模很大。内地南方学校去了很多人,我也邂逅了本科时的同窗。英式风格很讲究,程式繁复。开幕式上请著名学者在大礼堂演讲,事先发了请柬,校园里到处都是海报。演讲时,讲台上还摆放鲜花,上有彩带,书有祝贺演讲成功,主持人和演讲者均身着学位袍,很是典雅。

　　港大的基础设施方面几乎无可挑剔,甚至比美国一般院校还好。在其图书馆,清一色的 586 电脑,有几十台。各类报纸杂志极其丰富。电脑室里更是设备精良。研究生宿舍都已安上光纤联网。和美国一样,到处都有联网插头,可随时利用,方便极了。我还去了香港城市大学、香港浸会大学、香港中文大学和香港理工大学,都比港大略逊一筹。港大校园面积不大,主体结构都在山坡上,建筑物依山而建,构思奇巧。不过,因地势的关系,有些建筑前门进去是在一楼,后门出去就是四楼甚至五楼。楼与楼之间还有连廊,曲折迂回,容易迷路。据说,有个地理系的硕士生专门以港大的校园为题撰写了一篇学位论文。

由于我初来，有诸多不便，甚至不如在美国方便。最大的问题是语言。在美国，一概用英文，但在香港，却有些茫然。英语、粤语还是普通话，要视具体场合或环境而定。在校园里用英文多一些，但在大街上英文就不一定合适了。问路要费口舌，多半要问年轻人，若是问上了年纪的人，要比画半天才能搞懂。公共电视里有 4 个频道，2 个粤语的、2 个英文的，普通话节目都在 10 点以后，但没人看。我在研究生楼住了一段时间，有直接体会。看报纸也是当地新闻居多，刊载内地新闻的《大公报》，免费的，似乎也没有多少人光顾。电视里对内地禽流感的报道倒是蛮多。可以说，在文化和思维方式上香港与内地还有相当大的区别。一国两制在工商经济界可顺畅实行，但在教育和文化上可能要假以时日，认同很难。在相当长一段时间内，既非英式，亦非内地式，四不相。如果谈到物价，更是比内地贵许多，特别是住宿。很多学生放假都不回家，因家里也很拥挤。当然，研究生宿舍都很窄小，空间比我们局促得多，不过空间利用得还是蛮好的。

我是研究城市历史的，当然关心城市现状。香港这座城市管理得很好，尤其是交通，有条不紊，车开得很快，没有骑自行车的。

1998 年 2 月

中美学术交流再上新台阶

——在中国美国史研究会第十六次年会上的开幕词

各位会员、各位嘉宾：

早上好！首先，我代表理事会和全体会员，向上海大学文学院历史系表示谢意。谢谢他们对会议的精心筹备，使得会议如期顺利召开。同时，我们也要特别感谢上海美国学会，尤其是上海社科院黄仁伟副院长的大力支持。黄仁伟副院长是我会资深会员，曾多次捐赠会费，一直关心我们研究会的工作。

与以往的年会相比，这次会议有着特殊的意义和独特的特点。

第一，美国历史家组织（Organization of American Historians，OAH）的主要领导莅临我会。即哥伦比亚大学的爱丽斯·凯斯勒-哈里斯（Alice Kessler-Harris）教授、明尼苏达大学的伊莱恩·梅（Elaine May）教授、加利福尼亚大学伯克利分校的大卫·霍林格（David Hollinger）教授。他们分别是美国历史家组织2009—2010年、2010—2011年、2011—2012年的主席。感谢他们不远万里莅临我们的年会。同时，他们今天晚上还有系列学术讲座，并且在闭幕式上还有总结性发言，对此，我们充满期待。

第二，部分资深美国学者莅临我会。包括堪萨斯大学杰出教授、美国环境史协会前任主席唐纳德·沃斯特（Donald Worster）教授，美国康奈尔大学迈克尔·扎克（Micheal Zak）讲座教授陈兼，麻省文科学院历史系主任黄开来教授。

第三，这次会议虽然没有理事会换届工作，但参加人数多，提交论文多，内容丰富。而且，由于有美国学者参加，我们要求提交论文要有英文题目和摘要。另外，会议分组方式是按主题，而不是笼统地按研究领域。

这样，这次年会具有准国际学术讨论会的特点。我希望以此为契机，熟悉国际学术会议惯例，为更好地对外交流打下基础。

第四，祝贺刘绪贻先生百岁华诞，这是我会的一大喜事。两年后，黄绍湘研究员也向百岁迈进，我们也要庆贺。他们都是我会第一代领导人，分别是首任理事长和首任秘书长,现在都健康长寿,并且仍在从事学术研究,是喜上加喜的事。另外,我们还有两位老会员,邓蜀生和曹德谦也分别跨入九秩大寿。从他们长寿的经历中,我们可以体会到美国史研究如何滋养我们的学术生命和自然生命,用句直白的话来说,就是:研究美国史使人长寿。

下面,借这个机会,我简要介绍一下我会与美国历史家组织建立学术联系的情况和进展。

2011 年 8 月起,在我会顾问、北京大学王希教授的大力举荐下,我们与福特基金会接触。10 月,通过王希教授的协调与联络,我们与美国历史家组织通过书信往来进行了初步的协商,形成初步意向。因 2012 年上半年恰巧两个研究会相继举办年会,因此,双方拟互相参加对方的年会,在会上商谈如何建立正式合作关系和学术交流事宜,作为此工作的起步。4 月 18—22 日,我和副理事长梁茂信、任东来代表我会出席 OAH 在密尔沃基举办的 2012 年会,顾问王希作为双方的特邀代表。在年会上,我们专门开一次工作会议,先后与他们理事会成员、秘书处成员、国际委员会的成员等见面,并共进午餐或晚餐,会见其他相关人士,进行了广泛的接触,加深了对 OAH 的了解,同时,他们也初步了解了我们。应该说,这些会谈和接触是很成功的。

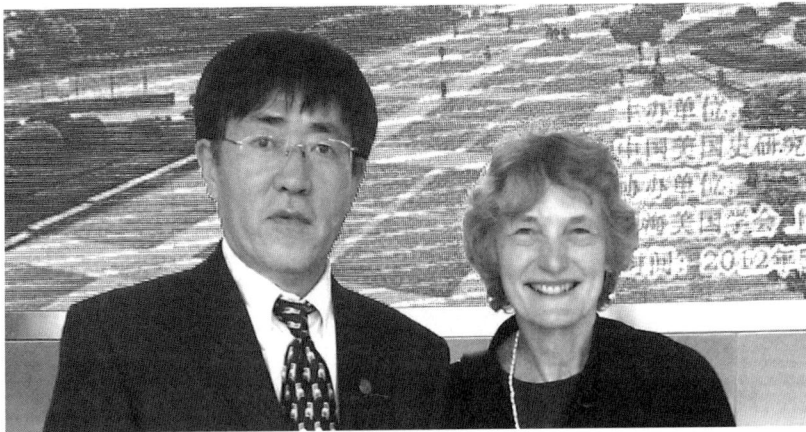

我和 OAH 主席凯斯勒-哈里斯在中国美国史研究会上海年会上

与此同时,也在不断思考如何安排 OAH 来华的行程和安排。大家已经看到,他们的三位主席组团前来,非常重视这件事。他们要全程参加我们的年会,同时召开第二次工作会议,此外,还要进行学术对话和系列讲座。

会议之后,他们还将到厦门大学、陕西师范大学、北京大学等学校巡回演讲。他们为此做了精心准备,我们也周密地安排了日程与接待工作。应该说,能够直接聆听这几位大牌学者的讲座,是可遇不可求的,非常难得。这也是我们交流工作的重头戏。

OAH 是美国学术界从事美国历史研究的学术团体,会员有 7800 多人,非常庞大,设有《美国历史杂志》。这次他们的年会很壮观,包下密尔沃基最大的一个会展中心,几百个小组讨论,连密尔沃基国际机场都有欢迎美国历史家组织会员的横幅。我们与 OAH 建立正式交流关系,无疑可大大推进我们的美国史研究。实际上,我们曾有过联系,刘绪贻、杨生茂、黄安年曾作为《美国历史杂志》的国际编辑,做了大量工作。所以,这一次是在原有基础上进一步扩大交往,更加全面正规。

这次与 OAH 联络成功迈出第一步,有功之臣是我会顾问、北京大学的王希教授。从提出动议到具体落实,事无巨细,他都亲力亲为,不辞劳苦,在大半年的时间里,往复的信件上百封,仅 OAH 来华的日程表就反复调整,改动近十几次,最终稿有 14 页,各个环节一一落实,难题一一化解,保证了相关工作顺畅进行。更重要的是,他非常熟悉双方的办事程序与风格乃至思路,使很多事情都能顺利对接。他的英文又好,行文流畅、严谨、到位。不夸张地说,没有他的努力,我们走不到这一步,或者不会顺利地走到今天。我们为有这样一位为中美学术组织交往牵线搭桥的"学术大使"而高兴。我提议,让我们以热烈的掌声向王希教授表示敬意。

当然,与 OAH 的联系,还有很多工作要做,也需要广大会员的配合。初步看,福特基金会已同意提供三年的交流经费。利用这笔经费,每年我们可派三个会员参加 OAH 年会,OAH 派三个资深学者来华讲学或开设暑期研讨班。我们派出的人,要提交英文的论文并通过严格筛选。所以,我在这里也算做个动员,希望大家从现在开始就着手撰写论文,反复斟酌,争取获选,参加 OAH 年会。他们研究会每年只有 1000 多篇论文入选,可参加年会,是一个荣誉。我们特别希望年轻的会员和博士生积极准备,我们会给予倾斜政策。

2012 年 5 月 20 日

在莫扎特的故乡聊美国

"我们这个时代的美国"研讨班侧记

1994 年 5 月 28 日至 6 月 4 日"我们这个时代的美国"（America in Our Time）研讨班在奥地利萨尔斯堡举行，我通过层层筛选，获得全额资助，有幸参加。

萨尔斯堡地处欧洲中部，交通方便，风光秀丽，北有阿尔卑斯山，山峦绵延陡峭，南有多瑙河，林地河谷，蜿蜒曲折，森林茂密，空气清新。萨尔斯堡更是莫扎特的故乡，音乐之乡，令无数人向往。用研讨班宣传册上的表述就是：萨尔斯堡是雄奇的阿尔卑斯山与莫扎特音乐交汇的地方。

1947 年，萨尔斯堡开始不定期地举办研讨会（Salzburg Seminar），目的在于讨论战后各国关心的热点问题。随着欧洲和世界其他地方的变化，研讨班也随之发生变化，由最初的不定期活动变成固定的永久性会议。研讨会最初为奥地利本国全资运行，后来欧洲很多国家和美国加盟，特别是美国，渐渐变成主要赞助国，美国新闻总署、福特基金会、美洲银行、洛克菲勒基金会都有投入，今天在美国的佛蒙特州还设有分部。

此次研讨班的会址设在萨尔斯堡近郊的利奥波德斯科隆城堡（Scholss Leopoldskron）。这里是建于 18 世纪中期的一个大主教的宫殿，后经重建。整个建筑为四层，气势雄浑而典雅，内部富丽堂皇，似皇宫一般。殿外一泓湖水，映射着白雪覆盖的阿尔卑斯山。周边绿树掩映，既有曲径通幽，又有鲜花草坪，移步换景，图画一般。

到目前为止，已有 123 个国家近 1.5 万人参加了 300 多次各类研讨班。每年由 2 月到 11 月约 10 个研讨班，每个 7～11 天，今年共 11 个，我们这次是第 313 个。每年全球范围公开申报与遴选，竞争激烈。此次会议有 45 人参加，来自 25 个国家，中国仅我一人。与会者背景很杂，最多的是语言及文学,其次是历史学、社会学。

研讨班设有一个图书馆,馆藏上万册书,有些是在欧洲少见的孤本书。图书馆 24 小时开放,与会者每人都有一把钥匙,可以随时参阅,而且有电脑可以利用。日程很满,每天早 8 点到晚 10 点。会议形式有:专题讲座、圆桌讨论、小组讨论。小组讨论经常在户外,湖边、林中、草坪上,温馨而雅致。

到达当天晚间就是开幕式,第二天开始讲座与分组讨论,依次进行。讲座分别是:"形成美国的政治和思想因素""20 世纪美国:形成和影响美国的因素(种族、性)""美国的媒体和新闻传播""定义今天美国与美国的未来"。能亲耳聆听国际大牌学者如戴维·麦科洛(David McCullough)的讲座,也是很荣幸的。

无论是主旨讲座,还是小组讨论,都对美国赞赏有加。例如:

其一,关于美国体制。有人提出,美国是人类历史一个奇迹,不仅在于它的诞生,而且在于:它民族众多,本来是不利于团结的,但尽管有剧烈变化如内战、两次世界大战、几次经济危机,却一直是一个统一的国家。其重要一点是,它立据这样一个宪法之上,即不到 7000 字的宪法,由一群爱国的地主在 4 个月内制定出来,一直为美国的立国之本,仅有少许改动。如果美国政治不是奇迹,那么就没有哪一个国家配得上这一美誉。

其二,关于美国文化的多样性。多民族包容在一个国家,也是人类史上一个奇迹。有人这样讲:"如果我去了法国,无法成为法国人,但我若去了美国可以很容易地成为美国人。"

其三,关于美国文化与体制对外影响。美国文化对外影响相当高,以至于明年的研讨班有一专题是"美国文化的世界化"。有人半开玩笑半认真地说:"问:你认为其他国家可以仿效美国模式吗?答:不必,只是输出政治结构就可以了。问:为什么美国文化被称作文化帝国主义?答:因为其他国家想要。"

其四,为什么会有高度发达的文化?因为经济发展水平高,科技领先。例如,施乐复印机、传真机、计算机,改变了一切,就像打字机改变了妇女的职业一样。

当然,也看到美国的很多问题,挑战与机遇并存。讨论比较多的有犯罪、艾滋病、无家可归者、环境污染、财政赤字、毒品、种族矛盾、高等教育问题等。一位美国黑人学者慷慨激昂,历数美国种种弊端。她说,美国是相当富庶的国家,但是,有一些人被忽视了。一般说,美国人会利用宪法来保障自己的权利。但也有很多人无法利用,因为普通人打不起官司,律师诉讼费太高。由于家长失业,或是单亲家庭,造成很多儿童失学。全球超级大国也意味着全球性危机。也有人提到,小城镇作用减退,令人忧虑。美国人流动性强,这样,大城市发展快,孤立的小城镇发展滞后,其实小城镇生活质量高、质朴、问题少,应加以保持和珍惜。还有人谈到电视的作用,认为电视创造英雄,也在毁灭英雄。

总的来说,欧洲学者看美国,积极面多;美国学者看美国,消极面多。

俄罗斯学者则从另一个角度看美国。此时苏联解体不久,暴露出太多新的问题,一时间令人难以招架。俄罗斯科学院美国与加拿大研究所所长格奥尔基·阿尔巴托夫(Georgi Arbatov),作为研讨班主讲人之一,认为俄国人不服气美国人,并认为苏联解体是愚蠢的,特别是在经济层面损失无法弥合。他认为,林肯发动内战并不是为了解放奴隶制,而是为了联邦统一,这是压倒一切的。言外之意,苏联应该把国家统一放在首位。独联体国家来的学者对他的观点有些不以为然,有人私下和我说,苏联只是个军事大国而已,在经济上,从来都不是,它只是个第三世界!但这些学者都看到,独联体有必要形成经济联盟,否则难以生存。说到独联体,一位来自塔吉克斯坦的学者给会议添上一段插曲。他非常好客热情,居然带了很多家乡的坚果和工艺品到会上分发,好似中国的走亲戚一样。后来我注意到,会议期间,他一直穿着一套皱皱巴巴的西装,没有换过其他衣服。

会上也免不了涉及中美关系,我是唯一的中国学者,自然无法回避。我在讨论时,举了两个事例说明中国人对美国的态度。一是有位中国老太太申请美国签证,签证官问询她为什么去美国,她回答:“美国基础教育不好(这与会上某些人对美国盲目崇拜形成了对照),我要去帮助在那儿工作的女儿教育外孙,包括教中文。”另一个例子是人蛇偷渡现象其实有很多是富人,只不过没有正当渠道去美国而已。其他人有些似懂非懂,但他们最感兴趣的,一是1989年政治风波,二是中国经济。

这次会议,仅仅一周时间,来去匆匆,没有机会深入了解整个奥地利的情况。但初步感觉是,这里生活舒适,安宁清静,风光秀美,旅游资源丰富。

可能因为生活太舒适了，令人留恋，所以不像我在美国看到的那样有频繁的人口流动。另一感觉是物价奇高，上厕所都要 2 美元。

　　会议安排了半天时间浏览市区和附近重要景点，当然也去瞻仰了莫扎特的故居。那天是周末，在街头看到大大小小各种类型的音乐会。

　　会议结束那晚，我们享受了一场中等规模的音乐会，在优美动听的音乐陪伴下离开了莫扎特的故乡。

研讨班集体照

1994 年 10 月

我认识的几位美国学者

塞缪尔·皮尔森：一位可亲可敬的学者

他长着一副娃娃脸，嘴角上翘，侧面看似乎一直在笑，面由心生，他肯定是一个善良而纯真的人。这就是塞缪尔·皮尔森（Samuel Pearson）教授给我的第一印象。

1995 年秋，皮尔森教授偕妻子来东北师大美国所讲学一年。东北师大是第一批被纳入美国富布莱特项目的高校，1993 年起，每年都有一位美国富氏学者到东北师大讲学。到东北师大，当然无一例外地到我们的美国研究所。先是有太平洋大学的丹尼尔·阿莫斯（Daniel Amos）教授，之后是得克萨斯农工大学的特里·安德森（Terry Anderson）教授。所以，皮尔森来东北师大时，我们对如何接待安排富氏学者已有一定经验了，专家招待所也给予配合，这就使得他和太太很快就适应了在长春的生活和工作。在此过程中，我们也很快熟络起来。

皮尔森来之后的第一个学期，开设 3 门课，分别是"1877 年前的美国史""美国思想史""美国宗教史"。他授课非常认真，每门课都有详细的安排和严格的要求，虽然不能像我在美国读书时那么严格，但基本要求和方式是相似的。如"美国思想史"，他布置了 2 次课上考试（包括一次期末考试）、2 篇学术评论，其中考试各占 1/3，学术评论各占 1/6。最后，他对每一个学生的情况都有简洁而准确的评价，他把这些评价拿给我看，我觉得，分数和我们预料的相似。

我和皮尔森之间的话题几乎都是学生。他发现学生们在课堂上显得拘谨，但在课下或其他交往中就很放松。学生们对外交和经济史兴趣更浓，但对于思想史和宗教史却热情不大。讲到美国实用主义时，很多中国学生透过中国的三棱镜看待，宣称邓小平是典型的实用主义者，几乎每个学生都提到邓的黑猫白猫论,邓的理论里有实用主义成分,这是不可否认的,但仅凭这一点就把它看成是一种哲学流派,也未必妥当。他也发现,有些学生和他套近乎,这令他喜忧参半,感觉自己很难满足学生的要求。还有些学生和他聊的往往不是课堂上他讲的问题,而是毕业论文选题问题、毕业去向问题等。他后来告诉我,1997 年初离开中国后,收到在中国 18 个月教过的中国学生的来信和电子邮件比他在美国教 35 年的学生都多。有人可能认为这是中国学生讨好美国教授,想要去美国,这当然也是事实;但更多的是学生喜欢接触美国教授,这是因为他们认为美国教授知识面更广,更值得尊敬。这些事情我和他解释后,他觉得轻松不少。

不过,说到我们之间的关系,皮尔森很认真地说,他与我们的接触是最放松的,有和美国同事相处的感觉。我觉得这个评价是相当高的。因为来中国的绝大多数外国学者都会有隔阂感,或者陌生感,与中国学者之间除了学术上的客套或有限的交流外,就没什么可聊的了。而我们可以推心置腹,谈论各种问题。

皮尔森教授曾任美国南伊利诺伊大学爱德华兹维尔校区文学院院长12 年、历史系主任 7 年,有很高的威望。我最早是因工作关系结识他,钦佩他渊博的知识和略有几分深奥的学术成果,再加上他很正统的处事风格,颇有长者风范,所以一直称他皮尔森教授。我当然知道,美国人一般不论资历,不分年龄,都习惯直呼其名,但面对皮尔森,总觉得称他为教授更准确。后来熟了,才改用昵称山姆。

在长春一年的时间,我们建立了深厚的感情,他们夫妇几乎把长春视为第二故乡。皮尔森索性继续申请富氏的讲学项目,去北京外交学院讲学一个学期。在北京期间,他一直和我们保持密切的联系。1996 年圣诞节的时候,他居然和妻子回到长春来和我们一起过节,令我们喜出望外。我们美国所的所有师生,包括丁老师在内,聚在一起过了一个欢乐的圣诞之夜。

皮尔森在家里筹集了上千册美国历史著作,反复筛选,其中有很多最新版本的专著,装了满满五大箱。他不辞劳苦亲自带上飞机托运到北京,之后又陆续通过各种渠道送到我校。他们夫妇早已年过花甲,我们看着这些沉甸甸的书,一时竟找不出合适的语言表达我们的感激之情。

12 月 26 日,也就是圣诞节第二天下午,皮尔森在历史系做了一次讲座,题目为"美国总统选举的历史、程序及其象征性意义"。听讲座的除了历史系师生外,还有其他系研究生,120个座位的阶梯教室座无虚席。皮尔森教授并未一般性介绍美国大选,而是在较深层次上对大选的关键问题和环节进行剖析,内容丰满、说服力强,其中对总统竞选经费的筹集、对利益集团如何并在多大程度上影响大选、对第三党参与竞选及其意义都有很精彩的论述。当时正值克林顿竞选连任,所以这个讲座是场及时雨。

1996年,皮尔森夫妇专程来长春和我们共度圣诞节

皮尔森的妻子玛丽,同样善解人意,全力支持丈夫工作。家里有个孪生妹妹,和她原本寸步不离,但皮尔森要来中国,她只好割爱,变通办法是每周必有一封信,后来电话费用降低,她就经常性地与妹妹电话聊天。长春的冬天很冷,一开始他们有些不适应,特别是玛丽,多次感冒加咳嗽,但也从未抱怨。我给她买了些秋梨膏和蛤蟆油,用中国的土办法来保养嗓子和气管,玛丽认认真真地学习如何服用,用了一段时间后还真的起了作用。此后,她对中国传统养生方法开始有了兴趣。和皮尔森一样,玛丽也很注重仪表和礼节。有一次历史系开新年联欢会,我去专家招待所陪他们一起走,玛丽特意

带上一双高跟鞋,快到开联欢会的地方换上。

1997 年 10 月,我去美国开会,特意申请教育部的博士生导师基金,在会后去 SIU-E 做两周的项目调研,这样就可以顺便去看他。在圣路易斯期间,我就住在他家里,那是一段非常温馨的时光。他的家在圣路易斯市市区南部,三层小楼,方方正正。我住在三楼,每天他很早起来,咖啡的香味一直飘到三楼。当时他仍然很忙。开设 3 门课,每天平均 2 节。每天早上 6 点起床,去学校路上一个小时。下午回来,又要写文章,收发电子邮件。吃饭很简单,做饭更简单,每次不超过 15 分钟。

除了我在 SIU-E 图书馆收集大量资料外,他还请我做了两次学术讲座,一次是中国的美国史研究情况评述,另一次是中美城市化比较。接着去听一场音乐会,还参加了圣路易斯外交事务协会月会,由美国国会外交事务东亚委员会高级研究人员演讲东南亚金融危机及相关问题,其中谈到了江泽民的访问和中国的台湾问题。会上就如果大陆向台湾动用武力,美国究竟能否被卷入讨论了好长时间。此外,我还去玛丽代课的小学,给他们简单介绍中国。

我调到厦门以后,2002 年和 2006 年他和玛丽两次专程来厦门看我们,每次来都有依依不舍的感觉。胡锦山和韩宇在东北师大期间就认识他们,所以我们也是几个老朋友的聚会。皮尔森夫妇特意到我们每家都看了看,看到我们都安顿得很好,感到很宽慰。回去后,每次来信,几个人他都要问到。我的同学、辽宁大学历史学院院长石庆环和他们也有很深的交往。石庆环去美国几次,每次都去圣路易斯看他们。后来她和我系李莉去美国亚特兰大开会,老两口还专程从圣路易斯飞过去看她们。可以看得出来,与我们这些在中国结识的朋友相聚,是皮尔森夫妇最开心的事之一。

后来,他又分别到几所中国高校任教,包括南京大学和中国人民大学,还曾返回东北师大以富氏学者身份继续讲学一年,与中国已结下了不解之缘。

2006—2007 年他又到南京大学-约翰·霍普金斯大学中美文化研究中心任教。在南京期间,突发坐骨部位疼痛,南京鼓楼医院的诊断很不乐观,结果用担架抬上了回美国的飞机。临走时我打电话过去,他在电话里声音微弱,且有几分伤感,因为他的课还没讲完……万幸的是,他回到圣路易斯后,去华盛顿大学附属医院检查,结果发现只是轻微的骶骨退行性病变而已,虚惊一场。华盛顿大学附属医院全美闻名,其诊断当然可信,几天后,皮尔森就行动自如了。直至今日,他仍健康地忙碌着。

几年前,我开始学油画,把几幅比较得意的画通过电子邮件发给皮尔森。他看到,非常惊喜,立即告诉玛丽说:"王教授成画家了。"玛丽在厨房里回答:"哈哈,我早料到了。"

包德威:有学识、有品位的学者

David Buck,中文名包德威,是个见多识广、阅历丰富的学者,更是个有学识、有品位的学者。

他曾多次到中国访问,仅到访东北师范大学的次数,我就记不得有多少了。就我知道的是 20 世纪 80 年代中期,他就先后介绍雷金纳德·豪斯曼(Reginald Horseman)和维克多·格林(Victor Greene)到东北师大讲学,又接受我校田锡国等数人到威斯康星大学访学。他对中国历史和现实都有很深的研究,可以说是个中国通。同时,又热心中美文化交流,说他是中美文化交流的大使也不为过。我通过业师丁则民教授,很早就认识了他。

1993 年起,我受中国美国史研究会的委托,开始筹备中美城市化比较研究的国际学术研讨会。当时信息流转渠道还很少,我特地给他去信请教如何扩大宣传面,使更多的人了解这个会议,他及时告诉我在网上美国学界已有 H-net 这样一个大型联络网,而且在不断扩展,不妨试试在 H-urban 和 H-Asia 上发消息。我照此办理,果然,立即就有更多的学者与我联系。在会后我请他和时任美国城市史研究会主席赞恩·米勒(Zane Miller)教授共同主持同类选题的高级研讨班,为研讨班增色不少。

那次会上,包德威几乎成了半个东道主,既为会议出谋划策,又为中国学者和外国学者之间交流做沟通。会议结束时的晚宴上,我分别请东北师大校长和美国史研究会会长讲了话,这时他突然站起来,表示要作为一个与会者说几句。我当时一愣,但瞬间就反应过来,我的安排有些不妥:不应当开幕式、闭幕式甚至宴请都把领导放在前面。

1996 年 7 月,我陪东北师大王荣顺校长和外办主任韩应昌去美国 7 所大学讨论校际交流事宜,其中就有威斯康星大学。他从中牵线搭桥,使访问非常成功,他还特意请我们到他家做客。他的房子是幢石材别墅,古朴而典雅,给人一种中世纪城堡的感觉。室内布置得像美术馆一样,与一般家居风格完全不同。大厅里有一个超大的壁炉,也是石头堆砌的。室内的几幅油画都是有来头的,包德威一一给我们讲述这些油画背后的故事。书房在顶层,看上去像个艺术家的工作室,而不是堆满书刊文稿的书斋。他还有一辆老爷车,静静地停在车库里,给这个家平添几分贵族气息。他请密尔沃基一位艺术家给他的住房画了一幅油画,并用这幅油画做成一张明信片,送给亲朋好友,看来他对自己的"豪宅"欣赏有加。他告诉我,他住在这里已经 47 年了,在美国这样一个流动性非常强的国家这是少见的。

他太太黛安同样有气质和品位。黛安是密尔沃基文化基金会和密尔沃基县历史协会董事会的成员,该市街头的很多雕塑都是她的杰作。她也酷爱运动,特别爱打网球。在 2016 年左腿膝盖做了置换手术,术后又回到网球场,还经常发牢骚说网球场上四五十岁的人太多了。

2012 年 4 月,我再次去他家做客,这一次是参加美国历史家组织年会期间,我和任东来、梁茂信一起去的。他当时在丹佛照看 102 岁的老母亲,特地赶回密尔沃基。他照例请我们去他家做客,先在后院 BBQ(烧烤),之后去看当地最大的一场棒球赛。他在此前的电子邮件里特意说明,大多数中国人都不太了解棒球,甚至那些专门研究美国历史和文化的恐怕也了解不多。很多人以为美式橄榄球是美国人的最爱,其实不然,美式橄榄球是成人的运动,棒球才是美国人最喜欢的家庭运动,从小到大都可以打。美国人的很多习惯性表达都出自棒球,如:"三振出局"(three strikes and you are out)、"全神贯注"(keep your eye on the ball)等。确实,那天我们去看的那场,4 万多名观众,场面极其壮观。每位购票观众还免费得到一个密尔沃基市棒球队最有名的主攻手乔纳森·鲁克伊(Jonathan Lucroy)的小塑像,那尊塑像后来我一直保留着。这是我生平头一次在美国看棒球赛,是难忘的经历。

包德威教授并不仅仅埋头自己搞学问,还积极参与和组织很多学术活动,他是《亚洲学刊》(*Journal of Asian Studies*)主编,并主办《城市化今昔》(*Urbanism:Past and Present*)。他知识面广,交友甚笃,游历过世界很

1996 年 7 月在包德威教授家后院

多地方。曾组织很多学术考察活动,如组织密尔沃基艺术馆工作人员的"沿着乾隆的足迹"中国行、"中国历代帝都大串联"等文化之旅,他既是组织者又是免费导游。2001 年 12 月,他还率领威斯康星大学教授旅游考察团来厦门,特地到我校,听我校外事处讲厦大的历史。

　　作为一个历史学者,他的著作拥有广泛而持久的影响。最值得一提的是,他在 1978 年写的《中国城市的变迁:1890—1949 年山东济南的政治与发展》(*Urban Change in China: Politics and Development in Tsinan, Shandong*, 1890—1949),居然在 30 多年后,2010 年被香港大学一学者翻译并由北京大学出版社出版。又因为书中提到的济南城市发展与目前该市规划的高铁新中心相契合,引起了济南市政府的高度重视,请他去讲学,一时间电视台和报社等新闻媒体纷纷采访他。

　　包德威教授每年都给我寄贺卡,近 20 年从未间断。现今已进入数字时代,电子邮件和手机都是现今的联系方式,但他仍然坚持用这种传统的方式来传递情感。每张贺卡都附一封长信,详细描述这一年的生活和感悟。每次看到,都是一种精神享受,也是巨大的精神动力。他非常看重家庭和亲朋好友的联系,每年家人都要聚会,或者在密尔沃基,或者在科罗拉多他母亲家里,或者在夏威夷自家别墅,还可能是国外某个地点,每次聚会人都不少,最多一次是 2014 年在中国庐山,21 人。现在,包德威教授已年逾八旬,但依然骑自行车穿行在密尔沃基市区,闲下来含饴弄孙,为 3 个孙子的成长骄傲。

至于我的画,他也有自己的评价。他很喜欢那张《海淘》和我的自画像。他还告诉我说,他去过凡·高的名画《路边咖啡馆》的阿尔乐小镇,从我的画中也能找到几分感觉。我觉得这个评价是很高的。

卡尔·艾博特:独树一帜的领军学者

在我早期接触的美国城市史通史性论著中,给我印象最深的是《1920年至今的现代美国城市》(*Urban American in the Modern Age*,*1920 to the Present*),从此,作者卡尔·艾博特这个名字也就深深刻在脑海里了。当时我在美国南伊大读博士,在书店看到刚刚上架的这本书,就毫不犹豫地买了下来。后来我于 1988 年回国,还曾计划翻译这本书。在这个想法的催动下,我和艾博特有了书信往来。

1991 年我去美国参加暑期研讨班,会后 8 月里我乘火车一路北上,先去拜见仰慕已久的施坚雅教授,之后再去波特兰市见艾博特。我们见了面,像多年的老朋友,话虽不多,但很投机。他看上去非常斯文,不苟言笑,典型的学者风范。来之前在信里他就说我可以住他家里,我曾经犹豫过,毕竟是初次见面,但看他一脸真诚,我也就不客套了,住在他家,我感到很放松。

那天,我们聊到很晚。聊到兴头上,他那清瘦的脸上瞬间露出几分狡黠,眼睛里透出异样的光芒。因为我的博士学位论文就是关于美国西部城市的,因此与他有很多共同语言。他告诉我,他已完成一部新的书稿《大都市边疆:当代美国西部城市》(*Metropolitan Frontier*:*Cities in the Modern American West*)。看到我很感兴趣,他几乎一夜未睡,为我打印这部书稿,当时打印机速度比较慢,我睡在隔壁都能听到打印机喷头左右摆动的唰唰声。

第二天,他又开车带我到市区转。如数家珍般把波特兰的城市布局和

1997 年我在艾博特家中

独到特征讲给我听,虽然只有半天时间,但信息量和思考空间却是高密度的。波特兰是美国规划最好的城市之一,而艾博特作为城市发展顾问等身份,有其独到的贡献,他显然深以为荣。

　　拿着这部沉甸甸的书稿,我格外感动,也被其深深吸引住了。在回国的航班上,我没有休息,一口气把它读完。毫无疑问,这是一部选题视角独到、学术意境深邃、理论创新可圈可点的著作。其最大特点有三:一是历史学和地理学、经济学、人口统计学和城市规划学等学科的有机融合;二是历史与现实的结合;三是学术体系完整,自成一个学术流派,开创美国西部城市史研究的新局面。果然,两年后,1993 年,这部书由亚利桑那大学出版社正式出版,翌年就获得美国城市史最佳著作奖,美国学术界开始对大都市区和西部史研究刮目相看。从此,美国西部史和东部史开始平分秋色,甚至因其大都市的超前发展而成为全国城市化的 pace setter(先行者),进而带动和影响了整个美国城市史的研究。

我立即着手组织翻译这部力作,邀韩宇、郭立明和姜立杰加盟,后于1998年由商务印书馆出版,题为《大都市边疆:当代美国西部城市》,该书后来入选"汉译世界名著"系列。

艾博特所撰写的学术著作几乎都是精品力作,曾多次获得最佳著作的殊荣。他还曾任美国城市史研究会主席等数十个学术界和社会服务顾问等方面的职位,在美国学术界和政府相关部门都有可观的影响力和权威性。而《大都市边疆:当代美国西部城市》是其学术巅峰时期的代表作,所推衍的大都市区理论和美国西部城市发展独特道路的观点直至今日,仍被广泛征引和推崇。我在此基础上,把施坚雅的宏观区域学说和他的思路结合,写出了《美国西海岸大城市研究》,并进一步推导出美国城市发展的两大阶段的认识。

2012年4月我率中国美国史研究会代表团参加美国历史家协会年会,借会议之机商讨建立学术交流关系的事。会前我联络艾博特,他说他也会去。会议期间,我们一起共进晚餐,他又送我一部新著《城市如何征服西部:北美西部城市发展四百年》(*How Cities Won the West*:*Four Centuries of Urban Change in Western North America*)。看得出来,这是在他西部城市史研究的路上,又一个里程碑式的大作,强化了他在美国西部城市史研究领域的权威地位。会上,我去参加他所主持的分组讨论,看到很多学者都对他尊敬有加。

2018年11月26日,上海公共关系协会举办的全球城市国际高峰论坛,纽约、伦敦和东京的政府要员都应邀前来,莅会的还有全球城市理论的首倡者萨森(Saskia Sasson)教授等相关著名学者。艾博特教授原计划也来参加,因为这次上海社科院屠启宇研究员又翻译了他的新著《未来之城:科幻小说中的城市》,拟借这次会议之机举办一个新书发布会。孰料在最后一刻他的妻子突然病了,未能成行,我们只好通过视频连线完成发布会。我非常惊讶,他作为一个著名历史学家,怎么能写出科幻小说与未来城市的著作,那些令人脑洞大开的先锋科技和穿越时空的文学表达怎么用严谨的历史学思维来勾连演绎、启迪心智?再看看他拟提交会议的论文就更要惊掉下巴了:《机器人城还是自然城:对21世纪全球城市的反思》。在视频连线时我们提到这个问题时,他笑了笑,谦虚地说,书读到一定程度,就会有这些想法了。

看来,像《大都市边疆:当代美国西部城市》奠定他在美国西部城市史研究的权威地位一样,这本书有可能是他作为历史学者在文学、社会学和未来学等领域引领潮流的开山之作。

郝吉思:涉猎广博而多产的社会史学者

那是 2007 年夏,我请郝吉思来厦门讲学。见了面,Anna May Wong 就挂在他的嘴边,说个不停,我客气地应和着,心里却在打鼓:这"安娜·梅·汪"究竟何许人也?赶紧上网查了一下,发现这是在 20 世纪二三十年代就闯进好莱坞的美国亚裔女影星、赫赫有名的黄柳霜。她一生出演过 50 多部电影,这一辉煌纪录至今无人企及。在好莱坞的星光大道上留下手印的第一个亚裔演员就是她,之后才有李小龙和成龙。她的拥趸无数,美国、澳大利亚、日本等国和欧洲、南美等地区的电影刊物,只要有她的报道,就会热卖,其资历和影响远在后来的陈冲等人之上,连美国的儿童读物都有她的专辑。不知道她的大名实在不应该!转念一想,既然我都不知道,一般人更不用提了,我立即意识到,这个现象亟待转变。

之所以人们了解不多,盖因其饰演的角色所累。黄柳霜在好莱坞电影里,几乎都是卑微下贱、有损中国人形象的角色,甚至有辱华裔,这令很多中国人不悦。1943 年,宋美龄访美时举行大型招待会,在邀请客人名单上有意删掉了黄柳霜的名字。但是,20 世纪二三十年代美国对华人的态度就是如此,好莱坞不过是个放大镜而已,东方主义的窠臼不是黄柳霜一个人能够摆脱得了的。而在现实生活中,黄柳霜却对中华文化情有独钟。她虽然已是第三代华裔,但仍致力于弘扬中华文化,她痴迷中华服饰,曾回广东寻根祭祖。在影片中和慈善活动中一再试图提升中国在美国的形象,积极参与美国援华联合会的活动。她背负争议,敢于突破政治、种族和性别的藩篱,在排华及国人质疑声中成为引人瞩目的国际影星,这本身就是一段传奇,也是研究美国华人史的难得题材。

所以,应该把现实生活中的她和银幕上的她分别开来。有感于此,郝吉思多方搜寻资料,写出《黄柳霜:从洗衣工女儿到好莱坞传奇》(*Anna May*

Wong：From Laundryman's Daughter to Hollywood Legend），于 2004
年出版。在书的封底上，知名华人学者都推崇备至，张纯如、黄运特、邝治
中、谢汉兰都有隆重推荐。一位导演在这本书基础上，再收集大量素材，制
成纪录片《黄柳霜：在她的世界》，在韩国釜山举办的国际电影节上获得大
奖。郝吉思当然希望有人把这部著作翻译成中文，以使更多的中国人了解
和认识黄柳霜。

此前，我曾翻译过他的《出租车！：纽约市出租车司机社会史》（商务印书
馆 2007 年版），有过愉快的合作经历。所以，我觉得这是一个非常有意义的
工作，便答允下来。在翻译这本书的那段时间里，我们之间几乎天天都有电
子邮件往来。

我请我指导过的博士李文硕和杨长云与我共同翻译，他们的翻译质量
上乘，为本书增色不少。但可惜与香港大学出版社联系过程中稍有疏忽，没
有附上译者序，是为遗憾。当时，内地出版社对黄柳霜知之甚少，似乎又担
心题目敏感，所以我们只好联系到香港大学出版社出版。还记得香港大学
出版社做事非常认真，我们之间的电子邮件竟有几十封。至于我和郝吉思
之间的通信，那就更不可计数了。2013 年，我们的译本《黄柳霜：从洗衣工
女儿到好莱坞传奇》在香港大学出版社出版。在香港出的书，一般都是繁体
字，但根据我的建议，这本书用了简体字，以便内地的读者阅读和推广。果
然，此书立即引起很大反响，内地的一些出版社也开始纷纷看好这本书，后
来由后浪出版公司买了版权，制成新版，在内地发行。

郝吉思的英文名是格雷厄姆·R.G.霍奇斯（Graham Russell Gao Hod-
ges），他是纽约市科尔盖特大学历史系教授，在美国早期史和社会史等多个
研究领域都有权威性研究，著有多部专著，在学术界均有不俗的反响。2008
年 3 月，他又与著名美国学者加里·纳什（Gary B. Nash）合著《自由之友：
托马斯·杰斐逊、塔德乌什·柯斯丘什科与阿格里帕·赫尔——三个爱国
者、两场革命以及在新兴国家中背叛自由的悲剧故事》，对杰斐逊与奴隶制
的关系提出了颠覆性的重新解释，再次将杰斐逊研究推向学术研究前沿，一
度成为学术界关注的热点。

郝吉思有着敏锐的学术观察力和独到的创新思维。我第一眼看到他的
《出租车！：纽约市出租车司机社会史》，就有眼前一亮的感觉。人们往往把

自由女神像、帝国大厦、中央公园、时代广场等视为纽约的象征,但穿梭在人海中的出租车也是纽约靓丽的人文景观之一,是其流动的风景线。他们眼中看到的纽约,肯定别有新意,这是我选择翻译该书的主要原因。同样有意义的是,郝吉思个人经历非常丰富,年轻时曾开过5年出租车,有切身体验,能深入出租车司机的内心世界进行剖析。因此,书中的描述非常生动逼真,有些问题和观点是常人注意不到的。另外,他还撰写过《1667—1850年纽约市的出租车车夫》,对于纽约早期历史上畜力车时代的出租车行业做过系统的探讨,可以看成本书的姊妹篇。

在此之前,我和郝吉思有过多次交往。他曾任北京大学的富布莱特客座教授,组织过很多学术活动,包括在南开的国际学术研讨会,是个非常活跃的学者。而且,为中国学者著作在美出版、中美学术交流等铺路搭桥,想了很多办法。他身材魁伟,相貌堂堂,很有亲和力,几句话就能交个朋友。

2007年夏的那次讲学,我还请了南开大学的富氏学者库利科夫(Allan Kulikoff)。他与郝吉思的个性截然不同,他治学严谨,性格内向,不苟言笑,学究气十足;而郝吉思却诙谐幽默率真,好奇心强,甚至有些童趣。他和他的华裔妻子走到哪里都手牵手,像初恋的情侣一样。他看到厦门海滩如此好,就念叨如果再来,一定下海玩个痛快。

4年后,2011年5月16日,他真的又来了。但这次是带着科尔盖特大学校长的使命,和另外两位教授组团来厦大,尝试建立校际交流关系。不料,厦大某些校领导对美国专攻本科的高校不了解,以为科尔盖特大学是个三流学校,不配高攀厦大。岂不知该校与斯沃斯莫尔学院、阿莫斯特学院和威廉斯学院一样,都是美国顶尖的文理学院。不过,校际关系未果,他却实现了下海游泳的愿望。在厦门一周时间,几乎天天下水,我当然要陪他。但5月里水还略有些凉,结果我的几个手指关节出了点问题,后来好长时间都隐隐作痛。

郝吉思教授曾多次给我寄书,先后十几箱,几乎都是新书,绝大部分是美国社会史最新研究成果,我恰好这方面藏书很有限,求之不得。2012年我率团去密尔沃基参加OAH年会,再次见到他,特地请他去密尔沃基市非常有名的德国餐馆吃饭,算是一点回报。

最近,他又在申请富布莱特项目到中国来讲学,我希望他能成行。

2011 年郝吉思教授(右一)在我家中作客

2019 年 6 月

城里城外的变奏

城里城外互动，助推城市化转型

世界城市的发展可以分为前后衔接但又各具特色的两大阶段：第一阶段是传统城市化时期，以城市的集中型发展为主，城市是其主要的空间载体；第二阶段是新型城市化时期，以多中心格局和城乡统筹发展为主，大都市区是其主要的空间载体。

一、从城市到大都市区是城市化的必然走势

人口与资源高度集中曾是城市经济发展的不二法则。但是，城市人口占总人口的半数以上，既是"传统城市化"的成熟期或称鼎盛时期，也是城市发展的困难期：有限的城市空间开始出现饱和现象，"城市病"凸显，如城市住宅紧缺、环境污染、交通拥堵、社会治安等问题层出不穷，无形中增加了城市发展的额外成本，城市的规模成本逐渐大于规模效益，聚集经济变成了聚集不经济。相形之下，郊区开阔的空间和宜居环境、公共交通的改善、私家车的普及等，比较优势凸显，城市和郊区之间"推力"和"拉力"此消彼长。

这样，大量城市居民开始看好郊区，而有轨电车的发明和交通线路的延伸为其迁移提供了可能，居住在郊区，工作在中心城市，每天通勤上下班开始成为时尚。很多工商业企业经过权衡，也随之而动。曾经是制造业大本营的中心城市，在 20 世纪二三十年代开始出现制造业外迁现象，即所谓制造业"空心化"，到二战后这一趋势更明显。零售业也紧随其后。中心城市的经济结构悄然发生了变化，其制造业中心的特征开始弱化，服务和管理中心特征日益明显。

发展重心向郊区转移并不是一个孤立的现象，它是城市发展到一定阶段，城市功能外延、城市化范围扩大的表现。中心城市与郊区由此形成互动关系，共同促成城市化地域范围不断扩展，进而出现了新的地域实体——大都市区（metropolitan areas）。这标志着，城乡关系有了实质性的良性互动，

147

城市化进入城乡统筹的高级发展阶段。

20世纪初，著名城市规划师埃比尼泽·霍华德在提出田园城市的构想时曾这样描述城乡关系："城市和农村必须结为夫妇，这样一种令人欣喜的结合将会萌生新的希望，焕发新的生机，孕育新的文明。"

霍华德说这番话的时候，英美两国已率先启动城市化转型，到20世纪中叶，其他经济较发达国家相继跟进。转型的标志就是中心城市与郊区从此消彼长的博弈到同步依存、共生共荣，进而形成新的地域实体——大都市区。这样，城市化从单纯的人口转移型向结构转换型过渡，进入城乡一体化的高级阶段。

时至今日，在这些国家，大都市区人口已占其总人口的半数以上，在德国、以色列、美国、加拿大、瑞士、英国和日本等更是高达70%，甚至80%。

当然，这种转换并非简单的人口和资源的空间位移，而是在移动过程中进行了升级换代。因为已经有了上百年城市化的经验教训，而且由于有城市的支撑，郊区发展从技术到资金都比传统城市发展时期优越，因此从一开始就站在较高的起点上。

转型后的郊区，出现了一些居住与就业兼备的模式，而不仅仅是居住区。这种混合性郊区独立性很强，部分规模较大的成为次中心。这些次中心与原有的中心城市形成互补关系，有助于缓解中心城市在人口、交通、环境、就业、住房等方面的压力，同时充分发挥了各自的相对优势，从而在整体上提高了大都市区经济运行效率。另外，郊区的次中心也大大减少了对中心城市的依赖，彼此之间的社会经济联系日益增强，促成了大都市区内经济活动和人口的多维流动，而不是单向钟摆式流动。

"城市的财富蕴藏在城市空间布局之中。"形成大都市区后，城市和郊区的经济资源得到整合与优化，发挥了综合性和整体性优势，在经济方面有不俗表现。特别是大都市区内的多中心格局，实际上是中心城市和郊区经济结构的转型和角色的部分置换。大都市区借此成为很多国家经济的引擎，有些国家甚至用大都市区生产总值（Gross Metropolitan Product，GMP）来反映经济发展情况，而不仅仅限于国内生产总值这个传统指标。据一项权威统计，如果把大都市区作为国家计算，全世界前100个经济体中有47个是美国大都市区，其中仅一个纽约大都市区的生产总值就超过整个澳大利亚,10 个最大的美国大都市区的生产总值合计可在世界构成第三大经济体!

这样,20 世纪中叶,很多国家相继完成了城市化转型,从传统城市化蜕变为新城市化,大都市区成为新城市化的空间依托。

二、大都市区概念的完善和社会各界的认同

由于城市空间结构发生了根本性的改变,城市与郊区走向一体化,两者的区别淡化,传统的城市概念已无法准确涵盖这种新的地域,因此世界各国相继出台新的大都市区概念。

在大都市区发展方面最具有典型意义、地位最重要的首推美国,美国不仅遥遥领先于世界各国,而且随着时间的推移不断完善其大都市区概念。早在 1910 年,美国预算总署就发布了"大都市区"概念,用于统计数据收集、分析和信息发布。其标准为:人口在 10 万及 10 万以上的城市以及与其连绵不断、人口密度达 388 人/千米^2 的地区,均可合计为大都市区人口。具体统计以县为单位,标准的大都市区起码拥有一个县,规模较大的大都市区可以跨越几个县。此后,为了准确反映大都市区的发展状况并保持概念的连续性,美国预算总署先后对大都市区的定义进行了数次修改,包括对主要大都市统计区和联合大都市统计区等规模上的区分。2000 年起,美国人口统计总署等部门已用大都市区和非大都市区概念取代了传统的城市和乡村的概念。

在英国,类似的城市化区域被定名为"大都市郡"或"大都市区",法国为"城市化区域",德国为"城市区域"或"都市化地区",澳大利亚为"统计大区",加拿大为"人口统计大都市区",日本为"都市圈"。这些概念,尽管标准略有不同,但对其空间结构的认识是统一的,都包括核心区和边缘区两部分,或称中心城市和郊区县域,而且都是以城市的实际影响范围即功能区域为依据,不受行政区划的局限。美国自 2000 年起,就已经不再使用城市和乡村的概念进行人口统计,取而代之的是大都市区和非大都市区。

大都市区取代城市,已经不仅仅限于概念上的探讨,而是成为人们的某种思维定式。例如,大伦敦,包含了伦敦市和 32 个自治区;旧金山多半是指

700 万人口之众的"湾区"大都市区,而不仅仅是 70 万人口的旧金山市;洛杉矶市,307 万人,但洛杉矶大都市区人口达 1640 万之众,被称为"内陆帝国",规模直追全美首位大都市区纽约。纽约大都市区地处美国东北部城市密集区,已不仅仅是一个大都市区独立发展,而是与相邻的几个大都市区连成一片,形成横跨 4 个州,囊括 27 个县、729 个市和镇区,人口逾 2000 万的联合大都市统计区,全称为:纽约—北新泽西—长岛联合大都市统计区。居住在该大都市区的新泽西州北部居民可能首先认同自己是大纽约人,其次才是新泽西人;康涅狄格州和宾夕法尼亚州在大纽约所属县份的居民也多半持类似的定位。

对于城市化转型,学术界有很多新的认识,最有说服力的恐怕是芝加哥学派和洛杉矶学派的更迭。产生于 20 世纪 20 年代初的芝加哥学派,认为城市由密集的核心区向周边地区在同一同心圆扩展,密度渐次降低,在此过程中,核心区居主导地位。该学派的理论主要是基于工业城市发展而阐发的。洛杉矶学派恰好相反,该学派宣称,在当代的南加州,边缘地带成为城市发展重心,多中心、相对分散是其主要特点。洛杉矶在早期,人口密度低、摊大饼式的发展,原本是学术界抨击的对象,但如今成了其他大城市纷纷效仿的对象。甚至芝加哥近年来也出现分散化现象,与洛杉矶殊途同归。密集式、单核发展让位于多中心、低密度发展,这对芝加哥学派来说,不啻釜底抽薪。美国学术界对洛杉矶的看法来了个 180 度大转弯,结果,"洛杉矶模式"取代"芝加哥模式",成为城市规划的新宠。

城市和区域,实际上已无清楚界限而言——城市区域化了;功能性区域地位大幅提升,行政区划则明显淡化,这是大都市区的精髓所在。

三、城乡互动,冲破传统城市化的藩篱

大都市区是由中心城市和郊区构成的,两者的互动开启了城市化的转型。随着工业化与城市化的剥离,城市发展重心外移,郊区化长足发展,具有越来越多的独立建制,城市不再拥有超越郊区的权力,兼并郊区的可能性越来越小。郊区,包括农村地区的县级政府更多地掌握了发展的主动权。

郊区抵制兼并的最有力武器是地方自治,亦即平等的发展权力,这是城

乡互动的前提。很多国家实行地方自治,如日本的"市町村"与"都道府县"在法律上地位都是平等的;法国"大区、省、市镇"三级地方行政区划是平等的,市镇享有很大的自主权;美国城市和县等其他地方政府也没有等级之分。在很多国家,就地域面积而言,县(郡)的规模最大,其境内可能分布着数量不等的城市,但县与这些城市之间没有法律上的隶属关系。县域经济具有很强的开放性,承担着很多境内城市的公共服务。所以,随着城市发展重心的转移,县域经济的作用日益凸显。城乡互动遏制了土地城市化的推进,给县域经济提供了广泛的发展空间。

1953年美国加州的莱克伍德方案,就是郊区城镇成功抵制中心城市兼并的突出案例。当时,莱克伍德社区发展迅速,已有数万人口,拟独立组建为市。毗邻的加州南部第二大城市长滩对其虎视眈眈,一直试图将其纳入麾下。莱克伍德居民很不情愿被兼并,但独立建市又会有臃肿的官僚机构和提供公共服务的负担。经过反复斟酌和几次公民投票,最后索性把公共服务通过与县政府和某些公司签约的形式外包,这样一举数得:既独立建市,避免了被长滩兼并的命运,又精简了官僚机构,同时还获得了高质量的公共服务。莱克伍德虽然并不是第一个抵制大城市兼并的郊区城镇,但却提供了抵制兼并的有效方式,因而莱克伍德方案一经问世,立即风行一时,其影响不仅限于美国,甚至远播海外很多国家。

这样看来,唯有城乡互动方能实现城市化转型。互动是城市化转型最重要,也最易识别的标志。而且,城乡互动是市场化的需要,而不是人为的统筹。城乡互动是双向的,城市化转型的主要标志是"城""乡"这两个空间的融合与功能转换。城市人口与农村人口的界定不是越来越清晰,而是越来越模糊,"城""乡"这两个传统的地域概念已不能准确概括新的空间布局,因为城市和区域已高度一体化,城乡区别淡化,进而城市概念也渐渐淡化,被大都市区取代。

城乡互动,也促成社会和政治上的多元化治理。一般而言,中央政府要通盘处理全国性问题,难免简单化、程式化。"如果你只有一把锤子,看什么都像钉子。"而超党派、超政治的地方政府却可以多渠道、多方式因地制宜地解决问题。在这种情况下,中央政府主管政治和外交事务,地方政府集中处理行政日常事务,两者无形中形成了职能的分工。也正因如此,郊区大量小城镇的优势得以比较充分的显现。

在此过程中,也会在政治和社会方面面临很多新的问题和挑战,诸如:其一,郊区地域蔓延,造成资源浪费和重复建设,以美国最为典型。其二,居住区分离,形成白人中产阶级郊区和黑人与中下层蜗居中心城市的"两个世界"现象。在很多国家,下层居民蜗居在市中心区,而郊区成了富庶居民的"专属领地"。那里的部分街区甚至竖起围墙,成为门禁社区。这在美国和拉美部分国家已成为日益突出的问题。其三,地方政府零碎化或称巴尔干化,政府职能和公共服务被分解到诸多部门,固然有助于专业化管理和服务,但有时分割得过于琐碎细小,往往把人们搞得一头雾水,不得其门而入。这些都使城乡互动的成效打了折扣。

这就造成一种矛盾的现象:一方面,地方政府洁身自好,自行其是;另一方面,大都市区又不断出现很多管理缺口或真空,与大都市区的一体化发展的客观要求相去甚远。美国和很多国家曾相继组建大都市区政府,但成功者寥寥。20世纪八九十年代开始,转而尝试管治(governance),尝试区域范围的协调合作。目前这些改革仍在进行。

四、摆脱"城市像欧美,农村像非洲"魔咒

2011年,我国城镇人口超过农村人口,传统城市化告一段落,即将跨进转型的门槛。在这个关键节点,迫切需要了解与认识城市化的总体走向,修正和完善传统的城市化理论,扬长避短,有前瞻性地确定城市化道路和具体发展模式。其中,完整准确认识大都市区的地位和作用,意义不可小觑。

我们目前城市扩展的主要方式仍是对周边的兼并,推行土地城市化。在市管县体制的庇佑下,除了各种名目的扩张外,县改区盛行一时。这种"水分"多、"热度"高的城市化已远远超过其他国家相同历史阶段的发展速度。高度集中、求大求快的结果是大城市过多,中小城市偏少:全国655个城市,有119个百万人口大城市(市辖区人口,不包括市辖县),其中36个人口更在200万以上,而拥有2万多个城市的美国仅有9个百万人口大城市。此外,我国大城市人口密度也远远超过世界大城市平均水平,个别城市已接近人口密度的极限。而城市之间的联动程度却很低,依然处于单中心发展

阶段,北京就是最极端的例子。如果论及城市化与农村的关系,问题更严重。现有的城乡二元化结构导致巨大的城乡差异,城市超前发展,郊区严重滞后,以致被揶揄为"欧美的城市,非洲的农村"。我国高度集中的传统城市发展模式正面临尖锐的挑战。

我国的城市大多数是以行政区划为界限,所有的资源配置都是按照行政区域分配的。行政等级越高的城市,福利越好,自我循环越强,这就使外部的要素很难双向流通。由于重点放在了都市的核心区,单中心发展,不同程度地忽视了周边中小城市的发展,这就形成虹吸效应,出现大树底下不长草的尴尬局面。从交通布局也可以看得很清楚,以轨道交通为例,市郊铁路,东京是 2013 公里,伦敦是 3650 公里,纽约是 3155 公里,巴黎是 1867 公里,而北京只有 77 公里。我们的主要精力全放在市区的地铁上,这就进一步加大了城乡差距,而不是缩小这种差距。如何打破这个魔咒,是一项紧迫而艰巨的任务。

随着我国城市化的快速发展,我国的城市化研究也进入"高增长期",相关介绍与研究林林总总,其中多有建树,但尚未认识到区域城市化已成为新的规律性现象,对传统城市化理论没有提出过质疑或修正,或者说,还停留在传统城市化理论的认识水平上。传统的城市化理论指标单一,概念宽泛,强调人口的集中、城市数量及自身规模的扩大,主要适用于阐释从城市发展的初期到中期即城市化由发生发展到初步完成阶段,即"单中心集中型城市化"的基本规律和问题,对于城市发展新阶段的很多问题无法解读,更难以为我国城市的进一步发展提供理论支持,这似乎成了城市化理论研究方面的"盲区",需要修正。正如洛杉矶学派代表人物迈克尔·迪尔(Michael Dear)所说:"我们需要 21 世纪的理论来说明 21 世纪的城市。"

修正的基本思路应该是:从大都市区的宏观视角切入,统筹考虑城市与郊区,而不是将注意力仅仅局限在城市本身,以城市这个带有封闭性的地域单位来应对目前已经高度一体化的区域问题。中心城市和郊区是大都市区两个有机组成部分,不宜厚此薄彼,更不宜仅局限于郊区化的探讨。当然,在引导城乡互动的同时,也要及早注意到这种互动可能伴生的负面问题,未雨绸缪。在这个意义上,这已不完全是城市史的选题,而是深入到了城乡关系史的范畴。

　　总之,城乡互动是辨识新城市化和传统城市化的分水岭。这种互动是中心城市与郊区的双向流动,是"城市＋郊区",而不是"城市＋城市"。我们目前倡导的"同城化""城市群""城市联盟"等,偏重城市,似不足以体现城市化转型过程中城乡互动的要义。

　　时代发展到今天,从城里到城外已是大势所趋。我要大声疾呼:城里人,到城外去！眼下,也许应和者寥寥,但我坚信,假以时日,这个呼吁会收到越来越多的反响。"城里套路深,俺们要回村",就是这一趋势释放的信号。

2018 年 1 月

小政府、大都市区

2004 年 7 月 4 日，美国独立日，我正巧在旧金山湾区的奥克兰市小住。晚饭后，与朋友一道，散步到海湾边看节日焰火。这里视野开阔，整个湾区一览无余，视线所及，沿岸地势蜿蜒，掩映在绿树碧水之间的各式建筑错落有致，灯火璀璨，别有一番诗情画意。但是，却未能如愿地看到在国内城市中到处可见的节日焰火盛景。偌大的湾区，只有零零落落的些许焰火，忽东忽西，像打冷枪一样，令我们游兴阑珊，不仅没有体味到节日的欢愉和喜庆，反倒有了几分凄凉的感觉。其实，这个场景对我来说，应该是意料之中的，我专门研究美国大都市区地方政府，当然知晓美国地方政府的零碎化现状：在旧金山湾区，大大小小的城市有上百个，彼此独立，各有一本账，不愿出资合在一起放焰火，即使居中心位置有一定规模的大城市，也不愿用本地纳税人的钱来为他人撑门面。但今天身临其境，仍不免感伤，同时也更加有了研究的紧迫感。事实上，旧金山湾区无论在地理上还是在经济上，都有一体化特征，但地方政府却各自为政，这似乎是匪夷所思的事情，但又是实实在在的现实。这个矛盾现象的背后，显然有很多深层次的缘由。

从根本上说，这是 20 世纪美国城市发展过程中的特定现象。在 20 世纪美国城市发展过程中，一直有着这么一种反差强烈而耐人寻味的现象，这就是：在空间结构上，城市发展的地域范围不断扩大，城市和乡村互动发展，进而形成一体化程度很高的大都市区，在美国社会经济生活中发挥越来越重要的作用；但在政治结构上，却出现地方政府数量不断增加、规模变小的地方政治"零碎化"现象，与区域经济一体化的要求相去甚远。

在美国，州以下的政府都泛称地方政府。美国地方政府由县、市、镇区、校区和专区等组成。20 世纪，美国地方政府总的数量在不断上升，尤其是第二次世界大战后更是如此。其具体表现是：校区、镇区数量不断下降，县的数量变化不大，市的数量有所增长，专区则高速增长。这样，到 2002 年，全国地方政府的数量已多达 8.8 万个。1996 年，州政府开销 5110 亿美元，地方政府的开销高于州 60％，为 7780 亿美元。就人口和地域面积而言，大多数地方政府都很小。例如，全国 2/3 的市镇不足 5000 人，有一半地域面积不足 1 平方英里，地域面积达 25 平方英里以上的地方政府不到 200 个。在大都市区内这种现象就更为突出，平均每个大都市区有 100 个地方政府。在此方面有很多比较极端的例子，如匹兹堡大都市区内地方政府数量 418 个，包括 6 个县政府、412 个市或镇区政府，相当于每 10 万个居民有 18 个地方政府。在芝加哥大都市区，竟有 1200 个以上有征税权的行政辖区，有些媒体索性用"芝加哥大区"（Chicagoland）来取代大都市区的称呼。至于专区数量的急剧增长，更强化了这种小政府的局面。

美国地方政府多如牛毛，其数量之多、名目之繁杂，在世界上几乎无出其右者，因此社会上便有"零碎化"（Fragmentation）、"巴尔干化"（Balkanization）、"分散化"（Decentralization）、"多中心"（Multi-center）、"马赛克"（Mosaic）、"百衲被"（Quilts）、"银河"（Galaxy）之类的形容以及"玩具"（Toys）、"花生"（Peanuts）政府等诸多称谓，不一而足。对于这种现象，美国著名城市史学者蒂福德（Jon C. Teaford）在其专著《城市与郊区》的开头中有一段生动的描述：

> 从西部进入芝加哥大都市区后，沿途要经过一连串的城市：温菲尔德、惠顿、西切斯特、维拉帕克、格伦艾林、郎博德、埃尔姆赫斯特、希尔塞德、布罗德维尤、梅伍德、福里斯特帕克、伯温、西塞罗等城市，最后才能抵达芝加哥市。各个城市都是紧紧连在一起，没有任何区别，只是有一个小小的路标，提醒路人又进入一个新城市。在每一个城市里，路人都会看到市政厅、消防站、警察局。麻雀虽小，五脏俱全。每一个都服务于一小片社区。各城市边界相互缠绕，难分彼此，不亚于进入神圣罗马帝国的诸侯国，这就是当今的美国大都市区！波士顿、旧金山如此，芝加哥、纽约、洛杉矶和迈阿密也是如此，某个单一的城市化区域里可能有数以百计的彼此分离的政府进行着管理。

地方政府零碎化的局面实际上还远不止于此，美国还有 18 万个居民区协会或业主协会之类的准政府组织，其规模从几户人家到几万人口不等的社区，所涉及的人口占全国总数的 12％，覆盖范围遍及美国 1/8 的住宅单元。当然,其确切数字很难进行统计,但据粗略估计,在新兴的"阳光带"地区的城市,70%的新住房都有某种形式的业主政府。虽然这些非政府社区组织权力有限,但它们可以对土地使用进行管理、提供公共服务,并且大多数位于大都市区内。它们对城市居民的影响是最直接的,也是最大的。

大都市区经济发展出现集中化的需求,地方政府却在分散化的道路上越走越远,这就不可避免地产生矛盾和冲突,大都市区统一治理与地方民主似乎成为鱼和熊掌不可兼得的问题。

大都市区的迅速发展,产生很多新的问题,需要在整个大都市区范围内统一筹划和实施。诸如大都市区交通问题,中低收入家庭的住房问题,跨越州界的空气污染问题,城市与郊区之间发展不平衡问题,上、下水供应问题,固体或液体废料处理问题等。另外,大都市区人口剧增,也要求建造新的基本设施、提供新的服务等,零碎的地方政府显然无力解决这些问题。况且,很多郊区地方政府受税收限制,也难以承受额外的开支。各个地方政府在经济资源、人口构成及价值观念等方面各不相同,因而在管理上常常是洁身自好。

这就造成一种矛盾的现象:一方面,地方政府数量多如牛毛,分化割据;另一方面,大都市区又不断出现很多管理缺口或真空,与大都市区一体化发展的客观要求相去甚远。在这种情况下,如果没有更高层次行政组织的协调,大都市区中有许多问题便不易解决。在现有地方政府零碎化格局之下被动应付上述问题的结果就是效率低下、政令混淆,责、权、利不均衡。比如说,有5个城市供水部门向本来仅需要一个部门供水的区域提供服务;10个警察局在一个原本可以统一规则以消除混乱的辖区中值勤;20个市议会分别为一个区域制定法令,等于给区域性规划的努力设置人为的障碍;有天鹅绒般柔顺草坪的郊区可以摆脱中心城市犯罪问题的困扰,同时又不至于为巨额社会福利开支所困扰;富庶的工业郊区享受着低税率,而低收入的中心城市居民却承受着低税率所产生的负担。上述矛盾和冲突不仅涉及管理方面,而且也导致社会矛盾,如居住区隔离、城市化地域蔓延失控、城市与乡村的某些失衡现象等,迫切需要化解。

在19世纪传统城市化时期,城市的扩展方式主要是通过对周边地区的兼并。但是随着郊区化的迅速发展,周边地区组建自己的地方政府后,独立性增强,兼并的路就行不通了。此后,对外扩展的方式由兼并转为合并或联合,但也有很多阻力。二战后至20世纪70年代曾一度有过美国历史上合并或联合的高潮,但成功者为数寥寥。此后,尽管仍有很多人坚持主张大都市区地方政府合并,但他们也认识到成功的可能微乎其微。

建立大都市区政府的尝试既然难以成功,唯有退而求其次,选择其他替代性措施。这些措施主要有地区间协议、政府间合作和大量设立专区等。其中,专区在目前地方政府零碎化的局面下,作为次优选择,发挥了独特的作用。专区主要履行单一功能,如上下水、交通、电力、消防、住房与社区发展、图书馆、公园与娱乐设施、保健、机场港口等。专区以服务性功能为主,所服务的地域范围与县、市政府有交叉,但又不依附于后者,有很大独立性。但专区也有其消极影响或代价:首先,本来大都市区的发展客观上要求区域问题的通盘解决,而专区处理区域问题的方式恰恰与之背道而驰。专区服务范围很窄,只是履行某种单一功能,对这种单一目的范围之外的区域问题无力,也没有权力处理。其次,专区构成又一级政府,其辖区往往与居民所熟悉的常规性政府的辖区不一定相吻合,使大都市区管理更复杂化。还有的城市试图建立类似联邦制的双层式大都市区政府,但也不是解决矛盾的根本方法。

地方政府和地方政治的发展,从根本上折射出整个美国政治基本架构的问题及其深层因素。因为美国政治史的一大特点是先有地方政府,后有州政府,最后才有联邦政府,由地方政府切入,自然有"追根溯源"的意义;而地方政府在大都市区化时代的发展,又典型地体现了集中管理与地方自治、民主与效率、市场机制与公共管理之间微妙而复杂的关系。从一般意义上说,既然大都市区化是一个必然趋势,那么,就有地方政府如何适应其发展的问题,而不是相反。但是,大都市区政府的构建如果限制了地方自治与民主,那么其结果恐怕也不是一个简单的得失问题。换句话说,地方政府从中作梗,妨碍大都市区的一体化管理,表面看似乎与常理相悖,但确实有其历史根由,有其存在的现实理由,对于所在地的居民而言,甚至涉及其最根本的利益。在这些复杂多变的矛盾中,政府的政策究竟有多大施展空间,从区域主义和地方自治之间关系的曲折发展、反复尝试和矛盾冲突过程中,可以总结出很多经验教训。而对于我国的美国研究而言,美国地方政府与政治历来是一个薄弱的领域。本课题发挥历史学科的优势，动态地把握地方政府与政治变迁的经济、社会和文化基础，似可充实和丰富美国政治研究和行政管理学研究。反过来，引入其他学科的研究角度和方法，亦可大大丰富与深化历史学对相关问题的研究。又因为美国大都市区的发展领世界各国之先，更使此类研究超越了解释美国自身历史与社会的范畴，可为比较研究提供参照，也可为处于大都市区化进程之中的国家提供前车之鉴。

无独有偶，我又看到美国学者布莱恩·贾尼斯基(Brian P. Janiskee)的一段话，说的也是旧金山湾区，竟与本文开头谈到的感受如出一辙：

> 约40年前，我在旧金山湾轮渡码头。当时是难得的晴朗天气，天空湛蓝，海水清澈，旧金山海湾每一个景物都真真切切地像全景照片一样清晰地展现在我的眼前。一个念头突然跃入我的脑海：如果湾区这些同饮一湾水的所有社区都集拢在一个政府的麾下，共同向太平洋之都这个方向努力，该是何等快慰之事。为什么就摆脱不了那些为数如过江之鲫的小市长、议员、督查以及大量不必要而且重复的官员岗位的束缚呢？我觉得似乎发现了某种新的东西，这种发现恰如发现旧金山湾本身一样。

说到底，这并不是我和这位美国学者的偶然巧合，而是绝大多数研究大都市区地方政治的学者都会产生的感受。尽管从表面看，美国大都市区地方政府体系及其运行扑朔迷离，错综复杂，但仍可以从中梳理出两条相悖并行的历史线索：一条是顺应大都市区化一体化的需要，试图进行大都市区政府体制改革，而后又转向大都市区治理的区域主义；另一条是美国民众倍加推崇的市场机制和地方自治与民主的政治传统，两者之间彼此制约、互为影响，形成博弈现象，历时一个世纪之久。其中有很多值得我们深入思考的问题。

我们也应看到，地方政治零碎化现象，对于大都市区的一体化管理而言似乎弊多利少，但是又往往和平等、自治、直接民主、草根参与等民主理念及市场经济联系在一起，不仅不宜简单否定，甚至对其某些方面应该予以保护和倡导。例如，城市与乡村是平等的，县域内可设一个或若干个城市，它们与中心城市或彼此之间无行政上的隶属关系。从地域面积上讲，最大的地

方政府单位是县,市是具有法人地位的政治实体,是自下而上产生的,履行
地方自治的职责。县与市既然是平等的,没有隶属关系,就没有什么级别高
下之分,这样便不存在以剥削农村为代价发展城市的情况,县政府反而可为
自身利益抵制城市的兼并和扩展。当然,城市政府也往往会洁身自好,不关
心所在县份或周边地区的发展。但地方自治传统的坚持,毕竟保证了平等
发展,保护了选民的利益,在效率和民主、市场经济和统一规划管理之间各
有取舍。至于有些地方政府以平等为幌子,抵制统一规划,有意妨碍大都市
区的发展,就是另外一个问题了。

　　美国民众笃信地方自治的这种政治取向,有其深厚的历史和文化根基。
他们认为政府越小越好,离他们越近越好,所以他们容易接受地方自治,而
怀疑一个远离他们的政府是否有用,从而自殖民地时期起就形成崇尚独立
和个性自由、推崇小政府的传统。美国民主思想奠基人托马斯·杰斐逊
(Thomas Jefferson)的格言"管理最少的政府是最好的政府"在美国几乎家
喻户晓,得到广泛的共鸣。尽管后来城市化的程度越来越高,大多数人居住
在城市,但它并不是欧洲经典意义上的城市国家,而是一个由小到中等城市
社区组成的国家,在美国历史上从未有 1/3 的人口居住在 10 万人口以上的
城市中,3/4 的美国市镇的人口规模不到 5000 人。这些中小城市都把自我
管理看得很重,久而久之,形成传统而不易更改。新英格兰地区从殖民地时
期就已采用的镇民会议至今仍是该地区主要政府形式,几百年来不改初衷,
就是最好的例证。二战后在很多中心城市大量出现的隔都区及其带来的社
会矛盾冲突更使许多人转而支持政治权力分散化,20 世纪 60 年代"还政于
邻里"(Power To the Neighborhood)口号一度深入人心就是这一现象的典
型写照。近年来,倡导小政府的主张仍有强劲势头。

　　从世界范围看,大都市区发展较为成熟的欧洲在 20 世纪 90 年代出现
大都市区政府体制改革的第二个高潮,但目前看来同样也是举步维艰。其
改革的前提是,大都市区已成为环境保护、社会内聚力和经济增长的主要社
会问题之所在,改革不可避免。然而,除了德国的斯图加特区域联盟和英国
的大伦敦市政府基本成功外,其他均告失败;在荷兰,阿姆斯特丹和鹿特丹
的市县合并于 1995 年被全民公决否定后便裹足不前,体制性改革看来已难
以为继;在葡萄牙,里斯本和波尔图的合并也一度搁浅;在英国,工党政府推

动的大都市县份的合并响应者寥寥;在德国,斯图加特区域联盟的成功并未带动其他大都市区的相应改革;在意大利,两个发展最快的大都市区罗马和博洛尼亚建设大都市区政府的努力在 1999 年和 2000 年的市政、省和区的选举中受阻;在法国,大都市区改革进展也不顺利。改革失败的原因主要涉及现存机构和新建机构之间的体制性矛盾冲突。欧洲的经历从另一个侧面证明,构建大都市区政府的体制改革绝非易事,在美国这样一个崇尚地方自治的国度当然难度更大。

所以,可以得出结论,大都市区体制改革,尽管已断断续续持续了近一个世纪,但到目前为止,条件仍未具备,时机尚未成熟。但是,现有的机制必须有所改变,这也是事实所证明了的,只是调整的方式未必是结构或体制性改变,未必是一个无所不包的庞大的大都市区政府,大都市区治理就是一个很好的起点。当然,对大都市区的治理,要从一元向多元转变,从单一维度向多维度转变,无论是联邦政府、州政府还是地方政府都应该积极地尝试不同形式的行之有效的管理政策。新区域主义运动目前正在提供新鲜的经验教训,值得我们关注。

总的看来,大都市区一体化管理和地方自治的分散化现实,也许不是一个鱼和熊掌不可兼得的问题,非此即彼;而是一块硬币的两面,矛盾并存。两者之间的博弈,也许不会有明确结果,但它们通过不断的调整与修正,证明了自身存在的价值,客观上也使得大都市区政府改革向大致均衡的方向发展,不至于过分偏激。

2010 年 2 月

治堵,有待城市化转型

交通拥堵,像瘟疫一样在我国大城市迅速蔓延,令人纠结。如何治堵,仅靠技术层面的办法是远远不够的,而应标本兼治,从长计议,推动传统城市化向"新城市化"转型。

世界城市的发展趋势告诉我们,城市人口超过农村人口,是传统城市化的高峰期,也是城市发展的困难期,曾被视为传统城市化不二法则的高度集中模式开始面临挑战:城市住宅紧缺、环境污染、交通拥堵、社会治安等问题接踵而至。这无形中增加了城市发展的额外成本,聚集经济变为聚集不经济,于是城市向外围地区寻求新的发展空间。

在此过程中,城市化并未简单重复原有的发展模式,而是人口密度适度降低,居住质量提高;城市布局从单中心向多中心过渡;城乡关系从分离到统筹,两者的区别淡化,大都市区取代城市,成为新的地域实体。这就出现了以城乡一体化为典型特征的"新城市化",进入城市的高级发展阶段。

"新城市化"于 20 世纪初年首发于英美两国,20 世纪五六十年代在其他西方国家相继展开。在新产生的大都市区内,除原有的中心城市外,又在近郊或远郊出现数个次中心性城市。这些"边缘城市"既是居住中心,又是就业中心,经济相对独立;规模适中,距离中心城市不远不近,若即若离,有别于传统的单一功能的卫星城。这种城乡统筹的空间布局,缓解了中心城市的上述问题和压力,交通布局也顺势从封闭的城市向区域均衡伸展开来。

通勤是交通顺畅与否的晴雨表。变化首先反映在通勤方式上。在美国当今 100 个最大的大都市区里,从中心城市到中心城市通勤的比例为 31%;从中心城市到郊区为 8%;从郊区到中心城市为 17%;从大都市区到大都市区以外通勤为 7%;从郊区到郊区的通勤竟高达 36%!郊区之间频繁的通勤说明,郊区居民基本实现了在本地或邻近社区就业,没有必要每天到中心城市长途跋涉;从中心城市到郊区的逆向通勤更说明郊区反客为主,成为吸引就业的节点。

多维的通勤方式疏导了交通，大大缩短了通勤时间。根据美国人口统计总署的权威统计，2009 年，美国全国城市平均通勤时间是 25.4 分钟，人口最多同时也是通勤时间最长的纽约市，也不过 38.2 分钟而已。我国没有便于比较的相关统计数据，但对每天舟车劳顿的上班族来说，都有心知肚明的一本账。要知道，纽约每天运送的公交乘客数量占全国的 37%，竟有如此效率，谈何容易。在公共交通方面，伦敦、巴黎、东京与纽约一样，都可圈可点。它们的具体情况不同，但其外围地区建造的很多次中心或新城，都被视为城市和区域规划研究的成功案例。

我国城市化水平已达 48%，半数人口居住在城市的目标指日可待，部分较发达地区和城市已率先完成这一目标，城市化转型已提上日程，而"中国特色"的城市问题，更使这种转型显得尤为迫切。问题的突出表现，就是求大求快，以致大城市过多，中小城市偏少。全国 655 个城市，有 119 个百万人口大城市（市辖区人口，不包括市辖县），其中 36 个人口更在 200 万人以上。而拥有 2 万多个城市的美国仅有 9 个百万人口大城市，不过是我国的零头而已。我国大城市人口密度也远远超过世界大城市平均水平，个别城市已接近人口密度的极限。

与大城市一路高歌猛进相反，周边地区成了被遗忘的角落，"欧美的城市，非洲的农村"，两个世界，画地为牢，强化了我国备受诟病的城乡二元结构。

北京就是最极端的例子：摊大饼式的格局，钟摆式的交通，用五六条环城公路层层包裹，裹得密不透风，铁桶一般。城市聚集功能超强，辐射功能偏弱，其外围地区处于"大树底下不长草"的尴尬境地。这种格局，不堵车才怪。

新中国成立初年，梁思成先生曾大声疾呼，在京城外另造新城。半个多世纪过去了，"大北京"战略终于姗姗而来，似乎是对其有所回应。治理交通拥堵和城市化转型自觉不自觉地紧密联系在了一起，这对其他城市应该有所启发。

2011 年 1 月 23 日

三线城市，要有一线思维

"两会"期间，如何实施经济转型，拓宽国内市场，化"危"为"机"，保持长久发展活力，成为代表们热议的话题。广东提出的"双转移"，让人眼前一亮，展示了沿海省份和一、二线城市实施战略转型的决心和信心。而处于城市体系末端的三、四线城市同样为人关注，湖南提出了"弯道超车"，对此似有所回应，可圈可点。

今天，我国三、四线城市还处在生长期，未到升级换代阶段，但也同样面临如何取舍的问题。我觉得，这种选择应该是站在一线思维的高度，从世界城市发展的一般规律中寻求经验教训，进行主动的、有前瞻性的战略定位，走出一条有自身特色的创新之路。

一、赶上区域经济的动车组

城市不论大小，发展总是跟周边或者更加宏观的经济区域开发联系在一起。虽然对于北京、上海这些一线大城市效果不明显，但对于三、四线城市而言，区域经济调整的优劣甚至可以在第一时间决定其以后的命运。

谈到区域经济开发，与中国最有可比性的当属美国。同为地域辽阔的泱泱国度，先行一步的美国，在城市开发与区域经济的协调方面，经验远多过初学乍练的我们。

回首美国的区域经济长达两个多世纪的成长历程，人们常常惊叹于它的自东向西依次推进且有条不紊的开发特征：19世纪上半期，美国新兴市场经济由初兴到完善，顶推东北部成为全国经济核心区；19世纪下半期，工业化进入鼎盛时期，中西部一大批工业城市兴起，与东北部经济互动；20世纪中期，西部和南部相继崛起，高科技和服务业长足发展，与东北部和中西部形成此消彼长的博弈态势。

从积极层面看，美国区域经济的不平衡发展，客观上形成了分时期、有重点的开发局面。每一次转移都是一个更高的起点,逐级递进。例如东北部在欧洲近代经济基础之上,直接转移其工业革命的科技成果,很快成为美国最发达地区,带动全国经济发展的龙头;中西部靠近东北部,有地利之便,其工业化规模大,资金和技术力量雄厚,为其形成重工业区提供有力支撑;西部和南部在新科技革命的支持下,后来居上,新兴工业和服务业长足发展,其中的硅谷和奥兰治县(该县如作为一个国家看待,其生产总值可跻身世界前 40 位)令人刮目相看。而其城市化率先进入大都市区发展阶段,为赶超东部奠定了坚实基础。

根据区域经济的区划理论,任何地区都可分为核心和边缘两大组成部分。美国后开发地区作为边缘地带,不断超越核心地区,区域经济得以优化和重组,带动全国经济发展。与之相似,我国的中部、西部作为全国经济区划中的边缘地带,在新的转型时期,也会获得同样的机遇和历史的垂青。先有美国经历在前,后有我国自身东部转型的经验教训,我国三、四线城市建设已站在了一个较高的起点上。天时、地利,再加上一线思维,后来居上指日可待。

但区域经济调整是把双刃剑,负面影响也不可小觑。美国在其西部和南部新兴地区的竞争面前,东北部和中西部被迫做出产业结构调整,用高科技企业或新兴制造业取代传统制造业。调整的代价是沉重的:大量工业企业远距离迁往西部或南部内陆地区,或者是从城市中心区迁往郊区,出现所谓制造业"空心化"现象。此转型历时三四十年,方有大致眉目。但这个过程耗时费力,很伤元气,部分城市甚至从此一蹶不振,最极端的莫过于一度被揶揄为 20 世纪新版"鬼城"的底特律。在这些城市中心区,企业动迁后遗留大量工业用地,开发商弃之如敝屣。与其耗费人力物力清理这些地块上的废弃物、残存化学元素和重金属物质,不如到郊区空置土地实施全新的开发。地方政府也没有足够的财力对其进行修复,而盗贼和瘾君子的频频光顾,更加重了问题的严重程度和复杂性,无奈之下,只好由美国联邦政府出面,发起全国性的"棕色地带"改造运动。清理成本与当初建设这些设施的经济效益相比,得不偿失。个体城市支付沉重学费的也不乏其例:历史上曾盛极一时的波士顿,在 20 世纪五六十年代铺设高速公路的狂热时代,数条高架快速路穿越市区,把好端端的市中心商业区分割得七零八落,从此经济凋敝，人气骤减。痛定思痛，波士顿人经过 10 余年的辩论，最终决定斥资 146 亿美元，实施"大开挖"（Big Dig）工程，把 10 余公里长的高速公路埋到地下，以恢复中心商业区原貌。该工程历时 15 年，不久前刚刚完成。以此天文数字的资金缝合历史创伤，是美国市政工程史上最惨痛的一页。日本 20 世纪 60 年代经济起飞时期，也有大量工业设施建在市区，后来其制造业外迁，遗留地块种上了花草树木，表面看景致宜人，但每到春季开花时节，会有很多人染上奇怪的花粉过敏症，后来才发现是这些花粉含有工业遗留的有害化学元素所致。

今日的美国和日本等国，都在为当初规划失策买单。这些教训，对于正在承受经济转型阵痛的我国一、二线城市来说，是迟到的告诫；但对于伺机而上的三、四线城市而言，其警示作用却正当其时。

二、找准自身的区域定位

接下来的问题似乎更为明确，就是三、四线城市该如何确定在区域性经济分工中的定位。一个成功的国家或区域经济，需要的是合理组建的城市梯队。在这样的梯队里，城市之间讲究的是分工合作，协调发展。

在世界范围内，城市发展的一般规律是：城市化人口达到总人口的一半左右，将进入新型城市化阶段。在此阶段，经济活动和人口流向有相对集中和相对分散两种形式。一方面，在全国范围内，经济活动向大中城市集中，构成不同规模的城市化区域（有大都市区、城市群或大都市连绵带等不同表述方式）。靠近这些城市化区域的各类城市会优先增长，而孤立或远离此类区域的城市则发展迟缓。就是说，城市发展并非遍地开花，而是有重点地发展。另一方面，在这些城市化区域内，经济活动又是相对分散的，其边缘地带（郊区和周边农村地区）将优先发展，结果形成城乡经济一体化的统筹发展。世界各国对这些城市化区域称呼各异（以大都市区居多），但基本都包括中心城市和周边地区两大部分，而其周边地区的优先发展则是普遍趋势。

我国三、四线城市，要把握这个发展走向，有所准备。第一，尽量向城市化区域靠拢，除长三角、珠三角和环渤海等地区已初步形成的似大都市连绵带外，中部和西部正在形成大小不等的城市群，都将是城市进一步发展的重头戏。根据最新研究,中心城市周边的小城市(类似我国的地级市或县城)经济宜相对独立,与中心城市之间保持一种若即若离的状态,不同于传统的卫星城。此类城市理想的规模是人口 15 万～25 万之间,一般距离市中心区 30～50 公里。这个观点可资参照。第二,在城市建设的整体规划时有预留空间,城市和周边地区须通盘谋划,不要全挤在中心城区。打破已经形成的"欧美的城市,非洲的农村"的尴尬局面。换句话说,三、四线城市有望成为新型城市化的主力。

但这并非意味着,三、四线城市都要向一线大城市看齐,一味追求做大做强。根据中心地学说推导的规律,城镇与城镇以及城镇与周围地区之间互相依赖、互相服务,有密切联系。而且,它们之间的关系有规律性可循,一定量的生产地必将产生一系列适度规模的城镇。最低级的城镇为数最多,城镇规模越大,其数量就越少,即城镇数量与规模成反比关系。大中小城市的经济结构要与此相适应。小城市不必大兴土木,兴建五星级酒店、中央商务区或总部基地,克隆沿海城市发展模式。

三、与现代企业携手同行

三线和四线城市一般规模较小,不过我们也要看到它们更贴近市场的一面。其机制灵活,反应快捷,与地方企业关系更密切,企业发挥作用空间大,这可能是此类城市的一个共同的优势所在。与企业同行,成就城市发展新战略的例证,在美国等发达国家比比皆是。

早在美国西部开发过程中,就曾有大批"城市发展倡导人"活跃在州、市两级议会厅,为城市发展建言献策、筹集经费、争取政策倾斜,成为城市发展史上一道别致的风景线。这些人,有很多是企业老总或经理人。

到 19 世纪末美国经济起飞时期,也是大企业的黄金时代,大企业成功的秘诀之一就是企业化管理。其后不久出台的泰勒制和轰轰烈烈的进步运动,更使企业化管理思想盛行一时,成为经济领域的时代风向标。

而将企业化管理思维推向巅峰的是城市体制改革中出现的全新市政体制:城市经理制。这种体制把企业经理人制度引入市政体制和市政管理,一经推出便大获成功,好评如潮。到今天,采用这种体制的城市占美国城市总数的一半,在人口为 25 万以下的城市中最为流行。担任城市经理者,大多有企业管理的经历,美国企业家从此与城市管理结下了不解之缘。另外,美国实行地方政府服务外包,也为企业提供了很大的施展空间。

我国目前实施的国家创新体系,依靠的中坚力量就是企业,企业界在三、四线城市发展中的作用也将得到充分体现,大有可为。

四、神圣、安全、繁荣,缺一不可

资深城市研究学者乔尔·科特金在其经典著作《全球城市史》中得出结论:一个城市要持续发展,必须具备神圣、安全、繁荣等三个条件,缺一不可。这些要求当然不仅限于纽约、伦敦、北京和上海等名都大邑,即便位居三、四线的中小城市,也同样有此诉求。

所谓神圣,是指道德操守的约束或市民属性的认同,是城市赖以维系的精神支柱;所谓安全,指一个城市所能提供的最基本的安全保障;所谓繁荣,主要是指经济基础坚实,市场完备,运行有序。在世界历史上,因欠缺某一条件而萧条甚至消亡的城市屡见不鲜。

当下,我国城市化进入高峰期,各地城市都在千方百计求发展,对经济繁荣的关注绰绰有余。同时,由于我国总体政治局面稳定,和谐社会深入人心,拜大环境所赐,各城市安全可保无虞。但是,距离神圣的要求还有很远的路要走。

美国在其草莽未辟的殖民地时期,就很倚重文化和人文精神,"常春藤"系统很多学校相继于 17 世纪问世就是人们耳熟能详的一段佳话,1743 年富兰克林更在费城创办第一个哲学协会。有位美国学者这样评价:"殖民地时期的美国,尽管就行业而言有 90% 的人口从事农业,但在文化意义上 90% 是城市化的居民。"

在美国西部开发过程中,处于草创阶段的城市就有了较完备的文化设施。以 1848 年"淘金热"起家的旧金山,5 年之后,就有了 2 个图书馆、2 个历史协会和 1 所加州科学院。到 19 世纪 70 年代,其歌剧院有 12 个,有"剧院城"的美誉。西部文化与其经济一样,跨越式发展,很快与开发较早的东部平分秋色。

19 世纪末,在美国工业化处于巅峰之际,由学术界牵头发起了城市美化运动,试图通过解决工业化时期城市建筑和城市风格雷同问题,规范城市秩序和礼仪。以巴洛克风格取胜的 1893 年芝加哥世界博览会是该运动一个典型写照,至今人们仍欣赏有加。

无论我们是把历史的镜头前推还是后移,都会看到浓厚的文化气息弥漫在美国城市空间,助推城市经济繁荣和文明升华。比照我国,悠久的历史、千差万别的山水风景与人文风俗,更是塑造城市文明的绝好基础。这一方面,我国西南许多以旅游业为主导产业的三、四线城市先行一步,在利用自然风景资源优势塑造城市文明的同时,也进一步助推了城市经济的发展,走出了一条经济与文化合作双赢的新路子。

说到底,文明建设和城市发展息息相关,这应该是一线思维的题中应有之义。

原载《中国企业家》2009 年第 6 期

城中之城"玛丽娜"

美国大都市区的中心区大部为商业区,都是寸土寸金,很难想象会有住宅楼的立锥之地。而下图中这两座圆形公寓式建筑,恰恰位于美国第三大城市芝加哥最繁华的市中心内,在众多直冲云霄的商业摩天大楼中,独领风骚。

"玛丽娜城"1/3 的楼层用于停车,市区空间弥足珍贵

这两个圆形公寓楼各 60 层,可容纳 900 户住户,约 2500 人,这恰好是美国设立城市的最低标准,因此被冠之以"玛丽娜城"(Marina City),不足为过。之所以谓之"城",不仅因为其规模庞大,也在于其多样化的功能。它们除可用于居住外,还设有办公、餐饮、娱乐、停车等设施,集多种功能于一

体,自成体系,可谓城中之城。居住在此楼的人们,足不出户便可以从事生活、工作和娱乐等方面的很多基本活动。其耗资 3600 万美元,占地只有 3 英亩,是当时世界最高的住宅楼、最高的水泥建筑。

"玛丽娜城"建于 1961 年。当时在郊区化的冲击下,中心城市人口剧减,出现"空心化"现象。结果,一方面,大量人口由郊区到中心城市上班,增加了交通和相关方面的压力;另一方面,中心城市人口锐减,税收来源减少,住房、交通、污染、犯罪等问题交织却无力解决,吸引力更加下降,以致成为"问题的中心"。因此,美国联邦政府和各州、市政府下大气力,发起复兴中心城市的城市更新运动,"玛丽娜"便是这一努力中较为成功的尝试。

这两座大楼之所以引人入胜,其一在于它们的建筑风格,其二在于它们的多重功能。从外表看,别具一格的圆形结构,附有外展的花瓣形阳台,使整个建筑宛如一座巨大雕塑。如若深入其中,更可发现其奥妙无穷。它们的建筑平面呈放射状,其支撑点在中心部位,电梯也位于此。进入各楼层公寓后,视角变得越来越开阔,最后到平台,城市风光一览无余,有一种豁然开朗的感觉。厨房和浴室都在靠近中心区的附近,居住区则向外伸展。这样,一来可节省建筑材料和空间,二来在不妨碍隐私的同时又可最大限度地俯视外部风光。

为适应汽车时代的需要,每一幢大楼的 20 层以下为停车场,有 450 个停车位,可驾车沿车道旋转而上。每一幢楼有 450 套住房。住户们住在 21~60 层之间,远离了城市的喧闹,同时也避免了灰尘的侵袭。在这个城中之城里,有 16 层是办公服务及娱乐区,包括一个 1750 个座位的剧院、一个 700 个座位的放映厅,还有店铺、饭店、保龄球馆、体育馆、游泳池、旱冰馆。大楼设计为圆形,可减少风力的影响。在内部结构上也是独具匠心:中心式走廊便于所有住户进行社交活动;各单元靠近楼中心的部位是各类存储间、厨房等,既方便使用又可有效地隔离走廊的杂音;厨房内有一个吧台用于一般就餐,在大起居室还有专门的大餐台供特殊需要;厨房内有垃圾处理系统;大楼内的公用洗衣间设有自动洗衣机和烘干机,生活设施齐备。平面图上的一个半花瓣状的为一套两居室公寓,一个花瓣的为一套居室和客厅相连的简化式公寓,房价低廉,一般收入者都可承受得起。

2008 年 6 月

机场，摇身变作城市

　　候机大厅成为城市的主街，人们在这里购物、用餐和就业。对每天来往的旅客来说，机场是他们临时的家和办公地点，对无数其他人来说则是永久性的工作地点。来自世界各地的商界人士则在机场或在机场附近参加会议。购物商城、美食广场和会议中心甚至画廊等市中心商业区的典型设施在这里也应有尽有，它们像城市一样在影响社会和文化。

　　在刚刚结束的"北京顺义临空经济发展论坛"上，来自全国著名学府的专家学者和国内大型空港所在地的政府官员们对"临空经济"这个新鲜的概念展开了热烈的讨论。北京大学经济学院院长刘伟认为，目前在国内特别是北京、上海、广州、成都这样的大城市，发展临空经济的时机已经成熟，"全面发展就是从平面到立体，过去是四沿，即沿边、沿海、沿江、沿路，现在则是临空"。

　　在此之前，大多数人对机场的理解还仅仅是一个飞机起落的场所。早年建设的机场，设计思路一般都比较传统，着眼点仅限于机场本身，对机场周围往往没有长远而周密的规划，因而发展到今天，很多老机场都面临整改扩建或易地重建的问题。上海外滩机场和广州白云新机场的兴建都明显表明两地旧机场所遇到的问题。

　　美国著名未来学家艾尔文·托夫勒（Alvin Toffler）1990 年曾预测，进入 21 世纪后，在经济发展中决定竞争成败的一个不容置疑的因素是："迅者生存。"

　　近年来，美国一些机场的长足发展引起了美国学术界、商界乃至政界的极大关注，关注的理由是：它有可能代表一种顺应时代发展需要的新的城市化模式，有其可观的发展前景。

　　讨论是由丹佛国际机场的建设引发的。1995 年竣工的丹佛国际机场是目前世界最新、最大，技术设施最先进的机场。该机场位于丹佛市东北部，占地 34500 英亩。那里原本是一片空旷的农田，每当暴风雨来临，狂风任意扫荡麦田和农庄的场景司空见惯,但现在,丹佛国际机场及周边地区的爆炸性增长已迫使风向逆转。新机场开工不出几年,那里的地形地貌就发生了彻底的变化:机场道路系统已全部完备,与 70 号州际高速公路和丹佛大都市区其他部分的道路网联系十分畅达,机场附近的给排水线路也已完善,沿线土地价格不断上涨,很多房地产开发商纷至沓来,它的波浪般玻璃纤维屋顶在不远的落基山衬映下熠熠生辉,新的住宅、饭店、加油站、办公园区、仓储中心、分销中心等,几乎应有尽有,其结果是:一个新的城市初具规模。

回想丹佛机场筹建伊始,一位市议会议员清楚地记得当时的情景:"当我们开始建造这个机场时,人们以为我们失去了理智。"市经济开发部主任说:"没人理解它的影响和意义。当时,凡是谈到丹佛国际机场,大多数议题都是:什么时候它会破产。"今天,这些疑虑早已烟消云散。现在,丹佛市经济增长的 25％都发生在机场附近区域。一份经济研究项目预测,到 2025 年,在丹佛国际机场方圆 300 英里范围内每年的开销将达到 850 亿美元,比 2002 年增长 466％,就业机会将翻番,达到 40 万个,人口增长 66％,达到 50 万人。

《空中生活:新航空旅行文化的生存》作者、社会学家马克·古迪诺尔(Mark Gottdiener)这样评价:"我不能说机场就是城市,但机场作为新的城市中心,确实履行了历史上城市中心商业区的重要功能。"

就美国的情况而言,机场确实已经成为周边地区经济增长的中心,其地位相当于城市中心商业区之于整个大都市区。一个对美国大都市区郊区就业增长的分析发现,在机场 4 英里内的区域就业增长速度快于该郊区整体 2～5 倍,大多数就业都集中在距机场 15 分钟的距离内。该研究得出结论:"如果城市要在一个日益以速度、便捷、远距离联系为基础的经济中进行竞争,机场就是必需的。"美国的丹佛机场曾被有关权威机构评为 20 世纪 90 年代以来至 21 世纪初的世界八大建筑工程之一。其余 7 个工程分别是加拿大多伦多的天虹(SkyDome)体育场、中国的三峡工程、欧洲的英吉利海峡隧道、波士顿"大开挖"工程、马来西亚的双子星塔、日本的明石大桥和中国香港国际机场。

目前,我国许多机场的做法与美国机场的新举措不谋而合。麦当劳成功进驻上海虹桥机场,首先在餐饮业方面打破了国内机场内消费垄断的格局,并协助拉低了虹桥机场部分零售商品价格。这种与英国机场集团美国分公司(BAA USA)在匹兹堡机场购物区所实行的"街道价格"相仿的做法,初步化解了国内人士多年来对机场商品价格过高的猜忌,这无形中也使机场购物与城市中心商业区、郊区的购物商城形成竞争之势。

但这些都还处在起步阶段,包括许多新建的机场在内,机场物价过高的现象在国内屡见不鲜。况且,物价问题只是机场今后发展的一个小看点,对机场及周边地区发展的综合规划才至关紧要。在美国新机场城市的发展过程中,不难看出政府在机场城市规划方面所起到的关键性作用。当然,在美国也确实有部分传统型机场经过几十年时间逐渐发展为城市,但因其自发性较强,不易实现城市化的最大经济和社会效益。丹佛国际机场正是接受这个教训,自建造伊始,政府对其定位就不仅仅是一个机场,而是带动区域发展的中央商务区。

在20世纪最后25年里,世界航空旅行量每年增长6%,等于每10～15年就翻一番。专家预计,国际航空客运量在未来的18年内,还会翻三番。我国正处在机场向城市发展的初始阶段,发展的机遇触手可及。有不少人抱怨过广州白云新机场离市区远,但对照一下丹佛国际机场的发展历程,或者广州市政府更看重的是白云新机场的未来。

2008年6月

20世纪二三十年代美国城市生活场景

到20世纪20年代,美国城市形成了大的地区性分工:西部和南部提供粮食、棉花、木材、矿藏及百余种工业原料,北部城市则将这些原料转变为制成品。这个大的地区性分工之所以成为可能,前提是美国铁路线已从1870年的6万英里增长到1916年的25.4万英里,达美国铁路里程最高峰。国内市场联系渠道畅达,因此企业的专业化程度更强,很多城市的厂家可面向全国生产。最典型者莫过于底特律。它的劳动力有一半是在汽车生产厂家或相关部门工作,20世纪20年代早期全国2/3的汽车出自那里,是个名副其实的汽车城。20世纪初的20年间,汽车工业兴隆一时,就业率持续上扬,共150万名移民涌入底特律。在鲁日河边占地2000英亩的福特汽车公司的巨型工厂成为底特律汽车业中的龙头老大。其他专业化较强的城市有:中西部阿克伦成为全国最大的橡胶轮胎生产中心;西南部的塔尔萨、俄克拉荷马城、休斯敦等成为石油城;东南部迈阿密成为娱乐中心、退休者的天堂;西部加州的洛杉矶凭借其宜人的气候和迷人的景观几乎垄断了电影制造业,其石油业也展示出诱人的前景。

在这个工业布局心脏地带的所有城市中,纽约是无可争议的首府。它是一个充满活力的城市,规模在当时世界大城市中仅次于伦敦。在它所属的布鲁克林和新泽西的巨大码头上吞吐着来自世界上任一大陆的产品。纽约大都市区(又称大纽约)也是石油精炼等工业所在地,新泽西州、宾夕法尼亚州及中西部的石油经管道或铁路线运到这里加工。纽约的成衣业在全国首屈一指,第三十四街和第七大道成为时装业的风向标。然而,最重要的是,纽约是全国经济的"神经中枢",这里有主要的股票交易所、最大的银行、收费最高的律师事务所、数量最多的出版社、最受欢迎的广告公司。

曼哈顿的景观明显昭示出该城作为全国商业中心的显赫地位。华尔街于20世纪一二十年代改造,就已兴建了一些高层建筑。后来,1930年建成的克莱斯勒大厦是当时汽车业巨头克莱斯勒公司的象征。在它高达77层的尖塔形建筑的顶部还有 6 层不锈钢塔尖。一年后落成的帝国大厦建造速度可谓神奇,其钢架结构每天完成一层,直至 102 层。至今还享有盛誉的洛克菲勒中心建成于 20 世纪 30 年代,占地 17 英亩。芝加哥紧随其后,从 1830 年时微不足道的小聚落到百年之后的 330 万人口的大都市,地域面积也扩展到 100 平方英里以上,于 20 世纪 20 年代跻身世界十大城市之列。其商业中心有 30 万名雇员,每 24 小时有 2 万辆有轨电车出入。一位史学家统计,在 1930 年美国有 377 座 20 层以上的摩天大楼,绝大多数位于曼哈顿岛和芝加哥的州立大街和兰道夫街之间两英里范围之内。布法罗和洛杉矶也建造了高耸的市政厅,匹兹堡的慧识大教堂高 40 英尺,俄亥俄州哥伦布市的美国保险联盟塔高 46 层,从城市建筑角度讲,这是一个摩天大楼时代。

20 世纪 20 年代的美国经济,被称为"柯利芝繁荣"。经济异常繁荣,带来了社会财富的增加和人们生活水平的提高,使人民收入和财富达到了历史上前所未有的水平。社会条件的改善直接促使了生活方式的变化,人们开始追求富裕和闲暇舒适的生活,体验现代生活。纽约是引领新潮的时尚之都,也是城市文化最发达的城市,城市美国的很多特征都在这里得到充分而完美的体现。

汽车、冰箱、广播、电影成为消费符号。在大萧条后,1938 年,旅游业升温,成为美国第三大产业,仅次于钢铁和汽车,每年有 400 多万名美国人出游,其中 4/5 驾车。20 世纪 20 年代,浴室风靡一时,到 20 世纪 30 年代,现代厨房则成为时代的主旋律。这 10 年电器销售量剧增,而冰箱最受欢迎,1937 年,其销售量已接近 230 万台。线条圆润的冰箱和流线型小汽车一道,塑造了 20 世纪 30 年代的现代文明。1939 年的纽约博览会,主题就是设计、科技与未来。收音机 1929 年才 1000 多万台,但 10 年内就增加到 2750 万台。1939 年,当亚欧大陆硝烟四起时,纽约世博会在"新大陆"拉开了帷幕。这场跨越了两个年头的博览会共有 64 个国家参展,其规模与成就,可以说达到了世界博览会历史上的又一个高峰。主题是"明日世界",世博会上展出了各式各样的最新发明和技术,磁带录音机、电视机、电视摄像机、尼龙、塑料制品等崭露头角。作为全国的经济首府、首位城市、时尚之都,纽约人当仁不让,他们将举办世博会看成了一个进行长期城市规划的机会。今日纽约昆斯区的可乐娜公园,脱胎换骨,成了纽约市仅次于中央公园的第二大公园。此外,纽约世博会还创下了世博会占地面积最大的纪录,达500公顷。

20世纪20年代很多城市也展开了一些大型市政工程,完善市中心区。芝加哥在两次世界大战期间花费数十亿美元改造湖滨区,将密歇根湖边20英里长地带变成公园和海滩式风景点,从湖滨东侧远眺芝加哥中心区,气势非凡,是全国最引人注目的城市景观之一。

在美国西半部,最引人瞩目的是洛杉矶的兴盛。该城倡导人宣称那里是"全天候俱乐部"、旅游退休者的理想选择,此言不虚。其实它的优势还远不止此,它的农业、石油生产以及新兴的飞机制造和电影业等都已崭露头角。经过20世纪20年代的繁荣期,洛杉矶取代旧金山、奥克兰成为西海岸最大的制造业中心和港口,人口在10年内由12万人剧增到23万人。如果考虑到这一点,那么它的房地产价格扶摇直上就不足为奇了。

2012年

小城斯波坎举办的世博会

通常世界博览会都在世界著名的大城市举办，如伦敦、纽约、巴黎，甚至西雅图、大阪，绝不会想到，在美国西部，有那么一个小城市斯波坎，人口不到 20 万，居然也办了一场世博会，而且办得有声有色。

斯波坎建于 1873 年，直到 1881 年北太平洋铁路到来之前还只是一个默默无闻的锯木小镇。北太平洋铁路修通之后，这里引起人们注意，其他铁路也连通这里，成为重要的铁路枢纽站。斯波坎的城市发展并未大起大落，是因为其定位很准确，是远西部的二类城市。它周围地区是落基山北部采矿、畜牧和小麦种植区，不到 40 年它的规模就超过了盐湖城和塔科马。它的电台广播覆盖西华盛顿州和爱达荷州，再向西当然就是西雅图和波特兰的天下了。铁路造就了斯波坎，但铁路重要性下降时，它的地位没有受到影响。斯波坎将几个优势和河流巧妙地结合为一体，它的兴盛是西部开发的成功个案和典型反映。

20 世纪五六十年代，斯波坎和其他美国城市一样，经历了郊区化的过程。水泥森林、丑陋破败的建筑、污浊的空气、妓女、吸毒者、无家可归者，共同构成了斯波坎衰败的景象。城市人口不到 20 万，但大都市区人口却将近 40 万，就是说，人口大部分都迁移到郊区去了，城市经济萧条，税基减少，市政府没有足够的财力进行环境改造。

在这种局面下，美国有些中心城市无能为力，听任城市萧条下去，斯波坎人则想了很多办法，最后决定举办一场世界博览会。经过他们的游说，国际展览局尽管觉得斯波坎的城市规模太小、地理位置太偏，但还是批准了。不过，他们要设法说服其他地区和国家到博览会开设展馆，就没那么容易了。他们的目标是瞄准 58 个国家，建 28 个馆，但在欧洲碰壁，只有法国同意。在国内也不顺，很多人不知道斯波坎。也有很多企业对于环境主题心理复杂，因为他们的企业就是污染企业，一直受到人们的抨击，实际建造博览会展馆也是一大挑战。铁路公司拥有河边很多土地，必须有大计划才能搬动这些商界巨头,举办世界博览会,这样联邦政府就可以堂而皇之地介入,进而也能轻而易举地解决铁路公司的问题。

1974 年 5 月 4 日,博览会开幕。开幕式是在河上的浮动舞台进行的,8.5 万人参加。斯波坎世博会主题为"无污染的进步"。有三大亮点:其一是在美国革命 200 周年时举办;其二是当时举办过世界博览会的最小城市;其三是历史上首次以环境为主题的世博会。

这个城市天生丽质,一湾斯波坎河流经斯波坎市中心心脏地带,汇入哥伦比亚河。但城市的萧条,一度使人们忘记了这条河流,甚至有人主张填满水道建停车场。现在,通过世博会,河流得到了重视,做足了水的文章,最后建成河前公园。1974 年斯波坎世博会的标志用了"孟巴斯纽带",该标志由蓝、绿、白三色纽带组成,互有循环,寓意着生命的延续,生生不息……三种颜色形象地代表了各自主题——白色象征洁净无尘的空气,蓝色比喻明亮纯粹的海洋,绿色代表生机勃勃的地球与葱翠的大自然。循环的造型寓意生命的延续、环境的可持续发展。

世博会对斯波坎经济而言是巨大的成功,1.5 亿美元注入城市,市中心得到复兴,举办地成了观光好去处。但其影响主要不在于地区生产总值和人口的增长(只有 72 万美元赤字,到今天其人口仍保持在 20 万以内),最重要的是:

其一,斯波坎通过举办世博会重新规划城市,恢复以河流为核心的生态环境。这样的努力是非常不容易的,由此带来了人们观念的转变,甚至给全世界带来了新的环保观念:健康的环境、无污染的生存空间需要人类共同去维护,更需要人类去积极创造,这才是人类文明真正的进步。有人注意到,报纸的报道上,生态出现的频率高了,此前没有人注意到汽车尾气,现在不同了。过去,大多数人不知何为生态,环境保护主义者被人们看成居住在深山老林里吃野果的人,现在人们在乐趣中学到了生态和环保,而不是被人教。当然,环境问题远未解决,中心城市衰退问题还存在,郊区蔓延仍在继续。但这毕竟是一个好的开端。

其二,一批基础设施建设长久保留至今,博览会场地变成 40 万平方米的河前公园,与斯波坎河普遍结合得非常好,在当地人心目中影响力不亚于迪斯尼乐园。很多建筑至今仍存在,如美国展馆现在成为 IMAX 剧院,华盛顿州展馆成为会议中心,30年后,仍是旅游热点。

其三,由于有印第安展馆,人们也注意到美国土著印第安人和印第安文化,发现不出40英里的车程就有印第安人保留地,这些保留地也顺带地成为旅游点。

比较而言,旧金山和芝加哥的博览会所在地后来没有保留好。旧金山世博会场址在珍宝岛,博览会后曾打算建机场,但在二战后成了海军基地,直到1997年该地再次归还旧金山市,现在该地如何使用还未确定。芝加哥场地选择在繁华异常的Loop区,虽然省去了许多不必要的服务设施,但也给建筑委员会带来巨大的压力。博览会结束之后,绝大多数建筑和布置都会拆除,博览会场址将腾出来,另作他用。根据事先的协议,某些建筑物,比如标志性厅堂或者纪念碑,可以被保存下来,赋予新的功能。事实上,许多这样的博览会,特别是在欧洲,都处在原有的城市景观中,占据相当大的场地,常常成为现有街区中碍手碍脚的舶来品。

完成使命之后,如何使用这些场地是组织者不得不认真考虑的。这往往成为很多世博会的遗憾。

2010年3月

纽约·纽约人·大都市区

美国建国后不久,纽约就成为全国首位城市并保持至今。较之其他城市,它更早经历了工业化、城市化、郊区化、移民潮,并面临随之而来的大量城市问题。面对这些城市问题,纽约的改革工作和对策也走在其他城市之前,如美国第一部综合性区划条例、最早的公共住房、贫民窟清理和城市更新运动等。

一、纽约市和纽约大都市区

美国立国之初,纽约曾作为临时首都,华盛顿总统在此宣誓就职。凭借优越的地理位置和纽约人的商业精神,独立后的纽约加速发展,1825 年连接哈德逊河和五大湖区的伊利运河的通航更使纽约如虎添翼,由于和中西部经济联系廉价便捷,纽约作为贸易中心的地位更加凸显。

19 世纪上半期,纽约从一个步行城市,循着 1811 年规划留下的简洁、朴素的方格网道路体系,向曼哈顿岛北部一步步推进,这个港口城市迅速扩张成为世界大都市,公路、桥梁和高架铁路把广阔的地区连成一体。19 世纪 60 年代,纽约人口已经达到 80 万人,远远超出 1811 年规划中预测的 50 万人,建成区几乎延伸到规划区的边缘。同一时期,欧洲一些国家和城市已经开始通过法律和技术手段规范城市发展,英国在 1848 年通过了第一个公共卫生法,法国的奥斯曼(Georges-Eugène Haussmann)在 1853—1869 年间实施了宏大的巴黎改建计划。在以市场经济和自由主义为导向的纽约,奥斯曼式的统一规划是不可想象的,唯有曼哈顿房地产市场才能集聚足够的力量刺激城市的重建。正如雅各布·里斯(Jacob Riis)所言:"商业已经变成了纽约的拿破仑三世,它所颁布的法令,无人能够违抗。"1883 年,布鲁克林大桥开通。对于纽约人而言,这座大桥不仅拉近了两地的空间距离,也是两座大都市最终融合的保证;1888 年,华盛顿大桥开通,跨哈莱姆河连接曼哈顿北部的华盛顿高地和布朗克斯；1896 年，连接下东区和布鲁克林的威廉斯堡大桥开工。此时，整个纽约地区在地理上整合的条件已经成熟。1898 年，纽约和布鲁克林、布朗克斯、昆斯、斯坦腾岛终于合为一体，土地面积约 300 平方英里，人口超过 340 万，成为仅次于伦敦的世界第二大城市。

20 世纪初年，美国城市人口超过农村人口，完成传统城市化。此后，郊区化成为城市进一步发展的主导力量。在此过程中，城市突破原有的界限，向周边地区拓展，进而和后者整合为一体，出现新的城市化地域实体，即大都市区，这也标志着美国进入"新城市化"阶段。纽约作为美国第一大都市，非常集中地反映了这一趋势。其人口规模在合并后经历短期增长，20 年时间内总人口翻了一番。1910 年前后，曼哈顿人口达到峰值 230 万人；20 世纪 20 年代后，郊区长足发展，城市人口流失加快；1930 年降至 187 万人；20 世纪 50 年代，纽约市 5 个区中有 3 个区出现人口流失。至今，曼哈顿人口再没有超过 200 万人。当然，纽约仍是全国无可替代的大城市，维持在近 800 万人的规模。再从整个大都市区看，纽约更保持着遥遥领先的地位。随着大都市区概念的变化，其统计范围和组成也不断改变，1990 年以后，人口统计总署将纽约五区、长岛、新泽西的北部地区、哈德逊河谷和康涅狄格的部分地区等广大地区纳入联合大都市统计区，包含数个主要大都市统计区，总人口约 2000 万人，一般称大纽约。

郊区的蔓延使纽约大都市区的空间和人口布局呈现新的特点。第一，中心城市的商务职能变得更为突出和明确，二战前已经形成的三处高层办公区得到进一步发展，分别在曼哈顿的下城、中城和布鲁克林高地形成中央商务区，此外，昆斯广场一带的办公楼群也粗具规模。办公区之间是大片的商业和制造业用地，滨水区仍布满码头、铁路和站场。第二，分布在纽约市的住区呈现贫富两极分化，如中央公园和东河之间的上东区，不仅汇集了大量博物馆、高级酒店，还有上层社会和顶级富豪的住宅和豪华公寓；而下东区等则呈现少数民族集中、高密度、低收入等特点。第三，随着收入水平的提高，居民通勤距离增加，牙买加、布朗斯维尔和东纽约一环形成了外围的下层工人住区，快速交通系统将它们和曼哈顿、昆斯、布鲁克林等地的工业、码头区联系起来。中产和富裕阶层的家向长岛、康涅狄格、哈德逊河谷等更远的郊区迁移。

这种中心城市就业、郊区居住的空间结构模式,主要得益于纽约市与周边的郊区之间的铁路、巴士和私人汽车等各类通勤交通的便利,其中发挥关键作用的交通工具是地铁。1900 年,纽约地铁正式破土动工,1904 年 10月,部分路段投入使用。1908 年,地铁线路发展到 4 条,长度 84 英里。很快,除斯坦滕岛以外的 4 个区基本都被地铁交通覆盖,每天运载数百万名乘客。20 世纪 40 年代,市政府着手拆除噪声和污染严重的高架交通,并收购私营地铁公司,纽约地铁全线成为公营,统筹经营,纽约地铁日运载量达到800 万人次,1946 年 12 月 23 日,更是创下载客 8872244 人次的纪录。

二、住房问题与住房政策的调整

长久以来,纽约就受到用地和住房紧缺的困扰。工业革命后,这方面的问题进一步加剧。1900 年,纽约城市人口在世界排名第六,人口密度位居第一。在纽约近 5 万栋公寓中,居住了大约 150 万人口,其中多数是低收入者和新移民。这些公寓大部分没有充足的自然采光和通风,缺少卫生设施。此外,19 世纪下半期,城市政府普遍被职业政客"城市老板"把持,市政管理混乱,腐败现象严重,矛盾激化。19 世纪末,从一些大城市开始,以工商业界的精英为主导,发起了市政改革运动,主张城市自治、扩大市长权力、选举改革和企业化市政管理,以此遏制"城市老板"干政、提高政府绩效。城市由此成为美国进步运动的主要阵地。

在改善公共卫生条件的普遍呼吁下,纽约州政府出台了《1867 年公寓住房法》,这是美国第一部综合性住房法案,标志着"对低成本住房进行公共干预的开始"。之后出台的《1879 年公寓住房法案》,对公寓建筑样式提出严格的限定,该法倡导的公寓平面形态两头宽、中间窄,因此被称为"哑铃式公寓"。单栋住宅之间相互拼接,建筑中部被围合成一个窄小的内院。房地产开发商为谋求最大利益,通常把这个内院压缩至极小的面积,变成建筑中间的狭长缝隙,是个不折不扣的井道。在 19 世纪最后的 20 年中,纽约大约新建了 6 万幢这种公寓,更使这些地区的人口密度居高不下,居住环境恶劣程度有增无已。雅各布·里斯在 1890 年发表的《另一半人如何生活》中,对下东区贫民窟的生活状况有生动的描述,一度引起社会各界广泛关注。

1901 年初,州立法出台了新住房法案——《1901 年公寓住房法案》,后
被称为"新法案",老法案中许多不合适的条款得到修订。一直无法执行的
65%建筑占地比例放宽到 70%,并要求必须执行;哑铃式住宅狭小的采光
井被要求扩大到院落尺度,最小面积限定为内凹式 12 英尺×24 英尺、内院
式 24 英尺×24 英尺,当建筑高度超过 60 英尺时,院落面积必须进一步加
大;每套居住单位都必须配备卫生间,每个房间均需自然采光;建筑高度不
可超过街道宽度的 3/4。这部法案对住房改革影响重大,1901 年以后修建
的房屋被称为"新法案建筑"。该法案不仅要求新建住宅必须符合要求,老
建筑也要实行部分改造。从此,纽约市的住房条件得到很大的改善;而且,
住房法对城市规划也产生了很大的影响。

三、在调整中完善的城市规划

如果说美国现代城市规划的开端是以 1909 年芝加哥规划为标志的,那
么,《1901 年公寓住房法案》的出台标志着纽约现代城市规划传统的开创。
公寓住房法案的出台和修订是社会各界对城市发展的外部性治理采取集体
决策的结果,这一过程反映了各方利益的争夺和妥协,最终迈过了对私有财
产实施公共干预的门槛。住房法的颁布是以维护公共卫生和消防安全为出
发点,其公共价值得到社会各界的普遍认同,也使纽约人找到了治理城市问
题的恰当途径和可行方式。同时,法案形式具有的普适性和现实性特点,为
日后区划法的诞生奠定了基础,也为纽约城市规划指明了发展方向。几次
公寓住房法案的修订让纽约的官员、专业人士和房地产界具备了立法和技
术经验,也为 20 世纪美国第一个综合性区划法的出台奠定了基础。1916
年颁布并实施的《区划条例》影响深远,直接促成美国《标准州区划实行法
案》的制定,使区划形式和技术手段在全美普及开来。纽约没有实施总体性
的规划控制,规划体系建立在区划法的基础上,在具体规划运作中引入了更
多的市场化因素。

在纽约城市规划历史上,弗雷德里克·奥姆斯特德(Frederick
Olmsted)发挥了几乎是不可替代的作用。以中央公园的规划和建设为代
表,他和建筑师沃克斯(Calvert Vaux)合作进行了一系列规划设计工作,包

括公园设计、郊区邻里住区和大都市休闲娱乐体系规划，开创了现代城市规划的一些方法和理念。中央公园是美国第一个城市公园，1873 年正式对外开放，在喧闹城市中营造了一方宁静的绿色世界。正是中央公园规划建设的成功在美国掀起了城市和郊区公园的建设浪潮，并且直接影响到现代城市规划在美国的发展。

新政和二战时期，经济危机和战争动员使美国社会接受了政府对市场的直接干预，同时成就了一批强势的政治领导人。这段时期是美国的"罗斯福时代"，是纽约的"拉瓜迪亚时代"，是纽约城市规划和建设的"罗伯特·摩西时代"。由于联邦政府的政策鼓励，规划活动在各个方面广泛展开。城市更新运动推动了大城市的贫民窟清理工作，州际高速公路系统则加强了大都市区间的交通联系，两者在不同层面上重组了现代城市的空间结构；地方规划机构大量建立，正是通过这些机构，联邦和州的贷款和资助计划获得实施。

在这一背景下，纽约市逐步构建起自己的规划体系。拉瓜迪亚（Fiorello La Guardia）和摩西（Robert Moses）凭借手中的权力和非凡的政治才华，将纽约的规划干预推向高潮。摩西几乎控制了纽约公园、道路桥涵、公共建筑和城市更新等市政建设，被称为纽约的"缔造者"。经过 20 世纪四五十年代的大规模建设，纽约市建成了完整的城市道路网体系，并为市民提供了一批公共住房和合作住房。

这一时期，纽约的规划运作在政府主导下，具有自上而下的特点，规划编制和决策反映了社会上层和部分精英的观念。20 世纪 50 年代后期，人们认识到社区这一城市基本构成单位的意义，转而重视局部、关注下层。进入 20 世纪 60 年代，纽约着手调整新的规划体系，社区开始名正言顺地在规划中占有一席之地，规划的转折时代来临。规划目标逐渐转向价值导向的社会整治和发展协调上，规划职业领域也相应扩大，并融入了新的内容，使得社会、自然和历史因素上升为规划决策的先决条件和价值要素。

20 世纪 80 年代，保守的里根政府上台，大幅削减了联邦对地方经济发展和城市建设的资助，此后的乔治·布什（George Bush）和克林顿政府仍延续了这一做法，较少干预地方事务。在新保守主义背景下，纽约市和美国其他地方政府一样，开始重新审视市场的价值，并逐步调整了规划与社会、市场之间的关系,市场因素及机制被视作能在规划干预和管理中发挥更大的作用。

20世纪末,保守主义政治环境和新规划思潮推动了纽约规划的发展,不仅是规划技术的创新,规划视角和关注问题也更为广泛多样。首先,城市规划主体不再仅仅局限于政府和规划师,而是已经扩展到社区和公众、私有企业以及非政府组织,并通过《城市宪章》明确和建立了公共参与、多方合作的法定程序和途径。其次,在新公共管理变革的思潮影响下,政府在城市公共建设领域加大了市场机制作用,促进了企业化的规划管理和公共服务。公私合作在城市建设领域有了较大的应用,成为推进公共建设和服务顺利进行的重要途径。政府机构可以利用税收和信贷提供政策优惠,以降低开发成本,理顺开发环节,吸引投资者参与政府公益性的项目。与此同时,关于公私合作的争论一直存在,支持方认为公私合作可以推动城市发展,创造就业机会,从而使得公众间接受益。反对者认为公私合作混淆了公私之间的政策界线,"官商勾结"容易导致公共目标的天平指针偏离公众。

以社区为基础的、自下而上的规划新传统正在形成,纽约城市规划体系形成了更为开放、多方合作和可参与的特点。面对世界瞩目的世贸重建计划,纽约依照法规程序进行,而且保持了一贯的冷静、现实秉性。开发商与政府讨价还价,市民和非政府组织各抒己见,纽约没有在冲动中仓促行事。这让人感到,围绕自由塔的争议恰是美国民主自由的反映,在纽约,权力的相互制衡、有效的公共监督、强大的法律法规体系始终是规划运作的根本。

四、纷然杂陈的纽约

"纽约人"事实上是拥有纷然杂陈的不同族裔群体。色彩斑斓的族裔"色拉拼盘"是纽约文化繁杂性的一个表征,也是纽约风情万种的源泉之一。在不足60平方公里的曼哈顿岛上,已经形成了数十个较大的少数民族聚居区,"小意大利""唐人街""希腊城""小韩国"等族裔社区以及每月至少一两次的民俗节庆活动展现的正是这种少数族裔文化顽强的生命力。但是,与少数族裔聚居相伴相生的往往是种族隔离、居住隔离、教育隔离以及贫穷、犯罪等社会问题。纽约市的犹太人文化群体确实雄居纽约知识界和商界要津，华裔也获得"模范少数民族"的赞誉，但黑人和西裔却构成纽约 85% 以上的犯罪群体。对他们而言，犯罪是他们的一种生存方式，是宣泄不满和失望的主要途径。纽约黑人人数高达 230 万人，黑人社区哈莱姆世人皆知。它破败不堪，危机四伏，即使在白天，毒品交易也司空见惯。此外，纽约少数族裔的团伙犯罪问题也比较严重。历史上纽约黑手党的争斗厮杀和风云变幻曾经大大刺激了文学和影视创作。

不同民族的人们生活在同一座城市中，使用各自的语言，保持本族的宗教、饮食和文化习惯，因此，所居住的街区表现出浓郁的民族特色。其中，犹太裔聚居的下东区和非洲裔聚居的哈莱姆具有独特的历史和风貌。下东区是曼哈顿岛东南部的社区，如今范围大约在东休斯敦街以南、东河以西、唐人街东北、东村以北。一个世纪前，这个移民社区的范围比现在更大，西面几乎延伸至百老汇大道，北面到达第十四街。自 19 世纪末到 20 世纪二三十年代，约有 200 万名犹太人从俄罗斯、波兰、奥匈帝国和巴尔干地区进入美国，其中多数在纽约下东区落脚，居住在条件恶劣的出租公寓中。他们或推着小车沿街叫卖，或在制衣厂劳作，辛苦谋生的同时，犹太移民还设立教堂、兴办学校，学习英语，相互扶助。与其他少数民族相比较，犹太移民比较快融入美国社会，并向更高的社会阶层流动。如今，这一地区的许多犹太教堂和食品店铺已经有百年或更长的历史，成为纽约的历史地标和保护对象。

哈莱姆是位于曼哈顿北部的著名黑人社区，包括中央公园北端到哈莱姆河的大片街区，居住着来自不同国度的移民及其后裔。总体来说，这里的黑人人口占绝对优势，非洲裔居民的人口比例远远高于纽约的平均数值。19 世纪后期，哈莱姆仍然是人口稀少的偏僻地区，随着高架铁路通到这片地区，邻里住区很快兴建起来，居民以富裕白人为主，也包括少数黑人中产者。

进入 20 世纪，随着第一条地铁线路的开通，从下城到哈莱姆仅要 15 分钟的车程，大量犹太人从居住环境恶劣的下东区迁来这里，引起了白人家庭的抵御。在这种情况下，犹太人逐渐离开，此时正值第一次世界大战，缺乏产业工人，大批来自南方的黑人又涌入哈莱姆，房租房价高涨，房产商和房产主们主动欢迎黑人家庭的到来，白人居民无力再阻止有色人种的入住，只得从逐渐非裔化的社区迁走。1930 年，在哈莱姆生活的黑人已经达到 20

万人,占这一地区总人口的 34.8%,当时纽约市的黑人人口比例不到 2.0%。20 世纪二三十年代,由于独特的黑人文化活动和夜生活,哈莱姆社区成为非洲裔美国人的精神家园和文化中心,也吸引了白人来此观光娱乐。一批有名的黑人艺术家和演员搬到这里生活,创作出具有浓郁黑人风格的小说、音乐、戏剧、诗歌等作品,形成一场新黑人文化运动,也被称为哈莱姆文艺复兴。20 世纪 40 年代,哈莱姆的黑人已经超过半数,在中哈莱姆,九成以上都是非洲裔。由于低收入比例高、人口密度大、房屋多年缺乏修缮、房租居高不下等因素,哈莱姆逐渐成为贫民窟。1943 年,曾经是黑人向往之地的哈莱姆发生了骚乱,造成数人死亡。历经了长时间的衰败后,20 世纪 90 年代,哈莱姆走出低谷,并出现了中产阶级化趋向。

2010 年 2 月 21 日

跳出厦门岛,构建厦漳泉大都市区

一、全国城市化的一般情况与近期走向

我国城市化近年来进入快速增长期,城市化水平已达 48％,半数人口居住在城市的目标指日可待,部分较发达地区和城市已率先完成这一目标。2009 年,除几个直辖市和广东、辽宁、江苏、浙江、吉林、黑龙江等省城市化水平较高外,长三角、珠三角和京津唐地区城市整体上有长足发展,珠三角城市化的比例已高达 80％以上！上海、北京、广州、沈阳、成都已先后出现了郊区化的趋势。

但我国传统的高度集中的城市发展模式已经面临尖锐的挑战。第一,城乡二元化分离,郊区发展严重滞后。第二,倚重城市的集中效益,资源和资本高度集中,一味求大求快,以致大城市过多,中小城市偏少。第三,城市和郊区之间、城市和城市之间联动程度低,城市处于单核发展阶段。城市高度集聚的问题,如交通、环境、住房和社会关系等都在恶性膨胀,成为困扰各地大城市政府的难题。

出现上述问题的最根本原因,在于城市发展思路没有创新,模式没有转化。目前我国几乎所有城市管理和统计都是根据行政地域范围进行的,但是由于城市行政范围往往与城市功能地域不相吻合,不能确切反映城市的作用,因而给城市统计、城市规划和城市管理带来诸多不便。我们应该在城市发展过程中尽早向新城市化方向发展,在适当时机从区域一体化角度重新划定城市辖区和统计区,可借鉴大都市区概念(也可以用其他称呼),有意识地增强区域经济社会一体化,以优化区域经济资源配置,避免机构重叠和重复建设的弊端,少走弯路,大幅度提高城市化的社会经济效益。

在我国即将全面跨入新城市化门槛的关键时期,迫切需要从其他先行一步的国家寻求借鉴,深入准确地认识大都市区的发展规律,打破传统的地

方政府和行政区划的束缚,争取经济和社会又好又快发展。根据这个目标,作为大都市区的主要构成部分的郊区将是重头戏,在城市发达地区尤其如此。

城市化转型是紧迫的任务,这其中除了尽早摆脱传统城市化的羁绊外,还在于新城市化发展速度远远超过传统城市化。例如,从美国建国算起,从乡村到城市的发展历程经过了 130 年(西方其他发达国家要经历更长时间),而从 1920 年新城市化启动到超过 50% 的人口居住在大都市区中,用了不到 30 年的时间。至于其他国家,一般也不过 60～80 年,自 20 世纪中叶起步,到现在已经荦荦大观了。因此,对于新城市化可能带来的一系列重大变化,要有前瞻性准备。

总之,从城市发展的一般趋势和我国区域经济发展的现实看,向新城市化的转型与配套改革确实已是迫在眉睫。而厦门城市化比例已近 70%,走在全国前列,在全国城市高居第九位,早已进入从人口转移型向结构转换型过渡的高级发展阶段。厦门"十二五"规划,正处于这个转型的关键阶段,也是一个重要的机遇期。

二、湾区城市比较:厦门与旧金山

隔太平洋相望的厦门与旧金山同属海湾型城市,有很多共性特征,可资比较。尽管厦门在经济实力、城市化整体水平和国际化等方面与旧金山相比还有较大差距,但相似的地理条件和海湾型城市的性质都为比较提供了依据,从先行一步的旧金山城市发展中可寻绎出许多难得的参照和借鉴。

(一)地理条件和城市布局的比较

1.类似的地理条件和区位优势

旧金山位于加利福尼亚州北部,是美国西海岸四大城市之一,也是旧金山—奥克兰—圣何塞大都市区的中心城市。该城所在的旧金山半岛,总面积仅 121 平方公里。其地势起伏多山,但海湾宽阔,港口水深、隐蔽,是世界上少见的避风良港。半岛东面的旧金山海湾是世界上最大的海湾之一,被人们夸张地称为旧金山"内海"。萨克拉门托河和圣何昆河由此注入太平洋,这两条河流经的地域非常富庶,可以为旧金山提供充足的农业基础。温和的太平洋海风使得旧金山既无酷暑又无严寒,有"空调城"之美称。

厦门市位于我国东南沿海的中段,核心部分是约 130 平方公里的厦门岛,与旧金山相仿。厦门也有一天然良港,港湾宽阔,不冻少淤,海域达 320 平方公里。气候和地形与旧金山亦多有相似。厦门市辖区内自然资源有限,农业基础较弱,但其内陆地区资源较为丰厚,闽南三角区富含竹、木、果、药、茶、粮、渔等资源。九龙江下游的漳州平原,面积 567 平方公里,为全省第一大平原,是福建省粮食、经济作物的主要生产基地。

再从地理区位看,旧金山居美国西海岸中点,上有西雅图,下有洛杉矶和圣迭戈,并以四个大城市为基础形成四个大都市区,彼此分布距离较均衡;厦门地处中国东南沿海的中段,上有长三角,下有珠三角,唯中间地带城市规模和作用有限,是发展大都市区的理想区段。

2.城市布局和一体化发展水平的差异

在城市布局上,旧金山与其周边地区早已融为一体,形成旧金山—奥克兰—圣何塞联合大都市统计区,一般称大旧金山或湾区。这个大都市区遍及 9 个县份,面积 2.27 万平方公里,2000 年总人口为 709 万,其规模在美国居第六位,每平方公里人口密度为 312 人。在这个大都市区中,共有旧金山、圣何塞、奥克兰等 3 个中心城市,还有数十个中等规模的城市和大量小城镇,城市总数共计 104 个。3 个中心城市的人口分别为:圣何塞 89.5 万人,奥克兰 39.9 万人,旧金山 77.6 万人。按城市规模,旧金山远远不及圣何塞,其人口仅占大都市区总人口的 10.9%,但在整个大都市区经济中居绝对领先地位。

在厦门所处的闽南三角地区,面积 2.53 万平方公里,人口 1518 万,每平方公里人口密度为 600 人,拥有厦门市、泉州市和漳州市等 3 个规模较大的城市。其中,泉州辖区内有 2 市 6 县,地域面积 1.10 万平方公里,人口 786 万,城市化水平为 52.3%;漳州辖区 1 市 8 县,地域面积 1.26 万平方公里,人口 480 万,城市化水平 43.3%。而厦门没有县域(同安于 1997 年撤县建区),全市辖区地域面积 1656 平方公里,人口 252 万,其中,城镇人口 142 万,城市化水平接近 70%。总体看,整个闽南三角区由于行政区划的关系和城市化水平不高,地区内城市间关系松散,一体化程度远远落后于旧金山大都市区,在市辖县的体制下呈分割局面。

(二)旧金山湾区大都市区的大致形成过程与成因

旧金山湾区之所以形成大都市区局面,是美国新城市化时期的典型反映。值得注意的是,这一趋势在沿海城市中率先出现。第二次世界大战后,美国区域经济结构发生变化,在联邦政府的直接扶持和高科技产业的带动下,以西海岸为主的"阳光带"地区日益强盛,大都市区随之更有长足进展。旧金山大都市区人口,在二战结束时仅为 268 万人;20 世纪 60 年代高科技革命兴起,地域急剧扩大,与奥克兰大都市区合为一体,人口剧增至 460 万人;1980 年又并入与硅谷同步兴起的圣何塞大都市区,人口达 536 万;截至2000 年更增至 709 万人。而旧金山市本身人口已趋于饱和,自 1920 年人口过 50 万大关后,增长缓慢,1950 年人口达 77.5 万人峰值后便未见增长,直至 2000 年仍为 77.6 万人。大都市区人口的不断增长和旧金山市的相对停滞形成鲜明对照。

在这个大都市区内,从旧金山向南到圣何塞之间的"硅谷",是众所周知的高科技中心,也是全国第九大工业区;海湾东部的奥克兰和里士满主要为船舶制造业、机械加工业和航天业等;伯克利和圣马特奥是著名的大学城;还有一大批专业化城市。旧金山为金融和服务业中心,是海湾区经济的神经中枢。各城市间的交通联系也极其便捷,除闻名全国的"海湾区捷运系统",连接旧金山和海湾区东部外,还有海底隧道、高速公路、通勤火车、地铁、市内公共汽车和多种水上交通工具,构成立体交通系统,为经济一体化提供了重要的保证。海湾区的服务业在经济总量中也一直占很大比重,促进了经济一体化局面的形成。

一般而言,在大都市区的形成过程中,中心城市地位有所下降,而旧金山却能一直稳固保持其中心城市地位。在旧金山大都市区,自 20 世纪 50年代以来,随着郊区化的发展,周边兴起很多新兴城镇,海湾区东部和南部分别出现奥克兰和圣何塞两大中心城市,对旧金山构成挑战。20 世纪 50年代末,位居第二的奥克兰市曾制订"城市更新计划",试图发展成为加州北部第一大城市,取代旧金山。20 世纪 60 年代后"硅谷"的兴起,在海湾区南部造就了一大批新兴城市,圣何塞异军突起,地域面积在 1950—1980 年间由十几平方公里增到 355 平方公里,人口在 1980 年达 70 万人,1990 年又猛增到 78 万人,超过旧金山,成为美国第十一号大城市,2000 年再增至 90

万人。这些挑战对旧金山来说非常严峻。旧金山市山地居多,囿于半岛之上,无法扩展郊区。但市中心区经近百年经营,基础较好,因此,该市把改造重点放在市中心区,不断改善基础设施和优化空间结构。20世纪50年代末旧金山大力清理贫民窟,同时,建立自由贸易区及一个世界贸易中心,使一大批巨型高层建筑拔地而起,极大地改变了旧金山市的城市景观。20世纪60年代又大力发展集装箱运输和航空业务的基础设施,适应了交通运输变革的潮流,满足了"硅谷"等新工业区的需求。20世纪七八十年代,再增加大量高层建筑的办公设施。这些设施最初都集中在金融区,后来向南部商业区和北部老工业区扩展,占据旧金山半岛的全部滨水区。与此同时,旧金山又不断改善其经济结构,进一步拓展了在金融服务和国际贸易等领域的传统优势。除了拥有太平洋股票交易所和联邦第十二储备银行外,它还拥有很多银行和大公司的总部,包括世界最大银行之一的美洲银行,另有80多家外国银行在此设立分行。国际交往与联系亦很频繁,在全国名列前茅。它一方面强化这些优势,促成经济的多样化,如大力发展旅游、零售、金融、保险、不动产等服务性行业;另一方面,它将传统制造业尤其是对资源依赖性强的工业转移到周边中小城市。经济结构和空间结构的不断调整,为旧金山经济注入了活力,得以保持在海湾区经济发展中的领先和主导地位。而圣何塞作为硅谷的中心和高科技制作业中心,奥克兰作为制造业和船运中心,与旧金山形成差异发展,互补关系很强,区域经济布局较为合理。

(三)对厦门城市化转型的启示

通过梳理世界各国城市化转型的一般特征和与旧金山典型城市的比较,我们可以得出如下认识:

第一,依据"中心地学说"并从全国城市的地域实际分工看,在我国东南沿海地区长江三角洲和珠江三角洲之间幅员辽阔的中间地带,必定产生一中上等规模的城市群或称大都市连绵带,而不应有断层。目前看,福州沿海一线和浙江、广东部分毗邻城市有望形成这样一个大都市连绵带;其中,闽南地区应该,而且可以构建一个一体化的大都市区,作为这个大都市连绵带的支撑。

事实上,闽南实现区域一体化已有很多先天的优越条件。其一,自然条件相似,文化习俗接近,人文环境融洽。其二,闽南地区已有厦漳泉三足鼎立的格局,是个非常有利于区域整体发展的前提,符合大都市区多中心格局的发展方向,应充分加以利用。这几个城市基础很好,厦、漳、泉三市土地面积占全省 1/5,常住人口占全省 2/5,但地区生产总值高达全省一半,在省内经济中地位举足轻重。在此基础上,各中心城市再适当发展周边地区,向大都市区过渡便顺理成章。这种"多核"大都市区明显优于构想中的福州"单核"大都市区。福州大都市区需花大气力配置数个次中心,才能优化其区域经济要素配置,增强其发展的后劲。其三,在闽南区域内,尽管城市化发展不平衡,但行政区人口密度已达 600 人/千米²,有必要用城市或大都市区规划全部覆盖。

第二,受行政区划束缚,厦门内陆腹地明显狭小,偌大的厦门经济特区在全省地级市中人口总量倒数第一,这当然束缚厦门进一步发展,亟须改变,这已是公认的事实。受腹地狭小的限制,厦门市内部发展差异十分明显。目前厦门岛内已高度城市化,城市发展空间饱和。厦门岛内人口密度每平方公里已高达 9371 人(旧金山人口密度每平方公里为 6413 人),而全市人口密度每平方公里为 1602 人。比较而言,1950 年旧金山就已达峰值,此后规模和人口基本不再增长。厦门目前也到了这一阶段,也可以把这一点看成是传统的集中型城市化达到临界点的标志。我国城建部和有关规划部门也认为,我国应发展紧凑型城市,人口密度每平方公里 1 万人,按这个标准,厦门也到了临界点。

与厦门岛空间几近饱和的局面相反,厦门岛外,尤其是同安、翔安城市化差距还很大,如果把视角放大到整个闽南地区,差异更大,城乡二元化矛盾凸显。出现这一现象的原因有很多,但有一点值得注意,即中美两国间有一个明显的制度性差异:美国地方政府之间没有隶属关系,市和县行政地位是平等的,因此可以并行发展;而我国县隶属于市,结果往往出现牺牲县的利益发展城市的现象。而且,市管县的体制,与不合理的行政区划一道,也往往给统计工作带来困扰,有关数据不易比照。

第三,在一个经济合作区或大都市区内,中心城市的地位和作用很重要,但目前厦门与相邻城市之间在经济结构、城市规模、城市性质等方面定位不清楚,需要明确和强化厦门在区域经济中的龙头地位,并加强与漳州和泉州的配合和互补性。在构建厦漳泉大都市区的过程中,三个中心城市的

经济结构、空间结构和生态结构都有重新调整的必要。城市的地位和作用
要综合看,不能仅以规模作为唯一标准。在此方面,旧金山湾区三大中心城
市的性质和布局是理想的参照。在旧金山湾区,除这三个中心城市布局合
理外,大中小城市规模分布也比较均衡,内在机制顺畅。旧金山湾区拥有大
批中小城市,如众星拱月,其腹地的潜力得以充分施展。而厦门乃至整个闽
南地区,城市总数少,而且规模差距悬殊,没有形成合理的规模分布,尤其是
缺少能够发挥次中心作用的中等规模城市。

　　第四,既然大都市区形成的前提是经济结构一体化,那么,厦门的产业
结构就不能仅仅局限于厦门本身,而应从地区经济的宏观角度加以审视。
这既需要根据闽西南地区各个城市的资源条件、产业优势和技术基础进行
合理分工,同时也要考虑到海湾城市的特性,制定厦门的长远发展战略。旧
金山在美国西部开发早期,确曾是一较大的工业中心。但当海湾区经济逐
渐成熟后,出现区域性分工,其制造业的功能得以逐步外移,旧金山转而集
中力量发展金融、外贸和信息等高层次服务业。退一步看,即使在旧金山发
展的早期或曰与今日厦门相似的历史发展阶段,制造业就业人数占其劳动
力总数的比重,也一直在 30% 以下。

　　第五,根据各国改革的经验,大都市区政府宜尽早建立。否则,一旦形
成分化割据的局面,便很难统筹。组建大都市区政府在某种程度上是一个
关键环节,没有它,名不正言不顺,即使协作也很勉强,或流于空泛。在此方
面,双层式大都市区政府结构经过时间的检验,可行性很强,有参考价值。

　　总之,城市规划的空间布局必须有前瞻性。厦门"十二五"规划不应该
限定在行政辖区内、关起门来搞规划,以城市这个带有封闭性的地域行政单
位来应对目前已经高度一体化的区域问题,"真正的城市规划必然是区域
的"。而且,厦门的"十二五"规划绝不能仅限于厦门岛内外的一体化,而要
从长计议,与构建厦漳泉大都市区和海西经济区长远发展的战略需要结合
起来,避免短视。

　　应该注意到,厦门今天面临的历史条件已经远远超出处于相同发展阶
段的美国(20 世纪初)和西欧(20 世纪中叶),尤其是技术条件。例如,通过
网络化的高速公路和铁路建设,在闽南地区城市间已初步形成一小时交通
圈,区域内城市与城市之间、城市与乡村之间的联系日见通畅。因此,整个

区域范围的城市化完全可以实现跳跃式的发展,城市化转型的条件已经成熟。

三、对厦门推进新城市化的政策建议

(一)尽快落实各级政府有关城乡统筹和城市群建设的指导性意见

早在 2003 年 10 月,党的十六届三中全会就提出了"五个统筹",即统筹城乡发展、统筹区域发展、统筹经济社会发展、统筹人与自然和谐发展、统筹国内发展和对外开放的要求,更大程度地发挥市场在资源配置中的基础性作用,为全面建设小康社会提供强有力的体制保障。2006 年初,建设部将海峡西岸城市群列入全国城镇体系规划,成为全国优先支持发展的八大城镇群之一。2008 年 10 月,党的十七届三中全会又提出了促进城乡统筹的六个一体化,即城乡规划一体化、城乡产业布局一体化、城乡基础设施建设一体化、城乡公共服务一体化、城乡就业市场一体化、城乡社会管理一体化。2010 年 10 月 18 日,中共中央在"十二五"规划建议中指出:要按照统筹规划、合理布局、完善功能、以大带小的原则,遵循城市发展客观规律,以大城市为依托,以中小城市为重点,逐步形成辐射作用大的城市群,促进大中小城市和小城镇协调发展。

为落实中央政府有关精神,2010 年 7 月,福建省政府通过了《海峡西岸城市群发展规划(2008—2020)》,提出将建成福州大都市区和厦漳泉大都市区两个中心城市群,形成城市群空间布局结构的"两点"、沿海城镇密集地带的"一线"。规划提出了城乡统筹发展目标——形成各具特色、优势互补、布局合理、协调发展的城乡空间体系,实现全省城镇化进程的和谐、持续、快速发展。到 2020 年,城市化水平提升到 62％。8 月 10 日,中共厦门市委也做出积极反应,在市委十届十二次全会上指出:"推进厦漳泉龙城市联盟建设和同城化发展,加快城际快速路和轨道交通的规划建设,致力打造厦漳泉大都市区。"

根据这些思路和政策,厦门在"十二五"期间,推行体制创新、促成城市化的转型、构建厦漳泉大都市区应提上日程,这些应该是拟定和实施厦门

"十二五"规划的基本原则。

（二）具体建议

第一，厦门市辖区的岛外部分是"十二五"初期发展的重心之一，但发展方式并非均衡分配力量，而是应建造数个中小城市；在有条件的地方促成居住与就业的结合，使其成为次中心；并有计划地在三大中心城市的市域交界处培植次中心城市，契合市场机制作用下区域经济整合的需要，淡化传统的行政区划带来的分割局面，为整个大都市区空间合理布局做准备。在推进岛内外一体化的同时，要从厦漳泉大都市区的框架内考虑基础设施建设、交通网络建设、城市规划、环境保护等方面问题，把厦门市规划和拟定的厦漳泉大都市区规划有机结合起来。

第二，尽早拟定厦漳泉大都市区的整体规划，以优化区域经济资源配置，避免机构重叠和重复建设的弊端，少走弯路，大幅度提高城市化的社会经济效益。要对大都市区的基本范围、空间格局、生态环境、发展时序等进行统筹考虑，同时确定这一大都市区在海西的定位，与长三角和珠三角城市群的关系，以及在与海峡东岸和海外经济联系中的地位。

整合后的新区域是大都市区，而不再称之为城市，性质与功能也与传统城市有别，这样才能体现新城市化城乡统筹发展的真谛。

要从区域一体化的角度调整三大中心城市的经济结构，充分发挥组团式的"多核"优势。就厦门自身而言，要发挥厦门在高新技术、现代服务业等方面的优势，密切与漳州、泉州的产业分工合作，错位发展，尽可能实现三大城市的对接，使之成为互补关系，淡化彼此竞争的态势，提升壮大区域综合实力和竞争力。

第三，尽早构建厦漳泉大都市区联合政府。该政府可采用双层式结构，即各中心城市保留原有名称和部分机能与权限，大都市区联合政府行政地位在中心城市之上，统筹区域内共性问题和重大决策性问题，包括制定区域性规划、筹划区域性基础设施建设和提供区域性服务等。

考虑到该区域行政辖区和地方政府的现实情况，在"十二五"期间，应该从大都市区层面出发，以体制性改革为主，以功能性改革为辅。体制性改革也不妨分三步走：第一步，厦门和漳州的整合；第二步，厦门、漳州、泉州的整合；第三步，厦门、漳州、泉州、金门的整合。

第四,从构建大都市区的视角出发,进行必要的行政区划调整,包括相关的县域改革。现有的市辖县体制有诸多弊端,影响厦门的进一步发展和区域整合。建议省政府尝试将市辖县改为省辖县,或者撤县设区(依据2010年7月住房和城乡建设部发布的《省域城镇体系规划编制审批办法》的有关规定)。这样将有助于较大程度地消弭行政区划不当产生的消极影响,为城乡一体化统筹发展开辟道路。当然,如果能够一步到位,组建具有较高权威和权限的厦漳泉大都市区联合政府,此类问题可迎刃而解。

2011 年 3 月

卡尔·艾博特教授及其新著
《大都市边疆》

近年来,在美国区域经济结构发生根本性变化,西部崛起已成定局的形势下,西部城市史研究日益成为美国学术界瞩目的焦点。在此方面最具代表性和开创性的,当数波特兰州立大学城市研究与规划系主任、美国城市史研究会现任主席卡尔·艾博特教授。不久前,在芝加哥举行的美国城市史研究会年会上,艾博特教授的新著《大都市边疆:当代美国西部城市》(以下简称《大都市边疆》)荣获 1994 年度美国城市史最佳著作奖。下面将艾博特教授的西部城市史研究与此书一并介绍,也许便于我国学术界对其学术思想的全面了解。

艾博特教授于芝加哥大学获得博士学位后,曾在多所高等学府执教,1973 年转赴波特兰州立大学。该校下设的城市研究与规划系注重多学科交叉,是美国几大城市研究中心之一。出身于史学界的艾博特教授以其雄厚的学术功底和学术成就赢得人们的信赖,自 1984 年起任系主任至今。与其他权威性学者一样,艾博特也身兼多种学术职位和社会职位。

艾博特教授是位非常多产的学者。到目前为止,发表专著 6 部、合著 12 部、论文 30 余篇。有关西部城市史的专著有:《新型城市化美国:阳光带城市的发展及其政策》(1981)、《城市兴办人与实业家》(1981)、《波特兰:一个 20 世纪城市的规划政策与发展》(1983)、《波特兰:西北部门户》(1985)、《1920 年至今的现代美国城市》(1987)。这些专著与论文,论及城市规划、城市化、区域经济、全球经济、城市景观、城市体系、阳光带、联邦政府的城市政策等,范围很广。而且艾博特教授研究视野相当开阔,融历史学、人文地理学、人口统计学、经济学、社会学、生态学和心理学为一体,可谓博大精深。这就使艾博特教授的西部城市史研究颇有创新、富于启迪,在开创西部城市史研究方面独树一帜。

美国的城市史研究,历来偏重于东部城市。这是由于美国区域开发自东向西,东部先行一步,19 世纪便已成为美国经济政治中心。其城市无论在发展速度、规模,还是辐射范围等方面都远远超过其他地区,自然也就成为人们关注的焦点。在研究人数和研究成果上,东部城市一直遥遥领先。第二次世界大战是美国区域经济结构变革的转折点。历史上一向默默无闻的西部和南部相继崛起,20 世纪 60 年代起源于西部的新科技革命更使这两个地区,尤其是西部实力大增,对东部城市的统治地位构成挑战。及时注意到这一现象并加以研究的,主要是经济学、社会学、地理学、生态学等学科,历史学相形滞后。艾博特则以特有的学术洞察力,在 1970 年发表首篇论文不久,便有意识地将研究重点集中在西部城市史上。在他及当时很具权威性的学者如新墨西哥大学杰拉尔德·纳什教授的带动下,西部城市史逐渐引起人们的注意。经过几十年的努力,时至今日,尽管不宜用"学派"之类加以界定,但西部城市史研究已趋成熟,且因多学科协同研究和大量使用新方法与新手段,前景可观。

对于西部和南部的崛起,美国学术界一般把它泛称为"阳光带"(Sunbelt)现象,并一度出现研究"阳光带"的热潮。但所谓"阳光带",仅是一形象化的称谓,而非严谨而科学的概念,艾博特为此撰文《阳光带的概念及其范围》,以大量翔实的材料和图表证实,新崛起的地区主要在美国东南部和西南部,以西南部为主。这样,不仅纠正了以纬度或光照时间为界定的简单做法,而且将西部和南部加以区分,促使人们注意这两个地区城市化道路的不同和发展程度的差异。在后来的著述中,艾博特进一步提出"阳光带西部"(Sunbelt West)的概念,更加明确了西部的重要性。

"阳光带"的崛起,集中反映在大都市方面,这是艾博特反复强调的。大都市区的优先发展,实际上是二战以来美国城市化过程中一个最突出的特点。而这一特点,又以"阳光带西部"最有代表性,具有典型意义。这一特点,也是当代世界城市化过程中的一个规律性现象。大都市区,是有别于传统城市定义的一个新概念。准确把握它,似可更好地研究当今城市化现象,以为合理而科学的城市规划服务。有鉴于此,艾博特提出了大都市区化(Metropolitanization)的概念。这一概念的提出,对于当代城市研究具有很强的指导意义。

艾博特的这些学术观点,在其新著《大都市边疆》都有不同程度的阐述和发展。该书在系统地阐述了二战以来美国西部城市历史的同时,又进一步提出很多新的见解,可以说是艾博特对西部城市史多年研究成果与精华的汇总。《美国城市史研究会通讯》和《城市史杂志》在评介这部著作时,将其誉之为"对美国战后城市化进程的经典性论述"。事实上,1973 年杰拉尔德·纳什著的《20 世纪美国西部:城市绿洲简史》是仅有的一部系统阐述西部城市历史的专著,但较泛泛,且篇幅很小,对二战后的西部城市也没有展开。艾博特教授则在此基础上有进一步深化,应该说,其学术水准已远远超过纳什的论述。

《大都市边疆》分三大部分,共八章。第一部分集中探讨二战期间西部城市崛起的原因及联邦政府的政策;第二部分分别用三章论述西部某些城市如何从地区性城市发展为全国性城市,进而成为世界性城市,并详细描述了城市功能的多样化现象;第三部分侧重城市与区域经济的关系、与全国经济的关系、城市的分布模式。综合言之,此书结构严谨、材料翔实、视野开阔,因此,其立论亦称新颖而精辟。下面不妨分别论述之。

第一,二战以来的西部城市是美国,乃至世界城市化的先行者。艾博特认为,二战以来,由于生产、交通和通信方面的技术变革,生产与消费走向分散化,结果不仅导致美国区域经济结构发生改组与调整,而且在世界范围内也出现国家与地区间的此消彼长现象,走向新的平衡。在美国和欧洲内部,新兴地区超过传统工业地区。在不同发展水平的国家之间,发展中国家奋起直追,城市人口增长速度远远超过发达国家。汉城、雅加达、新加坡、开罗、圣保罗、墨西哥城、北京等已对纽约、芝加哥、伦敦、巴黎、阿姆斯特丹的优势地位构成挑战。从全球来看,这种经济发展呈周期性,每一周期约 50年,美国西部城市恰与二战后的新周期同步发展,并呈先导趋势。就西部城市本身而言,从二战至 20 世纪 90 年代也构成一个明显而完整的时期,这是一个难得的典型。从这一典型入手,探讨城市化的发展规律,预测世界经济的未来走向,有其不可替代的意义。在这一点上,艾博特确实独具慧眼。当然,很多学者也程度不同地认识到这一现象,有的把洛杉矶视为"终极城市",有的称休斯敦为未来城市。不同的是,艾博特把这一现象置于历史大背景之中,探讨其发展规律,探讨其政治、经济和社会等各方面影响,并把它作为此书的主题,进行深入系统的研究。

第二,关于西部城市崛起的成因,艾博特从特定的历史条件出发考察国内和国际两方面的因素。国内因素主要有:二战期间联邦政府的巨额军事开支奠定西部以国防产业为主导的基础雄厚的产业结构;20世纪60年代首发于西部的高科技变革;美国人口老龄化、大量退休人口迁往环境宜人的西部;服务业的需求与繁荣。其中有较大篇幅论及了"大都市—军事复合体",高科技革命发源地硅谷及其连锁反应下形成的硅原(奥斯汀和达拉斯)、硅沙漠(菲尼克斯)、硅山(科罗拉多斯普林斯)、硅森林(波特兰)、生化谷(盐湖城),人口迁移所带来的财富大转移等,资料很详细,有说服力。国际因素自20世纪60年代起日见突显,表现在三个方面:其一,对外贸易在地区生产总值中所占比重不断增大,其中与亚太国家和地区经济往来日趋频繁,至20世纪80年代超过与欧洲的往来,这自然刺激了西部城市走向繁荣。其二,外来移民自20世纪60年代中期起数量日增,至20世纪80年代达到870万人,为美国历史上第二次移民高潮。这次移民,以亚太地区为主,无形中强化了西部城市的实力。其三,美国在亚太地区的军事卷入,尤其是越南战争的不断升级,西部城市重新履行二战期间的角色。

第三,西部城市正在形成一个多族裔文化的环境。二战前,美国文化以盎格鲁-撒克逊为基调。随着西部城市的兴起、移民的增多,美国人口构成广泛多样,欧洲裔美国人、非洲裔美国人、墨西哥裔美国人、亚裔美国人、土著美国人,混杂于美国西部城市。洛杉矶、圣安东尼奥、圣迭戈、西雅图等,都带有这一明显特征,多族裔文化并存在此有了实质意义。

西部,在19世纪上半期的美国历史上曾是广袤的未开发地区,被人们形象地称为"边疆"。在这块土地上,各族裔之间的接触与碰撞远较东部频繁。西部开发时期,盎格鲁-撒克逊美国人、墨西哥人、华人等几个主要族裔之间的交往主要在矿井、铁路、农田。一个世纪以后,则集中在大都市中,族裔成分也更为复杂。二战造成非洲裔美国人向西部和北部的大迁徙;20世纪50年代联邦政府的"重新安置计划"又将近半数土著美国人迁入大都市区;20世纪60年代中期以后,日见增长的外国移民潮也多以西部城市为目的地。因此,艾博特称西部城市为下一世纪美国多元文化的"试验场"。

第四,西部城市预示着未来城市化的方向,但这是在积极意义上还是相反意义上而言,美国学术界颇有争议。争论的焦点是在西部城市呈横向分布、多中心格局上。历史学家、生态学家、社会学家、地理学家均从不同的角度提出大相径庭的看法。艾博特在总结各派观点后指出,新兴城市是后工业时代的城市,有别于传统的城市,要有新的评价标准。在传统竖向发展的城市中,土地使用强度从市中心向外而渐次减弱,西部城市则各地区土地使用效率较为均衡。另外,随着通信、交通设施的日益发达,市中心的位置只是一个选择而非必须,城市便有可能采取更松散、更开放的形式。这种形式有诸多长处,其主要一点便是这些城市开放的环境在空间甚至在社会上都是平等的,因为它们之间是以高速公路为媒介的"线状"联系,其市民利用高速公路可进入其他所有社区。而传统城市属"集中型"或"等级型",某些社区具有特权化的地理位置。艾博特用大量数据将西部与东部城市进行了比较,发现在人口密度、分散化程度方面两地区几无差异,从而纠正了人们习惯上认为西部城市横向蔓延过度的偏颇看法。在论述这一问题时,艾博特还注意从三维空间观察城市景观,方法富于启迪。

第五,以大城市最集中的加利福尼亚和得克萨斯为基础形成两大经济区,涵盖西部大部分地区。加州经济区覆盖范围集中在太平洋沿岸以及爱达荷、内华达、亚利桑那三个州的西半部。这几个州经济、文化活动来往极为频繁,并呈南北向流动;得克萨斯经济区包括新墨西哥州西半部的畜牧业地区和俄克拉荷马州绝大部分油田地区,以及密苏里、阿肯色、路易斯安那等三州的西部,轴心地带在得克萨斯州的达拉斯至休斯敦一线。以两大经济核心区为基础,形成两个典型的核心地区,在全国经济生活中与东部并驾齐驱。相应地,这两个经济区内的"超级大城市区"洛杉矶和休斯敦也在全国城市体系中占有突出的地位,在世界大城市中亦日益引人瞩目。用艾博特的话来说,洛杉矶已成为"太平洋圈中的纽约"。

筚路蓝缕,以启山林,艾博特在西部城市史领域的开拓性研究,启发人们对新的历史条件下新兴城市的认识和进一步探讨,并为这种认识和探讨奠定了一个良好的基础,其意义随着时间的推移将日显重要。当然,限于笔者的能力和篇幅,本文可能远远没有道出艾博特教授学术思想的真谛。唯愿以此为契机,促成学术界同仁更好地借鉴美国学术界的研究成果,深化我国对美国城市史的研究。

1996 年

边疆理论再突破

——评《马唐草边疆：美国郊区化》

1893 年，弗雷德里克·杰克逊·特纳在其名作《边疆在美国历史上的意义》中认为美国西部边疆的开拓顺序是：农业边疆（Farming Frontier）、矿业边疆（Mining Frontier）、工业边疆（Industrial Frontier），最后是城市边疆（Urban Frontier）。这个观点受到了城市史研究学者的挑战。

开先河者首推理查德·韦德（Richard Wade）的《城市边疆：1790—1830年间美国西部城市的兴起》（以下简称《城市边疆》）。韦德在此书中尽管借用特纳的概念，但其最终却对边疆学说提出了质疑。他通过对中西部五个有代表性的城市的研究发现，特纳学说过于强调地理环境对西部乃至整个美国社会的影响，而且偏重于农业，而西部的历史真实却是城市是边疆开发的"先导"（spearhead），或至少是城市边疆和农业边疆并存。对特纳的边疆学说在根本立论上的这一突破，引发了学术界对西部历史的重新思考，西部城市史的研究由此被提上了日程，并很快进入全方位探讨的局面。在这些开拓边疆的研究中，另一部颇有影响的是卡尔·艾博特的《大都市边疆》。《大都市边疆》并非泛泛论述西部城市，而是另辟蹊径，把视角放在城市化区域，这实际上较准确地把握了西部城市发展中的主导趋势——大都市区的优先发展现象，进一步深化了人们的认识，将西部城市史研究带入一个更广阔的领域。这两部著作分别奠定了西部城市史研究的基础，使人们对西部城市史刮目相看。

从特纳到韦德和艾博特，尽管视角不同，但都把落脚点放在西部，"边疆"几乎成为西部的代名词和西部的特有现象。

就在人们对西部城市史研究乐此不疲时，哥伦比亚大学肯尼思·杰克逊教授于 1985 年发表了《马唐草边疆：美国郊区化》（以下简称《马唐草边疆》），把人们的注意力带入一个新边疆——郊区。所谓马唐草（crabgrass），是一种生命力极强的野草，茎直立或斜生，下部茎节着地便生根,横向蔓延成片,繁衍迅速,往往侵害草坪,难以拔出和根除。用它来比喻城市郊区的蔓延,显然既形象又贴切。这个新边疆的开拓与韦德等人的做法可谓异曲同工,都是在一个新领域的勇敢尝试。它的问世,为边疆命题注入新的活力,引发了郊区化研究的热潮,被誉之为城市史研究的"里程碑",翌年即获班克罗夫特奖和佛朗西斯·帕克曼两项高级别的大奖。更值得注意的是,随着时间的推移,它的学术价值日益彰显。1994 年,美国的《城市史杂志》就 25 年来城市史研究方面最有影响的论著展开了一次调查,《马唐草边疆》名列第二,仅次于《城市边疆》。距此书发表 13 年之后的 1998 年,颇具权威性的学术组织美国历史家协会在芝加哥年会上专门举办一圆桌讨论会,题为"再访《马唐草边疆》",同时还通过城市史研究国际互联网吸引公众参与,再次昭示了此书的重大影响和意义。讨论会主持人艾布纳(Michael Ebner)教授甚至还特地通过国际互联网广泛征求此书在美国以外的城市研究中的反响。圆桌讨论会的评论人分别为南卡罗来纳大学历史学教授菲尔·埃星顿(Phil Eghington)、美国中北部学院历史学教授安·基廷(Ann Keating)、阿尔巴尼大学社会学教授约翰·洛根(John Logan)、卡内基·梅隆大学地理学教授肯特·詹姆斯(Kent James),澳大利亚莫纳斯大学历史学教授格雷姆·戴维森(Graeme Davidson),具有广泛的代表性。他们在高度肯定《马唐草边疆》的同时,还提出这部书对其他学科也大有帮助。很多与会者表示,此书不仅使他们更好地认识郊区及政府的政策,而且也有助于他们决定生活与居住在哪里。截至笔者完成这篇评论时,国际互联网上仍有讨论。

《马唐草边疆》引起学术界的持续瞩目绝非偶然,它与当年特纳在边疆结束之际发表边疆命题一样,是紧扣时代脉搏的产物。美国城市的发展,不断经历着空间结构的巨大变化,而在这些空间结构变化中,尤以郊区发展势头最为强劲。到 1970 年,美国郊区人口超过市区人口,成为划时代的现象。美国已从城市国家走向郊区国家这一预测至此已成定局。此后,这一趋势仍有增无已,郊区成为占支配地位的居住形式,发挥着越来越大的作用。《马唐草边疆》的问世,可谓适逢其时。对于郊区化在此时美国的显赫地位,杰克逊给予如此高度的评价:"郊区已成为美国最典型的空间成就。它可能比汽车、高层建筑或专业美式足球都更具有文化上的代表性,郊区最充分、最地道地体现了当代文化。它反映了美国社会的最基本特点:大肆铺张的消费;对私有汽车的依赖;较多的社会流动性;工作与休闲的并重;种族和经济上的排他性趋向等。"对于如此重要的现象,学术界尤其是历史学界当然不应忽视。美国历史学界学术嗅觉确实也是很灵敏的,在《马唐草边疆》问世以前就不断有各类关于郊区化的论著出现。但是,这里的问题是,为何《马唐草边疆》独得人们青睐,影响力久而弥显呢?

这首先应归之于杰克逊深厚的研究功力和在郊区化研究方面的多年学术积累。杰克逊教授 20 世纪 60 年代在芝加哥大学攻读博士学位期间,曾师从韦德等知名教授。师生一脉传承,他自然也以开拓"边疆"为自身学术追求目标。迨撰写《马唐草边疆》一书时,杰克逊已在哥伦比亚大学任教并任系主任多年,还曾任美国城市史研究会主席,在美国城市史研究中已很有建树了。在《马唐草边疆》发表前,杰克逊已潜心研究郊区化 15 年之久,仅直接以郊区边疆和马唐草为题发表的论文就有 3 篇,所以这部著作是他对美国郊区化反复思考的阶段性总结,高度凝聚了他对美国郊区化研究的精华。此书视野开阔,全面客观,论述扼要,文字简洁干练,诚如他自己在前言中所说:"我试图把思想、文化、建筑、城市交通的历史与公共政策分析结合起来,同时把美国的经历放在国际发展的大背景之中。"这样得出来的结论自然令人信服。就论述的广度和深度而言,《马唐草边疆》在目前为止所发表的郊区化论著中确实略胜一筹。因此,认识一下杰克逊是如何审视与解读郊区化这一重要的历史现象,实在是很有意义的事。

《马唐草边疆》全书共分 16 章,396 页,非常厚重。在进入具体论述之前,杰克逊概括了美国郊区化的 4 个明显特点或独特性:

第一,人口密度低。大都市区的第一个明显特点是低人口密度和缺少城乡之间的明确界限。早在 1930 年,纽约大都市区的 1090 万名居民分布在 2514 平方英里地域上,平均每平方英里不到 7 人。其他城市甚至更加分散化。例如:1950—1970 年间,华盛顿大都市区由 181 平方英里扩展为 523 平方英里。就整个美国而言,1980 年全国共有 8640 万个住宅单位,其中 2/3 是有阔绰院落的独户住宅。

第二,拥有私人住房。美国居住文化的明显特征是对私有住房的强烈追求,这一特点也可以用资料进行量化反映。约有 2/3 的美国人拥有他们自己的住房,在小城市,纯白人家庭的95％都拥有私人住房。这个比例相当于德国、瑞士、法国、英国、挪威等国的2倍。再以瑞典为例,该国尽管很富庶,但拥有私人住房的也不过1/3,而且这个比例自1945年以来未曾变化。只有澳大利亚、新西兰和加拿大这样地广人稀、开发较晚的国家与美国类似。

第三,郊区居民社会经济地位高于市中心区。在美国,社会地位和收入在郊区体现得最明显,郊区是那些受过高等教育、从事专业职业、上层收入者的天地。例如,1970年,美国市区内中等家庭平均收入只相当于郊区居民中等家庭平均收入的80％;1980年,这一比例降到74％;到1983年,更进一步降到72％。甚至波士顿这个被人们认为市中心区改造最成功的城市,市区内平均收入水平也在下降。一位美国学者曾做过计算,美国城市居民的平均收入由市中心区向外每移动一英里就下降8％,到10英里以外就加倍,即每一英里下降16％。而在其他国家,往往是富人住在市中心区,穷人在外围边缘地带,如南非等国家和罗马、巴塞罗那、维也纳等城市中社会经济地位最高的住宅区靠近中心商业区,郊区通常是穷人的归宿。巴黎市中心区是特权阶层的专有领地。南美的城市也与它们北部的邻居迥然有别。

第四,通勤工作。根据1980年人口统计,典型美国就业者每天单程要走9.2英里、花费22分钟到工作地点,每年仅用于此方面的花费就高达1270美元。

杰克逊对早期郊区的起源和初步发展做了阐述后,重点分析了19世纪后期工业化及20世纪后期后工业时代的郊区化现象。他是从经济、政治、文化三大方面展开探讨的。

在经济与技术变革方面,郊区的巨大变革发生在19世纪后期这个美国工业化的高潮阶段。在这个时期,科技发明层出不穷,如气闸、电话、电报、电灯、自来水笔、行型活字铸版机、小型照相机、气胎、拉链,都对城市居民的生活和城市空间结构产生程度不同的影响。然而,从1888年到1918年间,市内有轨电车的大量使用代表了交通运输方面的革命性进展,其影响远远超过此前的任何发明。市内有轨电车运行速度可达每小时14英里,四倍于此前的有轨马车。市内有轨电车投入使用后,尽管收费一再下调,但仍获利不菲。例如,在纽约几家公司合组大都市有轨电车公司,1893—1902 年获利达 1 亿美元。这极大地刺激了一些商家向郊区铺设线路的热情,进而对普通大众居住地的选择产生了重大影响:其一是有轨电车线路从市中心成放射状向郊区伸展,突破原有市区的局限,开辟了一个广阔的郊区。它一方面向现有村庄或小镇延伸,另一方面在原无居民的地方产生居民点。其二是票价便宜,并且实行统一的五分制车费。在欧洲,市内有轨电车票价较贵,而且根据距离远近付费不同。而美国的市内有轨电车则固定票价,转车是免费的。这样就吸引了市区居民迁往市区边缘地价便宜的地方。洛杉矶是市内有轨电车促成郊区的扩展和不动产开发的典型例证。1880 年时它不过是 1.12 万人的小社区,1900 年为 10.2 万人,在 19 世纪 90 年代翻了三番,20 世纪初的 10 年间翻两番,20 世纪 20 年代再翻两番,成为一名副其实的大都市。有市内有轨电车的便利,土地投机不断升温。1865—1866 年间不动产价格涨 200%,1868 年又涨 500%。19 世纪 90 年代中期发现石油是洛杉矶郊区化的又一主要动力。横向蔓延成了洛杉矶的典型特征,任何城市都无出其右。1930 年,洛杉矶 94% 的居民是独户住宅,远远超过其他城市。

20 世纪 20 年代汽车的普及,对郊区的扩展而言是继有轨电车之后的又一划时代的动力。郊区的扩展同汽车的使用成正比。1905 年,全国有 2.5 万辆汽车,1915 年增至 90 万辆,1929 年骤增至 2300 万辆。汽车开始成为人们生活中不可缺少的组成部分,开此先河的是西海岸城市。1929 年,在人均拥有汽车方面,加州居全国前茅,洛杉矶居首位,率先成为"车轮上的城市"。1930 年,全国平均每 5 个人有一辆车,洛杉矶每 3 个人一辆。汽车在填补有轨电车线路间居民点空白地带的同时,还以更快的速度建造新的郊区城镇,开创了一个全新的城市化时代。它所引发的郊区化具有明显区别于早期交通变革的 4 个新特点:总体居住模式发生变化,私人住房数量剧增;上班的路途平均距离加长;就业地点分散化;低密度建筑模式成为时尚。

在政治方面,从美国建国直至 20 世纪 30 年代,美国联邦政府从未对城市事务进行任何干预。作为美国历史一大转折点的新政既是联邦政府干预经济的开始,也是干预城市的开始,这恰恰明显地体现在对郊区化的影响方面。新政期间,联邦政府对城市的干预是先从住房开始的。其一,提出"绿带建镇计划",其宗旨是在郊区选择廉价的土地建造新的社区,将市区里贫民窟中的居民迁居于此,再将腾空的贫民窟拆掉,改建为公园。但所建成的三个社区——马里兰州的格林贝尔特、威斯康星州的格林代尔、俄亥俄州的格林希尔斯均造价不菲,不宜效法,因而受到保守势力的抨击,结果未能推广。其二,创建了两个新的政府机构,即房主贷款公司和联邦住房管理署。房主贷款公司成立于 1933 年,旨在保障城市居民可得到合理的住房贷款,因大萧条期间很多住户由于付不起分期付款而被取消住房抵押权。结果,全国平均 40％的合法居民申请住房贷款公司的贷款。其中仅在 1933—1935 年,房主贷款公司就为 100 万份分期付款提供 30 亿美元贷款,极大地缓解了住房紧张问题。房主贷款公司的另一项举措也对郊区化产生了微妙的影响,这就是城市住宅区分级的做法。该分级法将城市及其郊区按居住安全性强弱分为四级,即 A、B、C、D,在相应的居住安全地图上分别标以绿色、蓝色、黄色、红色。若被划为红色的 D 级,表明为危险系数高、不适宜居住的地区,当然主要是黑人区。联邦政府的联邦住房管理署对 D 类地区一般不给予住房分期贷款。结果可以想见,富有的白人在购房或搬迁时,自然首选 A 区,其次是 B 区。这两类住宅区,多半位于郊区,这种分类在客观上成为人口向郊区迁移的参照和诱因。1934 年 6 月根据《全国住房法》成立的联邦住房管理署则是联邦政府干预乃至管理住房的常设机构。联邦住房管理署通过对住房分期贷款提供担保和降低贷款利率等措施,极大地刺激了住房的购买。但同时它也进一步强化了住房上的种族和阶级界限,使郊区更带有中产阶级和白人的色彩,使市区内的衰退区更加破败,被人所遗忘。可见,这两大机构对城市发展确实产生了重要而持久的影响,但主要体现在郊区化,用杰克逊的话说,"房主贷款公司和联邦住房管理署更像为郊区而非市区服务的机构"。

因此,战后城市的发展明显地集中在城市的边缘地带。例如在纽约1946—1947 年郊区发展主要在昆斯区的边缘,而昆斯本身又是纽约的边缘。在洛杉矶,战后发展最快的是在圣费尔南多谷,这一地区自 1915 年被洛杉矶兼并前几乎是旷野。由于边缘地带的超前发展,郊区在大都市区占的比例相当高。1980 年,美国 15 个最大的大都市区中,郊区人口占大都市区人口的比例除休斯敦外全部在 50％以上,其中波士顿、匹兹堡和圣路易斯均在 80％以上。另如,1980 年,纽约和费城市均拥有不到各自大都市区的一半人口;在圣路易斯、匹兹堡、克利夫兰甚至不到 1/3。

在圆桌讨论中,几乎每一个发言者都认为联邦政府政策这一部分是全书的精彩之笔。安·基廷认为这两章圆满解释了联邦政府政策对大都市区形成的影响,即它如何使郊区成为以中产阶级白人为主的社区,同时摒弃了黑人的这一梦想。她甚至主张,这些论述应补充进美国历史教科书。格雷姆·戴维森称,这部书在澳大利亚也引起共鸣,尤其是政治经济学分析。菲尔·埃星顿指出,一般认为,郊区的蔓延仅仅是市场中性运作和交通技术发展的结果,但在杰克逊笔下我们看到的历史真实是,政治力量使开发商们利用政府的补贴和相关部门的冲突来推动市场走向。如房主贷款公司的运作就详细反映联邦政府是如何引导住房市场以种族分野。埃星顿称,仅这一部分本身就足以引发学者产生很多思考,值得效仿。

在文化方面,美国郊区的超前发展,也与美国人在住宅方面的文化取向有关。在欧洲,年代久远的东西彰显尊贵荣耀,所以较老的建筑一般价格都很高。现时英国乡间的地图与 100 年前的地图几乎没有什么变化,农场、城堡、村庄一仍如旧,只是今天可能多了一点工业园或机场,但在这块古色古香的大地上显得微乎其微。英国人把古老久远看成是可炫耀的资本,而非累赘。相形之下,美国人对古老的东西无特殊嗜好,而是崇尚新潮。这样,典型的美国城市发展模式是住房不断更新,原有住房依次向下一个收入水平的居民渐次转移。在美国,总是有推土机在工作,这些能量巨大的变革机器似乎注定要把每一个农场都变为购物中心、新市区,或是高速公路。

当然,文化并不是孤立发生作用的。文化取向促成人口分散化的还有两个客观条件和两个基本因素。

杰克逊所引证的两个客观条件分别为实现郊区的理想和人口的增长。寻求城市与乡村生活的适当平衡是美国人 200 多年来一直在追求的思想传统,这似乎已成常识,无须赘言。至于大量持续的人口增长,事例也俯拾皆是。美国城市人口在 19 世纪爆炸性地增长,在世界历史上也是少见的。1800—1910 年,欧洲城镇人口比例增加了 2 倍,但美国增加了 6 倍。城市化趋势在 20 世纪仍在继续。到 1990 年,百万人口以上的大都市区已达40 个。

　　杰克逊所引证的两个基本因素分别为种族歧视和廉价住房,这是透过很多渠道反映出来的。讨论美国城市的居住模式,必然要涉及种族问题。与较为划一的丹麦、德国、英国或日本比较,美国的城市特别是大城市,种族分化极其严重。这就导致富有的白人纷纷迁离市区,落脚在郊区。而廉价的住房,又为这种大迁徙提供了诱因与可能。同世界其他国家相比,美国住房的价格一直较低。对此,杰克逊再深究一步,发现有 6 个因素使然:其一,人均财富较高。美国按收入水平看有一个为数众多的中产阶级,因此能享受得起低密度住房的开销。其二,土地价格不高。美国的人口密度在西方主要工业国中一直是很低的,地价自然很便宜。例如,1984 年,在达拉斯-伍斯堡大都市区 100 英里方圆内,每英亩土地不到 1000 美元。而在日本的大多数郊区范围内,每英亩土地高达 400 万美元。其三,运输费用低。各类交通工具先后发明,如汽车、火车、有轨电车、地铁、高架火车。20 世纪 70 年代前汽油和汽车的价格也很低,致使汽车拥有量不断增加,进而美国汽油消费量逐年攀升,50 年代翻了一番,60 年代又翻一番。直至 1985 年,在美国拥有并使用一辆汽车的费用还远远低于其他西方发达国家。其四,建筑费用低。东北部是木质结构,南部是砖混,西部是拉毛水泥。这些建筑材料价格都很低廉。其五,政府特别是联邦政府的政策等于鼓励分散化,如分期付款政策、高速公路系统、排水系统的完善。郊区化并非地理、技术和文化因素促成,更主要的是政府政策的结果。其六,资本主义经营体制本身。居住区向外扩展是随工业资本主义兴起而发展的,在自由企业制度下,土地投机者、建筑承包商、中介商等可大行其道。

　　这六个因素,连同种族偏见以及酷爱草坪和独处,使得私有独立的住房对中产阶级来说买得起,也想买,为他们形成了工作、居住、消费向外分布的环境。所以,美国人的居住行为可以看成是市场力量和政府政策共同作用的结果。

　　以上这些因素既是郊区得以长足发展的条件,也是判断郊区未来走向的主要出发点。据此,杰克逊对美国郊区化的未来做了预测,为《马唐草边疆》增色不少。

　　在未来人口居住模式方面,很多未来学家曾有预测:计算机革命和知识经济会改变工业革命所形成的主要变化,如生产、办公、就业的集中和标准化,尤其是人口的集中将变得不必要。因为越来越多的社会交往是通过电子中介来完成的,因此将来会是一个更分散化的国家。杰克逊对此持异议。他是把这个问题放在美国郊区化长时限发展历程中来看的。美国的郊区化从 1815 年出现以来,持续的时间已相当长,未来 20 年内分散化进程将放慢,一种新的空间平衡将在下一个世纪早期产生。其原因主要有:第一,能源费用的提高和可利用的液体燃料减少。美国一向对能源的消耗太大。1978 年,美国人均汽油年消费量为 532 加仑。就是在人口密度最高、公共交通较好的纽约州,这一数量仍高达 349 加仑,远远高于其他国家。第二,土地的价格不断上涨。在美国,购买房产时用于支付地皮费用所占的比重已由 1948 年的 11％上升到 1982 年的 29％。第三,由于种种因素的制约,贷款的利率也会升高,分期付款未必很划得来。第四,联邦政府也开始强调环境保护,优先发展公共交通,私有汽车受到冲击。1974 年通过了社区发展法。第五,美国家庭结构的变化。离婚率的上升,平均家庭人口的下降(1980 年为 2.75 人),妇女进入永久性劳动市场,减低了郊区大房子的吸引力。除了这些经济因素外,种族关系也大为改善,白人大可不必不顾一切地逃往郊区了。20 世纪 70 年代,随着更多的少数民族人口跻身中产阶级行列,黑人郊区化开始形成规模。到 1980 年,郊区黑人占美国黑人总数的比例已高达 23.3％。

鉴于此,杰克逊得出结论:有迹象表明,美国将进入"后郊区化"时代。

同任何著述一样,《马唐草边疆》也并非尽善尽美,其中也不乏值得推敲之处。

第一,关于郊区化的兴起时间。杰克逊宣称:"郊区化作为一个过程,反映了边缘地带比城市核心区增长步伐快;作为一种生活方式,反映了每天到市中心区通勤工作。这些现象最先出现在美国和英国,时间在 1815 年前后。"早在 20 世纪 70 年代时他在一些论文里就阐发了这种观点,其中有一篇文章的副标题更是直言不讳:"美国郊区成长 150 年。"《马唐草边疆》不过是再次重申这一结论而已,也就是说,《马唐草边疆》所提出的是一个很成熟的看法。它所贯穿的基本思想是:美国一直是郊区人口为主的国家。他这样评价郊区的地位:"1920 年,当美国人口统计总署宣布一半以上的美国人居住在城市中时,实际上美国最独特的特点并不是美国城市的规模,而是其郊区蔓延的程度;不是工人的数量,而是通勤者的数量;不是市区内高耸的摩天大楼,而是拥有住房者的比例。"

这里产生两个问题:其一,如此一来,郊区化的历史几乎与城市化的历史一样长。杰克逊称我们是郊区居民,逆向推理等于说:我们不是城市居民,这样一来,郊区化岂不就成了无源之水。过于强调郊区化或将郊区化等同于城市化甚至取代城市化的提法,可能会造成一些概念和认识上的混乱。其二,如此一来,也等于忽略了大都市区的发展,模糊了大都市区的作用和地位。所谓大都市区,是 1910 年美国人口统计总署采用的新标准,即指拥有一个最少 10 万人口的中心城市、周围 10 英里的辖区及人口密度每平方英里达 150 人的地区。大都市区是一个整体,郊区只是其有机组成部分,其中市中心区一直发挥着主导作用。大都市中心区有百货商店、银行、电影院、政府机关,功能俱全,郊区不能离开大都市区而独立存在。人们无论是作为消费者还是生产者,都理所当然地有向心性,仅局限于郊区或过于强调郊区化显然不够。另外,杰克逊强调郊区化在很大程度上是文化驱动的现象,也有简单化之嫌。他提出,美国人喜欢居住在独户住宅是原因,电车促成这一愿望的实现。这表面上看似乎与大都市关系不大,但事实上,对于城市生活来说,人们会考虑很多因素,远不止居住地点的选择。从 19 世纪以来,公众始终认同大城市是他们生活的中心,而非仅仅局限于郊区,所以应该审视整个大都市区。关于郊区化和大都市区化的关系,笔者曾有专文论及,此处不再赘述。

第二,导致社会分化的原因不能完全归咎于郊区化。杰克逊认为,战后时期的郊区化是导致社会分化的主要因素,这就过于简单化了。约翰·洛根做了很多补充:首先,19 世纪末时,拥有独户住宅并不仅仅是一个土生美国人、中产阶级或城市居民的理想,它是一个遍布全美国的现象。除了犹太人和黑人之外,几乎所有少数种族集团都向往并可能迁往城市的边缘地带,参与郊区化进程。我们有很多证据表明,种族分离制并非始于郊区,在市区中种族分离制的影响更大。以纽约为例,1920 年其种族分离指数约在 0.75;1990 年,在市区内这一指数为 0.83,在整个大都市区是 0.82,相差无几。其他城市,也多半是在市区内种族差异大于郊区。城市住房市场更加在种族取向上有排他性,在大都市的内圈和外圈都有种族和阶级分化,不能将污水都泼在郊区。当然,城市与郊区之间也确实有区别,关键是区别在哪里。其次,郊区是个非常多样化的地方。它包括在铁路沿线的通勤城镇、工业卫星城、农村居民点等,也包括靠近市区的年久的电车郊区、二战前后建造的工人阶级和中产阶级区、公司总部和装配厂以及仓库集中的新型工业和商业郊区;它既包括纯白人社区,也包括黑人或波多黎各人的贫民区,以及发展着的亚裔或西裔移民飞地。可惜郊区的多样化在《马唐草边疆》这样一部涉猎广泛的专著中未得到反映。其实,杰克逊也发现,到20世纪60年代早期工业就业有一半是在郊区。他也注意到20世纪70年代大量出现的黑人郊区化趋势,可惜未予详谈,也未提及移民。因此,《马唐草边疆》把大都市区分为市区和郊区两类,区分郊区与市区的标准也仅以种族和阶级为限,显然不够全面。退一步讲,即使杰克逊的本意并非如此,但也容易误导读者。如果我们将视野放开,将得出不同的结论。在圆桌讨论中,讨论者也补充列举了很多现象,以更好地解释郊区化的动因。例如格雷姆·戴维森教授提出,19世纪澳大利亚和美国城市经济与文化动力类似。但澳大利亚的郊区化过程更有平等色彩,因为引导郊区化的很多政策都是由以普遍税为基础的中央政府负责,不是像美国那样是由立足于财产税的地方政府负责。美国的做法很容易造成郊区与市区的分化和多中心倾向。可惜杰克逊没有注意到类似的比较。

行文至此,我们回过头来再仔细品味本书的题目,似可体会杰克逊以"马唐草边疆"命名的用心。这种草主要分布于北美和欧洲,与其禀性类似的郊区化现象也主要发生在欧美。他显然是把这种郊区化作为美国的一个特定现象来加以阐述的。他在书的最后一章"回顾与展望"中总结到,美国不仅是世界上第一个郊区化的国家,也可能是最后一个郊区化的国家。美国人口大量的分散化现象是其他地区不可能重复的一系列因素作用的结果。尽管如此,我们也不能完全排除这种草蔓延到或部分蔓延到亚洲甚至我国的可能。若此,它将不仅是生物学的课题,更是我们城市史研究需要回答的问题。

2004年2月

翻译《施坚雅模式》的几段插曲

1989 年，东北师大李洵教授嘱其开门弟子赵轶峰（当今国内明史研究的领军学者）翻译施坚雅的名著《中华帝国晚期的城市》（*The City in Late Imperial China*），而赵正要启程赴加拿大深造，我正巧从美国留学归来，这个任务就落在我身上，这是我求之不得的。

原作是本大部头的论文集，我们并没有逐章翻译，而是选取了该书的精华即施坚雅本人的论文，根据其内容重新排序。施坚雅知道我们的这些想法后，又特意把他的两个最新研究成果寄给我。一篇是《中国历史的结构》，是其 1985 年就任美国亚洲研究协会主席时的主旨演讲，该文的结论是：中国的区域各有其发展周期，这种周期似可取代朝代作为分析中国历史结构的基础。这不仅丰富了宏观区域学说，而且对中国城市史乃至区域经济史提出了全新的解读。另一篇是《19 世纪四川的人口——从未加核准的数据中得出的教训》，1988 年发表在《清史研究》上。这篇论文，几乎是计量经济史研究的范本，用他自己的话来讲，是把他阐发的宏观区域理论用于分析某一区域历史数据的尝试。该文使用大量历史数据，对 19 世纪四川人口进行统计和推论，认为当时中国人口的估算数应该为 3.8 亿人，而不是普遍认为的 4.3 亿人，此结论非同小可。因为这样一来，不仅此前发表在《中华帝国晚期的城市》中城市化比例要做相应调整，而且，整个清代社会和经济史都要重写。这两篇论文，反映了其思想的进一步发展，分量很重，把它们收入译本，使施氏的理论更加深入、系统而完整，这应该说是我们译本的一大贡献。为了避免帝国之类表述容易引起的歧义，我们的译本名为《中国封建社会晚期城市研究——施坚雅模式》（以下简称《施坚雅模式》）。

我们在 1989 年 10 月就完成了所有论文的翻译，交出版社付梓，同时等待他写的中文版序言。1989 年 6 月 7 日时他来信表示过会写序言，但他提到，目前中国发生的事情令人焦虑，担心译著是否还能如期出版。此后近 1 年时间没有他的音讯。直至 1990 年 8 月，他来一封长信，给出了解释：一是他的长子出车祸身亡,令其悲恸不已;二是他与妻子同时转到加利福尼亚大学戴维斯校区,处理相关事务耗费时日;三是中国1989年政治风波投下的阴影。他称已推掉所有预定的到中国进行的研究项目,当然也不能写这个序言,以他的身份,"如果写了序言,似乎中美之间学术交流还在正常进行,给人以误导"。但他还是希望这部著作能够如期出版,作为补偿,他授权可由我们写一个译者序言,他还把简历和《世界名人传》对他的介绍以及斯坦福大学任命他担任系主任时的介绍一并发给我们参考。后来,李洵教授和他的另一个开门弟子赵毅(也是时下明清史的权威学者)写了一个较长的序言。

施坚雅的宏观区域学说,视角独特,在历史学、人类学和相关学科吹进一股清新之风。无论其理论框架,还是研究方法与手段,都显示出卓异的风采,值得细细品味。很多研究中国史的学者对其推崇备至,但囿于语言障碍,无法从原作中领略其要义,尽快译为中文实有必要。宏观区域学说论证过程艰涩,推理、逻辑和数据都有很多难点,我们付出了相当多的时间和精力方完成翻译。翻译过程其实也很享受,后来我写博士学位论文时也多处借用这个理论和方法,受益匪浅。

当时学术著作出版难,恰巧我的朋友王保华在吉林教育出版社任编辑部主任,在他的坚持下该书得以顺利付梓。此书一经问世,立即在学界产生反响。是年,龙登高(现清华大学经济史教授)在《中国图书评论》上撰文,高度赞扬这本译著。他这样评论道:"施坚雅庞大的理论体系和精辟的见解分散于数十篇论文之中,施氏本人也未进行综合整理……《施坚雅模式》一书找到了恰当的契入口。它以施氏着力研究的重点——晚期中华帝国城市为线索组织译著的编排。通过有关城市研究的彼此呼应、相互联系的多篇论文,不仅勾勒了中国城市成长过程的明晰脉络,阐述了城市内部政治经济结构与特征,而且透过城市的发展及其社会经济环境的变迁,可以窥探施氏理论的整体框架。"此书发行不久,1000余册即告售罄,其后不断有人给我来信索要,甚至听说市场嗅觉灵敏的香港居然也有了盗版。

不过,当时信息流转的渠道远不如现在这样畅达,而且吉林教育出版社规模不大,以出版教材为主,一般学者很少把它和学术研究联系起来。何况我们译本的封面设计有几分抽象派的艺术范,与学术著作不搭。因此,区区千余本的发行量在偌大的中国不过是九牛一毛，所形成的冲击力和影响力不如预期。几年后听说杭州大学陈桥驿教授也主持翻译了这本书，但苦于找不到出版社。1997 年前后，我看到过关于此事的报道，记得其中有这样一段话："世界级学术大师的著作，居然没有中文译本，岂不是中国学界的耻辱。"陈桥驿的版本一直拖到 2000 年，即我的版本发表 9 年后才得以面世，由中华书局出版。彼时，学术著作开始受到了应有的重视。该版本将《中华帝国晚期的城市》全文悉数译出，很厚重。如果读者把它与我们的版本对照阅读，会更好地全面理解施氏理论的精髓。

1990 年我在施坚雅家中做客

2012 年

神圣、安全、繁荣，缺一不可

——《全球城市史》译者序

　　笔者从事美国城市史研究 20 余年，对乔尔·科特金并不陌生。他是总部设在华盛顿特区的"新美国基金会"欧文高级研究员，全球公认的未来学和城市问题研究权威。曾在纽约城市大学纽曼研究所和南加州建筑学院任教，也是《华盛顿邮报》《华尔街杂志》《美国企业界》《洛杉矶时报》等名牌媒体竞相追捧的专栏作家。他学贯古今、视野开阔、建树甚多，其著作往往甫一出版，即成经典书热卖。在其发表的五部著作中，《全球族》和《新地理》深受学术界推崇，好评如潮。

　　但是，当 2005 年 5 月出版社把这部带着墨香的《全球城市史》（清样稿）转给我时，仍令我惊诧不已。这部纵论世界城市上下 5000 余年历史的新著竟不到 20 万字（英文），背封上几位名家的评论，却十分了得：宾夕法尼亚大学威托尔德·雷布金斯基（Witold Rybczynski）教授认为此书"观点新颖独到，令人折服，当与刘易斯·芒福德（Lewis Mumford）、彼得·霍尔（Peter Hall）、费尔南德·布罗代尔（Fernand Braudel）的论著并列于城市史研究书架"。休斯敦市长鲍勃·拉尼尔（Bob Lanier）索性一言以蔽之曰"对城市生活独到而睿智的阐释，堪称传世之作"。斯言如此，不禁令我诚惶诚恐。于是，我急不可待，几乎是一口气读完了这本书。城市大千世界的林林总总，在他的笔下，线索清晰可辨，内容繁简有致，思路见微知著。飞扬的文采，连珠式妙语，流水般行文，完全没有一般学术论著的艰深晦涩。阅读的过程，包括我后来翻译的过程，既是审美上的享受，也有思考的快慰。短短 100 多页的文字，不啻一次穿越城市时空隧道的奇妙旅行。

　　科特金以其神来之笔，把我们带入一个似曾相识但又别有意境的城市世界：从美索不达米亚、印度河流域和中国的宗教中心，到古典时期的罗马帝国中心、伊斯兰世界城市、欧洲威尼斯等商业城市，再到后来的伦敦、纽约等工业城市，一直到今天以洛杉矶为代表的后工业化城市。他发现，这个城市世界从发轫伊始,就带有某些共同的特征,尽管它们可能远隔重洋、相距万里。当年"孤独的文明"阿兹特克帝国都城特诺奇蒂特兰城,与公元前数千年兴起的古巴比伦城同为上古城市文明的奇葩,它们之间毫无联系,却具有惊人的相似特征。1519 年前后,当人们发现这一现象时曾轰动一时。那么,它们具有什么样的共同特征呢?科特金高度概括为六个字:神圣、安全、繁荣。如欲成为世界名城,必须具备精神、政治、经济这三个方面的特质,三者缺一不可。

所谓神圣(sacred),属宗教层面的概念,广义上也可理解为道德操守的约束或市民属性的认同,是某城市赖以维系的精神支柱。此书开篇的标题就是"神圣的起源"。最早留下城市永久性印记的是在美索不达米亚出现的一度拥有 25 万人口的巴比伦,全称为"巴比-伊拉尼"(Babi-ilani),喻为诸神于此处降临大地的"众神之门"。后来繁衍生息在此地的其他民族——从巴比伦人和亚述人到波斯人——都把他们的城市想象成最神圣之地,把他们的城市与神密切相连。苏美尔人、罗马人也笃信宗教,基督教在罗马帝国时期甚至成为国教,其城市自然是宗教中心。公元前 2 世纪中国开始的独特的、内生性城市进程,同样具有浓厚的宗教色彩。统治者希望通过抚慰诸神来规范自然万物和尘世,都城不仅是世俗权力所在地,也是"中央王国"的中心,"居天下之中,礼也"观念的具体体现。它们履行着类似麦加、麦地那和耶路撒冷等伊斯兰教圣地的功能,但是侧重点却有明显的不同。穆斯林的圣地是宗教圣地,从伊斯兰历史的第一个千年之后,就不再是政治权力所在地。伊斯兰文明所孕育的城市文化、宗教关怀体现为人们的日常生活同万能的真主之间的合一。在伊斯兰城市的布局中,清真寺成为城市生活的中心。但在中国,权力和神圣可以相互切换:皇帝居住的地方,也就是神圣的地方。在遥远的美洲,宗教的优先地位更为突出。北美的墨西哥、南美地区的秘鲁和美洲其他早期文明建成的第一批城市都将宗教建筑置于大都市中心的心脏地带。用一位美国历史学者的话来说,在世界各地早期城市的兴起过程中,存在着某种"心理一致"的现象。

今天,全世界各色各样的城市仍程度不同地演绎着这些功能。基督教、伊斯兰教、佛教,或是某些古代流传下来的民间宗教,依然具有持久的影响力,人们试图保持牢固的家庭联系和体制信仰,对自己所居住的城市有着深深眷恋,有着让这个地方有别于其他地方的独特感情。科特金认为,一个没有道义约束或没有市民属性概念的城市即使富庶也不可能保持长久。在谈到这一点时，他注意到，当今可能最引人注目的成功的城市建设，是中国在新儒教信仰体系与外来的西方科学理性主义结合之下进行的。

所谓安全（safe），界定是很清楚的，就是指一个城市所能提供的最基本安全保障，包括安全的经济环境、社会环境和政治结构。安全对一所城市的重要性不言而喻。当一个城市不能给居住于此的人民以安全感，那它迟早会消失，这种情况在世界各地历史上屡见不鲜。人类历史上第一个超过百万人口的大城市罗马的兴起就是安全方面的成功例子。罗马帝国通过对外征伐，建立了一个稳固的大帝国，并于公元 2 世纪时达于全盛，帝国范围庞大但联系畅达，"条条大路通罗马"。后来欧洲的主要城市，约克、伦敦、特里尔、巴黎、维也纳和布达佩斯等，竞相效仿，在某种意义上，罗马化几乎成为城市化进程的同义词。但"成也萧何，败也萧何"，因不安全而导致垮台的最典型例子也是罗马。后来，在外敌数百年的骚扰下，罗马帝国不断收缩，到公元 7 世纪，实质上所有的罗马帝国大城市，从行省中心特里尔到德国边境地区的马赛，或被放弃，或变得毫无轻重，罗马人口也流失了十之八九。此后直至 19 世纪，欧洲再没有出现过如此规模和发展水平的城市。

安全与宗教是相互关联的。没有拜占庭帝国广阔的城市基础，基督教的迅速发展就不会出现，反之亦然。作为欧洲的首要城市，君士坦丁堡在公元 6 世纪曾兴盛一时，人口接近 50 万人，并且控制着从亚得里亚海到美索不达米亚、从黑海到非洲之角的庞大拜占庭帝国。但君士坦丁堡的宗教特性远不如古典世界城市那样强烈，结果兴盛的基础不牢。

进入现代后，维持一个强有力的安全制度对城市地区的复兴仍有明显作用。20 世纪 50—60 年代美国社会动荡，圣路易斯及底特律等城市因此人口剧减，几十年未能恢复元气，纽约城也一度因为安全问题而严重影响其现代名城的形象。到 20 世纪末，一些美国城市社会治安改善，犯罪率明显下降，这就为某些大城市旅游业的发展，甚至城市人口适度回流提供了极为重要的先决条件。1992 年经历了灾难性的城市骚乱之后，洛杉矶不仅设法遏制了犯罪，而且完成了经济和人口的复兴。不幸的是，对城市未来的新威胁在发展中国家又浮出水面。20 世纪末，在里约热内卢和圣保罗等巨型城市，城市犯罪演变成了"城市游击战"。毒品走私、黑帮势力和普遍的无政府状态也同样困扰着墨西哥城、蒂华纳、圣萨尔瓦多和其他城市。在信奉伊斯兰教的中东地区,社会经济和政治动荡更加恶化,对全球城市的安全构成最致命的直接威胁。"9·11"事件是最极端的表现形式。

所谓繁荣(busy),主要是指经济基础坚实,商业市场完善,城市的社会基础中产阶级发育较成熟。比较而言,虽然占据神圣之地和拥有政治权力对于城市的发展至关重要,然而这些城市的未来并不仅仅取决于上帝或国家的政治权力,还要靠对财富孜孜不倦的成功追求。不过,比较而言,宗教因素较为持久,安全和经济因素则变数很大,在世界范围内经济发展的热点地区或经济发展重心呈周期性变化,出现此消彼长、各领风骚的局面。在此方面,近代以来随资本主义兴起而兴盛的威尼斯、里斯本、安特卫普、伦敦和纽约等城市最为典型。威尼斯是一个城市凭经济实力而强盛的"终极形式"。到16世纪早期,威尼斯成了欧洲最富有的城市。此后,伊比利亚半岛上的西班牙和葡萄牙靠海外殖民地掠夺,削弱了意大利的商业霸主地位,里斯本等城市一度兴盛。但很快又被北方的安特卫普、阿姆斯特丹凭借迅猛扩展的世界贸易所超越。再后来,则是伦敦力拔头筹,成为欧洲最大的城市。伦敦不仅拥有壮观的教堂、华丽的宫殿和景致优美的公园,以及深厚的居民道德意识,更重要的是,伦敦开创了充满活力的资本主义经济体制,用以掌控和管理日益扩大的世界经济。到19世纪中期,英国成为以城市居民为主的第一个国家。

但此时在另外一块大陆上,美国得以不受任何干扰地一心一意搞经济建设,成为"繁荣"的城市乐土。有人这样写道,亚当·斯密的声音"在世界的耳朵里响彻了60年,但只有美国听从了这个声音,并推崇和遵循它",非常形象地道出了美国当时的经济形势。在美国城市群雄并起的19世纪下半期,纽约的表现最为抢眼,它的商业增长和文化生活相互推动,延续着以往的商都大邑雅典、亚历山大里亚、开罗和伦敦的成功道路。到20世纪初,它不仅在美国城市中居遥遥领先的位置,也成为世界不可逾越的商业巨擘、新的城市世界的中心。当时一位英国作家不无妒忌地说:"我们英国人的幽默笑料正在被纽约的出版商们用机器实行机械化加工,甚至英国的婴儿也在吃美国食品,死的时候装在美国造的棺材里下葬。"再后来,纽约的发展一发不可收。有人这样评论:仅仅是一个下午时间,在曼哈顿一个摩天大楼里所做出的决议,就将会决定在南非上演什么电影,新墨西哥矿区里的儿童是否应该上学,巴西咖啡种植者的收成应该获取多大回报。科特金把英国和美国城市的相继崛起称为"盎格鲁—美利坚城市革命"。

在这个城市世界里,也有不和谐音,有某种非正常模式或另类城市化现象。科特金认为,此类现象主要发生在日本、俄罗斯和德国。在工业化过程中,欧美等国一般都具有能够适应新的城市环境冲击的民主传统,而这三个国家没有。这几个国家试图在几乎是中世纪政治体制下超常发展工业城市。在日本,工业革命是突发性的,人为色彩很浓,城市也是如此。东京到1930年成为自工业化以来亚洲第一个能与纽约或伦敦相媲美的城市,甚至一度想超过它们。德国与日本一样,工业革命起步略晚,但也带有突发性,由此产生很多悬而未决的问题。柏林多年来一直是普鲁士的"兵营城镇",死气沉沉,毫无生机,但到19世纪末,它突然一跃成为人口达150万人之众的大都市。到希特勒时期,更进一步想把柏林转变成以德国人为主的人口众多的大都市,成为古罗马或巴比伦的今日版本,还设计了一个由密集的工业中心所组成的"群岛"城市。这些大而不当的规划,像日本的那些规划一样,随着二战这场浩劫而灰飞烟灭。俄国走上第三条道路。本来,俄罗斯有着可与北美相媲美的发展工业的天然有利条件,但这种自然界的有利优势却被每况愈下的社会秩序所抵消了。1917年十月革命后,苏维埃政权效仿彼得大帝,发起一个雄心勃勃的城镇建设大跃进。在某种意义上,苏维埃的城市政策确实是成功了,到1960年,他们把一个以农村为主的国家转变成一个以城市居民为主的国家,但其工业城市发展比例失调,弊端很多,在道义操守方面也不得章法。

不和谐音的另一种表现形式是在中东地区。中东地区拥有丰富的能源,本来可以有足够的资金解决城市就业和人口膨胀问题,伊斯兰世界早期以城市为依托的宗教方面的成功经验,也可以成为建设城市道德秩序的凝聚力。但可悲的是,即便在20世纪70—80年代石油业发展的鼎盛时期,这些城市也没有及时创办大规模制造业和具有世界水平的服务产业,来解决大批城市居民的就业问题。到如今,伊斯兰教显然没有像其他信仰体系那样,成功地解决因城市化的发展而带来的负面影响。

在这个城市世界里,人们无时无刻不在追求实现"更好的城市"的理想发展模式。这是城市发展到一定阶段必然产生的城市空间定位问题。欧洲最先进行了相关探讨与实践,其侧重点很值得回味。在法国巴黎,治理城市问题的重心是在城市中心,通常采用的解决办法是重新规划城市中心地带,使之恢复生机。作为世界上城市化程度最高的英国,却采取了截然不同的方法:任其向郊区发展。之所以有这种情况出现,科特金发现,伦敦城市问题的轻重缓急与巴黎不同。到 1910 年,它已经是世界第一大城市,人口是巴黎的 3 倍,向郊区发展势在必行。在寻求"更好的城市"的过程中,伦敦官方没有像巴黎那样动用大量资源,重新开发首都的中心区,相反,他们只是容许一直在发生着的事情顺其自然,让城市空间任其逐渐扩展而不做任何干预。最初,只是最富有的城市居民迁移到乡村,到 19 世纪后期,越来越多成功的中产阶级和工人阶级居民也汇入了向城市外围大迁移的浪潮,迁往郊区成了"普遍的渴望"。如果说,在中心城市拥有一套可心的公寓是向上层社会爬升的巴黎人的梦想的话,那么,在城市边缘的某个地方拥有一套独体或两家分享的小别墅则是伦敦人的追求。英国其他主要城市的演进模式也大体相似。许多英国人把这种城市分散模式看作是解决长期以来英国城市病的理所当然的办法,有学者甚至断言,它是现代城市应该效仿复制的原型。有鉴于此,英国城市规划家埃比尼泽·霍华德倡导城市人口分散化,主张在郊区边缘创建"田园城市"。这些功能完备的城镇人口大约在 3 万人,它们有自己的就业基地,村舍周围环境优美,四周都是农村。这种城镇和乡村的联姻所形成的新复合体将培植新的生活和新的文明,孕育新的希望。这种"田园城市"主张后来影响了美国、德国、奥地利和日本等全世界的城市规划家。在美国,1907 年,巴特利特(Dana W. Bartlett)在其名著《更好的城市》中展示了一个有规划的"美丽城市"的蓝图。这种更好的城市将为城市居民提供便捷的途径,得以享受海滩、绿地和青山,制造业工厂可以迁移到地势开阔的城市边缘,工人阶级的住房也可以向外扩展。

这些理论探讨最终在遥远的洛杉矶找到了完全的表达方式。1923 年,洛杉矶城市规划部主任自豪地宣称,洛杉矶已经成功地避免了"美国东部大都市区发展中所犯的错误"。他声称洛杉矶这个崭新的西海岸大都市将向人们示范"城市究竟应当如何发展"。这就是一个新的城市发展模式——分散、多中心和大规模郊区化。这种分散化发展的结果是,"英国南部的所有地区最终将成为伦敦的领地,而美国介于奥尔巴尼与华盛顿特区之间的广阔区域将为纽约和费城提供地理基础"。

这种分散化发展模式在亚洲也有广阔的市场。亚洲中心城市的崛起主要是城市分散时代的产物,这是一个"汽车、电子通信和工业技术圈定了城市地理轮廓的时代",向郊区的发展更是题中应有之义。随着高楼大厦在上海、香港和首尔拔地而起,城市向外扩展的压力越来越大。许多城市新住宅、工厂和购物商城搬迁到了城市郊区。这一现象在亚洲的其他城市如雅加达、吉隆坡、曼谷和马尼拉都能看到。人们把这些社区看成是人口密度比洛杉矶或圣何塞更为密集的郊区的翻版。这些亚洲城市居民像西方城市居民一样,发现他们的"更好的城市"在郊区。日本的城市规划人员效仿英国"花园城市"理念,跳出东京,向外扩展,其边缘地带的次中心逐渐成为繁华都市的一部分。

在这种情况下,应当重新认识郊区的地位和作用。在工业化时代早期,人们并不清楚城市的边缘是城市的未来,现在其观念发生了转变。随着电讯联系的改善,文化生活的多样化发展,人们没有必要再生活和工作在大城市里。近20年来距城市中心30~50英里区域的房地产价格持续上涨,就是最有力的佐证。曾经以农场和城市为主的美国,正在向以郊区为主的国家转变,洛杉矶模式的出现不是偶然的。一位德国学者指出,在郊区拥有住房并不是抛弃大都市,只是人们"向幸福生活"迈出了一步。在这种情况下,也应当重新认识中心城市。在城市世界的早期,这原本没有疑义,也是毋庸置疑的问题。但到了20世纪后半期,都市大邑不仅要与其他大的城市区域进行竞争,甚至还要与郊区为数众多的新兴中小城市和城镇竞争。在全球城市历史上,巨型城市第一次失去了优势,甚至出现了危机。"新经济没有消失,而是换了地点。"斗转星移,工业城市走向没落已成为一个世界范围的普遍现象。在日本,大阪、名古屋和其他以制造业为主的城市流失了最有天分的都市居民,丧失了许多有别于东京的城市特征。过去,城市的规模有助于使城市成为内陆腹地的经济主导,而今天,大多数人口密集的巨型城市,如墨西哥城、开罗、拉各斯、孟买、加尔各答、圣保罗、雅加达、马尼拉等,其规模与其说是城市的优势,毋宁说是城市的负担。中心城市向何处去,自然成为学术界和普通民众关心的问题。

随着大公司迁往郊区，巨型城市开始寻求其他增长源泉和资金来源，其中有部分城市把主要注意力放在旅游和娱乐业。旧金山、纽约、伦敦、巴黎、罗马都在考虑把旅游业和娱乐业以及其他文化活动作为最有希望的产业。商界和政界领导人都为此付出很大努力，文化娱乐业所吸引的是新潮的艺术家、玩世不恭者、爵士乐迷，城市大兴土木，修建饭店、夜总会、画廊、博物馆以适应这类人的居住空间。科特金对此颇不以为然，认为它不利于长期的经济健康，属于"昙花一现"的城市。例如纽约的硅巷和旧金山的多媒体峡谷在 20 世纪 90 年代初 IT 产业滑坡时相继消失。他也藐视城市爵士乐迷和流浪族的生活方式。在巴黎，这些城市流浪族占总人口的比例几乎高达 10%。科特金认为，为了避免繁荣期持续短暂的缺陷，城市必须要注重那些长久以来对形成商业中心至关重要的基本因素，包括专门化产业部门、小企业和学校等。繁华的城市不应该仅仅为漂泊族提供各类消遣，城市还应当有尽职尽责的市民，他们的经济和家庭利益与城市命运密不可分。

当然，从总的趋势看，科特金对于中心城市的发展前景持乐观态度。他注意到，大多数国际化的"世界城市"，如伦敦、纽约、东京和旧金山等城市，事实上已经度过了困难期。史学大师彼得·霍尔也曾认为，西方文明和西方城市都没有"表露出任何衰退的迹象"。显然，这些城市比技术日益落伍、遭受发展中国家巨大竞争压力的曼彻斯特、利物浦、莱比锡、大阪、都灵或底特律等巨型工业城市的前景光明得多。

这次在科特金引导下穿越时空隧道的城市之旅，虽告一段落，但余兴未尽，令人回味绵长。科特金实在是赐给了我们太多的思考，同时，他也为我们构建了一个新的研究框架与研究工具，借此可更好地把握城市的历史、现实乃至未来走向，解读城市发展的真谛。除此之外，书中不落俗套的大事年表、经反复筛选的参考书目、方便实用的索引，都有其不可替代的价值。有这样一部著作在案头，笔者今后的城市史研究定能少走很多弯路。相信很多读者也会有与我相似的感受。如是观之，能为此书中文版的出版尽一点力量，笔者幸甚。

2014 年

《美国城市经纬》序言

我们经常在各种刊物上读到世界各大城市的评比,如"最舒适的城市""最适宜居住的城市"等,记忆中美国城市入选的不在少数。在郊区拥有自己独立的别墅式住宅,周末同家人一起驾着游艇出海,假日里在夜风送来香木燃烧的烟气里感受"水火普罗维登斯"的妙处,或是在横跨哈德逊河的大铁桥旁重温卓别林的默片《城市之光》。

如果您正在更新对美国城市文化与生活的最新资讯,请您一定不要错过本书。本书从纵、横两个方面,将美国城市置于各自"经、纬"线的坐标上展开讨论。这种方法严格把握时空关系,所得出的认识将更加准确到位,符合历史与现实的实际。从这一认识出发,全书分两大板块。第一部分从纵向入手,分专题探讨美国城市发展的最新热点或发展趋势,并从中预测美国城市未来的大致走向;第二部分从横向视角切入,试图认识和把握不同区域城市发展的规律性特征。

在纵向坐标上所考察的八个专题各有侧重,但彼此之间又有很强的内在逻辑关系,整体性很强。在这些专题中居主导地位的是大都市区问题。从 1920 年美国成为一个城市化国家,到 1940 年成为一个大都市区化国家,再到 1990 年成为大型大都市区为主的国家,是大都市区在美国长足发展并居主导地位的时期。开篇的《大都市区——美国经济增长的发动机》一文,就是对大都市区在经济领域正面作用的高度概括。《美国大都市区多中心的生态结构》则进一步从生态学和空间结构等两个角度切入大都市区的讨论。大都市区在经济上逐渐向一体化方向过渡的同时,构成大都市区的两个基本组成部分的郊区和中心城市却在政治、社会和文化等方面各自走上了既相互关联又彼此排斥的道路。结果,郊区化的发展,往往以中心城市的衰退为代价。《中心城市的"隔都化"与社会问题》一文,就是探讨大都市区化对中心城市的社会影响;《多样化≠一体化——少数民族郊区化的困境》则将关注点集中在郊区,对 20 世纪 70 年代以来郊区化的新趋势进行了跟踪性研究,发现这个新现象可能成为郊区化的新趋势之一,对美国社会将产生重大影响。在大都市区横向蔓延的过程中,各种社会问题潜滋暗长,使一直未能拿出一套可行且具连贯性城市政策的美国联邦政府陷于十分尴尬的境地。直到进入 21 世纪后,声势浩大的"精明增长"运动在全国普遍兴起,这种局面方有所改变。《遏制大都市区横向蔓延的"精明增长"运动》对此进行了总结。《高技术区与城市经济》一文的出发点是:近年来对硅谷等高科技区的宣传和探讨相当多,但对高科技将如何影响城市的未来走向却尚未引起学术界的足够重视。新科技革命与前几次科技变革一样,改变了城市的经济结构和空间结构。但更重要的是,这场革命淡化了传统能源等因素对城市选址的限制,因此城市分布的自由度增大,美国城市的布局出现了新的调整,区域经济结构经历了巨大变迁。《"阳光带"现象及其最新进展》也从宏观区域的角度,探讨了新科技革命对美国区域经济此消彼长的影响。最后的《新移民高潮及其可能走向》跟踪考察了始于 20 世纪八九十年代、至今仍方兴未艾的移民高潮,对于理解城市发展动向是有重要意义的。

在横向坐标上,本书将美国城市划归到各自所在区域内进行探讨。基本出发点是:城市与区域是互相依存的,它们同步发展到一定程度后,势必冲破传统行政区划的束缚,形成以城市为中心的区域经济体系,所以把区域视为整体,从这一角度比较城市化有助于揭示客观真实。而且,美国是一个地域辽阔的大国,存在区域发展不平衡或不同步的现象,因此,研究美国城市化,绝不能泛泛而谈。事实上,美国区域经济,自东向西依次推进,确实具有明显的阶段性开发的特征,脉络清晰且有规律可循。在客观上形成了分时期、有重点开发的局面,美国区域经济结构在这种动态发展中得以保持相对均衡,保证了经济的持续稳定发展。这一点在今天各个区域的城市中都留下了深深的印记。所以,本书把区域视为一个整体,探讨其自然地理和经济地理条件的影响,概括区域城市发展特色和规律,看似零散孤立的诸多现象通过区域这个视角,得到有机的组合。具体内容主要包括各区域的自然地理条件、历史沿革、人文传统、共性特点与差异等。与此同时,还把区域性宏观论述和典型城市的个案解剖相结合,对区域内部进一步分解,从个案城市透视区域的整体特征。所选取的城市,主要出于重要性、典型性、新趋势和地域的均衡等因素的考虑。对这些城市的地理环境、人口构成、经济结构、交通运输、城市布局(包括城市和大都市区)、文化教育、旅游观光、自然和人文景观(包括著名建筑)、历史沿革等都有论及,其中也包括对美国大城市连绵带的论述。视角独特,内容丰富,信息量大,数据新并具有权威性,所选取的图片也有一定代表性,其中有些照片是作者多年收集的。

2008 年

异域城市 · 别样风采

城里城外

身处美国"阳光带",热浪袭人

所谓"阳光带"(Sunbelt),泛指美国北纬37度以南的地区,因其经济发展蒸蒸日上、气候宜人光照充足而得名。我对"阳光带"情有独钟,写过相关文章,但从未到过这个区域。1991年6月24日至8月16日我去加利福尼亚大学尔湾校区(University of California at Irvine,又译欧文校区),参加"美国南部奴隶制"研讨班,对"阳光带"有了真真切切的感受。

尔湾城市不大,但名气很大,20世纪80年代时在美国发展最快的城市中排名第四。根据1990年美国人口统计总署的统计,美国前50个城市有29个在"阳光带",美国十大城市"阳光带"占了6个。如果以密西西比河为界划分东部和西部,那么这6个城市全在"阳光带"的西部。

出了机场,刚一踏上去往尔湾的机场快线车(shuttle),立即感受到"阳光带"的气息扑面而来。到处都在建设,到处都在铺路,一排排新房,一片片新的小区。司机居然有两次迷路,他自嘲说,刚走这个线路不久,还不太熟,新路太多了。

为何会有此现象?其一,联邦政府的倾斜政策,尤其是国防产业方面的投入几乎都在西部;其二,"阳光带"是后发地区,没有历史包袱,起点高,都是新兴产业和高技术产业,对能源和原材料的消耗低;其三,"阳光带"气候宜人,旅游业发达,同时对退休人员有吸引力,退休人口的转移,也是财富大转移。气候方面,凉爽宜人。我在那里逗留两个月,居然没有一天下过雨。但在傍晚和清晨,太平洋的海风吹拂,夹带丝丝水汽,凉爽而惬意。有很多出名的海滩,如拉古纳海滩、长滩、钮波特海滩都是游客的最爱。不远的洛杉矶是文化名城,好莱坞、迪斯尼都是全美数一数二的景观。其实,这里的土质并不好,林木不盛、植被稀缺。但毕竟其经济实力超强,引水,移植花草。所以,一路上除了一排排新房外,举目所及都是绿叶鲜花、修缮齐整的草坪,当然也到处都是浇水的管线。从洛杉矶到圣迭戈,绿茵茵的草地修葺得整整齐齐。据说,这些水都是从希拉山引过来的雪水,最近还在计划开辟一条地下管道把哥伦比亚河水引过来。看到报纸上喋喋不休地议论水如何如何短缺，加州议员们为水的事不断向邻州求教，但加州用水又如此铺张。

这次身处"阳光带"，觉得其崛起的原因还应加上环太平洋经济发展和移民增加以及文化多样性等。20世纪80年代，移民有一半以上来自亚洲，而这些移民又多半停留在太平洋沿岸，洛杉矶成为面向太平洋的艾丽斯岛。他们不像东海岸那样，在纽约短暂停留后向内地迁移，而是长期定居在洛杉矶等口岸城市。移民们多半是成功人士，或是中产阶级，带来大量投资。洛杉矶市区的很多高层建筑都被日本商家买断，到处都是日本的广告招牌，对此，与会的美国学者们都惊讶不已。尔湾校区的亚裔学生竟占该校学生总数的40%。其次是墨西哥移民，他们的层次略低一些，但提供大量廉价劳动力，在校园里修理花木和其他服务类工作的大半是这些人，与尔湾比邻的圣安娜市人口的70%都是墨西哥人。在洛杉矶市，墨西哥人数量多达200万，到处可见墨西哥风味的餐馆。

此外，军火工业很引人瞩目。在尔湾旁边就有一个美国海军陆战队的军事基地，我们当然不能随意靠近，但美方教授多次提及，能看得出它在人们心目中的分量。

当然，"阳光带"也有负面问题。最突出的是水源短缺。其次是环境污染，主要是川流不息的私家车的尾气污染。再就是公共交通先天不足。从尔湾到洛杉矶不过40英里，乘出租车要40美元，如果乘公共汽车则要走2天。再就是生活费用居高不下，房价高得令人咋舌，学校为我租的房子月租金要1100美元。所以，这里的居民以中产阶级为主。最后是犯罪问题，由于种族民族杂居，冲突时有发生，白日里都有直升机在天上巡逻。

我开会的时候，正赶上尔湾校区庆祝建校25周年。短短的25年，这所学校已成门类齐全的研究型大学，进入全美高校一线（First Tier）方阵，学生已有2万多名，在群雄逐鹿的加利福尼亚大学系统中独树一帜。这所高校的崛起，正是"阳光带"现象的真实写照。

荷兰印象:有轨电车历久弥新

说到荷兰印象,风车、运河、郁金香、奶酪、凡·高,都可圈可点,但我却对其有轨电车情有独钟。

我的老家长春,曾经有好几条当地人称之为"摩电"的有轨电车线路,它叮叮当当像奏乐一般的声音陪伴着我度过小学和中学。后来不知什么原因全都拆掉了,据说是过时了,拆了给汽车公交让路。20世纪80年代中期走出国门,看到美国居然还保留这种交通方式,以为只是满足怀旧情结而已,但后来看到在很多经济发达国家也是随处可见,方发现这种老古董式的交通工具不仅有其价值,而且有很大的发展空间。今年夏天荷兰行,更强化了这种认识。

在荷兰几个规模较大的城市如阿姆斯特丹、鹿特丹、海牙、乌特勒支,都有多条有轨电车线路。其中阿姆斯特丹多达15条,几乎可通达市区的所有地方。有些繁忙的线路,多条线路并行,几乎铺满了整条街道。路上来来往往的车川流不息,忙碌得很。一般是三到四节车厢,像小火车一样。每个车厢有两或三个门,门是双开的,很宽大,全部开启时感觉好像电车的一侧全部敞开了,乘客有上有下,互不妨碍,节省了时间。而不必前门上、后门下,造成拥挤。上下车需要乘客自己按动车上的红绿色按钮,否则车门是不会开的,减少了不必要的浪费。车厢很高、空间开阔,乘坐舒适。我们购买全天票,可随时上下,不计次数,非常方便。

有轨交通实际上有其悠久的历史。早在19世纪初,英国就出现了有轨马车。这种车在轨道上行驶,摩擦系数小,因此运载力大,一匹马就可拉动载10余人的车厢。1832年后美国予以效仿,并很快成为美国公共交通的标配。到19世纪末,远程输电成为可能,于是有轨马车被有轨电车取代,成为城市交通史上的一次革命。有轨电车结束了步行城市时代,经济活动开始分散化,郊区化进程成为规律性现象。郊区化在这种意义上,成了有轨电车的副产品。后来,又大量建造地铁与高架铁路,有轨交通一时风头无两。

　　现代有轨电车,已完成了从传统到现代的转变,效益凸显,前景看好。有轨电车的突出优点是运载力大,维修费低,操控灵活,能耗低,污染少,安全可靠,舒适性高,运行平稳。它是开放式的,路轨埋在路面里,不妨碍其他车辆通行,有轨电车与公交车的路权共享,提高了路面使用效率。又因其是沿固定轨道行驶,因此行人容易判断其走向,与之"和平相处",事故发生率降低。当然,它也有其不足:雨雪天铁轨易打滑;自行车轮可能嵌在车轨里,伤人。现在的有轨电车,在技术层面已经有突破,超长无缝钢轨,噪声低。有些老城历史久远,路面是石块铺的,每块石头都有其特殊的历史价值,当然不能随意废掉,于是这些地方就使用无轨电车。

　　就像当初有轨电车带动郊区化一样,现在区域一体化和城乡一体化的有功之臣仍是轨道交通。荷兰将轨道交通的优势发挥到了极致,效益最大化,在公共交通占据绝对优势。同时,公交车与有轨电车互补,郊线的有轨电车可通达郊区绝大多数地方。

　　由此我联想到,除了有轨电车外,另有几种有轨交通也不可小觑。

　　其一是地铁,白天每 4 分钟一辆,晚间 15～30 分钟一辆。其二是轻轨,即城际铁路。兰斯塔德地区几大城市之间距离在 20～70 公里之间,铁路运行大致在 20～50 分钟。其中,Randstad Rail 是鹿特丹和海牙之间的有轨火车,每 10 分钟一辆。

　　各类公共交通无缝对接,如阿姆斯特丹有 9 个轻轨火车站,4 条地铁,15 个有轨电车线路,50 路公交车,5 个轮渡。车次多,人很少,平时乘客约 1/3,一等座人更少,高峰期略多,但也不拥挤。所有标示四步到位,不会错过。荷兰的公共交通都是自助式服务的。火车只有一个列车员,也很少服务人员,无安检和检票。上下火车和汽车都是乘客自行开门关门,若没有及时开门,就错过一站。汽车来了,若没有按开门键,车门是不开的。

　　另一个特点是布局合理,配套经营。火车站就在路边,开放式,拎包就上。火车站是平面的,一字排开,共 40 多个站台,也有的分上下两层,乘客不必上上下下折腾。小卖部设到站台上,火车上的餐饮也很方便、价格合理。

　　市内交通,市郊交通,既互相联系,又各有侧重。实际上是大都市区空间结构的润滑剂。

我们买的欧铁三国通票,8 天无限制乘坐。就是说,在自己选择的 8 天时间内,车次和时间任选,多少不限,这样就有了极大的灵活性。而且,我们买的联票是一等座,舒适得很,只是价格略贵一些。在各城市市内,我们也是买的全天通票,不必一次次买,这样省去了麻烦,而且非常灵活,实际上省了钱。

美国有轨电车的历史,一波三折,与私人小汽车时有冲突,大多让位,公共交通也受到波及。比较之下,欧洲国家善始善终,刻意保留传统优势,而且发扬光大。三十年河东,三十年河西,20 世纪 90 年代以来,美国一些城市又开始铺设有轨电车线路,听说长春也受到启发,恢复了一条有轨电车。可是,这条有轨电车的路基仍然像火车一样,高出路面一大截,只能专用,别的车不能"越轨",无法与之共用。

在荷兰随处可见的有轨电车

2016 年

荷兰印象：自行车 PK 小汽车

自行车在我国曾有过辉煌的历史。20 世纪七八十年代，人们出行几乎全靠自行车，大街小巷，比比皆是，在大城市里更是汇成滚滚洪流，可谓中国的标志性景观，所以有了"自行车王国"的雅号。如今，这个头衔已让位于万里之外的荷兰，但尽管称呼类似，两者却不可同日而语。我们当年的自行车，是物资匮乏年代的无奈之举；而他们则是追求环保、健身、时尚的主动选择。

对于荷兰自行车的盛况，我早有耳闻，但今年 8 月去荷兰，身临其境，仍有不小的震撼。

此行首站是荷兰经济中心阿姆斯特丹。一出中央火车站，迎面看到的并不是预料中的汽车停车场，而是一个巨大的自行车停车场。这个停车场分上中下三层，整整齐齐、密密麻麻地排列着难以计数的自行车，说它是世界之最恐怕也不为过。一出火车站，很多人就骑上自行车，飘然而去。像我们这样去找公交车的，倒显得有些另类。

阿姆斯特丹火车站的自行车停车场

　　有着上千年历史的阿姆斯特丹老城到处美轮美奂,让人目不暇接。正看得出神,几辆自行车旋风般从我们身旁呼啸而过,差点与我亲密接触,着实吓了一跳。定睛看下来,原来我的脚下是自行车专用道。红色的路面,配以白色的指示牌,非常醒目。来荷兰前,我就被告诫过要小心自行车,看来此言不虚。再看路口,绿灯一亮,浩浩荡荡的自行车队伍就扑面而来。当地人对此习以为常,各行其道,井然有序。我们后来体会到,荷兰人不论贫富和社会地位高低,对自行车都情有独钟。孩子骑车去上学,家庭主妇骑车去买菜,工薪阶层骑车上班,连警察都骑着自行车巡逻。大街小巷一队队骑车族鱼贯而过,成为一道道亮丽的流动风景线。

　　因为买的是公交通票,不限次数,我们得以坐有轨电车闲逛,不经意间到了一个郊区小镇。小镇如图画一般,静谧而温馨,家家深宅大院,气势不凡。想不到从里面出来的人竟推着自行车,这个初级的交通工具和背后的豪宅形成强烈的反差——豪车配豪宅的思维在这里显然是不合逻辑的。小镇周边的乡间小路,更是自行车的世界,与蓝天、白云、草地、风车、牛羊浑然一体,一派田园风光。

　　我们乘坐轻轨或城际火车时,一路上不断看到老年人成群结队地上上下下,骑车郊游。他们有说有笑,天真顽皮得如少男少女一般,满脸写着幸福,是名副其实的"阳光老人"。看着他们乐不可支的样子,我们也受到强烈的感染。

　　荷兰的自行车,种类与花样繁多,质量上乘,当然价格也奇高无比,动辄五六百甚至上千欧元,但荷兰人仍乐此不疲。自行车的车把都很高,骑车人一个个腰杆挺拔,显得趾高气扬。我在日本街头,看到人们如此骑行,就深有感触,现在又强化了这个印象。而我们国内多半是山地车或越野车,需要弓腰撅臀骑行,想抬抬头都是奢侈。

　　为了使骑行更加方便、愉快、安全,荷兰政府颁布过很多法令法规,创建很多设施,形成了完善的自行车交通系统。自行车可以带上火车,上下均很方便;在大城市的火车站都有自行车停车场,在公交站则有专门的停车架或停车位,自行车可与各类交通工具无缝对接。自行车道路设置、路标和信号灯系统都比较规范而完善。在机动车路上有自行车专用道,一般在一侧,较宽的路段两侧都有,而且是双车道,对向通行,可减少横穿马路的次数。在

237

高速路上,每隔一段就有自行车下穿通道,方便骑车人来往。在某些繁忙路口,还专门建了自行车立交桥。荷兰很多小城镇的中心区都有特定的自行车专用道,骑行者有优先权,时速每小时 30 公里,汽车可以开上来,但前面若有自行车,必须跟在后面。摩托车也是如此,不可以占用自行车专用道。

在法律层面,也为骑行族提供了充分的保障。如自行车与小汽车发生摩擦时,在无法证明骑行者有错的情况下,责任总在开车一方;即使错在骑行者,也会责任分担,只要骑行者不是故意的;如果骑行者低于 14 岁,则开车的负全责。当然,对骑行者也有很多约束,甚至自行车没有配备前后灯的都要罚。不过,这种规范又很有分寸,例如,除了运动员和儿童,并不要求戴头盔,因为研究发现这会对健康产生消极影响。这些细节既有效地保障了骑行的安全与方便,又完善了骑行的规范和管理。

与小汽车相比,自行车速度当然略逊一筹,但荷兰在 20 世纪 90 年代起建造自行车高速路,既便于通勤,又可用来运动和锻炼。所谓高速路,当然是有严格限定的:路宽 2 米以上,不设减速带,陡坡少,没有红绿灯和交叉路口,一路可以畅通无阻。已建成的是从阿姆斯特丹通往乌特勒支方向,长达 50 公里,这条路已不出所料地成了飙车一族的最爱。也有对现有道路进行整合和修缮路面后升级为高速路的,如在建的鹿特丹到德尔夫特自行车高速路。

自行车已经成为荷兰人生活的一部分,"车比人多"。1/4 的荷兰人日常上班靠骑车,远远高于世界其他国家;自行车专用路总长 3.5 万公里,是其高速公路长度的 10 倍,占荷兰全国道路总长度的三成,人均自行车道路长度居世界第一位。每年荷兰自行车协会都要评选最佳自行车城市,成为获胜城市的嘉年华。多次获此殊荣的阿姆斯特丹市,除了公交外,近一半的市民出行靠自行车,只有两成多一点的人用小汽车,甚至 65 岁以上的老人也有 1/4 骑车出行!总的来看,人口 1670 万的荷兰,自行车 1800 多万辆,而汽车仅有 900 万辆,在城市交通工具大 PK 中,自行车胜出!甚至很多城市开始面临自行车拥堵问题了。

荷兰成为自行车王国,在某种意义上是 20 世纪 70 年代荷兰"自行车革命"的结果。当时,世界范围的石油短缺使得开车出行花销不菲,更重要的是那时荷兰每年有 50 多名儿童死于车祸。双重压力之下,荷兰政府开始限

制私人汽车的使用,倡导其他出行方式,尤其是自行车。经过多年努力,终成正果。当然,人们观念的变化同样功不可没。荷兰人并非仅仅把自行车作为交通工具,有很多人是为了环保,为了健身。自行车由此成为人们生活、工作乃至消遣的一个不可分割的组成部分。人们的这些观念与政府鼓励自行车出行的举措一拍即合,荷兰自然成了自行车王国、骑行者的乐园。

难能可贵的是,荷兰政要们领风气之先,率先成为骑行一族,进而骑行成为举国一致的共识和行动。现今的司法大臣唐纳 1997 年初次入阁之时晋见女王,居然是骑着自行车去的,一度传为佳话。在其带动下,内阁官员和国会议员也开始热衷骑行。议会例会期间,诸多政要都是骑行而来,亲民形象不言自立。荷兰前女王朱利安娜,更是酷爱骑自行车,被人们冠以"自行车君王"(Bicycle Monarchy),有同样爱好的丹麦皇室也享有这个美誉。不过,这个头衔究竟起源于哪里,一度颇有争议。争议的结果其实并不重要,人们爱屋及乌,对自行车的钟爱表露无遗。

行文至此,想起我在美国一次上课时的情景。上课铃声响了,教授居然戴着头盔,一身骑行族打扮,骑着自行车进了一楼的大教室。那是一次城市史课,教授是美国社会史研究会主席蒙坎南,他一直主张城市交通减少尾气排放,呼吁大力推广自行车。可惜,美国地广人稀,是个汽车轮子上的国家,坐在小汽车里的人听不到这种声音,或者压根不想听。但在荷兰、丹麦、德国、瑞典、挪威和日本却成为人们的优先选择。比较之下,人口稠密的我国,私家小汽车风行一时,自行车却被打入冷宫,倒有些匪夷所思了。

2016 年

雾里看花以色列

以色列，一个似乎很近又很遥远的国度。说它近，是因为它在新闻媒体中曝光率奇高，人们耳熟能详，连我家里质地上乘的防盗门都是以色列原装进口的；说它远，是因为这个人口不过 600 余万、地域面积不过 2 万多平方公里（近一半是沙漠）的蕞尔小国却经济富庶、科技发达，在阿拉伯国家云集的中东地区傲视群雄，本身是个奇迹，也是一个谜，令人难以琢磨，更令人神往。

今年 4 月下旬，我和厦门大学的两位同事去以色列海法市参加一个学术会议，有机会亲身体验这个神秘的国度。动身前当然有些隐隐的担忧，因为媒体中有关巴以冲突和恐怖主义袭击的报道看得太多了。不过，从厦门出发，我们一行三人说说笑笑，一如往常，倒也淡忘了这次旅行有什么特别。在香港新机场转机，也是匆匆而行，无暇他顾。但到了以色列航空公司的服务台前，空气立刻就变得紧张起来。该服务台似乎是一块单独划开的区域，旅客未办登机手续前，先被分成几组，接受以色列航空公司安检人员的逐一盘问。其问题极其详尽，连我这个常乘国际航班的人也感到意外，诸如：你的行李在哪里装的？是不是自己亲手装的？有没有别人捎带的东西？在路上有没有经过别人的手？等等。盘问我的是位漂亮的以色列小姐，她的大眼睛仔细盯着我，似乎能看透我回答问题时的所思所想。听说我们是几个人同行，她又去找另一队正在盘问我同事的那位以色列小姐，似乎在核对什么。我的那位同事因英文表述有些困难，被她问得满头大汗，当然最后总算有惊无险。据说，我们算是顺利的，包括机器安检，有很多人要折腾个把小时以上，甚至还有人未能闯过这道关，不得不打道回府。到了登机口前，环顾四周，忽然发现我们这一路人马多是犹太人装扮，与众不同。其中有一群戴黑色礼帽、着黑色长袍的犹太教徒还忙里偷闲地在一个大型的机场告示牌前（似乎大凡祷告都要在一个"哭墙"一样的物体前面吧）面壁做起了祷告。人们都开始排队登机了，他们仍旁若无人地继续祷告，神态安详，样子虔诚。

从香港到以色列,向西跨 6 个时区,从理论上讲,大约 6 个小时就可以抵达,孰料飞机从香港起飞,不是向西,而是向北,穿过青藏高原和新疆后,直奔俄罗斯,再从俄罗斯掉头向南,经黑海穿过土耳其,在空中划了一个大大的弧线,最后才到地中海东岸的以色列,全程竟用了 12 个小时。其原因想来很简单,因为中东地区多是与以色列交恶的阿拉伯国家领空,以航不便逾越。也可能因为这个原因,以色列航空公司飞往亚洲仅有到泰国曼谷(经印度的孟买)、中国北京、中国香港三条航线,每周分别有两三个航班。不过,以色列到欧洲的航班却极其繁忙,航线密如蛛网。此次与我同行的一位同事因有急事提前回国没有航班,不得已改乘其他航空公司的班机转道荷兰阿姆斯特丹,先向西飞 5 个多小时,再回过头来,向东飞 10 多个小时,在空中演绎南辕北辙的故事。

12 个小时后,飞机安全抵达特拉维夫-雅法的本 · 古里安国际机场,旅客们不约而同地发出轻微的欢呼声,似乎在庆幸没有受到恐怖活动的骚扰。下了飞机又是一番轰炸式的检查,有了登机时的经历,倒不觉得有什么意外,不过这一番折腾,困意顿消,旅途的劳顿也化解许多。从保安措施严密的机场出来约一公里处,还要经一道安检。安检人员各司其职,有到车边仔细核查的;有远远地站在那里的,全副武装,一脸严峻,手持步枪,食指扣在扳机上,随时防备不测。

安全措施之严密,在以色列触目皆是。宾馆、饭店、商场、影剧院,几乎所有的公共场所,都有武装保安,检查一丝不苟,当地人似乎习以为常,见怪不怪。我们下榻的假日酒店,尽管保安已经认识我们,但我们每次外出返回时如果有包裹在手,肯定会再次检查。会议期间,海法大学安排我们去耶路撒冷观光。一辆面包车载我们十几个代表,车上专门配备一名年轻保安。每到一个站点,他都会一个箭步冲到门口,环顾四周,手放在腰间的短枪上,格外警觉,也格外专业。这名保安相貌英俊、身材魁伟,其形象至今仍深深地印在我的脑海中。

如果没有各类荷枪实弹的保安和新闻媒体上不绝于耳的报道,以色列看上去完全是一片和谐安宁的生活场景。市区街道整洁,到处是绿树鲜花。街道上的每一棵树,甚至路边的每一个花篮都有一个滴灌水管在精心呵护。

商业区繁华,居民区安静,间或有很多公园绿地。住宅多为三四层,造型中规中矩、方方正正,含蓄而不张扬,颜色几乎一律的浅白,掩映在红花绿树之中,颇有一番诗情画意。马路上行人不多,偶尔看到散步的老年夫妇,或带着小孩玩耍的青年夫妇,都是笑容可掬,一派悠闲恬适。路边的果树上结满果实,熟透的柑橘、柠檬非常诱人,但无人随意采摘。很难想象这是一个恐怖主义分子经常光顾的国家。路上私家小汽车很多,我注意了一下,几乎都是中档车,没有豪华车。其原因不得而知,但我想肯定不是价格的缘故——当地人生活非常富足,从其高扬的物价就看得出来。我们开会的时候,正巧临近以色列国庆(1948 年 5 月 14 日建国,但依犹太历法计算,今年的国庆日是在 4 月 24 日),所以很多建筑物上都挂满了白底两条蓝带六角星的以色列国旗,私家汽车上也插满国旗到处招摇,一片祥和的节日气氛。清晨我翻阅饭店免费赠阅的报纸,竟发现里面附赠了 6 面相当于 A4 纸大小的以色列国旗。当然,就在以色列国庆前后,耶路撒冷、特拉维夫和海法等以色列大城市发生了几起不大不小的恐怖主义袭击事件,其中包括哈马斯的火箭弹袭击,只是我们没有亲眼看到而已。

　　身临其境,方真切地感受到,以色列确实是一块名副其实的圣土。犹太教、基督教和伊斯兰教三大宗教均孕育于此,世界上没有哪一个国家能享有如此的荣耀。在耶路撒冷,不到一平方公里的老城里竟然汇集了上百处数千年文明的遗迹,与现代化气息的新城互相辉映。令无数犹太教徒神伤的"哭墙",耶稣背负十字架一路逶迤的"苦路",伊斯兰教的圣地奥玛清真寺、阿克萨清真寺,以及老城里无数条狭小的街巷,包括屡遭劫难、弹痕累累的老城城墙,都在日复一日地默默演绎着古老文明与现代文明的碰撞。当然,新城和老城之间也有很多利益和外在力量的交织与冲突,以至美国领事馆也不得不在老城和新城各置一府,以示公允。耶路撒冷名气之大,当然有太多可圈可点之处,本文无法一一展开,但就连我们开会的海法市,不过区区30 余万人口,竟也是一个世界性宗教巴哈伊教的发源地和总部所在地。当地人称那里为巴哈伊花园。这个花园依山而建,占地数百亩,分 18 层平台,无论从山下仰视,还是在山顶俯瞰,都无可挑剔地成为这座美丽城市的掌上明珠,与海法市完美地融为一体。一草一木、一砖一瓦,都精心设计与维护,其景致如诗如画,美轮美奂。巴哈伊教发轫不过百余年,但发展势头强劲,现有 800 多万名信徒,分布在世界 247 个国家和地区,可跻身当今世界宗教前列。这无疑为以色列这块宗教圣地再添一道光环。

海法市是座山城,我们会议的东道主海法大学就位于其中一个最高的山头顶部,而海法大学在山头上建了一个 29 层高楼,站在顶层的观景台,近可俯瞰全市,远可眺望黎巴嫩和戈兰高地。到会的美国、法国、韩国、中国等国的代表,几乎都是第一次造访以色列,自然非常兴奋。日本、澳大利亚的代表因种种原因,未能成行。看得出来,在以色列举办此类学术交流活动,还是有诸多困难的。尽管如此,以色列的对外联系仍稳步扩展。以色列航空公司已成为全球第四大航空公司,就是最好的佐证。

以色列人能在充满变数的环境下,在中东开辟出一块繁荣兴盛、光彩四溢的迦南之地,赢得了世人的瞩目。

2007 年 4 月

北欧,让我一次爱个够

　　大学同窗,两对伉俪,北欧同行。两周五国,行程紧凑而丰富,飞机、火车(包括观光火车)、邮轮、快艇、水陆两用车轮番体验,冰川、火山、熔岩、峡湾、温泉,神奇的地貌和多彩的植被,如诗如画、如梦如幻。一路上目不暇接、惊喜不断。

[第一站　芬兰赫尔辛基]

　　8月20日抵达赫尔辛基。芬兰号称千岛之国,岛屿和湖泊各有十几万个。从飞机上往下看,感觉此言不虚。三面环海的赫尔辛基,海湾密布,帆樯如云,蓝天白云,森林湖泊,幽静的小木屋,处处流露出北欧的优雅。驻足音乐家西贝流士纪念碑前,浏览如今依然魅力不减的赫尔辛基老火车站和岩石教堂。

　　芬兰号称设计之都,处处都有各种创意设计。我们不禁遐想,设计之都和圣诞老人之间是不是有着某种精神上的勾连?后来我们发现北欧几个国家在这方面都很抢眼,艺术品创意独特,是为北欧风。

[第二站　瑞典斯德哥尔摩]

　　从赫尔辛基乘邮轮去斯德哥尔摩,船行波罗的海之上,酒足饭饱之后,登上甲板细品夕阳余晖;次日清晨,神清气爽,再上甲板欣赏旭日初升;进入斯德哥尔摩海域,画面更加丰富,沿途群岛如翡翠般点缀。

　　行程很丰富,值得一提的是去看斯德哥尔摩市政厅。这里是诺贝尔奖颁奖晚会和举办颁奖仪式的地方,在蓝厅和黄金大殿举行。本来,这个大厅是设计成蓝色的,但初步建好后,还未刷油漆时,古朴的红砖墙就很有质感,索性保留下来。市政厅的顶部是透明的,象征民主政治公开透明。外面华贵而典雅的长廊上,有几十根石柱,上面雕有传说中的神灵。再去古城的瑞典皇宫,全副武装的卫队骑马巡逻,威风凛凛。

[第三站　挪威奥斯陆和松恩峡湾]

　　奥斯陆一行,可圈可点之处甚多,但给人的第一印象是游艇。奥斯陆的很多港湾都密密麻麻地排满了游艇,据说挪威每5个人就有一艘游艇,其富庶程度可见一斑。

在奥斯陆,也去看了它的市政厅,诺贝尔和平奖在此颁授,与斯德哥尔摩市政厅琴瑟和鸣。奥斯陆多次荣获欧洲最佳可持续发展城市,名至实归。顺路看了阿克斯胡斯堡,8世纪时的王宫。维格朗雕塑公园"生命之柱",还有"愤怒的小孩",都体现了挪威乃至整个北欧高超的艺术水准。

继而参观维京船博物馆,馆内展示三艘被发掘出来的维京船及镇海神杖等物件,其中两艘是全世界保存最完好的木造维京船。严酷的气候造就了维京人雄壮的体魄和好斗的性格,当年维京人横行于北欧海域,德英法都很忌惮,导游说甚至罗浮宫最初都是防范维京海盗而建,似乎可信。公元1000年前后维京人还到过美洲,早于哥伦布半个世纪。

第二天去松恩峡湾的路上,有一段路是乘坐高山观光火车,领略原始而壮丽的风景。全程20公里,从海拔2米陡升到800多米,是世界上标准轨距火车线路最陡的。

松恩峡湾给我以强烈震撼。所谓峡湾,是深嵌入内陆的海湾,长200多公里,最深处1300多米!两岸山势险峻,奇峰耸立,还有无数瀑布点缀,煞是好看。乘坐游艇再近距离看峡湾,一个多小时,好似误入桃花源,眼睛不够用啦,陶醉呀。

美景太多了,无法一一呈现。这里的阳光似乎也像是冰镇过了,湛蓝清澈。一路走过来看到有些住房的屋顶居然是草皮的,与周边环境浑然一体,可以说,原生态做到了极致。路上看到成群的北极鹅和野鹿,看着我们这些外来客,敬而远之。

[第四站　冰岛]

冰川雪山映入眼帘,外星人的后花园——冰岛,我们来了。

冰岛果然非同凡响,给我印象最深的是冰岛的山、水和特有的动物。

冰岛的植被非常独特,由于大部分是火山地貌,有的地方寸草不长,看上去就像月球一样。但,有山的地方感觉就完全不同了。冰岛的山,山峦起伏,造型千奇百怪,下部绿茸茸的。乔木很少,多为灌木丛和草地。有嫩绿泛青的草地,也有金黄的,还有绿茸茸的苔藓,色彩斑斓,炫目而梦幻。

如果说这是打翻了上帝的调色盘,我信。

冰岛的水很有性格，既有孕育在地表之下的温泉，又有奔腾不羁的瀑布和喷泉，还有晶莹剔透的冰河，这就有了冰火之岛的美誉。我们去冰岛的当晚就去享受世界顶级的蓝湖温泉。湖水泛着淡淡的幽蓝色，富含矿物质。脚下湖底的白色物质是高含量的二氧化硅泥，有护肤作用，当地人称作天然美容膏。热气腾腾的温泉还可用来发电。

之后我们前往乘坐水陆两栖船，游览杰古沙龙湖。杰古沙龙湖位于瓦特纳冰川南端，湖上漂浮着形状各异、大小不一的冰块。冰块晶莹剔透，啃一口千年的冰块，清洌甘甜。远处有成群的海豹在四处游弋。

冰岛是个冰火交融的地方，既有千年的冰川，又有蕴含在地下的无数温泉，最有名的是盖锡尔（Geysir）间歇性喷泉，每隔几分钟喷发一次。喷发之时，水柱冲天而上，最高时有几十米，引得观众阵阵惊呼。不用看水柱，只听观众的叫喊声，就可估计出水柱的高低。滚烫的泉水，热气蒸腾，不能站在顺风处，以免被烫伤。与之相媲美的是黄金瀑布。黄金瀑布在地面断层之下，类似黄河的壶口瀑布，但水量更大，一路奔腾咆哮，搅起漫天水雾，在阳光下形成道道彩虹，金光闪闪，被美国有线电视新闻网旅游网站评为"世界十大最美瀑布"之一。也有人认为，就其狂野而奔放不羁而言，远胜过北美的尼亚加拉瀑布。

冰岛的水，不仅在地表妆点万千景致，还升腾到天空，把天空洗得一尘不染，又频频编织彩虹，在蔚蓝的天空衬托下，美到极致。冰岛人为之感动，特地在雷克雅维克机场，做了一个彩虹的雕塑，将这一美景永远定格。

冰岛的动物有两种是独特的：一种是它的国鸟海鹦（sea puffin），另一种是维京马。一出雷克雅维克机场，我们就看到一个雕塑，很有创意，是雏鸟破壳而出，后来我们知道，出来的是海鹦。海鹦，三角形橘红色的大嘴和同样是橘红色的鸭蹼脚，配上黑背白腹，色彩搭配恰到好处。再加上它们像京剧大花脸般的眼神，一副萌态，超级可爱。维京马是当年维京人养殖的特有品种，体型略小，毛很长而且浓密，强壮、耐寒，是世界上最纯种的马，一旦出了冰岛不许再回，以防杂交。冰岛到处是草地，是维京马的天然牧场。

［第五站 丹麦哥本哈根］

飞临哥本哈根，海上成排的风力发电机，与我十几年前初访哥本哈根时的第一印象酷似。

　　文艺范儿十足的机场，童话般的城市。下了飞机，就去看美人鱼，想起她勇敢追爱的凄美故事，眼眶湿润了，再看安徒生，找找童话世界的感觉。随后再去北欧文艺复兴时期最雄伟的城堡之一克伦堡，它因莎士比亚笔下的《哈姆雷特》而闻名于世。这里可以再现王子复仇的场景，城堡几次被毁，残存的砖墙原封不动地保留下来，驻足在此，体验历史的穿越，别有一番滋味。

　　再次被市政厅震到了：这里居然有室内广场，感觉豁达，屋顶也是透明的，一切都在阳光下。市政厅里的壁画都是生活场景，暖暖的，花草树木也别有情调，富有诗意。

　　至此，该打道回府了。

　　此次出行，选择广之旅，其安排可圈可点。吃住行都不错，中餐西餐交替，海鲜不断；游轮、高山火车、水陆两用车都是蛮刺激的体验；聂导经验丰富，繁复多变的行程让他操控得有条不紊，而且善于用讲故事的方式深度解读场景，时空交错巧妙勾连，历史、宗教、文化，鲜活呈现、娓娓道来，锦上添花。

2018 年 9 月

铁路线上大伦敦

不久前，我参加一个高级别的关于全球城市比较的国际学术研讨会。开幕式上，伦敦前经济与商业署署长约翰·罗斯（John Ross）做主旨发言，他居然当着纽约市政府要员和日本东京都知事以及众多大牌学者的面，开口就说："伦敦是全球的城市，纽约是美国的城市。"伦敦、纽约和东京是国际社会公认的全球城市前三甲，但在这样的场合直言不讳地标榜自己的老大地位，几乎让我惊掉了下巴。

研究世界大都市区很久了，我早就计划去英国看一看，经他这么一说，就把这个计划在今年6月提前付诸实施，而且特意把较长时间放在伦敦，以体验这位大咖缘何如此自负，也可以把我在书本上看到的伦敦和实际的伦敦相印证。此行邀大学同窗，四人自由行，一路切磋，左右采获，新鲜经验，惊喜不断，收获远超预期。

乍一看，伦敦似乎平淡无奇，低调得很。没有鳞次栉比的摩天大楼"群雄并立"，彰显大都市的气势；也没有招摇铺张动辄覆盖整个建筑立面的商业广告，宣示其富足与繁华。即使其东部金融城，也不过巴掌大的地方，其现代建筑"小黄瓜"和"碎片大厦"远不及其他国家大都市高层建筑伟岸，比我们想象中的天际线矮了许多。

但是，伦敦的经济总量、高新技术、基础设施、创新能力、文化实力等，都远在其他城市之上。对此，各类文献里数据翔实，言之凿凿，不容置疑，这里也没有必要再逐一列举，浪费笔墨。我们既然来了，迈开双脚，眼见为实。

这里所说的伦敦，远不是当年几英里见方的传统城市，而是地域范围覆盖1572平方公里的大伦敦（Greater London），其下包含了伦敦市（City of London）与32个伦敦自治区（London Boroughs），共33个次级行政区，人口876万。官方统计里的伦敦都市区（London Metro）就更大了，其人口多达1400万，地域面积8382平方公里，横贯5个郡，整个英国南部地区几乎都在其影响半径之内。

支撑这个巨大都市区顺畅运转的,就是几百年中逐渐完善的稠密而便捷的交通系统,其中,公共交通当仁不让地担当主角。公共交通分两大部分:一是市区或称核心区的地铁(underground or tube)与公交汽车,二是郊线火车(train or overground)或城际火车。

我们出了希斯罗机场,在服务人员的帮助下,购买了伦敦各类公交通用的牡蛎卡。我们预定的酒店在罗素广场附近,我询问工作人员上几号地铁,转几次车。服务人员随手一指,说不用倒车,乘 Piccadilly 线就行。我将信将疑,上了地铁,结果,十几公里的距离,40 多分钟就到了。地铁车厢虽然有些老旧,但英伦范儿十足,座椅都是软垫的,很舒适。

1856 年,很多世人连地面的火车还不知为何物,伦敦就已经开始建造地铁了。时至今日,地铁系统已相当完备。当然,对于我们这些外来客,面对眼花缭乱的车次和川流不息的人群,一开始会有如坠云里雾中的感觉。如果静下心来,仔细研究地铁图和路上的导引指南,会发现"会者不难,难者不会"。伦敦地铁的每条线路都有自己的代表色和名称,如中央线是红色、东伦敦线是金黄色、维多利亚线是浅蓝色、区域线则是翠绿色等,我们乘坐的 Piccadilly 是深蓝色。在线路图上找到相应站点,根据颜色决定路线,再根据方向决定车次,一般都不会错。伦敦地铁线路多,车次多,各线路之间换乘站点也非常多,熟悉之后,是相当方便的。百年地铁,活力依旧。

伦敦地面的公交汽车与地铁相得益彰。红色的双层公交巴士是伦敦一道流动的风景线,大街小巷几乎都有其靓影。既然是双层,载客量立马就翻了一番。公交站点设置也是别具匠心:在客流多的街区,十几步远就有一个站点,分别以大大的英文字母标示,不同线路公交停靠不同站点。这就避免了高峰期车辆扎堆现象,运行效率高,乘客也可灵活选择。伦敦老城区道路狭窄,但并不拥堵,这可能是原因之一。不过,伦敦看不到有轨电车,这令我很诧异。也许是有轨电车为美国首创,当年独步一时的大英帝国不屑与小老弟争锋;也许是伦敦人顾影自怜,不忍破坏伦敦城古色古香的街区美景。

给我的感觉是,伦敦地铁和地面公交已接近饱和,需要的只是维护和设施更新了。

而今,地铁系统已成为世界各大城市的标配。从地铁里程数量看,世界上有些大城市已超过伦敦,包括北京、上海,这往往是我们沾沾自喜的理由。

常有人说,地铁是一个城市综合发展水平和实力的体现,这其实只说对了一半,要准确反映大城市,特别是大都市区的成熟程度,仅靠市区公交是不够的。要跳出城市辖区的局限,开拓外围更广阔的空间,就要在轨道交通上比拼了。

市区外的轨道交通,绝对是大伦敦公共交通的一个亮点。逛完伦敦,我们要去其他城镇看看。从哪里出发呢?一看铁路图,我们被震到了:伦敦居然有十几个火车站,荦荦大者有七八个,分别以伦敦为中心向四面八方伸展出去。我们要去靠近苏格兰的约克,可选择的有国王十字站、帕丁顿站、尤斯顿站和马里波恩站,看得眼花。好在我们买的是英国铁路通票,即2个月内可选择8天无限次地乘坐任何线路的车,坐错了也无所谓,于是,我们就选择了听上去高雅而显贵的国王十字站。

站如其名,国王十字站果然气度超凡。它的西侧紧靠着欧洲之星国际列车的终点站——圣潘可拉斯站,旁边有维多利亚式的文艺复兴大酒店这种地标式建筑,很远就看得到。一进候车大厅,鸟巢式大穹顶泛着蓝幽幽的光,置身其中,神清气爽。有大型屏幕上显示30分钟内即将发车的信息。我留意查了一下,每块屏幕显示的车次有33个,共8块显示屏,扣除部分同一区间的车,半小时内共有将近100个车次驶离这里!国王十字站有十几个站台,每个站台都有很多车次,出出进进,动感十足。其中,去约克的车很多,15~30分钟就有一班或几个班次。

按照屏幕的导引,我们去约克的车是在第三站台,到了那里,看见只有两节车厢,以为还没有挂车头,就在站台上等。快到发车时间了,火车头还没有来,我们有点急了,去问工作人员,工作人员头也不抬,不假思索地指向这两节车厢,我想再细问,开车铃声响起来了,只好赶快跳上车。紧接着,这两节孤零零的车厢竟然旁若无人地开出了站台,一时令我们目瞪口呆。车行到第一站,我特意跑到前面看看,这里居然连个标准的驾驶室都没有,只是有个座位,前面有些操作装置而已。"火车跑得快,全凭车头带",在此似乎成了伪命题。好奇心驱使我上网查询,发现原来这是柴油多单元列车,可独立运行,也不需上面电缆输电,具有启动快、操作灵活的特点,特别适合短途运行。后来我们从奥森霍尔姆到曼彻斯特,一个半小时车程,也是这样的两节车厢。这种"火车",简陋、随意、低调、任性,可以用很多词来形容,但我觉得比较中肯的是：务实、不求形式上的"大而全"，和伦敦风格一样。

我们坐在这两节孤零零的车厢里从奥森霍尔姆到曼彻斯特，行程 200 多公里

郊线和城际火车有太多特点令我们倍感新奇而亲切：其一，运行线路纵横交错，是网络化的，而不是孤零零的一些铁路线，相应地，车次多，密度高；其二，运行公司多，票价灵活，高峰期、节假日和平时都有不同，提前预订和网上购买都有优惠；其三，上下车方便，拎包就上，既无安检，也无检票，除了大车站有电子闸门出入外，一般都是在车上验票，这时可以从容不迫地进行，当然，这也就减少了服务人员的数量；其四，站台结构是平面化的，不必走天桥或地下通道，这与欧洲很多大城市终点站类似，只是一些中途停靠的小站多半要走天桥。

出了伦敦城，我们发现与我们这辆火车并排在其他轨道上行驶的还有几辆车，一路到彼得伯勒都是如此，后来看到在伦敦近郊的其他方向亦然。就是说，伦敦向外围辐射的铁路线，不仅仅是双线，而是多线。每条轨道上火车短间隔、密度大，又因为英国有 25 家私营铁路公司在运营，各家火车风格不一，运行方式各异。成排的铁路线，成排的列车齐头并进，各领风骚，是伦敦城外的又一道风景线。

通过铁路网,伦敦与外围郊区紧密联系在一起。我把名噪一时的新城米尔顿-凯恩斯作为个案,注意查了一下。发现伦敦的几个大火车站,除了滑铁卢和伦敦桥火车外,其他火车站都有密集的通往米尔顿-凯恩斯的车次,高峰期都是每 3 分钟一辆,1 小时左右到,从尤斯顿站出发仅用 30 分钟。

当然,从大都市区长远发展考虑,伦敦政府有意识地向外围倾斜,并设法令外围减少对伦敦的依赖,防止核心区摊大饼式的发展,最著名的是英国的田园城市运动和新城运动。1946 年英国制定《新城法》,在伦敦外围建 8 个新城,与伦敦相距 30～60 公里,但沦为伦敦的"睡城",无法承接伦敦的人口和功能疏解,反而通勤增加了交通的压力。因此,20 世纪 60 年代中期,伦敦开始新一轮新城建设,包括米尔顿-凯恩斯、南安普顿、朴次茅斯等,距离伦敦 70～100 公里,具有"反磁力",相对独立,与伦敦的关系若即若离。整个伦敦大都市区,结合公共交通站点,综合设置商业、休闲、办公、住房、公共服务、开放空间等功能,形成了 2 个国际中心、13 个大都会中心、34 个主要中心、150 个地区中心和社区以及地方中心的五级公共中心体系。田园城市运动和新城运动一度在世界范围内产生很大影响,很多国家加以效仿。

这样,城际火车、郊线火车、远程火车,再辅以公路网的联系,覆盖大伦敦城郊每一个角落,伦敦的城里城外几乎是无缝对接,这就提升了伦敦大都市区的整体实力,实现了城乡统筹发展。恰恰在这一点上,伦敦把北京和上海甩开好大一截。回头看看北京,核心区内地铁网基本成型,全新设施,看上去光鲜得很;但出了京城,只有孤零零的几条铁路线,郊县很多地方与其无缘,这是造成"欧美的城市,非洲的农村"现象的根本原因。

不过,一路上,我们也看到了设施老旧、维修不到位、管理混乱乃至工会掣肘等问题,这正是很多中国游客吐槽的原因。但与这些零碎而枝节的表面问题相比,伦敦轨道交通比较充分地履行了自己的责任,把伦敦大都市区紧紧联结为一个整体,使伦敦成为全球城市和大都市区的试验场和领头羊,这才是其要义所在。

后来的行程,我们还去了爱丁堡、因弗尼斯、曼彻斯特、温德米尔湖区、巴斯等,拜火车所赐,顺利而舒适。在约克,我们专程去看了国家铁路博物馆。英国铁路的历史在这里鲜活地全景展现,几十辆机车原型、曾经的交通功臣,威风凛凛地排列在那里,向人们述说其荣耀的过去。各种光怪陆离但又奇巧无比的机车设计让人大开脑洞,不能不佩服不列颠人的执着和创造力,他们将铁路和火车的优势几乎发挥到了极致。

工业革命、火车故乡、地铁首创,历史上这些荣誉光环到今天仍熠熠闪光,这是靠钢筋水泥森林上位的城市暴发户难以望其项背的。难怪二战后日本东京大都市区几次修订发展规划,都以伦敦为蓝本,约翰·罗斯确实有足够的资格和自信摆谱、起范儿。

大伦敦,有大交通为支撑,互为表里、相得益彰,大得靠谱!

2019 年 8 月

麦熟时节走东欧

这是一次意外不断惊喜连连的旅行。

欧洲旅游，一般首选西欧，东欧往往作为"备胎"。1989年剧变（其实是和平过渡）后，东欧便风平浪静，似乎也因此而远离了人们旅游的视野。我们也是在走了很多地方之后方想到东欧，于是在今年6月24日到7月8日，通过福建春晖旅游集团随旅游团去走了一圈（包括原南斯拉夫的克罗地亚和斯洛文尼亚）。

没料到，一踏上东欧的土地，一股清新之风扑面而来，此后惊喜不断，高潮迭起。

路线好！8国15天，路线大致是马蹄形：从德国柏林开始向东至波兰华沙，之后向南经斯洛伐克两城市、匈牙利布达佩斯、克罗地亚、奥地利维也纳、斯洛文尼亚，再折向西北到德国德累斯顿，最后到捷克布拉格回国。路上根据情况小有调整。如果说用关键词来提炼的话，可以有很多：宫殿、老城、小镇；气派、豪奢、整洁、温馨、平和、浪漫、多彩；空气清新、气候宜人。

行得顺！一辆崭新的奔驰大巴全程跟随我们。司机是克罗地亚人，很专业，开得又快又稳。全团29人，50多个座位。头两天路程长，每天要坐六七个小时车，之后路程短些。不过，也可饱览路上景致。住的酒店虽不奢华，但无一不是干净整洁、舒适。每天清晨，我们都早早起来，赶在出发前享受酒店周围的美景。这样一天下来，至少走路1万步，最高时近3万步。旅游和锻炼巧妙结合了。

一路有吃有喝！饭店的西式早餐都很丰盛，午餐和晚餐多半是中餐，也差强人意。最关键的是过了啤酒瘾。放下行囊，迫不及待地去买德国啤酒，回来享受一番。从此一发不可收，天天都喝，最后一站是捷克，百威啤酒产地，更是开怀畅饮。价格便宜，在德国1.5欧元，其他地方大致如此。德国贝克，捷克百威、皮尔森都是我们的最爱。

麦收时节，气候宜人，温度在15～25摄氏度之间，一路彩云相随，偶有阵雨,下车即停,有如神助。时值冬小麦成熟,麦浪起伏,一片金黄始终伴随我们。由柏林向南,黄色越来越浓重,到克罗地亚,则已进入收割阶段。金黄的小麦和其他正在生长期的植物一起,有金黄有翠绿,画面格外生动。我们不禁感叹:难怪欧洲面包这么好吃!

导游超级棒!哈尔滨姑娘,导游 5 年,经验丰富,思维敏捷,口齿伶俐,办事干练,有亲和力。尘封的历史经她描述变得鲜活起来,令我这个世界史教授也倍觉新奇。

更重要的是我们 8 人同行,都是多年的好朋友,可以放肆而舒心地游走。海航 9 小时飞行,一路说说笑笑,不觉得累。到柏林下午 5 点,北京时间午夜 11 点。但我们兴致勃勃,睁大眼睛看这个陌生而神秘的世界,直到 10 点多钟才睡,一来充分利用时间游览,二来调整时差。东欧观光盛宴开局不错。

2017 年 7 月

说明:这是东欧行第一天的记录,之后每一天都分别有游记,限于篇幅,从略。

马来西亚,流连忘返

　　世界各地走得多了,似乎也没有特殊的理由和兴趣专门去马来西亚。但几年前我校在吉隆坡设立了分校,是我国在海外破天荒的举措,因此有意去看看。恰巧本学期陈奔教授(也是我指导过的博士)在那里任教,促使这个愿望变为现实。

　　厦航直飞吉隆坡,4 个小时,来回票价 2000 多元人民币。飞机掠过南海某岛礁,迷人而梦幻的色彩,撩人心弦。飞临马来西亚吉隆坡,漫山遍野都是棕榈树,郁郁葱葱,这个国家资源之丰富,可见一斑。

　　马来西亚地处热带,全年分旱季和雨季,但温度并不是我们想象的那么热,也没有极端天气,温度超级恒定。我查了一下天气预报,一周之内几乎天天都是 26 摄氏度,早晚的温差仅两三度。

[马来西亚分校]

　　马来西亚分校在吉隆坡郊区。校园占地 900 亩,由厦大建筑系规划设计。所有建筑都是仿嘉庚风格,看着既舒服又熟悉,似乎是在厦大主校区。现有在校生 3000 多名,几年内要达到万人规模。在校生部分是马来西亚生源,部分是我国参加高考录取的学生。授课均用英文,汉语言文学和中医学采用双语。教师 1/3 来自厦大,其余从马来西亚当地及全球招聘。学校还专门为教师租了排屋,宽敞舒适,也很方便,每天有班车接送去校区。

　　马来西亚分校在机场和吉隆坡之间,交通方便。步行 10 分钟左右就可到火车站,乘坐机场快线 KLIA Ekspres,直达市区中央总站 KL Sentral,中间只停 2 站,28 分钟,票价 55 元马币。如果乘 KLIA Transit,略慢些,要40 分钟,共停 5 站,票价 30 元马币。

　　马来西亚分校附近近几年呈现房地产开发热潮,不知是它带动了房地产开发还是房地产开发促进了校区建设。放眼望去,都是成片开发的低密度住房,以排屋(相当于我们的联排别墅)为主,150 平方米要七八十万马币,这也是一般工薪族可以承受的。几乎没有杂乱的建筑,这与我国城市周边建筑形成鲜明对比。街上跑的多是马来西亚国产车,3万~5万马币,相当于人民币5万~8万,经济实惠。而且马来西亚自产石油,价格便宜,所以几乎家家有车,有的甚至夫妻各一辆。

当年,马来西亚华侨首领陈嘉庚创办厦门大学,而今,厦门大学又在马来西亚办分校,历史的因缘际会演绎出动人的篇章。

[布城]

从马来西亚分校开车不到20分钟,就到了布城。布城全称Putrajaya,是一个全新的城市。马来西亚首相署和政府各部已迁入布城办公,住宅区、商业区、文化、休闲设施和交通体系已基本配套。但目前仍是马来西亚的行政中心,很低调。目前,全市人口还不到8万。

全市满目青翠,70%森林覆盖率。整个城市占地面积很大,而且山林起伏,70%是绿地,红花绿叶相映,环境清幽宜人。经过近6年的规划建设,现已是颇具规模的一座现代化新兴城市,也成为马来西亚一处最新的旅游景点。粉红清真寺占据中心位置,是政教合一的形象表达。

[吉隆坡]

市区公共交通很完善,轨道交通线路很多,主要是轻轨,在高楼之间穿梭,其中有条线是单轨。吉隆坡市内高层住宅不少,这让我大跌眼镜。

独立广场是吉隆坡的地标之一,其周边建筑历史悠久,有品位,养眼。向东南方向看过去,是富有现代气息的伊斯兰风格建筑。不远处的老火车站还保留着。邻近的国家清真寺,参观者要套上他们的服装。我穿短裤,也要套一个裙子,还要脱鞋,即使上厕所也不能穿上。茨场街是吉隆坡的唐人街,购物和餐饮极为方便。中央大市场的入口处,是一个超大的工艺品和地方特色产品商店。茨场街附近有家牛肉面超好吃,而且每碗只要8马币。旁边不远处关帝庙与印度庙毗邻而居。

[马六甲]

同是世界文化遗产的马六甲,历史悠久而丰富,葡萄牙、荷兰、英国先后在此驻留,再加上华人和马来人的多年经营,给这个城市叠加了层层色彩,梦幻一般。荷兰红屋广场就是一突出例证。

马六甲海峡是世界上最长、最繁忙的海峡,称其为战略咽喉一点也不为过。郑和七下西洋,五次在此逗留,其重要性可见一斑。在港口停泊一艘海盗船,辟为博物馆,里面的大量实物和历史图片把我们带回了那个历史时代。马六甲的博物馆很多,其中政府开办的都是免费的。

鸡场街有浓郁的华人特色,在那里我们吃到了正宗的娘惹餐。娘惹是最早一批来马华人和当地马来人通婚的女性后裔,男性称峇峇。马来西亚盛产香料,娘惹餐自然别有一番滋味。

[槟城]

乘亚航去槟城,飞行 1 小时,往返机票 188 元人民币,不可思议。其原因之一,是马来西亚石油资源丰富,油价低,省去了航空业一大开销。坐在飞机上,也似乎是因为油价低廉,冷气开得非常大,要穿长袖才行。

槟城与厦门是友好城市,来到这里自然有亲切感。槟城的老城与马六甲一样,也是世界文化遗产。老城原汁原味,但有点破旧,整个槟城华人占40%以上,所以老城感觉就是扩大版的中国城。这里宗祠邻街而立,太多太多。其中,邱公司龙山堂是邱氏宗祠,仿清朝宫殿而立,颇有气势,参观门票10 马币。不远处居然看到个漳州会馆,有点小激动。大大小小的庙宇也是香火缭绕。途径姓氏桥,这里都是水上人家,是当年华人渔民的住所,不经意间成了旅游点,但其居住环境实在不敢恭维。比较起来,印度寺庙数量略少,但很精致。

槟城还有一绝,满街的壁画,闻名遐迩。

这里还看到了人力车,这在当今世界已经不多见了。蹬人力车的,包括餐馆打工的,几乎都是外劳,大部分来自缅甸、印尼和孟加拉国。

我们又按图索骥,坐了一个多小时的公交车,终于寻到了"世界著名"的巴都丁宜海滩,有点小小的失望,看来旅游攻略也不能全信。不过,一路上看到海边成片成片的新楼盘,倒也有些道理在其中,其中有很多是中国企业的投资。

这次旅行给我印象同样深刻的是华人。他们淳朴善良,乐善好施,就像没有经历过商品社会一样。每次问路,他们都不厌其烦地认真指点。甚至有人领我们走几个街区找到车站,担心我们转错车,又陪我们坐到转车处。还有人注意到我们在看路,大老远地主动跑过来帮忙。不同年龄的华人都是如此,只是年轻人有些路痴。同样,笃信伊斯兰教、穿的清清爽爽的马来人也彬彬有礼。这里的人和土地,都给我留下了良好的印象。

我们在那里时,正值马来西亚大选,92 岁高龄的马哈蒂尔再次当选首相,他发誓要革除弊政,深得选民拥戴。相信不久的将来,马来西亚社会又会像它的蓝天白云一样清爽,稳步前进。

马来西亚盛产榴梿,其猫山王品牌是世界之最。每年 5—7 月、11—12 月是榴梿收获季节,世界各地榴梿迷趋之若鹜,据说有很多人专门打"飞的"来此过瘾。榴梿的味道奇异,没吃过的,对它敬而远之;一旦入口,唇齿留香,忘不掉,会上瘾。在陈奔的一再怂恿下,我们尝试了一下,立刻被这世间美味拿下了。当然,我们也很庆幸,首次尝鲜就吃到世界顶级的榴梿。有些人对榴梿有偏见,或者是从未尝试,或者是吃到了次等货色,打翻了第一印象。

马来西亚,"榴梿"忘返。

2018 年 6 月

斯里兰卡:印度洋上的明珠

2013 年 10 月 14—17 日,我去斯里兰卡科伦坡的莫勒图沃大学参加"城市、人及地点"国际学术研讨会,借机鉴赏这颗"印度洋上的明珠"。

科伦坡与北京有两个半小时时差,到科伦坡时已是当地的午夜时分,但下了飞机,还是异常兴奋,想第一眼看看斯里兰卡这个国家究竟什么样子。机场不大,去出口的通道两边,居然像街面一样,店铺一字排开,里面卖的都是各种家用电器,如电冰箱、电视、洗衣机,恍若置身电器行。我估计这可能是出国人员免税购物的场所。

到了出口,来接人的队伍一字排开,举着牌子,看来游客不少。其中有中文写"欢迎厦门大学王旭、于力教授",备感亲切,不用说,这肯定是锡兰旅行社的司机 Sanjuwan。一周前,李壮松来玩就是他开车接送的。开车不到 5 分钟,就到了下榻的饭店,刚一进门,就有侍者端上果汁,欢迎我们。后来发现,这是大饭店欢迎来客的普遍方式,其热情好客可见一斑。

[加勒古城]

第二天,我们按计划开车直奔加勒。市内建筑反差明显,欧式建筑占据了重要街口和主要路段,新式高层建筑穿插其间,接合成独特的天际线。再有老式火车隆隆驶过,很难准确定位这是在哪里、在何时。

不过,老市区南部却不敢恭维,路边店铺杂乱,各种车辆混杂,公共汽车好像我们 20 世纪 70 年代的,只是外面涂得花花绿绿。充当出租的机动三轮 TOTO 满街乱串,忙着拉客,好多地方根本没有红绿灯,乱作一团。我们大约用了一个小时才冲出重围,驶上高速公路。据说这是我国援建斯里兰卡的第一条高速公路,通车方两年。可是路上车辆稀稀落落,Sanjuwan 说周末车会略多一点,总的看使用效率不高。路边满目翠绿,高高的椰子树,成片的橡树林,杧果树、荔枝树、香蕉树,造型有别,煞是好看。

一路顺利到达加勒古城,这里简直就是一个独立的世界。葡萄牙人于

1864 年初建此城,后在荷兰殖民者手里经营几百年,再后来易手英伦。一圈完整的城墙,城墙宽厚坚固,上面布满炮塔,只是年代久远,铁炮早无踪迹,留下炮座还可感受当时重兵驻防的布局,与城墙共同述说久远的历史。古城恰好铺满一个海岛,内有各式建筑,街道规划很好,面积不大,但要都看完,恐怕也要一整天。城中各类欧式建筑风采不减当年,历久弥新。置身其中,仿佛时光倒流。站在城墙上,细数城中风采各异的建筑,恨不能每一个都去看看。彼时情景,隐约可感。印度洋年复一年、日复一日拍打着它,浑然天成。

离开加勒古城,沿海边的路北上。路两边布满各式建筑,随处可见游人来来往往,有的裹条毛巾,似乎是刚刚从海里上来。整条路都像在某一闹市区的街上穿行。透过路边的小房子,可以清晰地看见海浪拍打海岸,听到海涛的咆哮,树影婆娑,满眼热带风情。

半路上,有一处河口,是个旅游点。我们租一游艇,5400 卢比,Sanjuwan 也一起坐上。越往里开,水面越开阔,开船的导游说有 40 多个岛屿,有的岛很大,本身就是个渔村。想一想,这不是海上,而是一条河上啊!游艇足足开了一个半小时,充分享受水上风光。岛上绿树成荫,有很多树都紧贴水面。各种动物和鸟类的叫声响成一片,令人产生很多遐想,看上去每一树荫背后都有故事。上得一个岛,遍布肉桂树,随手折枝,就是香料。岛上有一老者,动作麻利,做香料,编蒲席。这地方名为桂皮湾,名实相副。

[狮子岩]

早餐毕,驱车前往狮子岩。上山只有一条路,车很多,排成队鱼贯而行。路只有两个车道,对向行驶,错车时分寸把握很重要。但只要前方 200 米没有来车,Sanjuwan 就立即加大油门超车,让人捏一把汗,但 Sanjuwan 是老手,开车游刃有余。看到有车扎白花,他告诉我们,这是婚车,新郎家第一天,第二天是女方家,车扎红花。路上口渴,喝大王椰子,味道尚可,但只要 20 卢比,比矿泉水还便宜。半路上经过丹布拉,是佛门圣地,在半山腰有成群的佛像。既然是顺路,我们就进去看看。可是,进博物馆要脱鞋,进山腰的佛像馆也要脱鞋。当地人不收费,外国人 25 卢比。

狮子岩是斯里兰卡数一数二的景点,因在导游手册上看到过,有大概的概念,远远望到它时,还没有感到惊奇,但到了跟前,却深受震撼。整个山其实就是一块巨石，从平地赫然凸起，与澳大利亚西部的乌鲁鲁巨石相似。四五十层楼高，四周几乎都是 90 度。色彩很美，与武夷山的丹霞地貌类似。我膝盖久痛，不敢登高，但面对如此壮观的场景，也发誓要登顶。大约上到 2/3 处，悬崖缝隙里有一片壁画，据说画的是世界上 24 位美女，颜色保存完好，人物鲜活。再往上，悬崖峭壁，令人生畏，我已是大汗淋漓，但仍一步一步顽强地爬了上去。其顶部是一个巨大的宫殿式城堡，有各种设施的遗迹，是公元 5 世纪摩利耶王朝的国王卡西雅伯所建，被称为世界第八大奇迹。

[康提]

从狮子岩到康提，走的是小路，不时看到猴子、蜥蜴、孔雀、松鼠等动物。路边有电网，是防范大象的。大象经常骚扰村民，每天都有大象攻击人的恐怖事件。据说有时大象还会卷起树木，压倒电网，横穿马路，令人们头痛不已。由于爬狮子岩，我的体力消耗很大，下山路上看到有好几家按摩馆，便进去放松一下，也可体会异国风情。按摩师先用精油擦遍我的全身，再进行按摩。然后钻进一个山洞里面蒸桑拿，之后躺在封闭的大木箱中继续蒸，但头在外，感觉格外清醒，据说有助于镇静，浑身轻松，疲劳顿失。

当晚我们住的酒店就在乡野中，早晨我早早起来，确实看到很多动物，包括成群的孔雀。

到了康提，如世外桃源，图画一样的景致，青山绿水，有末代王宫和佛牙寺。与之毗邻的有很多欧式建筑，还有一处监狱，面积很大，但非常坚固，可以看出征服王国的欧洲殖民者也费尽苦心。随后去看植物园，康提之美再次得到印证。植物园是当年英国人在这里苦心经营的，里面各类古木和奇花异草，与其他地区大不一样。植物园面积很大，我们和司机约好一个半小时在门口会面，但我们用最快的速度也只是走了一半左右。门票很贵，1100 卢比，当地人只要 50 卢比，内外有别，与我们改革开放前一样。其他地点也大致如此，当地人票价是外国游客的 1/20。

当地人笃信佛教，佛像和寺庙非常多，而且佛像都在户外，上面罩个玻璃罩或在小亭子里，似乎给佛祖遮风挡雨。也有很多在路口或显眼处，使人随时可以瞻仰佛祖，净化心灵。前面我提到的参观佛教景点都要脱鞋，凸显他们对佛祖的敬畏尊崇，去佛牙寺时就因我穿短裤不得入内。

[住宿与交通]

我们住的都是五星级酒店,在 100～150 美元之间,看上去似乎比较贵,但多包括早餐和晚餐,这些早晚餐都是精心准备的,质量和口味都无可挑剔。而且,侍者前呼后拥,服务周到,设施和服务与欧美无异,当然小费必不可少。我们抵达当晚住的机场附近的酒店,规模很大,气派。早餐丰富,除了西式食品,还有斯里兰卡当地风味,恍若置身欧美某个大饭店,彬彬有礼、皮肤黝黑的侍者提示这是在第三世界的斯里兰卡。即使后来我们去景点住在山里的酒店,也有欧式早餐,而不是我们常见的乡村风格餐饮。

开会期间,住在加勒菲斯酒店(Galle Face Hotel)。这个酒店建于 1864 年,典雅气派,是斯里兰卡历史最悠久的建筑之一,价格当然也高,其餐饮水平之高可以预料(后来我在一次电视新闻中看到,这个酒店毗邻斯里兰卡总统府,可惜当时我们不知道,否则应该顺便看看总统府)。酒店旁边就是海滩,巨大的游泳池和海滩结为一体,在游泳池里感觉像在海里一样,很爽。游累了,在躺椅上晒太阳,身上有水的滋润,蔚蓝的大海就在眼前,听海涛推浪,一浪高过一浪,看得人心醉,超级享受。

唯一的缺点是交通不便,路况很差,交通工具也跟不上,大部分是 TO-TO,不安全,当然更没空调。当地食品,几乎都是咖喱味,种类少而单调,甚至杧果也是咖喱味的,吃到嘴里怪怪的。我们最初想多尝试当地食品,Sanjuwan 推荐了几个特色餐馆,结果几顿下来我们就吃不消了。

我们去的时候既非旺季,亦非淡季,天气不热,时机不错。当然,12 月和 1 月最好,是斯里兰卡的旅游黄金季节。购物首选当然是锡兰红茶,木雕、蜡染、水牛皮制品、香料、腰果等也是不错的选择,当然还有蓝色的锡兰宝石。

现在,该回过头来,说说这次的国际学术研讨会了。会议由斯里兰卡莫勒图沃大学建筑学院主办,主题是"城市、人及地点"。参会的有六七十人,以本国和南亚地区学者居多,少量来自欧洲,中国学者仅我一个,著名建筑师王澍曾计划去,但临时有事未能成行。因参加会议人员大部分是建筑设计和建筑工程学科,所以讨论的议题与我关联不大。但我是唯一来自中国的学者,所以请我做大会发言。我的发言反倒引起与会者很大兴趣,主持人看到讨论热烈,也不叫停,结果从中午十二点一直持续到下午一点多。可以看得出来,与会者非常想听听中国学者的观点。另有一印度学者因故未能参加,而是做了视频发言。

与一般国际学术会议不同的是开会的程序和风格。会议开始时,先是一支歌舞队敲敲打打地进入会场,与会者随后跟进。进入会场后,全体起立唱国歌,他们的国歌非常长,似乎有好几分钟。唱完国歌,又是点燃烛光树的仪式。这些做过之后,才开始学术发言和讨论。

会议开始时,与会者跟着这支歌舞队进入会场

2013 年 12 月

世外桃源塔斯马尼亚

[第一天]

8月2日,早7点在悉尼乘 JetStar 飞机,9点到朗塞斯顿,出口居然有检查,大告示牌写得一清二楚,不许带水果。我们有过新西兰的经验,赶快把水果拿出来,觉得弃之可惜,刚要坐下吃掉,机场检查人员过来说吃也不行,水果一打开味道会散发出来。这有些离谱,但足以反映出他们对环保的重视程度。

机场有专门的租车处,有十来家租车行,我们早在网上选好了,是Hertz租车行。给我们留的是辆全新的法国雷诺柴油车,刚开几千公里,六缸,全自动,有多种语言的导航仪,汉语字正腔圆,座椅还有按摩功能,非常舒适,每天40澳元。车停在79号车位,我们拿到钥匙之后自己去提车,油箱是满格的(还车时也要加满)。

开上车,先去吃午餐。找到一家美食城,选择很多,印度咖喱14澳元,中餐9澳元,印尼面10澳元。随后买了一个桶型冰淇淋,两个球,超大,足够我们一家享用。

午饭后就近去了几公里外的卡德奈特峡谷保护区,这是一处紧凑的景点,山崖壁立,形如刀割,移步换景。当晚去吃海边餐馆炸鱼和薯条(fish and chips),本以为有生蚝之类的大吃一顿,但生蚝并不便宜,而且鱼都是炸的一种做法。

[第二天]

早餐后直奔斯坦利(Stanley)看海上巨石,先经过那里到了"天涯海角",还在下雨,也没发现有重大标示物显示这里是非常所在。找到一处高地,拿着破雨伞冲上去,看到景致不错,浪涛汹涌,岸上几户人家,色彩斑斓,都有巨大玻璃窗看海景。照相留念,估计有些狼狈。回过头来,下面有小桥,还有游艇,到另一个小镇,包中餐,但要预订。看到有些野鸭在逍遥游弋,深为感慨,不由得羡慕它们。

折回来,到斯坦利,远远望见巨石,在漫漫无际的大海里赫然矗立,实属天工造化。但一直下雨,只好找地方先吃饭,最后找到一处观景处,回望巨石,大雨如注,朦朦胧胧,也还算到此一游。出来想往回返,又不甘心,再到镇上转转,小镇经大雨洗刷,格外晴朗,但也还有蒙蒙细雨。

心宇建议喝杯咖啡。来到信息处介绍的"青蛙"(Chin Wag)咖啡店,小店非常别致,里面坐几个澳大利亚人,悠闲地喝着咖啡。于力和心宇点了拿铁,我看了看,觉得玛琪雅朵没喝过,不妨试试。咖啡上来了,很少,但很稠,很苦,老板娘笑了,说是很久没人点了,我们很勇敢。我们问起店名的来历,她说英国中老年妇女在一起八卦,就是 Chin Wag,墙上还有幅画就是这个场景。这确实符合店的本意,似乎让人们坐下来,当一次长舌妇,放慢节奏,调剂生活。

小镇只有一条街,一字排开几乎都是工艺品店。到了一家,里面是各类新奇的画作和工艺品,有的画是照片印在画布上,看上去像油画一样,还有凹凸感,令人称奇。店主也不招呼我们,认真地坐在靠里面的办公室工作,那里也是一个巨大的画室。看来他经营店面和画作两不误。这里工艺品价格都很高,不是大众消费的地方。另一个小店里货品种类很多,看到各种塔斯马尼亚特有的动物毛绒玩具,想到买一个给菲尔(Phil)的小孙子,店主推荐一个可以套在手上摆动的袋熊,活泼可爱,25 刀,买了一个。另一个店里,于力看中了工艺项链,1 个 10 刀,买 3 个 25 刀。心宇看中了一条鱼,造型别致,说放在家里壁炉上正好,也是 10 刀。雨仍在下,外景没有全部看到,但买了些中意的工艺品,也满心欢喜。转来转去,都是在大石头周围,仰头望去,别有一番情趣。

［第三天］

去摇篮山,从住处出来就是连绵不断的山丘。上上下下,景致如画,赶快拿出相机一阵狂拍。刚走一会,又看到巨大的彩虹,在不远的天地间划出一道美丽的弧形,衬托着草地、牛羊和一簇簇树木,美极了。一路上,天一会晴、一会阴、一会大雨、一会细雨,琢磨不定,后来发现这是常态。但只要晴朗一点,马上就停车拍照。也不必认真取景,因为眼力所及,都是美景。

去的路并不复杂,路况也很好,其实一路上都是这样,尽管在山里,也修得平整。但天公不作美,先是大雨,后变成雪,越往上走雪越多。雪在路上堆起来,半化不化,地面湿滑,压出深深的车辙,前面来车,心宇略向边侧,不料车打滑,几乎横了过来。我们都吃了一惊,从此小心翼翼。刚才看到后面紧紧跟着的车,现在也不见了踪影,看来也是吓坏了。

开到服务中心的停车场,推开车门,刹那间进入一个冰雪的世界。地面无处落脚,都是深深的积雪,脚一踏上,扑通一声,埋进雪里,又溅起雪水,冷风飕飕,伞一打开就被风刮开。一打听,去山里的路,只有四轮驱动的车才能获准,只好先去几个较近的景点看看。此时雨雪变小。一条小路走了20分钟,是沿一条小溪走,小溪水流湍急,听声音似乎在瀑布旁,颇有气势,水势汹涌,就在脚下,咫尺之间,令人兴奋。沿途也有小桥,掩映在树丛中,种类各异,在白雪衬托下显得格外壮美。另一条小路走了约30分钟,也是在浓密的树丛中穿行。半路上,看到一家人在玩雪,小孩子兴致勃勃地打雪仗。这是我们看到的唯一的游客。这里的景点不似中国,到处都要排队,到处看到的都是人。这里安静极了,只有水流的声音。

中午,找到住宿的地方,是小木屋,木屋的名字是 Bushman's Hut,不大,但很有气氛,而且非常实用。双人床,还有个上铺,厨房设备也非常齐全。中间一个煤气炉,一点上,整个屋子暖烘烘的。到处都是木制品,方桌、板凳、地板、墙壁、天棚都是木质的,连卫生间里也全是木质的,感觉像桑拿房。

下午,去等进山的面包车,一点半的车刚开走,我们要等两点的,而回程车是四点半。这就是说,我们必须在两个半小时内赶回来。于力提议,既然雪已停了,也许车可开进去了。一问,果然如此。我们兴高采烈地开上自己的雷诺,浩浩荡荡进了山。一路上都是单车道,专门有错车的路段。前面有一辆 SUV 开路,我们方便很多。

到山里,看到有几个路线,分别为 2 小时、3 小时、6~8 小时。2 小时是容易的,这应该适合我们。这条路在山脚下,一直绕湖走。一路上,有时寒风,有时飘雪,有时下雨,但都不大。茂密的丛林,弯曲的小路,让我们忘却了不适,情致很高,一路上感慨大自然的造化。于力看到这些斑驳、弯弯曲曲、散落在林间的木干,如天然木雕,选了好几个准备带回家。看到石头也不忍割舍,拣了几块在手里。山路修得很好,是木栈道,上面还有一层钢丝网,防滑。有些地方因天然地势,没有木栈道。但因大雪遍地,踏上去站不稳，因此格外费力。没有雪的地方，全是水。鞋都湿了，看看走了很远，没有回头的可能，只好硬着头皮走。保暖的围巾也戴不住了，开始冒汗。步步逶迤，以为快到了，又开始爬山，最后终于看到来时的停车场。再看看指路牌，确实写得很清楚，这条路是容易的。想想这可能是因为澳大利亚人体质好，此路不在话下，还可能因为雨雪之故，路上湿滑。但不管怎样，我们闯过来了，感觉很有成就感。

有很多喜欢徒步远行的旅友，背着重重的行囊，走最远的路线，要六天五夜。这种挑战极限的精神可嘉，但也考验人的意志和耐力。毕竟路程和时间实在是太长了，走着走着，情绪就会有变化，少不了磕磕碰碰。据说有一对度蜜月的新婚夫妇，走完就离婚了。

回到小木屋，经理已经把明天的早餐送来了。居然是一个大篮子，里面几乎应有尽有，有面包、麦圈、6 个鸡蛋、巧克力粉、果酱、培根、奶酪、黄油、蜂蜜、橙汁。这无疑是个惊喜，在大山里，居然可以享受到如此丰厚的早餐，无法想象，早知如此，刚才不必在食品店到处找吃的了。当晚洗了个热水澡之后，就开始就着红酒，享用这些，格外开心。木屋里有游客写的留言，厚厚一本，足见人们的留恋之情。还有 DVD，我们选了一个，是个喜剧，情节一般，但在此情境之中，一家三口，其乐融融。

[第四天]

当天很早就起来了，惦记着与野生动物邂逅，出去看看，万籁俱寂，只有空气清新得出奇。我出来一趟，一无所获，再与心宇出去，终于看到只袋鼠，慢悠悠钻到树丛里不见了。可能是季节，也可能是天气的缘故，竟然没有看到其他野生动物，这是一个遗憾。不过，在回去的路上，到处都是动物的尸体，可能是晚间开车人撞的。还有一个重大发现，是看到了袋熊（wombat）的四方形粪便。

计划去摇篮山的路上看壁画小镇，然后去买蜂蜜的地方，但路上看到个屠宰场，好奇心驱使我们停车看看。这是一处农家院，一个大厂房一样的房子，里面两个人正在分解一头高悬起来的巨大的牛。于力冲进去，连比画带说，要买肉。他们笑笑，说是给某客户宰杀的。外面冰柜里有一些，还未冻，都是新鲜的，于力选了两块用来烤牛排。我试探着问，有没有羊肝，里面人居然说有。问到价钱，店主一脸茫然，似乎是没人买过。后来店主干脆说，2

刀吧。我兴奋极了,要知道,这是一大坨羊肝,足有两三斤重,要是在超市,价格要翻好几倍,况且一般情况下还买不到。

再往前开,路边围栏里有几头羊驼。我们觉得相貌奇特,停车观看,其中竟有一匹小马,见到我们,飞奔过来。小马长得不高,头像骆驼和羊,马鬃很长,身材短胖,蹄子小,腿短,像个缩微版的马,但比例不协调,不过看上去滑稽可爱,任我们抚摸,它的眼神里有对我们的恋恋不舍。于力和它照了好几张照片,回到家后,还说照得不够亲近。

壁画小镇色彩丰富,香港歌手陈奕迅的画表达了想要在此长期逗留的愿望,引得很多人驻足观看。尽管并不是想象中的到处都有壁画,但别致的小镇风情与山水融为一体,让人倍感亲切。小镇上有个蜂蜜小店经营得不错,有几十个品种的蜂蜜产品,随意品尝。还有一个活的蜂巢装在玻璃柜里,可以直观地看到蜜蜂筑巢生活的情景。

终于又回到朗塞斯顿,距离还车还有点时间,我们在城里转,居然找到一处景观处,在沿河的木栈道看河里的游艇、鸟儿和对面色彩迷离的建筑,感叹自然之美。朗塞斯顿的住房的突出特点是家家有景,掩映在绿树花丛之中,在山坡上,错落有致。甚至牧场上的房子也是在坡顶,看远近起伏的山峦和草地以及遍地的牛羊,逍遥之至,也未可知。

到机场前,加满油,岂料还车非常简单,连车都不看,交了钥匙就完事。

塔斯马尼亚之行,令人感触良多:

其一,地域面积大,6.5万平方公里,几乎相当于我国海南岛和台湾岛相加。如此大的地域,仅有55万人,其中州府霍巴特25万人,朗塞斯顿13万人。当地人调侃:我们穷得只剩下土地了。

其二,资源丰富。东部海洋资源丰富;中部和中北部平原,畜牧业发达;西北部森林茂密;西部山地,水力资源丰富,供应全州水电。旅游、教育、畜牧、矿产为四大支柱产业。其曾是苹果之乡,后来改种樱桃。牛羊肉90%出口,包括牧草,我的伊利、蒙牛自诩吃塔斯马尼亚的牧草。海鲜更是唾手可得,享用不尽。森林覆盖率高达85%,其中有44%是国家公园。

其三,距离澳洲本土200多公里,相对独立,独处一隅,是"世界的尽头"。登上海拔1900米的惠灵顿山,可以远眺南极。它从未经历战火,也没有大的社会矛盾冲突,是当今世界上难得的一块净土。州府霍巴特有一个迷你机场，能停 4 架飞机，但这个机场号称国际机场，因为有一班飞南极的飞机，不过那是用于科考的。

其四，旅游资源丰厚。塔斯马尼亚的景色层次分明又多变，几十分钟的车程，可以看到地貌从雨林山谷变成高地湖泊，再变成绵长的白色海滩，处处充满惊喜，随心所欲地到处停留。塔斯马尼亚，一幅幅图画拼起来的地方，美轮美奂、令人心醉……

塔斯马尼亚，称其为世外桃源，恐怕一点也不为过。

2018 年 10 月

宿雾海恋

今年旅游的第一站,选取菲律宾的宿雾。一是因为厦门来此有直航,仅2个多小时,方便得很;二是因为这里的海景绝佳,但游人还不多,原生态,不可多得。

正午时分,飞抵宿雾。从飞机上看下面的翡翠绿宝石蓝(那种颜色的奇异无法用语言表述),就已有几分陶醉啦。

下了飞机,直奔旅游景区。1834年,宿雾建城,市政厅里挂着1521年到菲律宾探险并开创殖民地的斐迪南·麦哲伦(Ferando de Magallanes)。市政厅正面就是座圣婴教堂,历代菲律宾人视若神明的麦哲伦十字架,就在教堂前一个亭子里专门供奉。西班牙占据菲律宾300余年,把十字架竖立在每一个人口聚居地。

第二天上午出海去浮潜,船上半小时也不闲着,有船工做简单按摩,下船有渔民撑竹竿给我们当扶手。我们是浮潜老手,刚一停船,我们就穿戴好跳下去,享受水下世界。这里的热带鱼种类繁多,珊瑚也形态各异,煞是好看。鱼儿悠闲自在,近在咫尺,却抓不住。海胆、海星、海螺随处可见。沙滩细腻,像石膏泥。

浮潜后到资生堂岛(日本资生堂公司购买后得名)吃海鲜。各类海鲜均来自附近海域,天然野生,有些海鲜我们从未见过。我们要了一桶海螺,仅仅400卢比(不到60元人民币),4个人大快朵颐。那种鲜美的味道留在齿间,久久不能忘却。

第三天是此行的高潮:看海豚、浮潜、深潜,每一样都很刺激。

晨曦微露,我们去看海豚。此时是海豚的早餐时间,天大亮时它们就钻进海里休息了。所以,这时的每一分一秒都要抓紧,错过就看不到海豚的尊容了。我们的游船在海里走了十几分钟,依然是一望无际的海水。突然,有海豚跃出海面,顿时打破宁静,大家欢呼起来,附近几条船也闻声赶来,海上顿时热闹起来。我们运气超好,看到好几群,每一群在三五头到十几头,似乎在轮番表演,其实这是海豚在觅食。出发前,有人担心是否也会有鲨鱼,但导游说有海豚的地方就没有鲨鱼,因为鲨鱼受不了海豚发出的声波。

　　下午去深潜。据有经验的人讲,宿雾的海水蓝而清澈,零污染,也没有人类过量造访,保留原始的美,难得的潜水好去处,薄荷岛就有很多可以深潜的点。但毕竟是深潜,还是有些挑战性的,结果我们旅游团30多人,只有7个人报了名。壮举在即,兴奋不已。我和潜水教练先在游泳池里熟悉呼吸和手势,大约半个小时也就熟悉了。之后上了一条小船,开到海中某个位置,我们把潜水设备穿戴整齐,在船舷旁一个后空翻跃入海中,那种感觉非常神奇,也应该非常酷。再睁开眼睛时,已经进入鱼群里了。因为身上有铅块,所以不断下潜。耳膜痛,但捏鼻子憋气就挺过来了。海底是个缤纷的世界:五颜六色的鱼在身边游弋,下面则是形态各异的珊瑚,这时最明显的感觉是:眼睛不够用! 这里的珊瑚形态各异,颜色也不同,而我们去过的其他海域珊瑚略平。有一处断崖,看过去深不可测,我犹豫了一下,做手势前进,但跟在我身后的教练拉住了我,看来这是一个小小的禁区。

即将下水深潜,兴奋不已

第四天去看巧克力山和眼镜猴以及西班牙教堂,品尝竹筏餐,体验原住民生活。

薄荷岛原文是 Bohel,音译为博赫岛更好,不会有歧义。这个岛面积3000 多平方公里,山海各有特色。值得一提的是巧克力山,其因表面赭石色而得名,可惜今年雨水过于充沛,被绿色抢了风头。但站在制高点看去,不可计数的山头绵延几十公里,也还是很震撼的。之后又专程去看菲律宾眼镜猴,这种猴只有巴掌大小,藏在竹林和芭蕉叶里,不注意几乎看不到,无形中增加了神秘感。

菲律宾岛屿很多,岛屿之间最常见的交通工具是一种螃蟹船。这种船船体下部很窄,但船上沿外展,能载二三十人,船两边分别有两根竹竿在五六米开外支撑,既开得很快,又不会有太大波动。菲律宾陆上的交通工具五花八门。公交车由轻型卡车改装而成,能坐十人左右,其最大特点是无一不打扮得花枝招展。菲律宾的出租车大部分是由两轮摩托车改装的嘟嘟车,乍一看不知为何物,也是打扮得花枝招展。不过,这种车居然能载四人(包括开车的),堪称一绝。

自 2008 年在澳大利亚大堡礁初次尝鲜,体会到浮潜的乐趣后,我们便一发不可收地爱上了这个运动量不大但刺激够大的运动。泰国的芭提雅、印尼的巴厘岛、中国台湾的垦丁和澎湖、斐济、斯里兰卡、法属新喀里多尼亚的奴美阿、瓦努阿图的松木岛、越南岘港、迪拜海滩,都留下我们的足迹。但没有像这次放肆而充分地享受浮潜,深潜更是第一次。

世界很大,我们去过的地方很少,但对我们来说,玩海特别是潜水,首推宿雾。

2017 年 10 月

悉尼生活琐记

又到悉尼！这一次我们住在地处内西区（Inner West）的罗泽尔（Rozelle）小区。内西区紧靠悉尼市中心，是工业化时期悉尼的中下层住宅区和工业区。如今，老的住宅风格依旧，但内部设施已现代化；同时，出现成片开发的新住宅，其间散布一些尚未改造的工业设施。根据权威评估，我们住的罗泽尔在内西区的 53 个小区中居住舒适度方面排名第六，在整个悉尼大都市区 555 个区中排名第五十一。主要特色是咖啡馆遍布时尚街区，世界各地食品琳琅满目，精致紧凑的住宅，存在感超强的工业外墙，曲折迂回的街道，新旧元素混搭，历史与现实穿插。这里还有一个特点就是地形多变幻，住房也高高低低，错落有致。历史保护与居住区改造交替上演变奏曲，成片新建的住宅格调清新，环境幽雅。

这里生活和休闲极其方便，可谓左右逢源，东有白海湾、罗泽尔海湾、黑水海湾、琼斯海湾，西有帕拉马塔河海湾。海湾多，桥也多，一小时步行可达的有：悉尼鱼市场、澳新军团大桥、连串的海湾，再往前走就到市区中央商务区；西边是伯肯黑德角（Birkenhead Point），那里购物极其方便，包括很多厂家直销店。

白海湾火电站就在我们隔壁，它始建于 20 世纪初，一直使用到 1983 年圣诞节。2012 年电影《了不起的盖茨比》在此拍摄，澳大利亚的电视连续剧《水老鼠》也以此为背景。曾有很多开发商，包括谷歌试图投资改建，都被悉尼政府回绝了。2000 年，此地被悉尼港海滨局以 400 万澳元购买，将来会改造成为一个旅游景点，已被纳入城市更新项目。对此，我们充满期待。

另一个待改造的较大工程是废弃的老港区，也是改造方案迟迟难以通过。不过这里已被纳入悉尼港 2020 年改建计划，届时将有一个全新的面貌。我们去看的时候，牌子已换成新的了，外来车辆和行人不得入内。这里距市中心仅一步之遥，也是寸土寸金的地方。而且，占地面积很大，如何改造，一定要有最佳方案，这也是改造方案迟迟难以通过的主要原因。

到悉尼第二天,一大早就寻路到了远近闻名的悉尼鱼市场,那里的大虾不但比厦门新鲜,而且价格还比厦门便宜。这个悉尼鱼市场,对外来游客也不陌生,因为这是来悉尼必游之地。一是这里海鲜超级新鲜,品种齐全;二是在水边享受这个氛围,非常惬意。每当坐在水边的木桌木椅上享受时,成群海鸥围观,经常突袭游客盘中的美食,无形中为游客助兴。我注意到,有几只大醍醐,经常光顾鱼市场,优哉游哉,目无游客,俨然成了这里的主人。

每天去海湾边散步,当然也是无比惬意的事。向南走,就会路过澳新军团大桥。该桥是为了纪念一战期间澳大利亚和新西兰组建的澳新军团在土耳其加利波利战役中牺牲的 3 万多名将士,后来,每年 4 月 25 日为两国的澳新军团日。看着伫立桥头两端的澳新两国士兵,别有一番滋味。

周围有太多景致和变与不变的环境,眼睛有些不够用,于是,每天走一万多步是常态。当然,要走得更远、看得更多,就要借助两样现代化工具:手机和汽车。儿媳备好了 iPhone 手机,配上当地网卡,GPS 导航,任意游走。儿子特地买辆新车,澳大利亚自产名牌霍顿(Holden)。由于澳洲是左侧行驶,而且又是 SUV,车体较大,因此熟悉了几天后才敢独自上路。

儿子的房子在改建,每天我开车去监工,十几公里路程。我在国内和美国有过多年开车经历,轻车熟路,但这次在悉尼,不仅是靠左行驶,而且路窄、坡多、弯多、红灯多,不好开,也开不快。不过,人们都很守规矩,因此车行有序,即使高峰期也不大拥堵。但在这里开车,严重依赖 GPS,一是路不熟,二是不易辨别方向。其实我在国内东南西北清楚得很,到这里却一直找不到北。

周末清闲下来,睡个懒觉,10 点多钟起床,找个网评好的餐馆吃"早午餐"(brunch),偶尔浪漫一把。这种"早午餐",一般都非常丰盛,量很大,我们吃不完。想想也是,两顿饭合成一顿,当然要多一些。习惯于睡懒觉的年轻人,是这种"早午餐"的主要消费群体。

10 日凌晨,被警报声惊醒,2 辆消防车赶到,如临大敌,但几分钟就查出原因,警报解除。据说这样的事已发生过几次,总有人不小心碰到了什么机关,触发警报,住户们都习惯了,全楼的住户都撤到楼外,虽然情急,但也没有忘记自己的宠物。

每到周末我们都要去悉尼大市场买菜。这个大市场,每到周末开放,市场有六七个出口、上千个停车位、几百个卖家,都是农家直销,量大,价格便宜。一进市场,就像进入了另一个天地,吆喝声此起彼伏,特别有传统闹市的感觉。有一次,我们买了一大盒百香果,有100多个,十几斤重,只卖16澳元。

但也有令人遗憾的事:我们的好邻居菲尔,不久前被肺癌夺去了生命。从此,我们再也见不到他了。

菲尔是一个超级淳朴善良的人。他祖籍意大利西西里,膝下有3个儿子、7个孙子,是典型的传统意大利大家庭。每当家人团聚,整个院子里充满了欢乐,其乐融融。意大利人擅长厨艺,而菲尔是个中高手,我们多次品尝过他的手艺,那是在名贵的酒店里享受不到的。菲尔曾很认真地说他们从来不屑于去意大利人开的餐馆,我觉得一点也不夸张,是可信的。他们烧制的咖啡也极其香浓,我们后来也如法炮制,用上了和他们一模一样的咖啡壶。菲尔还是个园艺高手,房前花圃、后院菜地,都侍弄得干干净净、漂漂亮亮。他从意大利带来的西红柿有股奇异的香味,而且肉厚多汁。他似乎知道我会讨要,早早就育好了苗,长到一定程度后帮我移栽。一旦尝过这种西红柿,其他品种我一概不吃了。

直到今天我仍然清晰地记得第一次看到他的情景:那是我们刚刚搬过去不久,一次我在院子里侍弄草地,身后忽然飞来一副手套,回头一看,一张笑脸从篱笆后探出来。此后,每当我有需要时,他都会神一样地出现。他家的库房里各类家什几乎应有尽有,我可随时取用。生活中的很多细微之处他也替我们想到了,甚至帮我们照看垃圾桶。我们院里有棵柠檬树,果实累累,多得吃不完,他索性帮我们酿酒。他酿出来的柠檬酒,清洌甘甜,沁人心脾,成了我们的最爱,后来还作为礼物馈赠给其他朋友。

如今,站在我家篱笆边,再也看不到那边的菲尔了,看不到那张和善的脸了,听不到他的口哨声和高亢动听的意大利歌剧了,也听不到他和孙子们打闹嬉戏的欢乐声音了。在这个世界上,又少了一个古道热肠的善良人,这是多么残酷的事情!我怅然若失……

2017年9月

我们和菲尔家一墙之隔

悉尼别墅改建日记

房子位于悉尼南区静谧的别墅片区。原为一层，计划加盖一层，同时扩展一部分，总面积增加两倍有余。设计和施工均为 EnHance 公司。

悉尼政府对住房改建有非常繁复而严厉的规定，需层层审批，EnHance 公司与市政府经历了多次交涉。我参与后了解了一些，比如外墙的砖要达到一定厚度，以便防火；地方政府对层高有严格要求，限高 8.5 米。如何在这个高度内最大限度拓展空间，同时兼顾造型，采光、视野、功能都要考虑周到，是有很多学问的。

工程不大但非常琐碎。我来悉尼时，正赶上开始灌水泥地基，这是很重要的一个步骤。地面铺上密密麻麻的钢筋骨架，下面还有一层塑料隔层，以免地下水汽上升，噬化水泥。

作为施工监理，我几乎每天都在施工现场，下面是我记的流水账：

[7 月 28 日]

前后来了 5 辆水泥罐车，停在路边，之后通过管道将水泥推送到施工面。有七八个工人同时作业，工人多为中东人（澳洲人泛称他们为黎巴嫩人）或当地土著，干活麻利，吃苦耐劳。10 点开始干，到下午 1 点多就干完了。

随后，他们自己动手钉了个临时餐桌，架起木炭炉，烤羊肉串和肉丸、茄子等，配蘸料 Hummers 和黎巴嫩薄饼。看着他们在高强度的劳动之后，喝着饮料和啤酒，很享受。当然，我们还专门买了微波炉，工人们可用来热午饭。这是政府规定的。

[8 月 1 日]

工程在有条不紊地进行。木工是重头戏，房子的基本架构都要由他们完成，这是木工活的第一天。木工来自韩国，四五个人，他们承担过很多类似项目，非常有经验，也便于合作沟通，领头的是 Michael 和 Yoon。Michael 英文好，善于沟通；Yoon 心灵手巧，施工中的难题到他那里都能迎刃而解。木工的工作量很大,我们是通过招标方式选取施工方的。竞标胜出的韩国木工队经验丰富,认真负责。他们到场地以后,干活有条不紊,一切都摆放得井井有条。

[8月4日]

木工第三天,电工开始进入,与之配合。另外,排水系统开始测量和规划,制作门窗的公司也来量了尺寸,开始定制。今天还去了砖厂,找到与我们房子颜色和样式大致相同的实心钢砖,每块在1.5~1.8澳元。

邻居对于车库边缘太靠近他们的篱笆,有些不悦,我们特地去做了说明。

[8月5日]

工地空间不大,如何堆放各种材料是很费思量的事,各个工种何时进场也需要周密安排,并要与相关各方协调。送砖时我不在场,结果就放在通道上了。

[8月6日]

排水管道开始施工。两个管道工开着一辆微型挖掘机,在1米多宽的地方居然运转自如。要铺设的管道有两条:一条是下水,另一条是排雨水。排水管铺下去后,还铺一层碎石子一样的东西,可能是保护管道的。铺设管道也分两阶段:先室外,半天就完成了;之后是室内,要等待二楼进行到一定程度再做。

[8月9日]

原来的房子是两层砖,外层的钢砖质地坚硬,色彩古朴,需小心拆下来再利用。拆下的砖有300多块,把它们用在房子正面,看上去风格统一,不会有两层皮的感觉。我们每天除了监工协调处理杂事外,一有时间就清理这些旧砖,结果每天身上满是灰尘,与其他工人无异。

[8月11日]

经过10天左右的木工活,可以上二楼看风景了。"更上一层楼",景观大不一样,不仅开阔,而且可以远眺市区,包括悉尼塔都看得见。

今天又请白蚁专业人员来检查并消毒预防白蚁,费用500澳元。这是必经的程序,没有他们发的证书,房子建成后无法通过验收。其实,我们所用的木料都已涂了一层防白蚁的材料,但木材加工时的横断面也有可能受白蚁攻击,看来他们考虑得非常周到。

双砖墙,中间有 5 厘米左右空隙,有空气调节温度,同时有湿气也可排出,延长的新墙也要如此办理。同时,窗户上下要有引水槽等排水设置。

大门和车库之间这面墙的两边都要接新墙,我们把边缘都处理好了,但也有人认为应该把边缘切齐,之后再用胶,不过那样一来接缝就太明显了。

大厅门和车库门上要用钢梁,我们纠结了好久是否应该用工字钢,是 U 形还是 L 形,也征求了 EnHance 结构工程师的意见,最后决定用 L 形。

[8 月 16 日]

今天上午非常忙。一是木工准备竖二楼架构;二是垒砖工进场;三是水泥沙子等送货;四是脚手架和做屋顶的分别来实地查看,准备报价;此外,我们还要继续拆墙把好砖留下来。一度忙作一团。

送水泥和沙子的只有一个人,既开车,又卸车,4 吨沙子和水泥,一个人很从容地完成了。沙子是大塑料包装,每包 1 吨。

[8 月 17 日]

开始竖二楼的框架,大约三四天就可完成。

木墙和砖墙之间要有塑料布,隔潮。新砖看上去和旧砖相似,但脆而酥,质地差别还很大。这使我们想到国内很多新东西都不如老牌子的,看来这是一个很多国家面临的共性问题。

[8 月 18 日]

来第二批砖,卸车水平也蛮高,全部事情都是司机一个人完成。

卫浴洁具等,要把接头预先埋在墙里,因此特地抽空去了卫浴店。

垒砖工和木工同时在场,虽不是同行,差距还是有的。韩国木工,干活有条不紊,而且每天完工后,工具和材料都堆放得整整齐齐,场地打扫干净;中国垒砖工,师傅尚可,但几个小工邋遢不堪,整个场地一塌糊涂,粗心大意,好砖被糟蹋了不少。师傅砌砖,也很不讲究。我们辛辛苦苦清理的旧砖(希望和原来的砖保持一致),他们不耐烦观察砖的哪个面外观更好,只是码上而已,脾气很大,又说不得。砌出来的墙像涂了花脸一样,令人哭笑不得。

太多细节需要注意了,比如,门的高度要和砖的厚度相协调,否则会很难看。EnHance 的设计师说在图纸设计时就要计算出砖的厚度和层数,这样窗户和门的位置才能与之协调。

内墙已按尺寸切割好,外墙要与其对齐,但现有墙与其仅差 5 厘米左右,把砖切割到这么短会很难看,只好旧的外墙全部拆除重砌。

[8 月 21 日]

脚手架开始安装,要用 8 周,需付 8000 澳元。工期要严格控制,如果滞后,脚手架的成本就会增加。搭建脚手架的都是澳洲小伙子,7 个人,身强力壮,沉重的铁架子一天就搭完了。

在悉尼,管理和环保的要求繁复,建筑废料和垃圾的处理成本很高。运输成本在其次,垃圾处理场的费用是大头。比如,房前的一堆废土,大约四五吨,某清运公司索价 1000 澳元。

今天管道工来了,但一楼地面还未铺好,所以他们下周一过来。

现在的民用建筑基本是混凝土结构、钢架结构、木结构三种。我们的房子采用木结构,木料需用量很大。檩子一般是纯实木,梁则是多层木材压制的复合材料,坚固而不变形。所有木料都经过处理,防腐防白蚁。

门窗送货,数量也很可观。将近 20 扇窗户,其中包括 4 扇天窗、3 套大型推拉门。

[8 月 31 日]

木工完成第一期工作,框架已完成,二楼窗户均安装好。木结构初步完成后,结构管理部门来检查和验收。验收人员看得很仔细,发现有根横梁上有块死木节,他要求加固一下,类似的问题找到 10 余处。

房顶材料送货,开来一辆超长卡车,仍是一个人的活。使我惊奇的是,这次居然是一位 70 岁上下的老者,但他操作干净利落,有板有眼,很轻松地就卸完货了。

[9 月 1 日]

混凝土墙板到货。这是一种新材料,直接拼装即可,是仿木的,外观看上去,确实有木板的感觉。

[9 月 3 日]

装屋顶的终于来安装屋顶铁板了,因是高空作业又是在空旷面,所以必须在天气温和的情况下施工,今天铺设了三分之一,起风了,立即停工。

[9 月 9 日]

木工开始挂混凝土外墙,为了看上去更有立体感,墙板都竖向排列。

今天不慎出了点意外：工人在铺房顶时，一些钉子滑落到邻居的车道上，结果把邻居的车胎扎漏了。

电工穿插几个工序之间，配合得很好，也是韩国人。当时看中他，也是韩国工匠口碑好，同时便于和木工交流。

[9 月 10 日]

外墙开始刷漆。因为混凝土墙板是新材料，油漆工尝试着刷了三遍，与厂家的样本差不多。强烈的阳光下，看上去还不够均匀，亮度也不够，最后索性涂了四遍，方能看得过去。设计师要求是很苛刻的！墙板的接缝处，木工打了胶，但是刷漆时打胶部分不易着色，最后特意去买了相似的棕色胶打上才解决问题。

再次检查隔音隔热棉是否全部放置好了。这些隔音隔热棉放在墙壁的夹层，减噪保温，在房顶衬里也有一层厚厚的隔音材料。

同时检查预先埋好的上下水管线，它们和电线交织在一起，构成墙内的秘密。

下午，石膏板送货，量很大，但工人多，很快就卸完了。

[9 月 11 日]

开始安装石膏板。房间的四角没有装石膏线条，而是留了细细的凹槽，这样看上去更有立体感。工人在做厨房的吊顶时，用激光器来找水平线，这个激光器的光束呈扇面形，非常便于施工。钉石膏板的也有很多新工艺，例如成排的螺丝钉装在手提打钉机上，可以像机关枪一样连发打螺丝钉。

屋顶铺装完成。

开始定期清理建筑垃圾。我们订了一个中等尺寸的垃圾斗箱，约 2 米宽、3 米长、1.5 米高，费用为 450 澳元，一周内装满运走。为了充分利用，我们把建筑垃圾仔细摆放，蓬松的还要压实，尽量不留空隙。

我们监工的同时，也要关照其他事情，比如，有的时候急需某材料，我们就用 SUV 拉回来；有些小活例如整理场地或打扫卫生等，就自己动手干了。大部分工序都是包工包料的，但也有些琐碎的我们自己直接去买。幸好在我家附近新开一家邦宁斯（Bunnings Warehouse），里面巨大无比，各类工具和材料应有尽有，方便极了。当然，最值得我们骄傲的是亲手清理了1000 多块旧砖。

建筑垃圾斗箱一人操作即可

［9 月 12 日］

施工间隙清洗我们的爱车,这辆车两个多月时间开了 4000 多公里,立下汗马功劳。

［10 月 4 日］

部分脚手架拆除,看上去利落多了。远处的车库砖墙是新砌的,将来用盐酸水洗净残留的水泥砂浆,就和前面原有的墙一样了。从另一侧面看过去,也有模有样了。即将面世的这个新建筑,清新典雅,有很多构思奇巧之处,可圈可点。可谓别墅片区的新亮点,卓尔不群。EnHance 设计师做了周密的设计,既能体现其独特的风格,又能最大限度地降低成本。

我在现场,看着它一天一个样,很有成就感,也充满了期待。至此,基本结构和外部设施大部完成,我们3个月签证期已到,该打道回府了。

首次在澳大利亚建自家住宅,感触很多:

1.需全方位、全过程参与,马虎不得,稍有不慎就会出现纰漏。例如水工铺设下水管道时就曾把墙打错几个洞。同时,也要抓紧工期,防止出现断档或窝工现象。

2.尽可能节省开支。一些工种如砌砖工等用料时往往造成很多浪费,如果及时沟通,可以适当避免。另外,场地来货堆放不妥,也会导致不必要的损失或意料不到的麻烦。

3.要准确理解设计师的构思和要求,及时沟通。

4.处理好邻里关系,他们的理解与配合很重要。

当然,澳大利亚盖房子,在申请程序、建筑材料订购、施工单位招标、成本掌控和甲乙方协调等方面都与我国有诸多不同,限于篇幅,从略。

2017 年 11 月

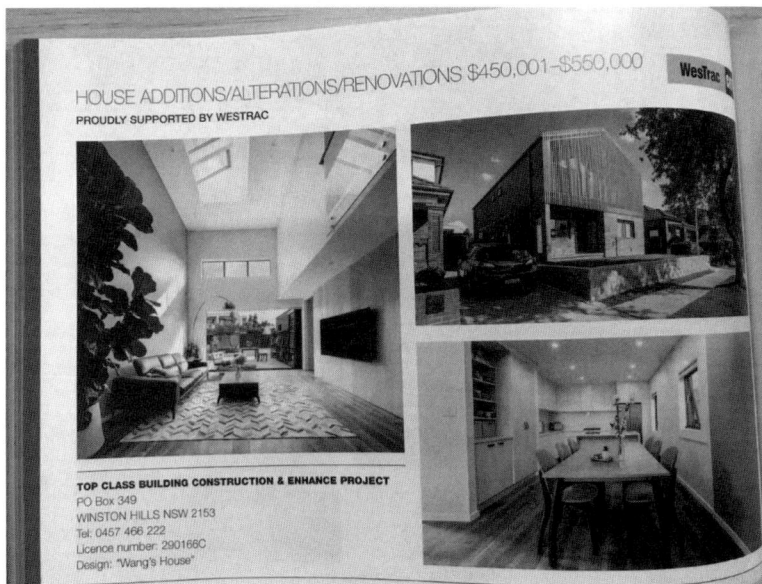

入选 MBA"2019 年优秀住宅建筑"(MBA Excellence in Housing Award 2019)

薪火传承 · 家国情怀

城里城外

百年风采,余韵绵长

——怀念刘绪贻先生

武汉大学刘绪贻教授走完了 105 年的人生旅程,荣耀谢幕。他的励志人生和学术追求,将永远镌刻在我们心中。下面是我为他两次祝寿写下的文字,谨以此纪念他。

仰之弥高,钻之弥坚

——贺刘绪贻先生九十五华诞

2008 年 5 月,欣逢我国美国史学界德高望重的前辈刘绪贻先生九十五华诞,值此之际,中国美国史研究会年会暨学术研讨会在武汉大学隆重召开,中国美国史研究会代表本会全体会员和美国史研究的后生晚辈向刘先生致以热烈的祝贺和崇高的敬意! 祝刘先生吉祥如意、健康长寿!

刘绪贻先生学识渊博,治学严谨,在美国史、世界史、社会学等研究领域成果斐然。在其长达半个多世纪极富创造力的学术生涯中,刘先生所发表的各类著述多达 900 万言。刘绪贻先生和杨生茂先生合作主编的六卷本《美国通史》,历经 20 余年三代学人的共同努力,成为中国美国史研究会的标志性成果,其中刘绪贻先生主持撰写了第五卷《富兰克林·D.罗斯福时代:1929—1945》和第六卷《战后美国史:1945—2000》。刘先生在美国史研究的很多领域都有建树,更是全国公认的研究罗斯福的权威学者,他提出的"新政式国家垄断资本主义"观点令人耳目一新,以及发展马克思主义的主张至今仍令人振奋不已。美国史学界同仁后学过去、现在和将来都能直接间接,或多或少,或早或晚,或隐或显地受教、受益、受惠于刘先生。总之,在我国美国史研究的学科规划、队伍组织、人才培养、著书立说、翻译介绍等方面,刘绪贻先生贡献彰著,德高望重。

刘绪贻先生境界高远、思路清晰、思维敏锐,学术研究锲而不舍、勇于开拓、执着追求,体现了坚持真理、敢于冲破禁区的勇气和胆识。刘先生针对社会问题的系列文章和著作处处流露着对社会问题的关注,充分显示了一个知识分子对社会的责任感,为年轻学者树立榜样,道德文章皆为楷模。年近九旬,刘先生又开始用电脑撰写文章,利用电子邮件进行学术交流。高寿不易,高寿者仍能笔耕不辍,仍能紧跟时代潮流、与时俱进,更属不易,也更令人景仰。所以,刘先生的健康高寿,是我们中国美国史研究会的骄傲,是我研究会的一大幸事。

"夕阳无限好,何必叹黄昏",在此,我们借用刘先生这句至理感言,祝愿刘先生寿而康,继续读书、写作,笑看云卷云舒。我们期待五年后再度欢聚一堂,为刘先生庆贺百岁华诞。

2008 年 5 月 24 日

祝贺刘绪贻先生百岁华诞

尊敬的刘绪贻先生:

我们怀着幸福而激动的心情,欢聚一堂,为您庆贺百岁华诞。首先,请允许我代表中国美国史研究会的全体会员,祝您生日快乐!

四年前,中国美国史研究会选定在武汉大学召开第十二届年会,同时祝贺先生九十五大寿。当时,我们许下心愿,期待为您百年大寿祝福。现在,我们终于盼来了这一天,所以我们格外激动。

早年先生积极推动创建中国美国史研究会,1979 年研究会成立后又出任副理事长和首任秘书长。在先生任秘书长的 7 年时间,秘书处的工作从起步到平稳运行,发展会员 500 多人,召集 5 次年会,组织编写《美国通史》,编辑翻译《美国史译丛》,出版《美国史论文集》和研究会《通报》,建立国内外的学术联系等卓有成效的工作,为研究会奠定了很好的基础,形成了严谨、务实、高效、节俭的工作作风,增强了美国史研究会的凝聚力,使我国的美国史研究出现了兴盛的局面。先生改任顾问后,仍继续关心和指导研究会的工作。我国的美国史研究有今天的成绩,与美国史研究会创办初期打下的坚实基础是分不开的,武汉大学秘书处为我会留下了一笔宝贵的精神遗产。

我们后来交接秘书处历史档案资料等,发现几乎所有文献都是先生亲力亲为,而且非常节俭,例如信封翻过来用。1984年先生组织成都年会,精打细算,只用了2000元,办得有声有色,成为研究会历史上一段佳话。我本人也做过8年秘书长,深知个中甘苦,因而也更敬佩先生。可以说,先生对美国史研究会的贡献居功至伟,对此,研究会的后生晚辈有口皆碑。

在学术研究中,先生更是一马当先。先生和杨生茂先生合作主编的六卷本《美国通史》,已成为中国美国史研究会的标志性成果。此外,先生个人近900万言的著述,独树一帜。特别是先生以其特有的胆识和魄力,敢于突破禁区,倡导重新认识资本主义发展规律,发展马克思主义。这些主张直到今天仍令我们振奋不已。2010年的厦门年会,先生提交《和而不同——我与美国著名史学家柯特勒的友谊》一文,万言有余,是我会有史以来最年长会员提交的最有分量的论文。先生的论著,不仅有着前辈学者的大气沉稳,而且还每每显露出巅峰状态学者特有的新锐之气,风采卓异。

先生步入期颐之年,身体康健,这是我会的一大幸事;先生如此高龄仍笔耕不辍,这更是我会的一大骄傲。罕见的高寿,罕见的思维活力,罕见的学识和胆识,先生为我们树立了一个令人景仰的标杆。我们这些美国史研究的后生晚辈向先生表示敬意的同时,必然也会从先生身上汲取精神力量,激发出极大的奋斗动力,"像先生那样生活"。

在研究会网站上,我们专门设立了庆贺刘绪贻先生百年华诞专栏。在专栏里,会员们写了大量贺信和回忆文章,这里没有办法一一展读,但大家的共同心愿是:在先生即将跨入第二个百年之际,我们衷心祈望刘绪贻先生和周世英师母健康长寿!福如长江长流水,寿比珞珈不老松,永葆生命与学术活力!

2012年5月13日

2015 年,我和王玮教授去看望刘绪贻先生,他精神矍铄,谈笑风生,令人欣慰

薪尽火传,精神永存

——缅怀杨生茂先生

杨生茂先生溘然长逝,引发了我们无尽的思念。几天来,各类悼念文章不绝如缕,我会会员,尤其是师从杨先生门下的南开同仁几乎悉数出面,悼文数量之多在我会历史上前所未有。斯人已逝,别情依依,"将先生的背影留住"成了我们共同的心声。

知道杨先生病逝的消息时,我正在澳大利亚的新南威尔士大学访学,一时找不到写中文的电脑,就用英文给杨令侠写一封电子邮件以示悼念。我访学的重点是考察悉尼大都市区(被认为是大都市区发展的成功范例),行程紧张,但稍有闲暇,脑海中就浮现出杨先生的音容笑貌。回到厦门,行囊未解,就打开电脑,浏览最新信息,整理自己的思绪。

在东北师大1977级本科毕业后,我如愿成为丁则民教授门下首批硕士研究生,进入美国史研究的神圣领域。业师耳提面命之时,经常谈及当时的几位美国史研究前辈学者,其中自然包括杨先生的治学和为人。现在回想起来,他们竟有许多相似之处。首先,他们的学术道路类似。二人都是在美国西海岸名校(加州大学伯克利分校和西雅图华盛顿大学)求学,获得硕士学位,在新中国成立前后相继回国效力,把自己的学术生命和祖国的命运结合起来。其次,他们在国内世界历史学科建设中发挥了开拓性作用,在推动美国史研究中的贡献更是有目共睹。他们鼎力支持组建美国史研究会,双双出任副理事长;并且,不遗余力地在南开和东北师范大学成功地牵头搭建美国史研究平台,通过整合研究梯队、承担研究课题和指导研究生,奖掖后学,带出一个研究群体,进而成为国内美国历史研究的中坚。他们所指导的近20名博士生,几乎都是所在机构从事美国史研究的领军人物,在美国史研究会也发挥着不可替代的作用。如果把这些嫡传弟子和再传弟子都计算在内,在国内美国史研究中占有半壁江山。略有不同的是,除了大部分是在内地专攻美国史外,杨先生指导过的学生(包括硕士生),部分到境外发展并已打开一片天地,如香港科技大学王心扬、香港大学徐国琦、美国海军学院余茂春、美国弗吉尼亚大学张聪等;丁先生指导过的学生,则在国内其他领域有不俗的表现,如上海社科院副院长黄仁伟、中国现代国际关系研究院美国研究所所长袁鹏、教育部办公厅副主任安钰峰等。再次,在美国史研究方面,他们都很看重史学史训练,主张以此作为史学入门。他们在对美国史学流派各有专精的同时,共同对特纳的"边疆学说"情有独钟。在此方面撰文或著述,作为学术训练的首要,影响了几代美国史研究的后学。最后,也是最重要的,是他们的人格魅力。两位先生学识人品均称楷模,胸襟豁达,风度儒雅,为人正直,高风亮节,不怒自威;对于学生,传道授业,不辞辛劳,在生活上如慈父般关爱,在事业上训导有方。他们的弟子和美国史研究会同仁,对此无不翘首相颂。当然,他们身上的这些优秀品质,在我会前辈学者身上也有不同程度的体现。我国的美国史研究有这样一些德高望重的前辈做表率、开先河,实在是值得庆幸的事。

我和杨先生个人接触机会并不多,而且每次时间都很短,但所受到的直接教诲却微言大义。第一次是1983年我以研究生的身份到南开访学,带着丁先生的引荐信,分别拜见杨先生和冯承柏副教授,请教硕士学位论文选题。当时,我们4位丁先生门下的硕士生有幸参与《美国通史》第三卷的撰写,其中城市化部分由我承担,我是把它当成一件任务来完成的,硕士学位论文是这个任务的副产品。杨先生听到这种情况,很认真地建议我不妨专攻这一研究领域。回长春后我向丁先生汇报,他很宽慰地笑了,这表明他与杨先生的想法不谋而合。当时在美国,城市史研究成为一个研究领域还不到20年的时间,我成为中国最早闯入这个领域的人,从此和美国城市史研究结下了不解之缘,并有所收获,这在很大程度上归功于这两位美国史研究的权威学者和对城市史也有涉猎的冯承柏副教授。第二次是1988年年末,我代表丁先生赴京参加中华美国学会成立大会,会议间歇时杨先生关切地问我博士学位论文进展情况。我当时已选定美国西部城市和西部开发,不过我对在美国攻读博士时钟情的美国城市经理制一直割舍不下,只是该选题略显敏感,在当时国内的大环境看有些不合时宜。他鼓励我不要担心,坚持做下去,甚至明确地说,这个题目很有现实意义,眼下虽不便以此写博士学位论文,但可以留待以后再做,很适合写一本书。后来,他在我的博士学位论文评语中有这样一段话:"特别令人鼓舞的是,作者在研究外国问题时,能很好地运用批判吸收的方法去总结外国经验,达到'洋为中用'的目的。作者在文末所提出的'几点启示',体现了历史研究的社会功能。"从这段评语中我体会到,杨先生之所以肯定我对美国城市经理制的选题,也是看重其社会功能。当然,我并未能如愿写出这样一部专著,这一初衷的最终成果,是我在厦门大学指导的第一名博士生写就的博士学位论文。总之,杨先生的教诲,有助于我从战略高度不断修正自己的学术研究方向。我虽无缘忝列杨先生门下,但却可以打着丁先生的旗号,径直登堂入室,向这位大师级学者当面讨教,实在是福分不浅。

不久前,为筹备厦门年会,我特地请令侠发来杨先生的近照,以便在理事会工作报告时向会员展示三位年逾九旬的研究会第一代领导的风采。报告时,与会者看到这几张照片都兴奋不已。不过,早已确定与会的杨令侠因杨先生身体不适未能成行,我们隐隐有些担心,但忙于会务无暇细问。想不到,未过几日,杨先生就永远离开了我们。他的这张近照,竟成为我们后学与这位令人景仰的大师在特定时空里的最后一次交流。但值得欣慰的是,美国史研究会的后学们在前辈学者的引导下,铢积寸累,稳步发展,基础愈发坚实,已成为国别史研究中不可替代的一个学术共同体。更重要的是,斯人已逝,精神长存。我们会更加努力,传承薪火,裕后光前,推动我国的美国史研究跃上一个新的台阶。我们相信,这应该是告慰杨生茂先生在天之灵的最好方式。

2010 年 5 月

风采卓异，独树一帜

——贺邓蜀生先生九秩大寿

"一九二九年十月的最后几天，资本主义的巍峨圣殿纽约证券交易所，突然变成一所炼狱。绝望的呼号，凄厉的'抛出！'喊叫声，穿越大地，越过海洋，使整个资本主义世界为之战栗，伦敦、巴黎、柏林……用不同的语言发出了同样绝望的呼号。资本主义历史上空前的经济大危机从美国开始爆发了。"邓蜀生先生这篇《罗斯福"新政"述评》的开头语我至今仍能倒背如流。我非常清晰地记得，那是在 1980 年秋，本科学习了两年多，对历史学还没有找到"感觉"，对那些艰深晦涩、枯燥乏味的历史学论文有种本能的排斥。一天课间，我们以美国史研究小组名义订购的《美国史论文集》到货。这是第一届美国史研究会会议论文集，内中收录这篇文章。当我翻到这篇文章时，一下就被吸引住了，文中每个文字都活灵活现地在眼前跳跃，令人赏心悦目，有茅塞顿开的快慰——原来历史学论文可以这么写！当时还在上课，老师讲了什么，我一句也没有听进去。回到寝室，我一字不落地把这段背给同寝室的 7 个同学听，他们都兴奋不已，争先传看，如获至宝。那天我们大家都睡得很晚，我更是久久不能入睡。将来是否应该以美国史为主攻方向、如何学美国史，都有了更清晰的概念。

这篇文章令我久久不能忘怀，后来我经常翻看，总有常看常新的感觉。文章并无华丽辞藻，但却流畅生动，文字清新，表述准确到位，不拗口，不做作，2 万余言，几乎一气呵成。50 余处注释，征引各类文献，也都恰到好处。全文史论结合，构思巧妙，很多观点都非常有说服力。比如，在评价《全国工业复兴法》时文中这样说："工人还利用第七条第一款趁势扩大了工会组织。对这些方面的作用做过高估计是错误的，但是一笔抹杀它们的积极意义，或者硬要做不适当的类比，那也未必恰当。"另如，在关于最低工资和最高工时法等社会立法，肯定从法律上规定工资工时标准有积极意义，这样评论："如果只着眼于工人阶级长远的、根本的利益，而拒绝利用这些改良措施来改善工人群众的政治和经济状况,放弃监督资产阶级政府认真履行他们写在纸上的法律条款的斗争,这也未必是适当的。"此言意味深长,值得回味,在当时"左"的遗风犹存的情况下,显示出冲破学术禁区的勇气。这篇论文,在很长一段时间里代表了当时罗斯福新政研究的最高水平。邓先生的其他著述,我都设法在第一时间获得并一气读完。用今天的话讲,我成了邓先生的铁杆粉丝,唯一的区别在于我不是出自狂热的冲动,而是理性的认同。邓先生在繁忙的编辑工作之余,不断有新作问世,如《伍德罗·威尔逊》(1982 年)、《罗斯福》(1985年)、《美国与移民》(1990 年)、《美国历史与美国人》(1993 年)、《世代悲欢"美国梦"》(2001 年),每部论著都可圈可点,甚至只是看看其章节目录,都会激起阅读的欲望。比如《世代悲欢"美国梦"》的目录里就有这些标题:"自由女神对移民说:'我在金门之侧高举着明灯'""受宗教迫害的人成了宗教迫害狂""自由火种变成独立火炬""边疆吸引移民,移民消灭边疆——势不可挡的西进运动""他们为什么背井离乡?""公爵们是不会移民的",标题的设计别具匠心。这些论文和著述,清新脱俗,巧妙传神,总有一番别样魅力,形成了别具一格的邓氏风格(杨玉圣言)。后来,我在指导学生时,都把这些著述作为推荐阅读的首选。当然,邓先生阅历丰富、见多识广,从战地记者到资深编辑和独立学者,编辑、翻译、研究,功力深厚,文字功夫更是十分了得,多年积累和淬炼绝非一日之工,我辈很难望其项背。不过,虽不能之,心向往之,就像学外语、学唱歌一样,先有模仿,再求独创。我在写稿件时,也经常会把邓先生的文章拿出来翻翻,找找灵感。后来我主持撰写的《美国城市经纬》,索性直接借用了他 1985 年在《世界历史》第 4 期发表的《罗斯福对华政策经纬》的提法。在经线坐标上该书选取若干重要问题和前沿问题进行纵向分析,在纬线坐标上分别探讨东北部、中西部、西部、南部不同的区域特点和发展规律。这样,严格把握时空关系,所得出的结论更加准确到位,符合历史与现实的实际。

我与邓先生的直接接触很少,见过几次面也都是在公众场合,每次都是三言两语,直入主题。不过,在业师丁则民先生那里,却是频率较高地提到邓先生,特别是在编写《美国通史》第三卷期间。关于《美国通史》的编写体例、行文规范、内容安排、各卷的衔接乃至各编写单位的配合等,都会间接地听到邓先生,包括两位主编的指导性意见,真切地感受邓先生谋篇布局、运筹帷幄的能力,为他的学识折服,同时也能体会到邓先生在这套书上花费的心血。各卷相继完成后,2002 年全套统一出版,邓先生精益求精,要求部分先期出版的在原有基础上再有提高,锦上添花。这当然很有必要,但第三卷首次出版于 1990 年,在那之后,撰稿人多有变动,无法再重新改写。幸好在该书完成后,丁先生仍带领其弟子们继续相关研究,对很多问题都进行了拓展和深化,这些为新版修订提供了丰富的参考。邓先生最后确定,由我执笔,以后记形式来体现这些成果。应该说,这个决定是非常明智的。有了这篇后记,一些遗憾得以弥补,个别重大问题做了修正。相应地,其他各卷都有不同程度的修订。这么一套洋洋洒洒 300 万字大部头的学术著作,撰稿者分布于全国各地,如何联络沟通,协调整体风格,保证质量与进度,殊为不易,是一个庞大的系统工程。这其中,邓先生的作用不可替代,功不可没。《美国通史》的撰写,前后共花费 24 年时间。在此过程中,中国美国史研究会的学术研究队伍经受了锻炼,学术研究水平得到提升,全国美国史研究同行的集体合作水平得到强化,中国美国史研究会的凝聚力得到增强,甚至各参与学校在此基础上形成了研究特色,深化、细化了中国的美国史研究。可以说,这部著作的撰写一举数得,其意义已远远超出一套学术著作所蕴含的学术价值。这套书受到学术界的广泛赞誉确实实至名归。

应该说,拥有邓老,是我们中国美国史研究会的一大骄傲。邓先生为中国的美国史研究做出了突出的,同时又是特殊的贡献。作为资深编辑,他为美国史研究著作的出版铺路搭桥,催生佳作,除了多部优秀成果外,更成就了《美国通史》这样的鸿篇巨制;与此同时,他在美国史研究领域辛勤耕耘,硕果累累,以其独树一帜的邓氏风格,受到美国史研究同行的普遍景仰。两个角色都非常出色,并在他身上完美统一,成就了一个富有传奇色彩的典范。尽管他不在高校或科研机构,没有一个研究群体和门生弟子的帮衬,但他却拥有无数像我这样的粉丝拥趸和读者。在这个意义上,他一个人的影响抵得上一个团队。

今天,我们庆贺邓先生九秩大寿,出版这样一本书,里面除了学术同行和后生晚辈的祝福外,还有邓先生自身的文萃精选,包括担任随军记者期间的作品,这使得我们有幸欣赏邓老在美国史研究以外的大手笔。我们对这本书充满了期待,我们更期盼邓老健康长寿,续写生命的辉煌篇章。

2012 年 7 月

难舍东来

东来英年早逝,令人唏嘘。每每看到纪念他的文字,我都不免感伤。直到今天,心境略为平缓,方有勇气拿起笔来,诉说我的思念。

我和东来一样,家在长春,但他从小在江苏外婆家长大,性格里既有江南人的细腻,又有东北人的豪爽。我们本科都就读于东北师范大学,我在1977级,他在1978级。当时这两个年级的学生仅差半年时间入学,经常有很多联系。我了解他,喜欢他,敬重他。东来性格开朗,像个阳光大男孩,直到成为声名赫赫的大牌教授,还不时显露出质朴纯真的天性。但在学术道路上,却是早熟的。他上大学时刚刚17岁,全年级最小,但似乎见多识广,人气超高。教室里、走廊上,经常听到这个"小大人"的声音。后来听他讲,小的时候,他就愿意凑在大人堆里,谈天说地评论古今。走在路上,也是他把手攀在别人肩头,与高他一头的人称兄道弟。1979年中国美国史研究会组建,出任副理事长的丁则民先生率先在东北师大创办美国史研究室,又在1977级、1978级学生中组建美国史研究小组,东来和我都通过考试成为首批成员。东来很快便成为美国史小组的灵魂人物。他消息灵通,反应机敏,口齿伶俐,气场超强,丁先生毫不掩饰对他的爱意,有意招收他为硕士研究生。但我们临毕业时,报考丁先生的居然多达48人,过录取线的很多,丁先生破例扩招,录取4名。这样一来,名额占满,半年后1978级毕业时丁先生就不能再招生了,东来只好转报中国社科院美国研究所,在南开大学杨生茂先生的指导下读硕士。硕士毕业时,南开大学世界史有了博士学位授予权,他自然报考到杨生茂先生门下继续读博士(东北师范大学次年得到博士学位授权)。

虽然他没有成为丁先生的入门弟子,但他却格外受丁先生器重,俨然为编外弟子。在北京和天津读书时,东来寒暑假里回长春,都少不了到丁先生家拜访,每当这时,丁先生格外兴奋。每次东来都会带来一些新的信息,例如深圳设特区的争议、第一个股票市场开盘、社科院的新动态等。丁先生多次请他吃饭,我们在丁先生身边的几位门生,也未得到如此厚待,心生妒忌的同时,也增添几分敬重。也正因如此,我虽虚长几岁,但更多地把他视为兄长。丁先生主编《美国通史》第三卷,先后开过几次审稿会,有两次东来回长,也来参与,提出了很多好的建议,为其增色。我记得他曾对"city boss"如何翻译与我商量好长时间。

从东来的求学经历看,他早年在丁先生引导下开始学习美国史,后追随杨生茂先生攻读硕士、博士学位,在学习和工作中又与刘绪贻、资中筠等前辈学者结成忘年之交,深得各路名家真传,"站在巨人的肩膀上"。他去世后,刘绪贻、资中筠、华庆昭、李世洞、黄安年、黄柯可、余志森等都发来唁电或写纪念文章,其中还包括南开大学已故冯承柏教授的妻子。在我们美国史研究会,能够受到如此多前辈学者看重的,恐怕为数不多。如果再把100多篇纪念他的文章或唁电加进来,东来的人脉就更可观了。

1988年,27岁的东来博士毕业,到南京大学的中美文化中心任教。作为国内第一位美国历史研究方向的博士学位获得者,他无愧于"第一"的称号。他虽是国内的"土"博士,但丝毫不逊于美国名牌大学的博士。毕业不久,他很快就在国际关系史尤其是中美关系史方面崭露头角,发表的著作和论文都可视为精品力作。后转攻美国宪政史,开创一个新的研究领域,为后来人铺平了道路。1990年郑州—开封年会上被选为美国史研究会理事,时年不到30岁。2002年西安年会,又被选为研究会的副理事长(我提名他时,还担心他缺席年会选票受影响,但他获得理事会的认可,高票当选)。自1992年以来,他也先后获得全美社会科学理事会、挪威诺贝尔研究所、美国威尔逊国际学者中心、美国亚洲基督教高等教育联合董事会、洛克菲勒基金会、香港华英文教机构基金会和福特基金会等国际著名研究机构的研究基金,以高级访问学者或客座研究员的身份进行访问或研究,其中包括两度获得富布莱特基金会资助赴美进行学术研究。鉴于东来在美国研究与中美文化交流领域的杰出贡献,2013年4月,美国约翰·霍普金斯大学授予他约翰·霍普金斯大学学人社(The Johns Hopkins Society of Scholars)终身会员荣誉。可以说,他为国内美国史博士研究生培养开了一个好头,做出了表率。

他在学术研究中独树一帜,在对外学术交流中也能独当一面。他不仅英文娴熟，而且在与美国学者的交流中大方得体，机敏应对。记得在2005年广州的美国来华富氏学者研讨会上，他侃侃而谈，一度主导会议的议题，这个场景至今仍历历在目。东来的能言善辩，我当然早就领教了，但在这样高级别的会议上，用英文熟练地表达意见，将会议讨论推向一个高潮，与会的美国学者为之倾倒，还是给我一个不小的震撼。我深为我们研究会有这样的会员感到骄傲，如果有更多这样优秀的中国学者，那将是一个何等壮观的局面。东来在中美文化中心的授课也是深受欢迎，很多美国学者和学生都在纪念文章里提到这一点，不乏溢美之词。

在我会的对外学术联系方面，他也发挥了重要甚至是不可替代的作用。自2011年起，我会开始与美国历史家学会（OAH）探讨建立正式交流关系。就此事我多次与研究会的外事小组商量，东来给的建议最多。从一开始，他就提醒我，建立这种联系非常繁杂，要做的事情很多，还会有意料不到的麻烦，要有思想准备。但他并不是作壁上观，而是积极献计献策，为研究会分忧。2012年4月，在考虑组团去参加OAH的密尔沃基年会时，我第一个想到的就是他。因为这是双方建立联系的重要一步，也是展示我们研究会实力与风采的机会，我们一定要派出最强阵容，开个好头。最后确定东来、茂信和我一起前往，还有研究会顾问王希助阵。这几个人，英文交流都没有问题，而且各有所长，都从不同角度对双方交流提出很多好的建议，会谈和交流进行得很顺利。OAH方面也非常重视，除了专门用一个上午时间召开业务会（business meeting）外，还专门安排我们与OAH理事会全体成员共进午餐，同国际事务处成员共进晚餐，爱丽斯·凯斯勒-哈里斯主席还在总统套房请我们共进早餐。一个月后，OAH的现任主席和两位前任主席又联袂莅临我会上海年会，并再一次召开交流工作会议，落实双方学术交流事宜。在这些场合，东来都显示了他的外交能力和学者的风度，给美国同行留下很好的印象。深谙美国文化习俗的东来点子很多。在上海大学校长宴请美方代表的时候，他提议，不要干巴巴地坐下喝酒，而是先在外间放些酒水饮料和西点，大家随便交谈，类似美国的招待会，之后再开始宴请，这样效果确实很好。另有一件事情更值得在此提及：联合主办美国史研究的研讨班是我们和OAH交流的重头戏，为此，我们用了很多时间讨论。凯斯勒-哈里斯代表OAH方面提出了大致设想，在谈到来主持研讨班的美国学者时,她说到美国方面会选派中等层次学者(junior scholars)来华,东来立即打断她的话,说应该是高级学者(senior scholars)。可能凯斯勒-哈里斯没有料到我方会突然提出不同意见,一时语塞,场面尴尬。在学界和 OAH,凯斯勒-哈里斯都是个重量级人物,恐怕很少有人当面对她提出过质疑。但她毕竟阅历丰富,稍停顿后,她用和缓的语气与东来交换意见,最后同意了东来的提法。后来证明,这是办好研讨班的一个关键环节,确实有必要坚持。这件事无疑给美方学者留下很深印象。我注意到,后来凯斯勒-哈里斯在撰文纪念东来时,用了这样一段话:"我很欣慰地记得在密尔沃基年会上第一次见到任东来时的情景。他活力四射,风度翩翩,有很多好的想法,而且与我们有不同看法时直言相告,毫不怯场。"(I remember with great pleasure that wonderful moment in the Milwaukee conference when I first met Ren Donglai. He was such a lively and spirited presence, filled with good ideas and not afraid to tell us when he disagreed.)后面这句话说的就是这件事情,她对东来的钦佩溢于言表。在我们研究会,有如此才干和胆识的学者为数不多。东来的离世,实在是我们对外学术交流方面的重大损失。

东来对研究会工作是非常投入的,在患病期间也念念不忘。2012 年 4 月 OAH 的密尔沃基年会,我们从中国直接到那里,他是从爱荷华州的格林奈尔过去,约好在某饭店会合。王希、茂信和我早到一个时辰,在饭店里边用餐边等他。不久,窗外出现一个清瘦的身影,恍然之间,似乎看到了大学时期经历清贫生活的东来。我觉得有些诧异,他说可能是在美饮食不规律,我们也就没有多谈,只是心中隐隐地感到不安。5 月里的上海年会再见到他时,仍是清瘦,我一再叮嘱他要去查一查。后来,8 月里,他给我来电邮告诉了我最不愿听的消息。不过,他非常豁达,说这不过是个慢性病,无大碍,只是研究会的工作在一年内可能无法分心了。这句话令我十分揪心。11 月,中国富布莱特学友会在南京大学开第二次年会。这类会议,场面虽大,但形式大于内容,本不想参加,不过主办地在南京,可以就便看东来。我发短信给他,告诉他要去看他。他居然没有在家等我,而是直接赶到会场来看我。晚餐时我们在一桌,他仍谈笑风生。其他学科的学者询问他有关美国史的问题,他不厌其烦地认真解释。如果不是他因化疗少了头发,几乎看不出有何异样。其实他因化疗已不辨滋味,但仍大口吃。到今年 2 月,剑鸣

2012 年在美国历史家学会年会上，右一是东来

来电话说东来出现癌症转移，有不虞之虑。我立即打电话过去，他的声音仍很清朗、平稳。但是他说在腹股沟出现的癌肿很折磨人，体重也降到 48 公斤。半小时电话，他在最后又提到了即将举办的研讨班。5 月 2 日，临终前几个小时，剑鸣和玉圣去看他，他居然劝他们要注意身体，完全不似临终者那样万念俱灰。他用生命里最后一点气力说出这样的话，这是何等的博爱胸襟和刚毅气质！

东来走了。留下几部厚重的专题论著，留下 200 多篇风采卓异的文章和时评，留下他对美国史研究的不懈追求，留下他对研究会工作的关爱，也留给我们无尽的思念⋯⋯

2013 年 9 月

锦上添花十四年：
秘书处的厦大印记

2002 年在西安召开的第十届年会决定将秘书处迁往厦门大学，这一搬，就是 14 年，属于超期服役（武大 11 年，南开 12 年）。

我们是主动接过秘书处的。2002 年 6 月，我与时殷弘在长春"美国社会发展与中美交流国际研讨会"会后返京途中，提出为缓解秘书处在南开的困难，可考虑转到京津地区以外，厦门大学可以承担。经过理事会的慎重考虑，4 个月后在西安年会上，决定了秘书处的搬迁。此后，我任秘书长 8 年时间，韩宇 6 年。

我是美国史研究会的老会员。1979 年研究会成立时我就加入了美国史研究小组，成为"准会员"，1982 年考取硕士生后，当年就跟随丁老师参加苏州年会，至今已参加 12 届年会。对研究会有感情，当然也有为研究会分忧的责任心。

接力棒传到厦门，尝试了很多新观念、新办法、新举措，是锦上添花的 14 年，在我会历史上写下浓墨重彩的一笔。

一、网站建设

研究会秘书处迁至厦门大学后，立即紧锣密鼓地开始了网站建设的准备工作。2003 年 1 月 1 日，中国美国史研究会网站正式开始运行。网站包括研究会简介、会员介绍、学术动态、科研成果、资源导航、《美国史研究通讯》（以下简称《通讯》）和邮件列表等栏目。2006 年下半年自立门户，向中国电信申报并获得新的域名，www.ahrac.com（American History Research Association of China，简称 AHRAC），网站的内容和结构也进行了重大调整，以全新的面貌出现。2009 年，网站第三版正式运行，实现了我会网站连续性的创新。网站的主要栏目基本上实现每两天更新一次，不仅使美国史同行能够及时获取最新的信息,成为美国史教学科研重要资料库,同时也是外界了解美国史研究的重要窗口。

秘书处在网站建设和维护方面投入了大量的人力,并真正做到了动员全国力量参与秘书处工作。这样,我们研究会的工作进入了网络时代,在全国的世界史研究会中独树一帜。

二、《通讯》改版

秘书处对《通讯》的封面进行了重新设计,并采用铜版纸印刷。形式上有了新的改观,红黄蓝绿,十分醒目。内容上保持过去主要栏目,增加新栏目。从 2003 年开始,开始电子版的制作和发行。

三、举办年会

2005 年,苏州大学,第十一届年会,主持人金卫星。

2008 年,武汉大学,第十二届年会,主持人潘迎春。

2010 年,厦门大学,第十三届年会,主持人王旭。

2012 年,上海大学,第十四届年会,主持人张勇安、夏正伟。

2014 年,暨南大学,第十五届年会,主持人吴金平。

2016 年,辽宁大学,第十六届年会,主持人石庆环。

历届年会的组织者尽心尽力,尽职尽责,付出了大量的时间和精力,在此表示衷心感谢!

四、与 OAH 合作,对外联系上了一个新台阶

1.从动议到发起。2011 年 9 月 19 日,在王希的建议下,福特基金会驻北京办事处的首席代表约翰·菲茨杰拉德(John Fitzgerald)来访厦大,实地考察我会秘书处。2012 年 4 月,我和梁茂信、任东来组团出席 OAH 在密尔沃基举办的年会,顾问王希作为双方的特邀代表。一个月后,OAH 派代表团又莅临我会的上海年会,成员包括该会前任主席戴维·霍林格、伊莱

思·梅和现任主席爱丽斯·凯斯勒-哈里斯教授。

2.第一阶段交流,2013—2016 年。中国美国史研究会与 OAH 合作分别在东北师大、北京外国语大学、中国人民大学举办了三期夏季研讨班,各有 30 余名青年教师和博士、硕士研究生参加了研讨班的学习。同时,我会每年选拔 3 名会员赴美参加 OAH 年会,并在会后参加为期两周的专题研究。

3.评估。2016 年 5 月下旬,OAH 专门组成一个评估代表团,来华对项目成效进行评估。成员包括爱丽斯·凯斯勒-哈里斯、国际事务委员会主任贝丝·贝利(Beth Bailey)和成员王希。代表团做了大量细致的准备工作,来华之前,专门对主持过暑期研讨班的美国学者进行访谈,了解其直接感受。来华后,不辞辛苦,到北京、厦门、重庆、长春等地,与我会主要负责人晤面,召开几次小规模会议,拜访主办暑期研讨班的学校,与参加过 OAH 年会的我会会员进行访谈。代表团对项目实施表示满意,决定继续该项目,并向有关基金会申请资助获得成功。这是非常关键的一步,这样,我们之间的交流得以向长期规范化发展。

4.第二阶段交流,2016—2019 年。在交流模式上有所调整:原来是每年 3 位美国学者在同一学校举行为期 3 周的研讨班,现改为每年由 3 位美国学者到 3 个学校分别主持一周研讨班。每个研讨班一个主题,为期一周,这样更容易安排,也更有实效。此外,我会遴选赴美的会员资助也适当增加。

我很荣幸全程参与了这一项目的发起和推动实施,其中当然有辛苦和付出,但更多的是欣慰和满足。我会对外交流的历史借此掀开了新的一页,将来有适当机会我会详细回顾这段难忘而有价值的经历。

五、纪念研究会成立 30 周年

第一,编写大事记。在查阅大量资料的基础上,经过数月的艰辛努力,并多次征询常务理事会和顾问的意见,对大事记进行修改,最终定稿。第二,采访顾问、顾问访谈工作,除了因身在国外和住院治疗等原因无法接受采访的 5 位顾问之外,其余顾问全部参加了此次访谈活动。第三,在研究会网站上开辟专栏。上述顾问访谈,除笔谈外,均有录音,还有部分照片和录像，为研究会留下大量珍贵的资料。

六、事务性工作

主要包括："财政票据领用证"换证；中央预算单位银行账户年检；第三次全国经济普查；全国性社会团体年检；给各位会员发贺卡；接受民政部实地评估和检查。此外，还有万心蕙奖学金的评奖工作和协助举办各种学术会议等。

衷心感谢积极支持秘书处工作的会员们，尤其要感谢黄安年、黄柯可、李世洞等研究会老一辈学者，李剑鸣、任东来、梁茂信、王立新、赵学功等研究会领导，世界史所的孟庆龙、高国荣和陆晓芳在秘书处事务性工作方面提供了大量的帮助。

还有两件事值得专门提及。一是秘书处经费稳步增加，从南开转来时不足 2 万元，现在已接近 10 万元。其实，世界史所原来每年拨 8000 元，2012 年起改为资助具体项目如会议，所以秘书处等于没有经费。但我们的办法主要是开源节流。首先，我在社科处工作时利用处长的权力"挪用公款"，购置秘书处的设备，报销印刷《通讯》等各类开销，包括出差经费；其次，充分利用网络进行联系和发布信息，后来仅印少量《通讯》给不便利用网络的会员或顾问，其他全发电子版。此外还有数据库公司的部分赞助。秘书处成员还经常倒贴钱，诸如 OAH 评估团在厦门期间有 4 次宴请，分别由韩宇、胡锦山、李莉和我个人掏腰包。

二是锻炼了一批人。首先是韩宇，年富力强，有想法，有干劲，远远超过我的预期，这里要特别感谢李剑鸣当初的举荐；其次，有一个最称职的秘书李莉，其从博士阶段就开始这项工作，保证了秘书工作的连续性；最后，要感谢厦大美国史专业的老师和同学们，特别是李文硕、李晶、杨长云、王宇翔、董俊、曹升生、杭聒、李振营等人。经过历练，无形中为新秘书处输送了一批人才、成手，好用。如今秘书处工作进入微信时代，他们分散在各地仍可为秘书处分担工作，"美国史研究"公众号就是一突出体现。

2019 年 7 月 22 日

全力打造具有鲜明时代特征的学术期刊

4 年前,当我看到第一本《世界历史评论》,不禁眼前一亮:封面以高级灰为底衬,装帧古朴典雅,版式稳重大气;办刊思路和栏目设计也别具匠心,辟有"专论""评论""专题论坛""文献与史料"等(后来又相继增加了"特稿""书评""专题讲坛""访谈""光启讲坛""光启学术"等);内容厚重,每期都在300 页以上。如今,经过 4 年的努力和学界检验,取得正式刊号,自明年起升级为季刊公开发行,这是我国世界历史学科的一件大事,实在是可喜可贺!

在我国学界的语境中,世界历史学科内涵的实际是域外国家和地区的历史,林林总总,纷繁复杂,上下几千年,选题和研究内容极其丰富。可惜目前我国世界历史学科的刊物极少,与世界历史这个一级学科的发展要求不相适应,甚至是束缚其发展的瓶颈,与我国在世界的地位和改革开放的要求也不相称。这个刊物的面世,可谓顺应时势的必然结果。从此,世界历史学科就有了一个新的学术交流的平台、一个引领学术创新和学术批评的阵地、一个对外学术交流的平台。我们衷心希望《世界历史评论》能够越办越好。

现有的栏目都值得肯定,特别是择机整期设定一个主题的做法,更是可圈可点。其形式类似于多人撰写的专著,在某种程度上其效果可能超过一般的个人专著。刊物作为一个学术交流的平台,传播面广、速度快,而且,撰稿人多是在该领域有一定造诣的学者,有集成性优势。当然,如果说还有什么需要改进之处,我觉得,可以适当增加书评甚至文评的数量,似更符合"评论"的定位。目前我们一般学术刊物的书评都很少,所刊用的书评往往是誉美或逢迎之词,等于学术点缀而不是严格意义上的学术讨论。事实上,批判性思维是学术研究的起点,也应当是学术书评的应有之义,这恰恰是我们所需要但又欠缺的。反观国外,特别是欧美的学术刊物,书评都占很大的比例。这些书评,有综合评价,也有论难质疑,有的甚至引发学术讨论,还有的把几本相关选题的论著结合起来进行讨论。很多著作甫一出版,便立即有一篇或数篇评论，无形中产生事半功倍的学术影响。至于文评，效果也不错。

当前，网络化、数字化、大数据冲击异常猛烈，对今天的学术刊物来说，是个挑战，也是机遇。我们相信，从诞生之日起就经历这些潮流冲击的《世界历史评论》会从容应对，时刻紧跟其脉动调整自身，顺势而为，上升到一个新的高度。

城市研究领域洛杉矶学派代表人物迈克尔·迪尔曾这样说："我们需要21世纪的理论来解释21世纪的城市。"同样，作为学术研究成果的载体，我们也需要21世纪的学术期刊来反映和助推我们21世纪的世界历史研究。

《世界历史评论》新刊发行寄语

2018年12月29日

家庭出身，曾是那样沉重！

"地主"这个词于我而言，曾经是罩在心头的一个阴影，挥之不去。

小的时候，原本对地主没有概念，从大人的言谈中，隐隐感觉是不详的说法。上了小学后，一次同学们聊起某某同学家里是地主，带着异样的神情。到了高年级，开始有人把班里同学根据出身分成三六九等，原本天真无邪的同学里居然有另类，这使我浑身不自在起来，每看到他们时，似乎其脑门上都贴着"地主"二字。大人们吓唬我们的最好办法是，别到后院去，因为有个"右派"曾吊死在那里，那是好几年前的事，此后一直闹鬼。现在，我开始自觉不自觉地把这两个场景联系在一起。没想到，时隔不久，这两个字也贴到了我的脑门上。

那一年，"文化大革命"如疾风暴雨般席卷中国大地，令人手足无措。怀疑一切、打倒一切、推翻一切，到处都揪出了大大小小的"牛鬼蛇神"，"地富反坏右"都战战兢兢，无所遁形。似乎一夜之间，冒出无数"走资派""阶级异己分子""历史反革命""现行反革命""反动学术权威""反革命修正主义分子"，都被戴上高帽游街，地主富农出身的几乎都是铁定的陪斗对象。父亲就职的吉林省第一建筑公司很快由造反派掌权，是红色风暴的大据点之一。记得一天夜里，我们都睡着了又被吵醒。原来是大哥回来与父亲商量一件重要的事情，事关家庭出身，起因是：父亲是个典型的乐天派，平时与同事聊天，聊到兴头上，无意中说漏了嘴，说自己家里有几百垧地，云云。既然有几百垧地，那肯定应该是大地主。可是，我们老家那里划定成分时，我爷爷已经去世，父亲在吉林一所大学读书，战乱期间兼做小生意，家里的事情均交由姓蔺的管家，结果就没有划定成分。后来填履历时，父亲就根据自己的情况写为自由职业。现在，父亲的单位到处揪"牛鬼蛇神"，挖空心思地整人，父亲心里发怵，找来大哥商量。大哥当时是吉林省医院的主治医师，正干得红火，也担心节外生枝，毁了自己的前程。他们连夜写了一张大字报，主动认定自己的家庭出身应该是地主，第二天一大早就贴到省建一公司的大门口。此事在公司里轰动一时，但毕竟我父亲为人善良，人缘好，而且是主动报告，造反派里也有人替他说了话，逃过一劫，但从此我的家庭出身就成了地主。

其实，东北人大部分是20世纪上半期从山东、河北等地跋涉而来的移民，所谓的地主都是白手起家干出来的，有的还经常跟着雇来的长工、短工一起下地干活。省吃俭用，辛辛苦苦积攒下来一点点家产，是名副其实的土财主，不是南方那种几代传承、靠祖荫生活的大户，更不是政治宣传品和文学作品里面目狰狞的恶霸地主。我家从太爷爷那辈起行医，发明的治红伤中药，为很多人解除了病痛，乡间口碑甚佳，家境也慢慢富庶起来。父亲之所以自诩家里有几百垧地，潜意识里还是把地主看作是成功的象征。我母亲家里也是地主，但母亲一向小心谨慎，且子女成分都随父亲，因此对我们影响不大。

其实，在此之前，出身问题就已在我家掀起过一次轩然大波。1961年，我大姐高中毕业考大学。当时她读书的长春二中，是全省名列前茅的重点高中，大姐又是班里的高才生，上大学几乎是板上钉钉的事。在报名表的家庭成分一栏，她一如既往地填的是自由职业。可是，那一年的政治空气格外"左"，老师一再告诫考生政审会非常严，不得有半点闪失。临考试前一天，一向诚实本分的父亲坐不住了，他逼着我大姐去改成了地主。结果，我大姐因此耽搁了考试，晚了半个多小时进考场。这样的心境之下，考试成绩可想而知。然而，祸不单行。"文化大革命"来了，我大姐像无数热血青年一样，积极参与。在一次大批判会上发言，到最后喊口号时，她一时激动，把"向工人阶级学习、向工人阶级致敬！"的后半句喊成了"向工人阶级致政！"尽管有人提示大姐立即回讲台做了纠正，但话已出口，覆水难收，另一派的人坚持说喊的是"向工人阶级专政"。其实，该派别组织一直在搞小动作，曾模仿我大姐的笔体篡改她写的黑板报，嫁祸于人。本来家庭出身不好就已经是现成的把柄了，现在又有这些有嘴说不清的事，几个罪名叠加，我大姐被定为"现行反革命"，发配到某工厂改造。此事直到改革开放才予平反，但大姐的身心伤害已无法平复。

当时政策走向摇摆不定，令人无所适从。"文革"初期"龙生龙，凤生凤，老鼠儿子打地洞"的"唯成分论"盛行一时，后来改成"有成分论、不唯成分论,重在表现",美其名曰家庭出身不能选择,但走什么道路可以选择,地主富农出身的应该属于"可以改造好的子女"。这完全是此地无银三百两,到头来,还是归入另册,统称"地富反坏右"。到 20 世纪 70 年代中期,据说有新政策,成分看父辈,既然新中国成立已几十年,都是新中国的工作人员,从事的是革命工作,应视为革命干部,家庭成分可以填成"革干"。尽管如此,革干这个成分仍显得有些另类,每有上调机会政审时,还是要看历史,还是要把档案翻个底朝上。

现实是残酷的。地主这个家庭出身对于我虽没有大姐那么凄惨,但也几经磨难。1970 年,我在上山下乡的大潮中下了乡,但下乡容易,回城难。当时要离开农村,只有三条出路:一是通过招工去工厂;二是被推荐上大学;三是去当兵。上大学是 1973 年才开始有的,名额少得可怜,当然还要出身好,根正苗红,即贫下中农,成为所谓的工农兵大学生,这对我而言是可望而不可即的。走招工这条路,也是名额有限,而且成分好的优先。当时经济低迷,多数工厂都不需要新劳力,只能等待机遇。当兵不仅名额少,政审一关极其严格,要查祖宗三代,还要专门进行外调,确认一切无误才能过关。所以,无论是招工、上学还是当兵,都与我无缘。两年后,我作为五七战士的亲属调到了吉林省五七干校,身份是知识青年,参与干校建设。堂堂的五七干校,省属政府机构,应该是办事规范公正,我天真地以为不至于因家庭出身受歧视。一次招兵机会,我心存侥幸地报了名,不想捅了个大娄子。组织上对初选合格者展开了严格的政审,看到我的历史档案里一会儿"自由职业"、一会儿"革干",感觉有些异样,于是派人进行外调,我父亲和姐姐的事自然旧事重提。结果,不仅无缘参军,还发现我"隐瞒"了家庭出身。于是,大队里专门召开党员生活会,让我参加。我不是党员,居然参加党员生活会,显然这是变相的帮助会甚至是批评会。"没抓到狐狸,反惹一身骚",令我后悔不迭。残酷的事实告诉我,地主这个符号如影相随,我是摆脱不掉的。何止我个人,这在当时,影响了整整一代人,有太多太多类似的经历和悲剧在全国各地重复上演。

时光流转。1977 年高考改革,我的考试成绩还不错,等待发榜时,唯一担心的是家庭出身。直到拿到录取通知书的那一刻,才如释重负,一块石头彻底落地,由此开始了我生命的转折。改革开放后,家庭出身慢慢淡化,不再是个问题了。而且，还落实相关政策，使我们家直接受惠。我有五个舅舅，其中二舅曾是国民党的一个连长。1949年秋的一个夜晚，他带一队士兵到祖坟前祭奠，鸣枪致意，又包了几捧泥土，旋即远走台湾。改革开放后，地方政府知道我这个舅舅还在台湾从政，于是落实政策，给我在当地的几个舅舅以台属的待遇，外祖父的祖坟地也被认定为台属的祖坟地，受到地方政府保护。那片祖坟地我去过，背靠青山，前有流水，对面的山脉呈元宝形，风水大好。我父亲母亲去世后都葬在那里，在祖先曾劳作生息的地方有了一席之地，也是一种安慰。我父亲这边，也受惠于政策调整，土改时镇政府占用了祖父的几间瓦房，现在落实政策，要归还作为独子的父亲。因为镇政府已占用多年，他们索性出资收购。我代表父亲去取这笔9000元的购房款时，欣慰与感伤交替在心头，久久不能平复。

　　1998年，临近20世纪末，我调到厦门大学。办手续填表时有一栏是"入伍时间"，我有些不解，人事干部答曰：那是参加工作时间，"入伍"即加入革命队伍。恍然之间我有一种时光倒流的感觉，脑海里又跳出了"地主"这两个字。

1998年

我为刘声写稿子

"工业学大庆,农业学大寨",这个口号在 20 世纪七八十年代响遍全国,无人不知,无人不晓。在吉林省,则有"远学大庆,近学油脂厂"的口号,同样响遍全省。之所以如此,完全是因为一个退伍残废军人——刘声。

刘声是特等甲级残废军人。1950 年,他在抗美援朝前线的一次阻击战中身负重伤,失去了双手和双脚。按规定,像他这样的特等残废军人,本可以坐享其成。但刘声坚决不要国家的照顾,不当半截子人。他用自己仅剩的小半截拇指,吃力地练习写字、穿衣、吃饭等本领,还以常人难以想象的毅力练习用假肢走路。有人劝他安安生生在家享福,他拒绝了;每月发给他100 多元供养费,他也不要。他说:"我是共产党员。共产党员最大的幸福,是为党工作。我身残志不能残,我没有双脚也要走革命路,没有双手也要开顶风船。"刘声听说国家缺油,便带领 12 名军烈属和街道救济户办起个简易油脂厂,把大厂用过的废油炼成好油。刘声带领大家七拼八凑,在蛤蟆塘里搭起了一个 20 平方米的席板棚。大家凑了 25 元钱,买了两口锅,又借了一口锅,支起了锅台。创业是艰难的,一开始,要啥没啥,困难重重。没有火柴,从家拿;没有引柴,从家抱;没有煤,从家推;没厂房,自己盖。炼出的油脂有颗粒,需要压光,可工厂没有压光机,大家就用手搓。刘声没手,就用胳膊捣,经常捣得皮破血流。他们炼出了一批又一批合格的产品。到 1965年,刘声创办的这个油脂厂已有 150 多名职工,年创产值 380 万元,被省政府命名为"大庆式企业",几年后又被省革命委员会命名为"自力更生、艰苦奋斗的红旗工厂"。"三口大锅闹革命",建成一座现代化的油脂厂,成为全国化工行业闻名的典型。1969 年,刘声被选为国庆观礼代表。1975 年 7月,又当选第四届人大代表、大会主席团成员。1979 年,他被国家石化部评为全国石化系统劳动英雄。当时,吉林市外国游客很少,但只要有外宾来访,油脂厂都是首选。

1975 年,我有幸成为这个荣誉集体的一员。我当时在青沟五七干校,后来搬到永吉县左家公社,与当时省属的另外 3 所五七干校合并为吉林省五七干校,因地处吉林地区,因此,招工名额就是吉林市,我有幸被吉林市油脂厂选中。置身这样一个先进集体,到了那里,立即被火热的场面吸引。在新工人学习班中,我是排长,记得报到的第二天,我就代表我们 20 多名新来的工人写了决心书,贴在厂门口。后来我被分配到供销科担任保管员工作。这个工作不光要有很强的责任心,还要具备一定的业务能力。在科里同事们的帮助下,我的业务水平提高很快,仓库管理得井井有条,我又想办法,搞了几项小的技术革新,并发挥自己的特长,装潢仓库,办墙报等。

很快,我成了工人理论组的成员,在经常参加理论学习的同时,有时给老工人代笔写文章。厂里举办"七二一"大学,我入选成为首批脱产学习的学员。紧接着,政工科注意到我,把我借调到那里做宣传工作,写各类报道和大批判稿,出板报,开宣传栏,包括为刘声写宣传稿件。

在那个激情燃烧的年代,这种标杆工厂当然领风气之先。大会战、夜战更是家常便饭。每年元旦零时,全厂一人不差准时到位,机器全部开动起来,是为"零点起步"。春节时,全厂职工都要集中到大礼堂,刘声和所有人一起吃忆苦饭。"批林批孔"运动兴起,他带着质朴的感情投入。记得有一次他说:"赞扬孩子时,我们常说,这孩子多仁义,看来,这是孔老二的仁义礼智信的余毒。"这些都是我写报道的素材,我已经记不清写过多少稿件和发言稿了,但"三口大锅闹革命"的精神已深入内心,成为向上的动力。为了写好稿件和各类报道,我尽可能地翻阅一切可能找到的书报,提高文学素养和文字能力。

后来,我参加第一次高考顺利上了大学,与我在油脂厂几年的磨炼是有直接关系的。

2016 年

深山沟里的五七干校

大山深处,于我来说,有着真真切切的感受。

1972 年夏,我从长春乘火车去干校,大约七八个小时,到黄泥河车站已是午夜时分,夜宿林业局招待所。第二天一早搭乘林业局的小火车去青沟。小火车的车厢与现在的公交车差不多,只是略长些,每列车有六七节车厢。从大火车下来,似乎瞬间进入了小人国(后来从青沟出来,下了小火车,再看到这庞然大物轰然而至时竟手足无措了)。上得小火车,一路摇摇晃晃,不断在原始森林中穿越,树木枝丫拍打着车厢,间或有大片大片的红松林,粗壮而高耸,引得山风呼啸。杂交林里层层叠叠,似乎有很多秘密。有些树枝被掰断了,那是熊瞎子造访的痕迹,塔头甸上偶尔有野猪奔跑而过,在遍地茂密的黄花菜中格外醒目。行驶了大约 80 公里,到了终点站,这里是火车线路的尽头,再向前就没有人烟了,山脚下只有几家猎户,没有农民。

这里草木繁茂,黑黝黝的腐殖土极其肥沃,好像捏一把能攥出油来。可惜气候奇寒,每年无霜期只有 2 个多月,很多庄稼没成熟就被霜打死了,只能种些玉米或马铃薯。玉米长得很茁壮,高高的,结三四个玉米棒,但只能啃青,等不到成熟。日本占领东北 14 年,曾组织开拓团在这里开垦一些土地,搞了几年,最后无功而返。

之所以把干校建在这么偏远的大山里,我想就是可以心无旁骛地学习劳动,改造思想。

吉林省当时设立了 4 个五七干校,分别在白城地区的洮儿河、永吉县的左家、四平的梨树县、敦化县的青沟子。青沟干校全称是"吉林省革命委员会青沟五七干校"。青沟子在敦化县黄泥河,属长白山山脉,山大林深。所谓"五七干校",顾名思义,是"文化大革命"期间,为了贯彻毛泽东"五七指示",让党政机关干部、科技人员和大专院校教师等下放到农村或艰苦的地方,接受劳动锻炼的举措。1968 年 5 月,黑龙江开办第一所五七干校,至1979 年陆续停办。去干校的人,无论资历深浅、品级大小,都被称作"五七战士"。

在荒无人烟的地方创建校区,一切都是白手起家,其艰苦程度不难想象。最初大家都住临时帐篷里,搭建在山脚下。长白山的冬天,零下30多摄氏度,滴水成冰,没有取暖设备,睡觉时下面铺上厚厚的茅草,上面裹着厚厚的棉被子。有个叫商玲的女青年,晚间没有戴好棉帽子,耳朵冻僵了,被老鼠噬咬,居然自己没有感觉到,早上起来大家看见她的耳郭边像锯齿一样,都哭笑不得。

幸好在多方努力下,很快就盖起了简易住房,条件有所改善。全校员工也增加到上千人,分成种植、畜牧、采石、基建和后勤等部门。我所在的五大队以基建为主,最初是烧砖,之后盖房子,木工、电工和水暖工我都干过,不经意间学到很多技艺。

住的是长长的大通铺,十几米长,为了把炕梢也烧热,就要用很多柴火,结果炕头太热,于是就用砖和木板垫起来,一个接一个渐次降低。一个大通铺的房间住十几个人,晚间侃大山,总有说不完的话。饮食还不错,而且经常有改善。有些五七战士通过工作上的关系,搞到紧缺食品,如洮儿河大米、德惠大曲、梨树的白面、前郭尔罗斯的牛羊肉。入冬后,见不到青菜了,全靠我们事先保留的冬储菜,也就是大萝卜、大白菜。我们有个砖瓦厂,冬天不烧砖时就把白菜放在厚厚的砖窑里,不料根本就不保暖,菜都冻了,幸亏油水大,煮菜时多放肉,所以冻得硬梆梆的白菜也不觉得难吃。

来五七干校的,绝大部分是省直机关的干部和吉林大学、东北师大等高校的教师,加上少量建筑工人和知识青年。都陵河旁,琵琶山下(吉林省海拔最高的山),有这样一群人,在这个人迹罕至的地方共同生活、共同"战斗"(当时的流行语),平淡中不乏乐趣和浪漫。我至今还记得干校的一首小诗《我爱干校茅草房》:琵琶山,望云岗,山下河水轻轻淌。千年老林狼虫啸,半山盖起茅草房……

一天,山下的猎户打到了一只300多斤重的野猪,我们听闻赶快去买了野猪肉来吃。野猪肉纤维多些,有些柴,因为野猪主要吃橡子,所以肥肉都是类似橡子的淡红色,不易煮熟。这个猎户共有5条猎犬,看到野猪时,一起冲上去把野猪团团围住,猎户方有机会瞄准开枪。因为猎枪里装的是散弹,打死了野猪,不料也打中了两条猎犬。他伤心了好长时间,我们高价买了猪肉,算是给他一点安慰。

　　二大队是以农牧为主的,他们养了几箱蜜蜂,经常会有熊来偷吃蜂蜜。队里有从省公安厅来的五七战士,他在蜂箱下挖个深坑藏在里面,天黑以后,熊照例过来偷吃蜂蜜,他看准熊胸口一撮白毛(心脏位置),一枪毙命。这下好了,不仅破了偷窃案,还可以大快朵颐。这些事都成了我们的谈资,有人把它汇总在一起,取名《琵琶山夜话》,有几十个章回。有几个发生在我身边的,印象很深,其中有一回是"宋金明挥泪煮豆角,小金成火烤毒蛇"。话说那一日,酒菜齐备,就差一个烧豆角,但天下雨淋湿了柴火,不断冒刺眼的浓烟,当日值班的宋金明大叔本来就高度近视,在大灶台前熏得鼻涕一把泪一把。另一个故事是我们去搬运圆木时,发现了几条毒蛇,朝鲜族小青年金成一见兴奋的不得了,打死后他非常熟练地剥皮,之后把蛇放在火上烤,滋啦滋啦作响。他人长得小巧,好像还没有几条蛇长,这个图景煞是好笑。1973年春节放假,我报名留下护校。8个护校的小伙子在一起,生出许多故事。有人突发奇想:听说把眉毛刮掉,每日再用姜摩擦刺激,就会变得粗壮。我们在这里,方圆几十里都看不到人,是好机会呀。于是大家一律照办,刮过之后,再互相看看,都像青面兽一样。每天扛着枪出去转一圈,估计野猫野狗都不敢靠前。这事后来也编入了《琵琶山夜话》,只是我把题目忘记了。

　　我们知识青年和五七战士是混居的,这些"五七大叔"(我们都这么称呼他们)有知识有阅历,我们也跟着长进不少。记得有一段时间,东北师大来的"五七大叔"还给我们补习过几次中学的数理化课程。根据干校的安排,五七战士一边劳动,还要一边进行政治学习,主要是马列六本书,即《路德维希费尔巴哈和德国古典哲学的终结》《反杜林论》《共产党宣言》《哥达纲领批判》《法兰西内战》《唯物主义和经验批判主义》,以及《国家与革命》。坐在大炕上,死啃西方经典,"五七大叔"们都调侃说这种学习费劲巴拉。我们不直接参加学习,不过在这种氛围中,多少受到些熏陶。

　　青沟子在大山深处,山高皇帝远,思想舆论方面其实还是比较宽松的。记得副校长宋振庭还搞了几次《红楼梦》的讲座。他原来是省委宣传部部长,饱读诗书,能言善辩,号称"宋铁嘴",在全省声名赫赫。他对《红楼梦》也颇有研究,兴之所至,要给我们讲讲。那是在一个干校最大的工棚里,大家围坐在两边的大炕上,地中间有个大火炉,宋振庭站在那里侃侃而谈,炉中熊熊火光映衬着他庞大的身躯。现在想起来，能当面聆听他的讲座，实属万幸。他平时住长春，偶尔来干校，一来干校，就会到我们五大队的火坑来睡觉，因为我们的火坑是他认为烧得最暖和的。那晚，他与我紧挨着睡，睡前转过头来问我，读了几遍《红楼梦》。因为他在讲座时说过他已读了 50 多遍，每次都有新体会，所以我赶快说，看了两遍。其实，我只草草看过一遍，还是云里雾里，不明所以。不过，他当晚的讲座，确实使我对《红楼梦》有了很多新的认识。

不久，"批林批孔"运动兴起，有位女青年贺心玉百思不得其解，就给宋振庭写了一封信，请教如何理解毛主席的"从孔夫子到孙中山，我们应当给以总结，继承这份珍贵的遗产"这句话。宋振庭不便直接回答她，索性就把这封信转发全校进行讨论。

有人把五七干校视为非人的牛棚，经常与劳改和"文革"中批斗相提并论，其实也不尽然，至少我们在青沟的时光还是差强人意的，对我来说，甚至是人生中一段难得的经历。后来，上头也发现五七干校太偏远，有失控之虞，于是在 1972 年就把 4 个五七干校合并到地处长春和吉林两大城市之间的左家。自此以后，自由空气就和野趣一起消失了。时任校长的宋任远是省委统战部原部长，他性情非常耿直，对形式主义的宣传说教不以为然，一次他下了火车就发牢骚："都说左家山上红旗飘，我怎么没看到。"结果就因为这句话，他的校长被撤了。

2001 年

依旧农村

    1970 年,我在知识青年上山下乡运动的大潮中,插队到了吉林省梨树县石岭公社东山大队 11 小队,当地人习惯称其为黄家屯。梨树县横跨四平市,县城在四平西部,我们公社在其东部,乘火车只有两站路,离城不远,但与城市完全是两个天地。

    黄家屯大约有三四十户人家,是标准的东北农村村落。住房多半是土坯墙,茅草屋顶,最常见的是三间式,入门处即中厅,东西各一厢房,两代人居住。听说有一家四代同堂,是屯里有名的大户人家,我很好奇。一次偶然机会,去得那里,一进门,大吃一惊:三口猩红色的原木大棺材,一字排开摆在炕梢。这三套大瓦房是打通的,尽管从炕头进门处望过去很远,但仍非常显眼。棺材非常厚重,是上好的红松,不易腐烂。之所以有三口,是这家老一辈 60 岁以上的有三个兄弟,没有分家,在一起过。我与当家的大儿子聊天的时候,他的父亲,三兄弟里的长兄,60 多岁,坐在炕沿上,一口一口嘬着旱烟,泰然地看着我们聊天,我无论如何也无法把他和身边的不祥之物联系在一起。不过,我也慢慢地悟出了其中的道理:因为东北农村向来贫困,上了年纪的人没有生活能力晚年难挨,无子嗣或子女不孝的就更凄惨,甚至死后连个像样的棺材都是奢求。所以,早早备下寿木,对后辈来说,是表示对长辈的孝敬;对老人来说,则是一种安慰,百年之后有了归宿,看得见、摸得到,心里踏实。但在我看来,每天看着这种转世才需要的物件,总有阴阳相错的感觉。不过,他们谈到死亡,都看得很淡,对来世有太多太多的传说或臆想。尽管其中有迷信的成分,但也不乏对人生的乐观豁达态度,反倒是一种解脱。其实,这些棺材也有实用价值,主人搬开棺材盖,里面竟分别盛着满满的高粱和谷子,像几个小粮囤。这是一个幸福的大家庭,几十口人,我想象着,如果同时在房间里,应该像唱大戏一样,热闹得很。

    东北农村的典型特征用两个字可以概括:粗放。种地是粗放的,广种薄收,沿袭多少代人的方式;饮食是粗放的,大锅乱炖;日常生活也是粗放的,根本没有养生保健的概念。所以,东北农村人的预期寿命是比较短的,备好棺材,实际是无奈之下的"临终关怀"。当时的黄家屯还没有通电,经济发展水平落后,每天的工分还不到一角钱。这些工分要到年底根据收成确定分值,有些地方甚至要倒找钱。这些钱勉强维持温饱,除了贴补衣物和生活必需品外所剩无几,当然也就不可能进城就医。缺医少药,小病忍,大病等死,是当时的普遍现象。有了病,先想到廉价的正痛片,不论什么病都用这个药,止了痛,似乎病就好了。实际上,有些病也许挺过去了,有的病就耽误了。后来又有了去痛片,对胃肠刺激小些,但容易产生依赖,有的人经常服用,最后要吃一大把才有效果。当然,中草药经济实惠,但毕竟治疗范围有局限。有太多的病在农村都不算病。有的人得了疝气病,一直没有进行过任何治疗,任其发展,结果严重下坠,冬天衣服厚还不显眼,到了夏天,裤裆鼓囊囊的,令人不忍直视,但在当地人眼里已经见怪不怪了。

为缓解这种局面,政府推行合作医疗,并培训大量赤脚医生。我通过自学,了解了一些医学知识,自愿给人看病和针灸,成了不在册的赤脚医生。一次,有位50岁上下的大娘牙痛,捂着嘴来找我。我给她针灸,扎了几针,当时就有针感。第二天清晨,她敲开我的门,一进门就跪下给我磕头,说是一点也不痛了。我告诉她,这只是缓解,要想彻底解决问题,还是要去医院的口腔科。她听我说的时候眼神非常迷茫,看得出来,医院对于他们来说,是个遥不可及的地方。

这样的事情太多了,随便就可回想起很多。例如,我们大队妇女主任的母亲患了直肠癌,痛苦万状,她实在看不下去,又没有其他办法,只好请巫婆来跳大神。这在当时被认为是封建迷信,她是妇女主任,当然不能顶风犯忌,她们把门窗关得死死的,晚间跳。遗憾的是,她妈妈还是没有逃过这一劫。而且祸不单行,上面知道此事,把她的妇女主任给撸了。

黄家屯地处半山区,原本山上树木还是比较茂密的。但四平市的某些单位或个人觊觎这些资源,经常有人绕开林业局,开着车偷偷摸摸到我们这些屯子里来"买"木材。不过,他们不敢贸然上山自己砍,于是就找当地人出面,帮他们解决问题,怎么解决呢?有些村民事先去山里帮他们物色好地点,之后带他们过去,像卖自家的东西一样,告诉他们砍某某棵、某某棵。他们空手套白狼的本钱就是知道哪里有成材的树木,哪里不易被林业部门发现。而四平来的买家,花点小钱就完成了大的交易,彼此心照不宣。这种事情,林业部门抓住是要重罚的,因此不算多见。比较而言,砍树当烧材的事还是司空见惯的。为解决乡民的烧材问题,林业部门做了一定的让步,规定可以适当地砍树的下半部分枝丫做烧材,当地人称攒树丫。但乡民往往钻政策空子,越攒越高,结果很多树都被砍得只剩下小小的树冠,怪怪的,好像一个人被剥光了衣服。有一家人甚至懒得砍柴,每天上山砍一棵树来烧,我们天天早上都能听见砍树的咚咚声。偷砍成材的树木,也是公开的秘密。林业部门经常有人来查,但他们人还没进屯子,人们就都知道了。

40多年后的2015年,借一次去东北的机会,我又回到了这个让我牵挂的地方。去之前,我满心憧憬,兴奋异常,料想那里一定和全国其他地区一样,发生了翻天覆地的变化,可是到了之后竟大失所望。村里确实发生了变化:原来的草房全部换成砖瓦房了,泥泞的土路变成水泥路。山坡上原本郁郁葱葱的树林间辟出很多农田,像一块块疤痕贴在山上。村边有条河,那里有我难忘的记忆。每天下地干活这条河是必经之地。春季时,河水冰冷刺骨,我又买不起水靴,只是要挽起裤腿,光脚蹚过河。一来二去,因着凉神经受损,脚面不听使唤,抬不起来,走楼梯高抬大腿,滑稽得很,养息了几个月才恢复正常。现在那条河变成了一个小水沟,细细的水流有气无力地淌着。

农村的味道闻不到了,人们不再养猪,不养牛羊,只有几只鸡。原来人们靠狗来看家护院,这些狗野性十足,经常看到它们互相撕咬的血淋淋场面,外人无不惧怕三分。现在,家家装了防盗门,不用看家狗了,农民都把狗抱在怀里当宠物。

农业耕作技术更是发生了"革命性"变化:春天种地时,每个坑里一粒种子,盖上一层塑料薄膜,出苗的地方露一个小孔,只有小苗可以享受阳光雨露,不需要间苗。同时,土里面配了杀草剂,各类杂草一概不能生长,夏天也自然不用锄草;催长用化肥,生虫打农药,收割有机械,现在的一户人家便可耕种全村的地。喂猪也已经程序化了:有专门的饲料,是现成的饲料粉,好保管,也不易腐败。每天喂三次,渴了,有管道供水,猪只要用嘴一拱就会出水,半自动化。尽管容易操作,但农民也不愿养,因为村里有人专门开办养猪场,规模化经营,成本远低于个体农户。农民闲来无事,打麻将、喝酒成了打发时间消遣时光的两大营生。村里有两个小卖店,其结构一模一样:前后两部分,前面是商店,后面是麻将室。我去的时候,里面玩得正欢。

村里有几位还记得我的,知道我要来,非常高兴,早早备了酒菜。入座之后,满满一桌都是猪头肉、烧鸡、香肠、酱牛肉、花生米之类,很明显,这是他们招待客人的好菜、大菜。其实,前后院里种的都是菜,尽管开春不久尚未长大,但少摘些还是不成问题的。但这对他们而言,是不上档次的,上不得餐桌。看着眼前这几位五六十岁的人,恍然之间似乎看到了我下乡时这个年龄段的"老农":皮肤黝黑,衣襟不整,手上满是老茧,说话粗声粗气,烟酒不离身,精神风貌、谈吐气质没有本质的变化,唯有凸起的肚腩,显示出改革开放的成果。席间谈论起我记忆里的熟人,尤其是那些与我年龄相当的人,居然有很多都已不在人世,令人唏嘘不已。农村缺医少药,仍然是个问题。与之相关,农民的生活质量、精神面貌、文化生活,都有太多太多的问题。

我在上面所记录的是农村的变化与见闻,但从理论上讲已不准确了。两年前,这里已被划为四平市铁东区的一部分,这些农民摇身一变成了城市人,土地城市化的列车已开到了山沟里。这就出现了一个不协调的图景:一边是凯歌高奏的城市化,城市辖区不断扩展;另一边却是乡村的萎缩。村里总人数和户数没有增加,反而减少了,年轻人都到外地打工或求学去了,剩下的都是老幼病残,独守空巢。按照一般规律,城市发展到一定程度,重心应该向农村转移。但这种转移应该是全方位的,其中人的变化应该居核心位置,而人的城市化远比土地城市化重要得多,也难得多。显然,这里的农民要变成市民,还有很长的路要走。

时至今日,早早把棺材准备好的那种景象应该看不到了,但我在黄家屯所看到的,还不是心中企盼的那幅愿景。

农村,依旧是农村!

2016 年 8 月

父亲节、母亲节感怀

有了手机,有了微信,更方便与亲友们联络,倾诉亲情和友情。下面是2015 年父亲节、母亲节我在微信群里发的两段文字。

一

妈妈在世时,没有母亲节,当时的我们,感情表达木讷,从未当面说过"我爱你"。今天,有了母亲节,我们与母亲却相隔两个世界;想说我爱你,妈妈却听不到了。一想到这些,心中就酸楚无比。不过,在天堂里的母亲,没有尘世的困扰和辛劳,应该是祥和安宁的。我们做儿女的,共同为她祈祷。

母亲和父亲一道,在那个经济条件极其困难的日子里,拉扯 7 个孩子(还有 2 个夭折了)长大成人,是多么不容易的事。双职工、低收入、孩子多,都是难挨的坎。我记得,限量供应的少得可怜的细粮我们都买不起,要和别人家换成粗粮;我们做菜放姜要切成丝,不舍得放大片;油炸食品更是不敢想的。其实,母亲生在辽源一个大户人家,家境殷实,又是独生女,深得家人宠爱。这样一个大家闺秀,后来居然能够在那样险恶的生存环境下,照顾好每一个孩子,是多么不容易的事。吃的不说,我们穿的用的每一样东西,都是母亲悉心打理。一年四季、春夏秋冬,7 个孩子的衣服被褥都是母亲一针一线缝的。我脑海中经常出现的场景是:在昏暗的灯光下,母亲或是在缝衣服,或是纳鞋底,或是絮棉花,或是打毛衣。就是那样艰苦的环境,母亲也能将活计做到极致。她打的毛衣,从针法到图案,都是别人效仿的样本。她的针线活极好,缝衣服针脚密而匀。她不仅自己做单鞋,还能做棉鞋,往往令他人啧啧称奇。我们的衣服,即使打了几层补丁,也搭配得法,干干净净。

在那样的条件下,妈妈的身体当然是吃不消的。20 世纪 60 年代初国民经济困难,她营养欠缺,得了肝炎,清瘦得很。就在这种情况下,她还是惦记我们,医保给的白糖,她居然还分给我们吃,舐犊情深。后来又得了牙周炎,医院大夫图省事,把她的牙齿全部拔光,每天要拔三四个,难以想象她是怎样扛过来的。后来,又是高血压、糖尿病、白内障、风湿性关节炎,一个毛病未好,另一个又找上来。尽管如此,她仍活到89岁。可能是多年的煎熬,增强了她的耐力和毅力,生命力顽强。如果条件好,她应该更长寿。

妈妈还非常重视我们的修养和教育,7个孩子,大学、中学、小学、幼儿园,都要分神。妈妈从来没有刻板的说教,而是潜移默化地影响我们。妈妈自己受过良好的教育,伪满的国高毕业,能说一口流利的日文,取得二级翻译证书,写得一手好字,毛笔字和钢笔字都信手拈来。单位有需要,都请她来写。妈妈的字流畅、圆润,有动感,活灵活现。妈妈经常提示我们,某个字怎样写才好看。因此,我写字也很用心,而且后来做学问也形成严谨的风格。当然,论写字,我大姐更胜一筹,深得母亲的真传;二哥的字也精致,与他的性格形成反差。妈妈在琴棋书画方面均有很深的悟性,听过的歌,她都能唱出谱子来,风琴弹得如行云流水。只可惜她没有时间和条件发挥和享受这些。家里有那么多的琐事,妈妈仍设法满足我们的每一个要求。记得有一次学校参加国庆游行,我们小学生组成仪仗队,要求每人准备一把红缨枪。妈妈知道了,特意去请单位的木工师傅为我旋了一个标准的枪头,比其他同学的漂亮多了,我格外开心。

妈妈在世时,更多的是忙碌,抚养子女,关照家庭,自己没有时间享受,特别在吃的方面更是节俭,在厨艺方面用心不多。但愿妈妈在另一个世界里,能够犒劳自己。

妈妈,我们永远爱你!

二

想到父亲,有太多场景终生难忘。

场景一:每天吃完晚饭,我们都和父亲一起围坐在炕桌旁看书、写作业。父亲小时候读私塾,善于背书,朗朗上口。他后来迷上中医,《金匮要略》《本草纲目》《伤寒论》《黄帝内经》,他都能整本倒背如流。工作之余,他经常去一家中药房义务坐诊。他常说,人有五尺躯,不可不学医。改革开放后兴起外语热,他又捧起厚厚的《日汉词典》背。

场景二:父亲工作很忙,印象里没有吃过他做的饭。搬到芷江路后正赶上"文革"武斗,不能上班,他终于有时间下厨做饭。我记得他用砂锅炖的酸菜汆白肉,满屋飘香,我一直觉得那应该是天底下最好吃的。

场景三:我在小学五年级时,迷上了半导体收音机。最初是从矿石收音机起步,之后是半导体收音机,最后是能够装4个三极管的超外差收音机。一天,父亲听到从我那自制的简陋木匣子里发出的声音,兴奋不已。不久,他去四平市附近的郭家店出差,居然花几块钱(当时对我来说是天文数字)给我买个高级晶体三极管。这是我去了无数次交电商店,想买但又舍不得买的。我至今也没想明白,父亲是怎么知道我的心思的,更没想明白,郭家店那个小镇怎么会有三极管。

场景四:在公共场合,父亲有时会突然煞有介事地问我们:"这会儿你哥是在做大手术吧?"或者"你哥该查房了吧?"其实,这是不需要回答的,只要周围的人听到,他就心满意足了。实际上等于告诉别人:我儿子是省医院的著名医生,他在干极其重要的大事。应该说,他有充足的理由夸赞自己的儿子。我大哥幼时命运不济,他的母亲生下他不久就因霍利拉(霍乱)病故了。但他生性聪敏,作为家里的长子,他勉力而行,事事都走在前面,为我们这些同父异母的弟弟妹妹做出表率。名牌大学毕业后,就职于吉林省医院(后来改为吉林省人民医院),并很快在骨科领域崭露头角,从主治医生到主任医生,从科主任到常务副院长。哥哥相貌英俊,风度翩翩,加之业务精湛,在医院拥趸无数,自然是父亲的骄傲。父亲几乎逢人就夸自己的儿子,这几乎成了一个美谈,公司里上上下下很多人都知道。但也经常有人找到父亲,请父亲帮忙,找我大哥看病或引荐别的大腕医生。这种事情后来太多了,大哥有些难以招架,省医院医务处知道后,但凡省建筑公司拿我父亲条子来的人,他们都先挡一挡,替大哥解围。

父亲对大哥,毫不掩饰他的偏爱与骄傲,也在意呵护家庭、维系兄弟姐妹间的亲情。他时常用带有几分嗔怪的口气提醒我们:叫"哥哥",别叫"大哥"。

由此想到,早年东北人把父亲称为爹,我觉得这个称呼极其亲切、朴实,是内心深处情感的高度浓缩,世界上找不到比这更合适的称呼了。

今天,在父亲节的特别日子里,我多想再叫一声:爹!

2015 年

治学与绘画零距离

几年前,我一时心血来潮,报名厦大老年大学油画班。当时只是出于好奇,对油画有种神秘感,也想着老来有个爱好,打发时间。不料,一旦得其门而入,就疯狂地爱上了这门艺术,无力自拔。

年少时曾信笔涂鸦,是拿不上台面的,绘画等于零基础。进入课堂的第一件事是先学如何削铅笔,顿觉行行有规矩。拿起笔来第一步是练习排线,要求是用笔要稳,肯定而果断,画出的线条均匀,疏密有致,首尾流畅衔接不露叠痕。老师说,大家专心画的时候,能听到排线的唰唰声,那就对了。

接下来就是画几何图形。世间万物都由各种几何图形构成,圆锥、圆柱、球形、三角形、方形、多边形,组合成神奇的世界。甚至人体,也可以分解成无数的几何图形。因此,几何图形和结构练习是绘画基本功。通过几何图形,注意物体之间的比例关系,准确勾画其形状,并把其体积透视出来,立体三维表现。此外,还要通过光线反映物体的不同质感,不要画灰了。画苹果就是一个明显的例子。苹果看上去再简单不过,似乎几笔就能勾画出来,但"三大面、五大调"都要反映,在画面中把握调子的整体感觉,即画面的黑、白、灰关系,体现物体的特性和质感。简单的事情变复杂了!再通过我的手,把它们梳理清楚,回到简单。思路要多维、透视、缜密,最终成果要简明而清晰,有美感,哇!这与历史研究竟是一套路数。

我隐隐地感到,绘画和搞学问一样,潜心修炼,加点天赋,肯定会有所进步。

素描的第一步是临摹,体会那些比较成熟的作品是如何表现的。选择临摹的范本很重要,因为这会影响我的绘画倾向和表现手法。我印象最深的是王磊等人的作品,非常适合初学者。素描的第二步是静物写生,从单体开始,一个玻璃杯,一种水果,之后是多种物体摆放一起。要有层次,有对比,有明暗,构图合理,主题突出。至于临摹人物和写生难度更大,需要长期积累和磨炼。临摹石膏像是一个好办法,为人物画打基础。如果有人物模特,就更理想了,幸运的是,厦大艺术学院的研究生来给我们做了几次模特,将我们的绘画热情推向高潮。当然,无论画什么,都要着力体现面和块以及明暗关系,切忌过多依赖线条,比如,看上去乱蓬蓬的胡子也要有体积感。即使线条也有很大学问,走笔要放松,笔到意到,笔断意连。我有几次临摹差强人意,老师评价是"画得很舒服"。

到了一定阶段,老师带我们去外景写生,这就上升到一个更高的层次,考验综合能力,选址、构图、环境、天气甚至心情都要考虑周全。厦大校园里有太多美景,处处皆宜,但游客很多,经常有人驻足旁观,免不了会分神;不过若听到游客的赞誉,心里还是美滋滋的。

2018 年在鼓浪屿疗养,我顺便画了一幅《鼓浪屿写生》,晚霞映衬下的大榕树,感觉还不错。后来被推荐收入《厦门老年》画刊,而且还得到一笔稿费。那一刻,我的兴奋程度不亚于看到我的第一篇学术论文被印成铅字。

学习素描时期的部分习作

2016年4月,开始用色彩了,拿起调色板,兴奋异常,但第一幅画色彩涂得很厚,最后都干裂了。色彩也分两个阶段,先是水粉,之后是油画。水粉成本低,而且是水性颜料,清洗笔也用水即可,方便。另一个优势是与油画类似,覆盖力强,可以反复修改。使用色彩的基本规律是:先画深色,再画浅色,先铺大色,再画细节,远景虚,近景实,注意冷色系和暖色系的搭配与协调。几个月后开始画油画,由于有水粉画的基础,很快就熟悉了这种新材料的调性。

和无数人一样,我的最爱也是凡·高。凡·高的画风独树一帜,浓烈的色块,拙朴的线条,想象力超凡脱俗。其中,《路边咖啡馆》最有代表性。凡·高是在夜空里秉烛完成的这幅名画。我也如法炮制,在悉尼自家寓所里画,再不断地到后院看夜空,在星光点点之间寻觅凡·高的感受。真的就有了一些感悟,并且用画笔把它记录下来。这次临摹使我体会到什么才是创作的灵感。画中那个法国阿尔乐小镇的咖啡馆,原本名不见经传,看上去也普通得可以,但经凡·高的神来之笔,竟声名远扬。咖啡店索性改名"凡·高咖啡屋",墙面也刷成黄色(以与画中一致),游客接踵而来,成了一个旅游点。大师独到的眼力和想象力以及表现力,令人叹为观止。我的好朋友、美国威斯康星大学的包德威教授去过那个小镇,他说从我的画中也能找到几分感觉。他是艺术品鉴赏方面的行家,有他的肯定,我自信心大增。

我还严重崇拜俄罗斯画家尼古拉·费钦(Nicolai Fechin)。一般认为他的画风类似印象派,但我觉得他也是自成一派,尤其在人物肖像画方面。我特意临摹了他的《画家妻子的肖像》,以示敬意。

除了凡·高和费钦,我还很欣赏法国画家爱德华·莱昂·科尔特斯(Edouard Léon Cortès)。他画的《摆渡》,看似平实,但很有意境。德国画家阿道夫·冯·门采尔(Adolph von Menzel)和亚瑟·康波夫(Arther Kampf)的作品也是我经常临摹的对象。荷兰画家本·维格斯(Ben Viegers)颇得凡·高的真传,临摹他的画作,也收获多多。

曾尝试过水彩,但只是试试而已,未敢深入一步,毕竟时间和精力有限。

学油画美化生活,不仅仅是装入画框挂在墙上,还尽量巧妙地融入具体环境中,无缝对接。在这方面我动了很多脑筋,比较得意的有:其一,在我家门上画了个雨棚,琉璃瓦、飞檐式,古色古香,且有立体感,让来客还未进门就感觉到这是艺术家的家;其二,进得门来,迎面墙上画了一扇海景窗,既挡住了难看的集线箱,又提示来人,窗外有海景;其三,儿子改建的别墅,原有的外墙上老旧的木制配电箱很难看,我索性把它画成砖墙,与整个建筑浑然一体。学以致用,画得其所,所在甚妙。另外,2017年农历鸡年,我画了一幅农家院里的鸡,做成贺卡,作为中国美国史研究会秘书处的新年贺礼,发给全体会员。更值得一提的是,我给恩师丁先生画了一幅素描,放在其百年诞辰论文集的扉页,表达我对恩师的思念。

终于迎来了考验我的时刻。儿子家别墅改建完成,新居要有新面貌,装饰客厅就是一重头戏。客厅超大,又是挑高,要有大画才配。买现成的大画,是不现实的,很贵不说,风格与景物也难有中意的。我作为"准画家",小试身手的机会来啦。但我从未画过这样大尺幅的画,不敢贸然动手,不过想想是自己孩子家,试试也无妨。在网上看到一幅画作,类似薰衣草的紫色云朵,层层叠叠,翻腾变幻,下有山峦起伏,远近高低各有不同,在巨大的阳光投影下更显生动。整幅画的笔法非常简练概括,把树、山和云以及阳光的美抽离出来,高度浓缩,美到极致。实在是太喜欢这幅画了,就是它了。我们当下就去悉尼市油画材料店,买了高档次的油画颜料和工具,订制了一个2米高3米长的大画框,仅这些就花费了1200多澳元(折合人民币近6000多元)。这时我心里开始打鼓,但开弓没有回头箭,硬着头皮也要往前走了。我先画了一幅小画试了一下,找找感觉,心里有了几分把握。随后,就正式开始这一宏大工程。为了保证颜色统一协调和笔触的力度,我用一支非常宽大的笔打底,并大量使用刮刀,凸显质感。每天还没吃早饭就开始画,直到晚间看不清为止,极度亢奋,几乎没有休息,居然在5天时间全部完成,效果远远超过预期。站在这幅巨作前,连我自己都被震到了,着实激动了好一阵子。

搞了一辈子学问,发表过几部口碑不错的代表作,现在绘画方面也有"大作"了,小小激动一下似乎也不为过。

油画班里我的第一位老师是厦大建筑学院的教授,入门伊始就站在了高起点上,受益匪浅。第二位老师是厦大艺术学院油画专业硕士生,训练有素,思路前卫,给课堂带来一股清新之风。后来,我也去厦门市老年大学西洋画班,结识了更多的画友。走进绘画的世界之后,眼界和思路都不一样

我的巨幅画作

了，经常试图在身边发现美，视线所及皆可入画，几天不画就手痒。每到外地或出国，只要看到艺术画廊和美术馆就一头扎进去。现在，写专业论文时经常在脑海中出现画面感，行文表述也有意无意地幻化油画的意境，美的追求已经全方位地融入了我的生活。

悟道得道。尽管没有充足的时间投入，不能连贯地学习，有些习作还很稚嫩，甚至被专业人士视为小儿科，但进步还是有的，而且偶有小的惊喜，自信心在累积（偶有几次"爆棚"）。以后的路还非常漫长，既然已有了好的起步，有理由期盼乐观的前景。

如果说，历史学是对纷繁复杂的世界进行梳理，那么绘画则是把大千世界描绘得更美好。图文并举、相得益彰，其乐如此、夫复何求？

以学术研究的态度学习油画，另有一番收获

2019 年 8 月 12 日

相逢是首歌

说明:国外学者的著作,一般都会在扉页标明"谨以此书献给某某",当然都是最亲近的人。于我而言,最最应该感谢的当然是与我相伴终生的她。这里我把她写的大学生活回忆,即我们友谊起步时期的文字,放在这里,借以表达我的爱慕与回馈。

1978 年的春天好像来得格外早。当我怀着喜悦的心情乘火车到东北师大河湾子校区报到时,路两边已是生机盎然。没想到当年仅我们一个历史系就有 100 多个同学,来自四面八方,年龄悬殊,大的老高三,小的应届高中刚毕业。大家初次见面说说笑笑,很快就熟了。一个年级分两个班,八个组,我在一班二组。河湾子校区条件差,住的是平房,大通铺,每个房间住十几个人,卫生间和洗漱设施以及水房都在外面。当时老师讲,这是抗大生活,我心里还挺自豪。

学习是紧张的。开讲的第一位老师是詹子庆,他人往讲台上一站,几句话就把我们带入了那个历史场景。下了课,同学们全都夹着书本到教室去自习,看书看到很晚。同寝室我的吉林老乡郭淑云,年龄虽小,从一开始就不甘示弱。河湾子教室在山坡上,晚上教室熄灯,她都不肯走,打着手电继续看书,我只好陪她。功夫不负有心人,她日后真的成为吉林省著名的满族历史文化专家。

生活是愉快的。203 寝室住着我们一班二组和二班五组的女生。靠通铺里面的是韩宾娜,她字写得和人一样漂亮,年级里出节目都是她组织编排。我旁边的刘丽,天生丽质,皮肤白皙,身材修长,我至今还记得她篮球跳投的美姿。最有意思的是对面铺的小杨君和王弋,不知她们谁睡觉像猫一样,也不知她们何时偷吃了郭红婴的补品枸杞,反正老是笑个不停。

当年秋天,我们回到了长春的校本部,住进了楼房,男生在三楼,女生在四楼。房间里是上下铺,也是住十几个人。开的课也越来越多了,系里给我们配备了几乎是最强的教师阵容：中国史有詹子庆、高尚志、薛虹、吴枫、高振铎、李洵、王魁喜、徐凤晨、赵矢元、王维礼、周玉和；世界史有史亚民、孙义学、朱寰、唐承运、姜德昌、曲培洛、丁则民；还有中国哲学史的吴乃恭和史学方法论的宋衍申，这些老师都给我留下了难以磨灭的印象。在那个我们都熟悉的阶梯教室里，他们轮番上阵，传道授业，释疑解惑，有如我们从远古走到今天，一路春风相伴。他们讲课风格各异，有的娓娓道来，有的慷慨激昂，有的给我们以思考的方法，有的给我们以想象的空间。"文革"后再次登上讲台的他们，看着我们渴望知识的眼神，激情无限，积蓄的能量如潮水般涌出。对我来说，每一次上课既是专业大餐，又是精神享受。入学前就认识的薛虹老师在动员我报考历史专业时曾说："以史为鉴，真正了解过去，才能放眼未来。"其含义我开始有所感悟了。

当时课程紧张，为应付考试手忙脚乱，顾不上到图书馆浏览那里丰富的藏书。准备考试主要是看教科书和参考书，整理名词解释，靠死记硬背来获取高分数。比较之下，我们组老大哥赵毅、刘文溪却从容得很，他们经常从图书馆往回"搬"书，考试前也是如此。看我们如此认真地准备考试，他们就会调侃说："题都做好了吧，借我们学习学习呗！"其实，我们这些1969届和1970届中学生，小学毕业赶上"文革"，初中"复课闹革命"，没有"课"只有"闹"，而后就下乡了，实际是小学生程度上大学，只有几个上过中专的基础略好些。所以我在入学的前两年，心无旁骛，只有一门心思：跟上！

平日里我格外佩服那些会学习的同学。记得同寝室的周晓晶有两次请假回家错过考试，回来后补考时，借付笑枫的课堂笔记参考。我方发现，其笔记不仅字迹工整，而且条理清晰，层次分明，重点突出，稍加整理就是考试的标准答案。寝室里的其他同学都有过人之处。我们偶尔在寝室里唱唱歌，住我上铺的张国元，音准极佳，经常纠正我的发声；对面上铺的小高荣，看上去满脸稚气，但打起乒乓球来正反两手抽杀却十分凶狠；我斜对面铺的胡黎霞，英文单词记得牢，我经常向她取经，而且同样出自满族家庭，更增加几分亲近感；边铺的陈惠芬（陈楠）是有名的才女，还记得我们一边散步一边听她讲元代诗人马致远的名句"枯藤老树昏鸦，小桥流水人家……"她提示说，这里很有意境但没有一个动词。

总校的校园生活更是丰富多彩。有运动会、篮球赛，还有人学跳交谊舞,新华书店也会到校园摆摊售书。我爱好体育,对田径场情有独钟。张晶也有此爱好和擅长,我们都善于短跑,运动会上跑百米。她虽然个头没我高,但步伐大频率快,后来在工作上她也是进步最快的一个。冬天来临,田径运动场注水成了滑冰场,滑冰课又成了我们的最爱,每次滑冰课下来,身上都摔得青一块紫一块。在人群里灵巧穿梭滑行自如的于硕,着实令人羡慕。不过,到军训的时候,五个大兵同学就脱颖而出了。二班长许永利,顺理成章地成了我们的教头。这个时候看他格外神气,口号坚定有力,步履刚劲,显示出军人特有的风采。支书任志生平时也和军训一样,雷厉风行,做事一丝不苟,眉宇间透出刚毅。一班长朱恒学,口齿伶俐,反应机敏,至今只要同学聚会,都是他担当主持。其他两个大兵张军赋和沈斌也各有异人之处。

和很多同学一样,我最头痛的还是英语。也许是小学时因转学而错过了学拼音的缘故,拼读和记忆单词一直不得要领。这时在英语课上,我发现了一个男生,每次老师提问,他都会不慌不忙地对答如流,让我从心底油然而生敬慕之情。说来也巧,我们很快就有了单独相处的机会。那是1979年秋季开学,我从吉林回来,同行的有我舅妈和她的两个孩子,抱一个领一个。再加上我们带着一大堆我父母送给她的米面和油,负担不轻。到了长春火车站下了车,我犯了难。正在四处张望的时候,王旭神一样地出现了。原来他趁假期去吉林市油脂厂(上学前的工作单位)办事回来,家住长春人民广场。二话没说,他帮我扛起了大包小包,经地下通道出了站。到了火车站寄存处,我觉得没问题了,让他先走吧,但他说,要看着我们存好东西才放心。不料因为我舅妈不是当天离开长春,寄存处不给存隔夜。王旭又帮我们扛上了6路车,到站后他一件一件地帮我们拿下来。这件事令我心存感激,同时也看到王旭善良体贴的一面。临分手时,他很认真地说,每次开学见到的第一个外地同学就是我。那一刻,我们的眼神第一次有了直接的交流。

善良、好学是我对王旭的最初印象,此后,我开始有意无意地关注他。我发现他也是左撇子,与我不谋而合,命运之神似乎在向我们召唤。但再向前走,我就不知该如何表达了,幸好此时黎久有大哥帮了我一把。黎久有是我们一班的生活委员,他和王旭还有我班支部书记雷庆都是四组的,住一个寝室,开班委会自然也经常在那里。老黎和老雷都已成家,都是老大哥级别

的同学。一次开班委会时我有意聊到王旭，老黎似乎看出了我的心思，对王旭赞不绝口，说他帮男同学理发，还会用缝纫机，经常帮同学修补衣服。不用说，王旭在我心中又加了一分！我立即求老黎帮我问问王旭对我印象如何。这样一来，老黎就成了我们的中间人，也就是媒人。问过王旭之后，他说，王旭对我印象非常好，只是他家庭出身不好，让我想清楚。我说，这不是问题呀，现在不是都按父母实际工作性质可以改成"革干"了吗？我们大胆地往前走吧。1980年五一节，我去王旭家见了他的父母。回校后，我还是通过老黎了解王旭家人对我的印象。王旭知道后，嗔怪我说，以后咱俩的事就不要再通过老黎了吧。现在想想，我们那时男女之间感情表达多么木讷。幸亏有老黎，最合格的生活委员，我和王旭至今仍感激他。

我还悄悄地征求过赵毅大哥和任志生的意见，他们都给了我满意的答复。大学毕业时，任志生特意约我俩到他寝室，送我们一对红色绣花枕套表示祝福和纪念。直到现在，我家里的枕芯不知换了多少，但这对枕套一直没舍得换。我的吉林老乡、王旭的好老弟李伦同学擅长摄影，他特意在王旭来我家时陪我俩到松花江边拍风景照，这些照片也成了我们永久的纪念。

1998年我们从东北师大调到南方的厦门大学，王旭经常一个人站在家里的阳台上，看着天空成群结队南飞的大雁，无限感慨，嘴里一再念叨，我们要是大雁就好了！同学造访厦门，是我们最动心最幸福的时刻。我们有一个记录本，上面显示已有30多个同学到过我们在厦门的家，我们多么希望这个数字不断增加、迅速增加。

与同学相逢相知相守，是我一生的幸事。写到这里，我心中又出现了一首歌的旋律：

> 相逢是首歌，同行是你和我，
>
> 心儿是年轻的太阳，真诚也活泼；
>
> 相逢是首歌，歌手是你和我，
>
> 心儿是永远的琴弦，坚定也执着……

于力

2019年五一节于厦门